Rei Arthur

E OS CAVALEIROS DA TÁVOLA REDONDA

Rupert S. Holland

Rei Arthur

E OS CAVALEIROS DA TÁVOLA REDONDA

Tradução
Mayra Csatlos

Principis

Esta é uma publicação Principis, selo exclusivo da Ciranda Cultural
© 2022 Ciranda Cultural Editora e Distribuidora Ltda.

Traduzido do original em inglês
King Arthur and the Knights of the Round Table

Texto
Desconhecido

Organizador
Rupert S. Holland

Editora
Michele de Souza Barbosa

Tradução
Mayra Csatlos

Preparação
Gloria Nancy Gomes da Cunha

Produção editorial
Ciranda Cultural

Revisão
Catrina do Carmo
Maitê Ribeiro

Diagramação
Linea Editora

Design de capa
Ciranda Cultural

Imagens
AndrewEmad/Shutterstock.com;
John Erickson/Shutterstock.com;
Alexander Smulskiy/Shutterstock.com;
shaineast/Shutterstock.com;
Tartila/Shutterstock.com

Dados Internacionais de Catalogação na Publicação (CIP) de acordo com ISpBD

H734r	Holland, Rupert S.
	Rei Arthur e os cavaleiros da Távola Redonda / organizado por Rupert S. Holland; traduzido por Mayra Csatlos. - Jandira, SP : Principis, 2022.
	320 p. ; 15,50cm x 22,60cm. (Clássicos da literatura mundial).
	Título original: King Arthur and the knights of the Round Table
	ISBN: 978-65-5552-694-3
	1. Literatura inglesa. 2. Lendas. 3. Mitologia. 4. Folclore. 5. Magia. I. Csatlos, Mayra. II. Título.
2021-0346	CDD 823
	CDU 821.111-3

Elaborado por Lucio Feitosa - CRB-8/8803

Índice para catálogo sistemático:
1. Literatura inglesa : 823
2. Literatura inglesa : 821.111-3

1ª edição em 2022
www.cirandacultural.com.br
Todos os direitos reservados.
Nenhuma parte desta publicação pode ser reproduzida, arquivada em sistema de busca ou transmitida por qualquer meio, seja ele eletrônico, fotocópia, gravação ou outros, sem prévia autorização do detentor dos direitos, e não pode circular encadernada ou encapada de maneira distinta daquela em que foi publicada, ou sem que as mesmas condições sejam impostas aos compradores subsequentes.

Esta obra reproduz costumes e comportamentos da época em que foi escrita.

Sumário

Introdução 7

A chegada de Arthur e a fundação da Távola Redonda 17
    Merlin prevê o nascimento de Arthur..19
    A coroação de Arthur e a espada Excalibur 30
    Arthur expulsa os saxões de seu reino 46
    As inúmeras e magníficas aventuras do rei Arthur.............................60
    Sir Balin luta contra seu irmão, Sir Balan 72
    O casamento de Arthur e Guinevere e a fundação da
    Távola Redonda...86
    A aventura de Arthur e Sir Accolon da Gália....................................103
    Arthur é coroado Imperador de Roma 115
    Sir Gawain e a Donzela das Mangas Apertadas................................128

Os campeões da Távola Redonda 141
    As aventuras de Sir Lancelote..143
    As aventuras de Sir Beaumains ou Sir Gareth...................................166
    As aventuras de Sir Tristão 198

Sir Galahad e a missão do Santo Graal 235
    Os cavaleiros partem em busca do Graal..237

A morte de Arthur 283
    Sir Lancelote e a bela Elaine..285
    A guerra entre Arthur e Lancelote e a morte de Arthur....................306

INTRODUÇÃO

O Rei Arthur e os Cavaleiros da Távola Redonda! Quanta magia há nessas palavras! Elas nos remetem diretamente aos dias de cavalaria, às feitiçarias de Merlin, aos maravilhosos feitos de Lancelote, Percival e Galahad, à busca do Santo Graal, a toda aquela "companhia gloriosa, a flor dos homens", como Tennyson se referiu ao rei e seus companheiros!

Com o passar dos anos, as histórias chegaram a nós, assim como os contos de Homero, tão frescas e vívidas nos dias de hoje quanto eram na época em que foram narradas pela primeira vez na corte, nos campos e dentro das casas. Outros grandes reis e paladinos estão perdidos nas sombras lúgubres de séculos remotos, mas Arthur ainda reina em Camelot e seus cavaleiros ainda cavalgam em busca do Graal.

Nada se iguala,
À doce canção dos anos passados,
Transmitidas a nós com todas as suas esperanças e seus medos.

Assim escreveu o poeta William Morris em *O paraíso terrestre*[1]. E certamente temos grande dívida de gratidão para com os trovadores, cronistas e poetas que, por tantos séculos, cantaram os feitos de Arthur e de seus campeões, cada um dos quais adicionando às canções os dons de suas próprias imaginações. Portanto, de um conto folclórico simples nasceram as mais magníficas e comoventes histórias de toda a literatura.

Talvez grande parte dessa dívida seja para com três homens: Chrétien de Troies[2], um francês, o qual, no século XII, metrificou muitas das lendas arturianas; Sir Thomas Malory[3], o primeiro a escrever muitas das histórias em prosa na língua inglesa, e cuja obra *A morte de Arthur* foi impressa por William Caxton – o primeiro tipógrafo inglês – no ano de 1485; e Alfred, ou lorde Tennyson[4], em sua série de poemas intitulados *Idílios do rei*[5] em que recontou as lendas com um estilo novo e bonito, no século XIX.

A história de Arthur está tão envolta nas névoas da antiga Inglaterra que é difícil saber exatamente quem ou o que ele foi. É possível que, de fato, tenha existido um Arthur que viveu na ilha britânica no século VI, mas é provável que não tenha sido rei ou príncipe. É mais plausível que tenha sido um líder que guiou seus compatriotas à vitória contra as invasões inglesas por volta do ano 500. Esses homens tinham tanto orgulho das vitórias conquistadas que começaram a inventar fábulas imaginárias a respeito da proeza de Arthur com a finalidade de atribuir-lhe ainda mais fama, de modo que as lendas sobre o grande líder germinassem entre todos os povos. Assim, cada homem que contava um feito de Arthur conferia ao

---

[1] *The earthly paradise*, do britânico William Morris, foi uma série de poemas narrativos publicados entre 1868 e 1870. Além de poeta, o autor da obra também foi um romancista, tradutor e entusiasta das artes. (N.T.)
[2] Poeta e trovador francês que viveu entre os anos de 1130 e 1191. (N.T.)
[3] Sir Thomas Malory foi um romancista inglês de grande importância para a construção da lenda do rei Arthur. A obra foi redigida durante o período em que ele cumpria pena em uma prisão de Londres. (N.T.)
[4] O poeta britânico Alfred Tennyson viveu entre 1809 e 1892. (N.T.)
[5] Poemas narrativos produzidos entre 1859 e 1885. (N.T.)

herói os detalhes que mais lhe apraziam, além de pensar sobre ele como se fosse um homem de seu tempo: vestia-se, falava e vivia do mesmo modo como viveram seus reis e príncipes. Como resultado, quando chegamos ao século XII, encontramos Godofredo de Monmouth[6] em *História dos reis da Bretanha*[7], o qual descrevia Arthur não mais como um bretão com origens bárbaras que vestia uma armadura grosseira com braços e pernas despidos, mas em vez disso, era descrito como um rei cristão, "a flor da cavalaria medieval", ornamentado com todos os adornos maravilhosos de um cavaleiro das Cruzadas.

À medida que a história de Arthur se expandiu, ela incorporou lendas populares de todos os tipos. Suas raízes estão fixadas na Bretanha e os principais fios de sua tessitura permanecem arraigados à cultura celta e britânica. Os outros fios também importantes foram aqueles agregados pelos cronistas celtas da Irlanda. Depois, as histórias que não eram celtas foram entrelaçadas à lenda, algumas de origem germânica, com as quais os saxões ou os descendentes franceses podem ter contribuído, e outras que vieram do Oriente, que podem ter sido trazidas do Leste por homens que retornavam das Cruzadas. E se foram os celtas que nos forneceram mais material para as histórias de Arthur, foram, por sua vez, os poetas franceses que primeiro escreveram as histórias e as tornaram perenes.

Foi o francês Chrétien de Troies, o qual viveu nas cortes de Champagne e Flandres, quem trovou as antigas lendas para o prazer dos nobres senhores e senhoras, que eram seus patronos. Ele compôs seis poemas arturianos. O primeiro deles, que foi escrito aproximadamente em 1160, ou antes, relatava a história de Tristão. O poema seguinte foi chamado de Erec e Enide e falava sobre as aventuras que foram posteriormente usadas por Tennyson em sua obra *Geraint e Enide*. O terceiro é Cligès, um poema que

---

[6] Ou Geoffrey de Monmouth, foi um clérigo e antropólogo britânico que viveu entre os anos de 1095 e 1155 e teve grande importância na construção da lenda do rei Arthur. (N.T.)
[7] Obra publicada por volta de 1136. (N.T.)

pouco se assemelha às histórias de Arthur e seus cavaleiros da maneira que as conhecemos. Em seguida, *O conto da charrete* ou *O cavaleiro da charrete* evidencia o amor de Lancelote e Guinevere. Depois, veio *Yvain, O cavaleiro do leão*, e por fim *Percival* ou *O conto do Graal*, que faz a primeira menção ao Santo Graal.

Nenhuma dessas histórias está presente no trabalho de Godofredo de Monmouth, o qual escrevera anteriormente em latim, tampouco em nenhuma suposta crônica. Foi Chrétien quem transformou os antigos contos folclóricos, que os homens narravam havia séculos, em versos vívidos para o entretenimento de damas e lordes. Ele estilizou as histórias ao sabor de suas cortes majestosas e, portanto, Arthur, Guinevere, Lancelote, Percival e os outros cavaleiros tornaram-se muito mais semelhantes aos franceses do século XII do que aos bretões do século VI. E, ao introduzir o Santo Graal, aquele cálice sagrado e místico que abrigara gotas do sangue de Cristo e teria sido carregado à Inglaterra por José de Arimateia[8], Chrétien incorporou às lendas arturianas uma antiga história religiosa que originalmente não se relacionava de forma alguma com Arthur.

A partir desse ponto na história, aquele antigo e robusto carvalho inglês, ou seja, a história original de Arthur e seus cavaleiros, uma alusão essencialmente às aventuras de guerra, encaminhou quatro novas ramificações que se tornaram parte indispensável da lenda original. São elas: a história de Merlin, a de Lancelote, a do Santo Graal, e a de Tristão e Isolda. Alguns escritores que vieram depois de Chrétien se basearam em uma dessas histórias, alguns em outras, e expandiram seu tema ao próprio gosto até que cada história se tornou a fonte de um grande número de ramificações novas e românticas. No entanto, praticamente todas elas foram unidas pelo fio condutor da corte do grande rei Arthur, situada em Camelot. A história de Merlin, aquele mago, é a menos importante das quatro ramificações,

---

[8] Proveniente da Judeia, crê-se que foi um dos primeiros discípulos de Cristo, tendo coletado um cálice de seu sangue durante o processo de crucificação, o chamado "Santo Graal". (N.T.)

embora ele ainda seja uma figura extremamente interessante na história de Arthur que lemos atualmente. A história de Lancelote provou ser muito importante, começando como um romance que tinha pouca relação com Arthur, e mais tarde se tornando, por meio de Malory e Tennyson, o real cerne do enredo. A história do Santo Graal provou-se quase igualmente importante. Nas primeiras alusões a ela, Percival era o cavaleiro escolhido, acima de qualquer outro, para alcançar o Castelo do Graal, mas Percival era duro e mundano demais para satisfazer o gosto dos monges que escreveram as lendas e, por essa razão, criaram Galahad para ocupar seu lugar e incorporar seu ideal de perfeição. E entrelaçados a essas aventuras estão os contos de Sir Gawain, dentre eles, a história deliciosa de *Gawain e a Donzela das Mangas Apertadas*[9]. À lenda de Percival, Wolfram von Eschenbach[10], um bávaro, incorporou à história do filho de Percival, ou Parzival, como ele o chama, a fábula de Lohengrin, o famoso Cavaleiro do Cisne. Tristão e Isolda, a quarta das ramificações, embora menos ligada a Arthur do que Lancelote ou o Santo Graal, tornou-se imensamente popular entre poetas e romancistas em razão de sua grande história de amor, e foi contada repetidamente das formas mais variadas ao longo de toda a Idade Média.

Desse modo, vimos que um líder britânico que ganhou uma batalha no ano 500 tornou-se, ao longo do tempo, um motivo de celebração ao redor da Europa por ser o maior rei do gênero romântico. Até então, foram principalmente os franceses que lhe haviam conferido tanta fama. Layamon[11], um padre de origem inglesa, escreveu um poema em inglês sobre Arthur pouco depois do ano de 1200 a respeito da fundação da Távola Redonda, porém, um tempo considerável transcorreu até que um escritor inglês

---

[9] Tradução própria do original *Gawain and the Maid of the Narrow Sleeves*. (N.T.)
[10] Compositor, poeta e cavaleiro de origem alemã. Viveu de 1170 a 1220. (N.T.)
[11] Poeta e padre de origem inglesa, autor do poema *Brut*, que narra a história da Grã-Bretanha. Viveu de 1190 a 1215. (N.T.)

tentasse fazer o que os franceses fizeram. Chaucer[12] não contou nenhuma história arturiana sequer, embora tivesse incorporado a cena de sua obra *O conto da mulher de Bath* à corte do rei Arthur. Um poeta inglês desconhecido escreveu *Gawain e o cavaleiro verde* em algum momento entre os anos de 1350 e 1375. Mas não foi antes de *A morte de Arthur* de Sir Thomas Malory, obra finalizada entre 1469 e 1470, que demos um grande passo na história das lendas desde a época de Chrétien de Troies. No entanto, de acordo com Malory, Arthur é retratado de maneira resplandecente como a figura majestosa que conhecemos hoje.

Pouco se conhece sobre Sir Thomas Malory. Ele parece ter sido um cavaleiro e nobre inglês de Warwickshire, além de ter sido um membro do Parlamento no reino de Henry VI e, mais tarde, soldado das tropas de Lancaster na Guerra das Rosas. Porém, com a vitória de York, ele teve de se aposentar da vida pública assim que Eduardo IV assumiu o trono, e então passou a viver tranquilamente em sua propriedade de Warwickshire. Ele tinha familiaridade com a vida na corte e com os soldados e, portanto, sabia que as histórias do Rei Arthur se tornavam mais e mais populares na Inglaterra. Por ser um homem erudito, decidiu fazer uma compilação das lendas usando como principais fontes os romances de origem francesa.

Malory demonstrou grande originalidade ao executar seu plano. Ele fez de Arthur seu personagem principal, usou a história de Merlin como introdução ao nascimento de Arthur em vez de isolar a lenda e, mais tarde, finalizou a obra com a morte do rei. Ele omitiu várias lendas antigas que pouco se relacionavam com Arthur, muitas das quais eram histórias boas, a exemplo de *Sir Gawain e o Cavaleiro Verde*, e transformou a Inglaterra de Arthur no país que ele mesmo conhecia. Dessa maneira, deu vida e verossimilhança ao seu próprio povo em vez de retratar figuras fantásticas de um passado remoto. Suas descrições são vívidas e atuais, e seu estilo

---

[12] Geoffrey Chaucer, autor dos *Contos da Cantuária*, foi um escritor, poeta, cortesão e filósofo inglês. É uma das figuras mais importantes da literatura medieval inglesa. (N.T.)

de escrita é tão envolvente que seu trabalho, datado do século XV, ainda é amplamente lido nos dias de hoje. Em sua obra, três personagens se destacam de todo o resto: Arthur, Lancelote e Guinevere. Os três se tornaram figuras centrais em todas as histórias e poemas publicados depois de Malory.

Matthew Arnold[13] atribuiu a Homero três grandes características épicas: a ligeireza, a simplicidade e a nobreza. São exatamente essas três características que conferiram a fama merecida de *A morte de Arthur*.

Com a impressão do livro de Malory pelo primeiro tipógrafo, William Caxton, em 1485, chegamos ao fim da Idade Média na literatura. Manuscritos redigidos laboriosamente por monges e clérigos deram lugar às páginas impressas. A era de Elizabeth[14], a menos de um século de distância, foi uma das eras de ouro dos poetas, no entanto, poucos elisabetanos sequer tocaram nas histórias de Arthur. A principal exceção foi Edmund Spenser[15], o qual transformou o príncipe Arthur no herói de seu grande poema *A rainha das fadas*[16], mas Arthur, os cavaleiros e as damas de Spenser pouco têm em comum com as figuras dos velhos romances.

Os séculos posteriores, grandiosos assim como os geniais escritores ingleses, devotaram pouca atenção a Arthur. Milton[17] e Dryden[18] fizeram pouco uso das lendas. Histórias de cavalarias antigas perderam fama, romances se tornaram populares e os poetas escolhiam temas mais próximos de seus tempos e perspectivas. Não foi antes do século XIX que Arthur voltou à tona. Então, os poetas vitorianos foram beber de sua fonte em busca de inspiração. William Morris escreveu *A defesa de Guinevere* e uma miríade de outros poetas menores se aventurou em temas semelhantes.

---

[13] Poeta e crítico de origem britânica. (N.T.)
[14] Período compreendido entre 1558 e 1603 durante o reinado de Elizabeth I na Inglaterra. (N.T.)
[15] Poeta inglês (1552-1599). (N.T.)
[16] Poema publicado por volta de 1590. (N.T.)
[17] Referência a John Milton (1608-1674), poeta e intelectual inglês. (N.T.)
[18] Referência a John Dryden, crítico (1631-1700), poeta e dramaturgo britânico. (N.T.)

Swinburne[19] escreveu a história de Tristão de Lyonesse e *O conto de Balen*, e James Russell Lowell[20] compôs seu lindo poema *A visão do senhor Launfal*. Matthew Arnold escreveu *Tristão e Isolda*. Em 1850, Richard Wagner[21], o grande compositor de origem alemã, produziu sua ópera Lohengrin e, mais tarde, Tristan und Isolde, e Parsival. Elas contam as histórias de uma maneira nova com vistas aos primeiros romances franceses e à revelia da versão de Malory.

Mas a versão que faz verdadeiro jus a Chrétien de Troies e a Malory é a de Alfred Tennyson. O grande trabalho da vida desse poeta foi *Idílios do rei*, uma das grandes façanhas da literatura inglesa. Ele deve sua inspiração principalmente a Malory. "A imagem de Arthur tal e qual eu o retratei", disse Tennyson ao seu filho, "chegou a mim quando eu era pouco mais do que um garoto e descobri Malory". Ele abarcou quase todo o campo das lendas. Sendo assim, *Idílios do rei* compreende: A chegada de Arthur; Geraint e Enid; Merlin e Vivien; Lancelote e Elaine; O Santo Graal; Pelleas e Ettarre; Balin e Balan; O último torneio; Guinevere; e A morte de Arthur.

Tennyson confere às histórias muito mais alegoria e filosofia do que os poetas que o precederam. Sua era cultivava um interesse pela filosofia e, portanto, como foi o caso de cada um dos poetas anteriores, aperfeiçoou as lendas segundo as características de seu tempo. Em suas páginas, vemos personagens que são homens e mulheres reais, ligeiros esboços. Há uma preocupação maior com o que é certo e errado do que com meras aventuras de cavaleiros. Arthur, Lancelote e Guinevere ocupam o centro do palco e é o destino dos três personagens que fornece grande motivo de comoção em seus poemas.

A Tennyson devemos a versão quase perfeita da história, que remete a uma Inglaterra obscura e lendária. Qual verso, afinal, pode ser mais bonito do que o dele para falar de cavalaria?

---

[19] Referência a Algernon Charles Swinburne, poeta, romancista e crítico da era vitoriana. (N.T.)
[20] Poeta e escritor de origem norte-americana. Viveu de 1819 a 1891. (N.T.)
[21] Um dos maiores maestros e compositores de origem alemã (1813-1883).(N.T.)

> *Então, no auge de sua juventude,*
> *Lancelote e Guinevere cavalgavam com virtude.*
> *Ela parecia uma linda flor primaveril,*
> *Com seu vestido sedoso ajustado ao corpanzil.*
> *Um maço de plumas verdes carregava,*
> *Atado a um anel dourado que jamais soltava.*[22]

Desse modo, por meio da beleza, da dignidade e do interesse humano, Tennyson nos fornece o grandioso mundo das lendas arturianas em sua forma mais perfeita.

A morte de Arthur de Malory não foi a única fonte de Tennyson para as histórias de *Idílios*. As aventuras de Geraint foram extraídas de Mabinogion, uma coleção de contos galeses medievais traduzidos com grande charme e precisão por Lady Charlotte Guest[23], e publicados em 1838. Além disso, embora em menor extensão, ele extraiu alguns de seus incidentes da história de Godofredo de Monmouth e de outros cronistas que o antecederam.

O grande panorama de histórias que agrupamos sob o título de *O rei Arthur e os cavaleiros da Távola Redonda*, quando contadas em prosa, são geralmente retiradas do livro de Malory, *A morte de Arthur*, e então, condensadas, pois Malory era bastante loquaz, e reescritas em inglês contemporâneo. Neste volume, usamos como base a versão elaborada por Sir James Knowles, que é uma redução da obra de Malory, como foi impressa por Caxton, com poucas adições de Godofredo de Monmouth e outras fontes. A ela, acrescentamos ainda a história de *Sir Gawain e a Donzela das Mangas Apertadas*, que vem originalmente do poema Percival, escrito por Chrétien de Troies.

As histórias parecem se agrupar naturalmente em quatro segmentos: A chegada de Arthur e a fundação da Távola Redonda; as aventuras dos

---

[22] Tradução própria. (N.T.)
[23] A britânica Lady Charlotte Guest (1812-1895) foi uma intelectual e tradutora da língua galesa. (N.T.)

campeões da Távola Redonda; Sir Galahad e a missão do Santo Graal; e a morte de Arthur. Nelas, os grandes personagens das lendas e todas as outras aventuras do rei e dos cavaleiros se desenrolam.

A história sobre como um líder de ascendência bárbara e inglesa se tornou o grande rei da cavalaria medieval é um romance por si só. A ela, poetas e cronistas de todos os cantos do mundo adicionaram um cavaleiro valoroso após o outro, uma aventura incrível após a outra, até que o resultado foi a grandiosa coleção de lendas que jamais foram compiladas sobre nenhum outro rei na história. A origem e a construção dessas lendas famosas mundialmente são narradas em uma obra extremamente prazerosa: *O rei Arthur dos poetas ingleses*, por Howard Maynadier[24]. Dessa maneira, aqueles que desejam obter mais informações sobre toda a história por trás de *O rei Arthur* deveriam recorrer a essas páginas.

Aqueles que são amantes de atos de bravura e heroísmo, aqueles que são amantes das armadilhas dos romances medievais, desbravem a história de Arthur e de sua Távola Redonda, bem como de Lancelote, Percival, Galahad, Gawain, Guinevere, Elaine, e da missão do Santo Graal, pois lá certamente encontrarão as glórias que buscam. O rei e seus cavaleiros partem de Camelot e lá vocês poderão se unir a eles em suas grandes aventuras!

Rupert S. Holland

---

[24] Referência a Gustavus Howard Maynadier (1866-1960), um dos primeiros novelistas norte--americanos. (N.T.)

A chegada de Arthur e a fundação da Távola Redonda

Merlin prevê o nascimento de Arthur

O rei Vortigern, o Usurpador, sentou-se no trono de Londres quando, de repente, em certo dia, um mensageiro entrou ofegante e gritou a plenos pulmões:

– Levanta-te, senhor rei, pois os inimigos estão a caminho, inclusive Ambrósio e Uther, cujo trono tu ocupas, e trazem outros vinte mil com eles. Fizeram uma grande promessa de que irão matá-lo até o final deste ano. E, neste momento, marcham em busca de ti assim como o vento invernal do Norte: com pressa e amargor.

Diante daquelas palavras, a feição de Vortigern empalideceu como cinzas esbranquiçadas e, ao levantar-se em meio a um sentimento de confusão e desordem, mandou buscar os melhores artífices, artesãos e mecânicos e comandou veementemente que se dirigissem ao extremo oeste de suas terras e construíssem imediatamente um castelo grandioso e fortificado onde ele pudesse buscar refúgio e escapar da vingança dos filhos de seus mestres.

– Além disso – conclamou –, concluam o trabalho dentro de cem dias a partir de hoje ou, então, nenhum de vocês terá sua vida poupada!

Desse modo, toda a horda de artesãos tementes por suas vidas encontrou um local propício para construir a torre. Sendo assim, começaram a assentar as bases do castelo fortificado. Mas, mal haviam subido os muros sobre o solo e, durante a noite, todo o seu trabalho foi destruído e arrebatado por forças invisíveis. Nenhum homem sequer fora capaz de notar como, quem ou o que havia feito aquilo. No entanto, a mesma coisa aconteceu repetidas vezes depois. Todos os trabalhadores, tomados pelo terror, buscaram o rei, ajoelharam-se diante dele e suplicaram que ele interferisse e os ajudasse ou, então, que os liberasse daquele trabalho pavoroso.

Em um rompante de raiva e medo, o rei mandou buscar astrólogos e magos e pediu conselhos sobre o que poderia ser aquilo e, acima de tudo, sobre como poderia superar aquela força maligna. Os sábios lançaram seus feitiços e encantamentos e, ao final, declararam que nada, exceto o sangue de um jovem que não tivesse um pai mortal, derramado sobre as fundações do castelo, serviria para mantê-lo em pé. Mensageiros foram, portanto, enviados por toda a extensão de terra em busca de um jovem com essas características, se é que uma criança assim de fato existisse. À medida que alguns deles vasculhavam a rua de certo vilarejo, avistaram um bando de rapazes brigando e discutindo. Nesse instante, ouviram um deles gritar:

– Some daqui, bastardo! Filho de pai imortal. Vai encontrar teu pai e deixe-nos em paz!

Diante disso, os mensageiros olharam resolutos para o rapaz e perguntaram quem ele era. Um deles disse que seu nome era Merlin; o outro disse que seu nascimento e parentesco eram desconhecidos; um terceiro disse que o próprio demônio fétido era seu pai. Ao ouvir aquelas coisas, os oficiais apanharam Merlin e o carregaram à força até o rei.

Porém, mal chegaram com o garoto e ele indagou com a voz altiva o motivo pelo qual havia sido arrastado até lá.

– Meus feiticeiros – respondeu Vortigern – me aconselharam a buscar um homem que não tivesse um pai humano para que seu sangue fosse derramado pelo meu castelo e ele, portanto, se mantivesse erguido.

– Pede que teus feiticeiros – disse Merlin – se ponham diante de mim e eu os condenarei por mentira.

O rei ficou surpreso ao ouvir aquelas palavras, mas ordenou que os feiticeiros se sentassem diante de Merlin, o qual gritava:

– Vós não sabeis o que impede a fundação do castelo! Aconselhastes que meu sangue fosse derramado feito cimento como se isso fosse funcionar! Mas dizei agora mesmo o que há abaixo daquele solo, pois certamente algo está obstruindo a construção da torre.

Diante daquelas palavras, os sábios começaram a temer e não responderam. Então, Merlin se dirigiu ao rei:

– Eu suplico, meu senhor, que os trabalhadores cavem aquele solo até encontrarem uma grande poça d'água!

Mais tarde, o que Merlin ordenara foi feito e a poça foi encontrada, muito abaixo da superfície do solo.

Dirigindo-se aos feiticeiros novamente, Merlin disse:

– Agora dizei, falsos bajuladores, o que há abaixo daquela poça d'água?

No entanto, eles se mantiveram em silêncio. Em seguida, ele se dirigiu ao rei:

– Ordena já que a poça seja drenada! Lá no fundo, dois dragões serão encontrados. Dois dragões grandiosos e ferozes, que dormem durante o dia, mas à noite acordam, brigam e dilaceram-se. Devido a todo o esforço empregado pelos dois, a terra treme e oscila e, por essa razão, suas torres nunca foram capazes de se firmar seguramente no solo.

O rei ficou estupefato com essas palavras, e ordenou que a poça fosse imediatamente esvaziada. E lá no fundo eles de fato encontraram os dois dragões adormecidos, exatamente como Merlin havia dito.

No entanto, Vortigern permaneceu sentado à beira da poça durante a noite para ver o que mais aconteceria.

Os dois dragões, um dos quais era branco e o outro vermelho, se ergueram, se aproximaram um do outro e puseram-se a brigar e trocar labaredas de fogo. Porém, o dragão branco estava em vantagem e perseguiu o dragão vermelho até a outra margem do lago. Descontente com o seu voo, ele voltou a encarar o oponente, recomeçou o combate e o forçou a se recolher. Mas, ao final, o dragão vermelho saiu prejudicado e o dragão branco desapareceu sem deixar vestígios.

Ao final da batalha, o rei pediu que Merlin lhe contasse o que aquilo significava. Em prantos, ele fez sua profecia, que previa, pela primeira vez, a chegada do rei Arthur.

"Infeliz de ti, dragão vermelho e símbolo da nação britânica, pois teu banimento será rápido. Tu serás superado pelo dragão branco, ou seja, o saxão que tu, ó rei, chamaste à terra. As montanhas serão niveladas como os vales, e em seus rios correrá sangue. As cidades serão queimadas e as igrejas ficarão em ruínas até que, por fim, os oprimidos hão de retornar em uma nova estação e derrotar os forasteiros. Pois um javali da Cornualha se erguerá, os abaterá e esmagará seus pescoços com os pés. A ilha ficará sob seu domínio e ele tomará as florestas da Gália. A casa de Rômulo o temerá, todo o mundo o temerá, e nenhum homem conhecerá seu fim, pois ele se imortalizará na boca de sua gente e seus feitos serão como alimento àqueles que os carregarem adiante."

– Mas, quanto a ti, ó Vortigern, foge dos filhos de Constantino, pois eles hão de queimá-lo em sua torre. Tua ruína foi a traição de teu pai e a chegada do saxão-bárbaro à terra. Aurélio e Uther estão atrás de ti para vingarem o assassinato do pai. E a ninhada do dragão branco desfrutará de tuas terras e beberá do teu sangue. Busca refúgio, se me permites aconselhá-lo, pois quem é capaz de escapar da sina imposta por Deus?

O rei ouviu aquilo tudo tremendo dos pés à cabeça. No entanto, consciente de seus pecados, não disse nada em resposta. Apenas apressou os construtores de sua torre por dias e noites, e jamais descansou até que lá pudesse se esconder.

Enquanto isso, Aurélio, rei por merecimento, foi conclamado com toda a alegria pelos bretões, os quais se reuniram aos seus pés e rezaram para serem guiados à batalha contra os saxões. No entanto, até que conseguisse matar Vortigern, ele não iniciaria outra guerra. Sendo assim, marchou para Cambria e pôs-se diante da torre construída pelo usurpador. Então, bradou a todos os seus cavaleiros:

– Vinguei-vos dele que arruinou a Grã-Bretanha e assassinou meu pai e vosso rei! – Em seguida, rumou apressado ao lado de seus milhares de homens na direção dos muros do castelo. Mas, depois de ser enxotado de lá mais de uma vez, teve a ideia de usar o fogo como arma. Desse modo, ordenou que bolas ardentes de fogo fossem atiradas por todos os lados do castelo. Este, por fim, provou ser um combustível bastante apropriado e, portanto, foi lançado com uma ira incessante até que se espalhou e se transformou em uma conflagração poderosa, suficiente para queimar a torre com Vortigern dentro.

Aurélio voltou sua força contra Hengist e os saxões e, ao derrotá-los em diversas regiões, enfraqueceu seu poder durante uma longa estação, de modo que a paz finalmente pôde reinar.

Logo, em suas jornadas para lá e para cá, ele recuperou igrejas destruídas e impôs a ordem ao assumir o monastério próximo a Salisbury, onde todos os cavaleiros britânicos massacrados em razão da traição de Hengist jaziam enterrados, pois, em épocas passadas, este havia estabelecido uma trégua solene com Vortigern para que vivessem em paz e harmonia e, desse modo, ele e seus saxões deveriam deixar a Grã-Bretanha. No entanto, cada soldado saxão carregava uma adaga sob a própria vestimenta e, mediante determinado sinal, partiram para cima de quase quinhentos bretões e os assassinaram.

A visão do local onde os mortos jaziam comoveu Aurélio e lhe trouxe grande pesar. Desse modo, ele decidiu construir um túmulo digno para todos aqueles nobres mártires que morreram pelo próprio país.

Depois de consultar muitos artesãos e construtores, sem êxito, ele mandou buscar Merlin, seguindo os conselhos do arcebispo, e lhe perguntou o que poderia fazer.

– Se queres honrar o leito de morte desses homens – disse Merlin – com um monumento perpétuo, então, busca a Dança dos Gigantes, em Killaraus, uma montanha na Irlanda, pois lá há uma estrutura de pedra que ninguém desta era será capaz de erguer sem um conhecimento perfeito das artes. São pedras de tamanho colossal e natureza fantástica e se puderem ser dispostas aqui como estão dispostas lá, neste ponto arredondado de terra, permanecerão eretas para todo o sempre.

Diante das palavras de Merlin, Aurélio pôs-se a rir e disse:

– Por que eu deslocaria pedras tão colossais de uma distância tão grande como se a Grã-Bretanha não tivesse pedras apropriadas para este trabalho?

– Eu suplico, oh, rei – disse Merlin –, que contenhas o teu riso vaidoso. O que digo é a verdade, pois essas pedras são místicas e possuem propriedades de cura. Os gigantes do passado as trouxeram da costa mais distante da África e as posicionaram na Irlanda enquanto lá viviam. Seu objetivo era banhar-se sobre elas quando acometidos por graves doenças, pois se lavassem as pedras e colocassem os doentes dentro d'água, eles certamente se curariam. E isso servia igualmente para os feridos de guerra. Além disso, não há outra pedra que possua semelhante virtude.

Quando ouviram isso, os bretões ordenaram que as pedras fossem trazidas imediatamente e, se fosse preciso, guerreariam com o povo da Irlanda, caso não abrissem mão delas. Então, quando elegeram Uther, o irmão do rei, como líder das frotas, quinze mil homens puseram-se a navegar rumo à Irlanda. Lá, Gillomanius, o rei, ofereceu uma resistência feroz e apenas depois de uma grande batalha é que eles puderam se aproximar da Dança do Gigante, cuja visão os encheu de alegria e admiração. Mas, ao tentarem mover as pedras, a força de todo o exército foi em vão. Merlin, por sua vez, rindo daquele fracasso, elaborou máquinas altamente eficientes, que retirariam as pedras com facilidade e as colocariam sobre os navios.

Assim que trouxeram tudo a Salisbury, Aurélio, devidamente coroado, celebrou durante quatro dias a festa de Pentecostes[25] com uma pompa digna da realeza. E em meio a todo o clérigo e plebeus, Merlin ergueu as pedras e as colocou ao redor da sepultura dos cavaleiros e barões, da mesma maneira que elas estavam dispostas nas montanhas irlandesas.

A partir desse dia, o monumento passou a se chamar Stonehenge[26] e permanece erguido, como todos os homens o conhecem, sobre as planícies de Salisbury, até os dias de hoje.

Pouco após o ocorrido, sucedeu que Aurélio foi assassinado por envenenamento em Winchester e enterrado dentro da Dança do Gigante.

Na mesma época, houve a aparição de um cometa de tamanho e brilho incríveis, que disparou um raio de luz. Em sua cauda, havia uma nuvem de fogo com o formato de um dragão, de cuja boca saíam dois raios: um dos quais se estendeu até a Gália, e o outro se dividia em sete outros raios menores que reluziram sobre o mar irlandês.

Diante da aparição daquela estrela, um grande pavor tomou conta das pessoas e Uther, o qual marchava rumo a Cambria para lutar contra o filho de Vortigern, demorou muito a entender o que aquilo poderia significar. Merlin foi chamado e clamou com a voz altiva diante dele:

– Oh, que perda majestosa! A Grã-Bretanha destruída! Que tristeza! O grande príncipe tirado de nós. Aurélio Ambrósio está morto e sua morte será também a nossa morte. Corre, nobre Uther e destrói o inimigo. A vitória há de ser tua e serás o rei da Grã-Bretanha, pois este é o significado

---

[25] Celebração religiosa que marca o momento em que os apóstolos de Jesus Cristo recebem o Espírito Santo. A origem dessa comemoração remete à tradição hebraica de agradecimento a Deus pelas colheitas realizadas cinquenta dias após a celebração da Páscoa. Seu nome tem origem grega e significa "Quinquagésimo". (N.T.)

[26] Monumento da Antiguidade celta formado por pedras de mais de 50 toneladas, localizado em Salisbury, na Inglaterra. Há diversas lendas e mitos que envolvem a origem do monumento. (N.T.)

da estrela com o dragão flamejante. E o raio que se estende até a Gália é um presságio de que terás um filho, grande e majestoso, cujas regiões contempladas por esses raios hão de lhes dever obediência.

Portanto, pela segunda vez, Merlin previu a chegada do rei Arthur. E Uther, quando se tornou rei, lembrou-se das palavras de Merlin e ordenou que fossem esculpidos dois dragões de ouro, à semelhança do dragão que outrora vira naquela estrela. Ele presenteou um dos dragões à Catedral de Winchester e o outro passou a ser carregado em todas as batalhas. Por essa razão, ele se tornou Uther Pendragon, ou seja, "Uther, Cabeça de Dragão".

Porém Uther Pendragon percorreu toda a sua extensão de terra de modo a estabelecer a ordem. Ao cruzar os países dos escoceses ele amansou a impetuosidade daqueles povos rebeldes, e ao chegar a Londres semeou a justiça. Em certo banquete de uma majestosa celebração realizada em Eastertide, acompanhado de muitos outros condes e barões, compareceu Gorloïs, o duque da Cornualha, e sua esposa, Igerna, que era a beleza mais conhecida da Grã-Bretanha. Mais tarde, Gorloïs foi morto em batalha e Uther determinou que Igerna se tornasse a sua esposa. Mas, para alcançar tal proeza e consegui-la, o rei mandou buscar Merlin para obter alguns conselhos e suplicar pelo seu auxílio, uma vez que Igerna se encontrava trancafiada no grande castelo de Tintagil, na costa mais distante da Cornualha. Merlin prometeu que o ajudaria mediante uma condição: que o rei se desfizesse do primeiro filho nascido daquele casamento, pois ele já havia previsto, por meio de seu dom, que o primogênito seria o príncipe tão aguardado, o rei Arthur.

Quando Uther felizmente se casou, Merlin foi ao castelo em certo dia e lhe disse:

– Senhor, agora deves providenciar que teu filho seja devidamente educado.

O rei, sem pestanejar, respondeu:

– Que a tua vontade seja feita.

– Conheço um senhor que habita tuas terras – disse Merlin –, um homem de fé e honestidade. Deixa que ele crie teu filho. Seu nome é Sir Ector e ele é um homem de boas propriedades na Inglaterra e em Gales. Assim que a criança nascer e antes de seu batismo, entrega-o a mim além dos portões do castelo, e eu o confiarei aos cuidados desse bom cavaleiro.

Dessa maneira, assim que a criança nasceu, o rei ordenou que dois cavaleiros e duas damas o levassem envolto em opulentos tecidos de ouro, e que o entregassem a um pobre homem que encontrariam ao passarem pelos portões do castelo. A criança foi entregue a Merlin, o qual se disfarçara de pobre homem e o confiou a um padre. Em seguida, ele foi benzido e batizado com o nome de Arthur e, depois, levado à casa de Sir Ector e aleitado nos seios de sua esposa. Por muitos anos, ele permaneceu em sigilo na mesma casa sem que ninguém soubesse quem de fato ele era, exceto Merlin e o rei.

Pouco tempo depois, o rei foi acometido por um destempero prolongado, e os saxões, de origens bárbaras, aproveitando a ocasião, voltaram dos mares e se espalharam pelas terras, devastando-as por meio do fogo e de suas espadas. Quando Uther ouviu sobre o acontecido, foi tomado por uma fúria ainda maior do que a sua fraqueza era capaz de suportar e ordenou que toda a nobreza ficasse diante dele para um sermão sobre sua covardia. E depois de repreendê-los ríspida e calorosamente, jurou que, mesmo que aquilo o aproximasse da morte, guiaria seus homens contra o inimigo. Desse modo, ordenou que uma liteira fosse construída, onde ele seria carregado, pois se encontrava fraco e debilitado demais para cavalgar. Assim, ele rumou imediatamente com todo o seu exército a fim de lutar contra os saxões.

Mas, quando ouviram que Uther se aproximava em uma liteira, desdenharam de uma possível luta com ele com o argumento de que seria uma vergonha que homens valentes lutassem contra um homem semimorto. Alojaram-se em sua cidade e, menosprezando qualquer perigo, deixaram os portões escancarados. Porém Uther ordenou que seus homens invadissem a cidade, e eles o fizeram sem perder tempo e já haviam chegado aos portões quando os saxões, tardiamente arrependidos por sua arrogância, correram em defesa. A batalha perdurou até a noite e recomeçou no dia seguinte, mas, por fim, seus líderes, Octa e Eosa, foram assassinados e os saxões deram meia-volta e fugiram, deixando um grande trunfo aos bretões.

Diante daquilo, o rei sentiu uma imensa alegria e, embora mal pudesse se levantar sem a ajuda alheia, sentou-se ereto em sua liteira e disse com uma expressão feliz e risonha:

– Eles me chamaram de rei semimorto e eu concordo. Mas a vitória na condição de semimorto é melhor do que a derrota em plena saúde. Pois morrer com honra é infinitamente melhor do que viver em desgraça.

No entanto, os saxões, embora derrotados, ainda estavam dispostos a guerrear mais. Uther os teria perseguido, mas sua doença havia se alastrado tanto que seus cavaleiros e barões o mantiveram fora da aventura. Neste instante, os inimigos tomaram coragem e destruíram tudo pela frente até que, tomados por uma deslealdade vil, resolveram matar o rei por envenenamento.

Para esse objetivo, enquanto estava doente e acamado em Verulum, os inimigos secretamente envenenaram uma nascente d'água da qual ele tinha o costume de beber diariamente. Portanto, no dia seguinte, o rei foi arrebatado pelas dores da morte junto de outros cem homens antes que a vilania pudesse ser descoberta e, então, o poço d'água foi coberto com um punhado de terra.

Os cavaleiros e barões, tomados de tristeza, reuniram-se e buscaram a ajuda de Merlin para saber qual era a vontade do rei antes de sua morte, pois ele já estava, a essa altura, inerte.

– Senhores, já não há mais remédio – disse Merlin – e a vontade de Deus tem de ser feita. Mas, amanhã, ponde-vos diante dele e Deus fará com que ele fale antes de sua morte.

No dia seguinte, todos os barões, junto de Merlin, puseram-se ao redor da cama do rei e o mago se dirigiu a Uther com a voz altiva:

– Senhor, é de tua vontade que teu filho Arthur governe este reino quando deixares esta vida?

Uther Pendragon o encarou e disse, enquanto todos o ouviam muito atentamente:

– Esta é a bênção de Deus e a minha bênção a ele. Que Arthur possa rezar pela minha alma e reclamar a minha coroa, caso contrário, que renuncie à minha bênção – e com essas palavras entregou-se à morte.

Sendo assim, todos os bispos e clérigos se reuniram, e grandes multidões de pessoas lamentaram a morte do rei. Seu corpo foi, em seguida, carregado ao convento de Ambrius e ele foi enterrado nas proximidades do túmulo do irmão, em meio à Dança dos Gigantes.

A Coroação de Arthur e a Espada Excalibur

Arthur, o Príncipe, havia sido criado durante todo esse tempo na casa de Sir Ector como se fosse seu próprio filho. Ele era um garoto claro, alto e gracioso. Tinha quinze anos de idade, era extremamente forte, gentil e havia concluído todo o treinamento para ser um cavaleiro.

Mas ele ainda não sabia quem era seu pai, pois Merlin havia decidido que ninguém, além de Uther e ele mesmo, deveria saber sobre a verdadeira origem do garoto. Por essa razão, muitos dos cavaleiros e barões que ouviram o rei Uther chamar seu filho Arthur de sucessor, em seu leito de morte, surpreenderam-se, alguns inclusive duvidaram e outros ficaram insatisfeitos.

Logo, os principais lordes e príncipes voltaram às suas respectivas terras, formaram exércitos de homens e multidões de seguidores e determinaram que qualquer homem deveria ser elegível à coroa, pois em seus corações diziam:

– Se houver, de fato, um filho como esse que o feiticeiro forçou o rei a conclamar, quem somos nós para sermos comandados por um garoto sem barba?

As terras pereceram por muito tempo, uma vez que cada lorde e barão procurou apenas a própria vantagem, e os saxões, cada vez mais arruaceiros, destruíram e depredaram as cidades e vilas por todos os cantos.

Assim, Merlin recorreu a Brice, o arcebispo da Cantuária, e o aconselhou que todos os condes e barões do reino bem como todos os cavaleiros e soldados fossem até ele, em Londres, antes do Natal, sob pena de maldição, para que pudessem saber qual era a vontade dos céus a respeito de quem deveria ser o rei. Isso, portanto, foi feito pelo arcebispo e, na véspera de Natal, eles reuniram todos os grandes príncipes em Londres, assim como lordes e barões. Muito antes de raiar o dia, eles rezaram na Igreja de Saint Paul, e o arcebispo rogou aos céus por um sinal sobre quem deveria ser o legítimo rei daquele reino.

E, à medida que rezavam, notaram, no cemitério da igreja, disposta exatamente diante de sua entrada, uma enorme pedra quadrada com uma espada cravada bem no meio. Na espada estavam escritas as seguintes palavras, com letras douradas: "Aquele que retirar a espada desta pedra será o legítimo rei da Inglaterra".

Diante disso, todos assombraram-se e, terminada a missa, os nobres, cavaleiros e príncipes correram ávidos para contemplar a pedra e a espada. Uma lei foi proclamada: quem fosse capaz de retirar a espada da pedra seria imediatamente reconhecido como rei da Inglaterra.

Muitos cavaleiros e barões puxaram a espada com toda a força que lhes cabia. Alguns deles tentaram muitas vezes, mas nenhum foi sequer capaz de mexer ou retirá-la de lá.

Depois que todos tentaram puxar a espada em vão, o arcebispo declarou que o homem escolhido pelos céus não estava lá.

– Mas Deus – disse ele –, sem dúvidas, logo o revelará.

Dez cavaleiros foram escolhidos, todos eles de grande renome, para fazer a guarda e vigiar a espada. E um anúncio foi disseminado por todo o reino dizendo que qualquer um, fosse quem fosse, teria o direito e a liberdade de tentar desenraizá-la da pedra.

No entanto, durante muitos dias, grandes multidões vieram, gente simples e gentil, mas nenhum homem foi capaz de mover a espada a sequer um fio de cabelo da sua envergadura original.

Na véspera do Ano-Novo, um grande torneio seria realizado em Londres, organizado pelo arcebispo para reunir lordes e plebeus para evitar que os povos se separassem em tempos de dificuldades e inquietação. Para o tal torneio, chegou Sir Ector, o padrasto de Arthur, acompanhado de muitos outros cavaleiros de posses que residiam nas proximidades de Londres. Com ele, veio seu filho, Sir Key, que há pouco se tornara cavaleiro e participaria das justas[27], e também o jovem Arthur, que assistiria a todos os esportes e combates.

Mas, à medida que cavalgavam na direção de onde ocorreriam as justas, Sir Key notou repentinamente que não carregava espada alguma, pois havia deixado a sua na casa de seu pai. Ao dirigir-se ao jovem Arthur, ele suplicou que o garoto voltasse e apanhasse a espada que havia esquecido:

– Vou de toda a minha vontade – respondeu Arthur. E cavalgou de volta rapidamente.

No entanto, ao chegar à casa, notou que estava trancada e vazia, pois todos tinham ido assistir aos torneios. Nesse instante, nervoso e impaciente, ele disse para si mesmo: "Vou cavalgar até o cemitério da igreja e levar comigo a espada que está cravada naquela pedra, pois meu irmão não poderá participar dos torneios sem uma espada".

Arthur dirigiu-se ao cemitério da igreja. Ao descer do cavalo, atou-o ao portão e caminhou até a arena, que se encontrava a certa altura da pedra, onde ficavam os dez cavaleiros que vigiavam e mantinham a espada cravada na pedra. Porém, ao chegar, notou que não havia cavaleiros lá, uma vez que todos estavam assistindo às justas.

---

[27] Torneios medievais jogados por cavaleiros montados em cavalos e vestidos com armaduras. As armas geralmente utilizadas em combate eram lanças, machados, escudos e espadas. (N.T.)

Desse modo, ele apanhou a espada pelo punhal. Com delicadeza e bravura, ele retirou a espada da pedra, montou em seu cavalo até encontrar Sir Key e entregou-lhe a espada.

Assim que Sir Key viu a espada, soube que era a espada cravada na pedra e, cavalgando rapidamente até o pai, bradou:

– Olha, senhor, é a espada da pedra! Eu serei o rei de todas essas terras.

Quando Sir Ector viu a espada, ele voltou imediatamente acompanhado de Arthur e Sir Key até o cemitério da igreja. Ao chegarem lá, os três entraram no templo e Sir Key foi obrigado a dizer a verdade sobre como havia retirado a espada.

Nesse momento, Sir Ector, dirigindo-se ao jovem Arthur, perguntou-lhe:

– Como conseguiste retirar a espada?

– Senhor – disse ele –, contarei a ti como sucedeu. Quando voltei para casa, a fim de apanhar a espada do meu irmão, notei que não havia ninguém que me pudesse entregá-la, pois todos haviam saído para o torneio. Mas, eu não estava disposto a deixar meu irmão sem uma espada e, ao lembrar desta aqui, vim avidamente apanhá-la. Ao puxá-la, ela saiu facilmente sem me causar qualquer dor.

Muito surpreso e olhando fixamente para Arthur, Sir Ector disse:

– Se foi realmente assim, você deverá ser o rei de todas estas terras, e Deus o abençoará, pois ninguém exceto o legítimo lorde da Grã-Bretanha terá a capacidade de retirar a espada daquela pedra. Mas quero vê-lo colocar a espada de volta em seu lugar e retirá-la novamente com os meus próprios olhos.

– Não é preciso muita maestria – disse Arthur e imediatamente cravou a espada na pedra.

Sir Ector a puxou, e depois foi a vez de Sir Key puxá-la com toda a sua força, mas as tentativas foram em vão. Em seguida, Arthur esticou as mãos e, ao agarrar o pomo da espada, puxou-a de uma vez por todas com a maior facilidade.

Nesse instante, Sir Ector caiu de joelhos diante do jovem Arthur, e Sir Key repetiu a reverência. Imediatamente, ambos prestaram as devidas homenagens ao seu lorde soberano. Porém, Arthur gritou:

– Parai, meu pai e meu irmão! Por que vos ajoelhais diante de mim?

– Não, Sir Arthur – respondeu Sir Ector –, não temos parentesco sanguíneo convosco e eu nunca soube quão nobre era seu sangue. Para mim, sempre foste apenas meu filho adotivo. – Assim, contou ao rapaz tudo o que sabia sobre sua infância e como um estranho lhe havia entregado quando era um bebê, junto de uma grande quantia de ouro, para que fosse alimentado e educado como se fora seu próprio filho, tendo logo em seguida desaparecido.

Mas, ao ouvir aquilo, o jovem Arthur agarrou-se ao pescoço de Sir Ector e chorou tomado por grande lamento.

– Em um único dia – disse ele – acabo de perder meu pai, minha mãe e meu irmão.

– Senhor – disse Ector nesse instante –, quando fores rei, sê bom e gracioso comigo e com os meus familiares.

– Se não fosse por ti – disse Arthur –, eu não seria filho verdadeiro de nenhum homem, pois não há ninguém a quem devo mais respeito em todo o mundo do que tu. E a minha boa senhora e mãe, tua esposa, criou-me e alimentou-me com se eu fosse seu próprio filho. Portanto, se for da vontade de Deus que eu seja o rei daqui em diante, assim como clamas, diz tudo o que queres e eu concederei a ti. E Deus permita que eu nunca falhe em prover-te o que desejas.

– Rezarei – respondeu Sir Ector – para que tornes meu filho, Sir Key, teu irmão adotivo, o senescal de todas essas terras.

– Assim será – disse Arthur – e nenhum outro haverá de assumir este posto salvo o teu filho enquanto eu e ele vivermos.

Em seguida, eles deixaram a igreja e dirigiram-se ao arcebispo para contar-lhe que a espada havia sido extraída da pedra. Quando viu a espada nas mãos de Arthur, ele organizou um dia para reunir todos os príncipes, cavaleiros e barões em um novo encontro na Igreja de Saint Paul e, portanto, presenciar a vontade dos céus. Após reunirem-se, a espada foi colocada novamente na pedra e todos tentaram retirá-la, desde o homem mais forte ao mais fraco. E embora todos houvessem tentado, ninguém foi capaz de retirá-la, exceto Arthur.

Porém, logo em seguida, houve uma grande confusão e desordem, pois alguns gritavam que aquela era a vontade dos céus e diziam: "Longa vida ao rei Arthur!". Mas outros, cheios de ira, alegavam: "O quê? Ofertar o antigo cetro desta terra a um garoto nascido não se sabe de quem?". A tensão crescia vertiginosamente até que nada foi capaz de amansar a ira dos homens. Então, a reunião foi desfeita pelo arcebispo e adiada para a Festa da Purificação[28], quando todos deveriam reunir-se novamente.

Todavia, com a chegada da Festa da Purificação, Arthur retirou a espada como fizera antes e mais do que nunca mostrou sua legitimidade como monarca. Os barões, profundamente envergonhados e coléricos, adiaram a reunião para a Páscoa. Porém, assim como antes, Arthur a retirou novamente durante a Páscoa, e os barões mais uma vez adiaram o evento para Pentecostes.

Ao testemunhar a vontade de Deus, o arcebispo reuniu, seguindo os conselhos de Merlin, um grupo de cavaleiros e soldados e os enviou para que mantivessem Arthur em segurança até a Festa de Pentecostes. E durante a festa, quando Arthur foi novamente o único a conseguir mover a espada, as pessoas clamaram em uníssono: "Longa vida ao rei Arthur. Não adiaremos mais e não teremos nenhum outro rei, pois esta é a vontade de Deus. E acabaremos com aqueles que resistirem a Ele e a Arthur". Todos se ajoelharam de uma única vez e suplicaram pela graça e pelo perdão de Arthur por terem adiado a coroação do rapaz por tanto tempo. Diante das

---

[28] Referência a uma das mais antigas celebrações cristãs em homenagem a Nossa Senhora da Purificação. (N.T.)

súplicas, ele os perdoou gentil e majestosamente; depois, pegou sua espada e a ergueu em meio ao imponente altar da igreja.

Não demorou até que ele recebesse o título solene de cavaleiro em meio a grande pompa e pelas mãos do cavaleiro mais famoso presente naquele momento. A coroa foi finalmente posicionada sobre sua cabeça. Após fazer seu juramento diante de todas as pessoas, lordes e plebeus, de que seria um rei honesto e justo até os últimos dias de sua vida, ele recebeu as homenagens e o compromisso de servidão de todos os barões que detinham terras e castelos do reino. Em seguida, ele tornou Sir Key o mais alto comissário da Inglaterra e Sir Badewaine da Bretanha e Sir Ulfius, oficiais da Coroa. Depois, com toda a sua corte e um grande cortejo de cavaleiros e soldados, ele viajou a Gales e foi coroado novamente na velha cidade de Caerleon, às margens do rio Usk.

Enquanto isso, aqueles cavaleiros e barões que por tanto tempo adiaram a coroação de Arthur reuniram-se e compareceram ao evento em Caerleon para prestar-lhe as devidas homenagens. Lá, eles comeram e beberam tudo o que lhes era servido no banquete real e sentaram-se ao lado de outros em meio ao majestoso saguão.

No entanto, após o banquete, quando, segundo a tradição real, Arthur começou a conceder suas bênçãos e atribuir seus feudos a quem lhes comprazia, eles todos se levantaram de comum acordo e desdenhosamente recusaram seus presentes, alegando que não aceitariam nada de um garoto sem barba, de nascimento desconhecido ou desprivilegiado, mas em troca lhe dariam bons presentes como golpes de espada entre o pescoço e os ombros.

Diante daquilo, um tumulto terrível se instalou no saguão. Todo e qualquer homem se pôs a lutar com o rei. Contudo, Arthur saltou como uma chama de fogo diante deles e todos os seus cavaleiros e barões puxaram suas espadas, correram atrás dele e travaram uma batalha calorosa. Nesse momento, o lado do rei prevaleceu e expulsou os rebeldes do saguão e da cidade, fechando os portões logo atrás deles enquanto o rei Arthur combatia com sua espada, tomado por grande ímpeto e raiva.

Porém, entre eles havia seis reis renomados e poderosos, os quais estavam irados com Arthur e determinados a destruí-lo. Eram eles: o rei Lot, o rei Nanters, o rei Urien, o rei Carados, o rei Yder e o rei Anguisant. Os seis, portanto, uniram seus exércitos e armaram um cerco na cidade de Caerleon, de onde o rei Arthur os havia escorraçado vergonhosamente.

Após quinze dias, Merlin apresentou-se repentinamente no campo onde eles estavam e perguntou o que significava aquela traição. Declarou que Arthur não era um aventureiro ultrajante, mas o filho do rei Uther, o qual eles deveriam honrar e servir mesmo que os céus não tivessem atestado seguramente o milagre fantástico da espada. Alguns dos reis, ao ouvirem Merlin falar, maravilharam-se e acreditaram nele. Mas outros, como o rei Lot, riram, usaram palavras de escárnio e chamaram-no de feiticeiro e mago. Um acordo foi estabelecido com Merlin de que Arthur se apresentaria e conversaria com eles.

Arthur foi encontrá-los nos portões da cidade, e com ele também foram o arcebispo, além de Merlin, Sir Key, Sir Brastias e muitas outras companhias. E ele não os poupou em seu discurso, mas falou com todos na condição de rei e chefe de Estado. O monarca disse que faria com que todos se curvassem diante dele enquanto estivesse vivo, a menos que escolhessem prestar suas reverências a ele naquele momento. Então, partiram coléricos, cada lado devidamente armado.

– O que fareis? – perguntou Merlin aos reis. – Deveríeis dar as mãos, pois ainda que fôsseis dez vezes mais numerosos, não venceríeis.

– Será que devemos temer um vidente de sonhos? – provocou o rei Lot.

Diante daquilo, Merlin sumiu em busca do rei Arthur.

– Preciso de uma espada que castigue esses rebeldes terrivelmente – Arthur falou a Merlin.

– Vem comigo, pois posso conseguir uma espada robusta para ti – respondeu Merlin.

Sendo assim, eles cavalgaram durante aquela noite até encontrarem um lago amplo e raso. Bem no meio dele o rei Arthur pôde ver um braço erguido, vestido com um samito[29] branco, empunhando uma grande espada.

– Olha! Lá está a espada à qual me referia – disse Merlin.

Em seguida, viram uma donzela caminhando à beira do lago sob a luz do luar.

– Quem é aquela donzela? – indagou o rei.

– A Dama do Lago – disse Merlin. – Pois nestas águas há uma pedra e nessa pedra há um nobre palácio onde ela mora. Ela virá a ti assim que gentilmente pedir-lhe a espada.

No instante seguinte, a donzela aproximou-se do rei Arthur e o reverenciou. Ele a cumprimentou e disse:

– Dama, que espada é essa que aquele braço ergue acima d'água? Eu gostaria que ela fosse minha, pois ainda não tenho uma espada.

– Senhor rei – disse a Dama do Lago –, aquela espada é minha, mas, se tu me deres um presente sempre que eu desejar, ela será tua.

– Tens a minha palavra de que terás teu presente sempre que solicitar – respondeu ele.

– Bem – disse a donzela –, vá até aquela barcaça, reme até conseguir a espada, tome-a para ti junto de sua bainha e pedirei meu presente no momento certo.

O rei Arthur e Merlin desceram de seus cavalos, ataram-nos a duas árvores e foram em direção à barcaça. Ao se aproximarem da espada erguida pelo braço, o rei Arthur segurou em seu punhal e a puxou. Em seguida, a mão e o braço afundaram n'água e os dois voltaram à terra firme e cavalgaram de volta a Caerleon.

No dia seguinte, Merlin aconselhou que o rei Arthur adotasse uma postura feroz para fazer frente aos inimigos e, enquanto isso, trezentos bons cavaleiros do lado dos rebeldes foram ao encontro do rei Arthur. Ao raiar

---

[29] Tecido amplamente utilizado durante a Idade Média. (N.T.)

do dia, mal haviam deixado suas tendas, e ele os atacou com toda força e vontade. Sir Badewaine, Sir Key e Sir Brastias assolavam seus inimigos à esquerda e à direita. Quando a batalha se tornou ainda mais selvagem, o rei Arthur se enfureceu como um jovem leão e usou a espada como uma ceifa, conseguindo proezas fantásticas com suas armas, para a alegria e admiração dos cavaleiros e barões que o contemplavam.

O rei Lot, o rei Carados e o rei dos Cem Cavaleiros, o qual também estava presente com sua tropa, deram a volta por trás e atacaram o rei Arthur ferozmente pelas costas. No entanto, o rei Arthur, recorrendo aos seus cavaleiros, lutou com toda a força possível até que seu cavalo foi atingido. Diante daquilo, o rei Lot cavalgou furiosamente até ele e o golpeou. Arthur se levantou imediatamente e, ao montar em seu cavalo, ergueu a espada Excalibur que lhe fora concedida por Merlin e a Dama do Lago. A espada brilhava como se emanasse a luz de trinta tochas de fogo e ofuscou a visão dos inimigos. Nesse momento, ele novamente partiu para cima dos oponentes com todos os seus cavaleiros, e os repeliu e os dizimou em massa. Por meio de sua arte, Merlin propalou fogo e uma fumaça escura pelo campo de modo que eles perderam força e fugiram. Desse modo, todos os plebeus de Caerleon, ao vê-los fugirem, ergueram-se de uma vez e correram atrás deles com porretes e pedaços de pau e os perseguiram até muito longe, massacrando muitos bons cavaleiros e lordes. Aqueles que sobreviveram fugiram e nunca mais foram vistos. Foi dessa maneira que o rei Arthur venceu sua primeira batalha e humilhou seus inimigos.

No entanto, os seis reis, embora tivessem sido terrivelmente derrotados, prepararam-se para uma nova guerra. E junto de outros cinco reis, que se uniram a eles, fizeram um juramento de que, fosse pelo bem ou pelo mal, manteriam uma aliança obstinada até que conseguissem destruir o rei Arthur. Com um exército de cinquenta mil soldados montados em cavalos e outros dez mil homens em marcha, aprontaram-se e avançaram com seus paladinos da linha de frente, deslocando-se do Norte do país rumo ao castelo de Bedgraine, onde estaria o rei Arthur.

Porém, tendo seguido os conselhos de Merlin, Arthur cruzou o mar para encontrar o rei Ban de Benwick e o rei Bors da Gália, suplicando que viessem em seu auxílio nas guerras e prometendo ajudá-los contra o rei Claudas, inimigo de ambos. Os dois reis responderam que satisfariam seu desejo com alegria e, em seguida, foram a Londres com trezentos cavaleiros bem equipados em busca de guerra ou paz, e deixaram um grande exército a postos do outro lado do mar até que resolvessem com o rei Arthur e seus conselheiros como poderiam dispô-los da melhor maneira.

Merlin, cujo conselho e ajuda haviam sido solicitados, concordou em ir apanhá-los do outro lado do mar por conta própria e trazê-los até a Inglaterra, o que ele cumpriu em uma única noite. Então, ele trouxe consigo dez mil cavaleiros e os guiou secretamente até o norte na floresta de Bedgraine e lá os acomodou em um vale com toda a discrição possível.

De acordo com o conselho de Merlin, assim que souberam de que lado os onze reis cavalgariam e acampariam, o rei Arthur, acompanhado pelos reis Ban e Bors, se prepararam para a batalha com seu exército de não mais do que trinta mil homens, além dos dez mil que vieram da Gália.

– Agora, segue o meu conselho – disse Merlin. – Antes que amanheça, o rei Ban e o rei Bors devem se deslocar com sua confraria de dez mil homens para uma emboscada na floresta. Eles não devem sair de lá até que a batalha tenha sido travada há algum tempo. E tu, lorde Arthur, ao raiar do dia, dirige teu exército em direção ao inimigo e alinha-te para a batalha de modo que eles possam ver a tua tropa, pois ficarão ainda mais destemidos e audazes quando virem seus mais de vinte mil homens.

Os três cavaleiros e seus barões consentiram entusiasticamente e o plano de Merlin foi seguido. Portanto, no dia seguinte, quando as tropas se encararam, a tropa do norte foi recebida com satisfação e pouquíssimos oponentes.

O rei Arthur ordenou que Sir Ulfius e Sir Brastias partissem para a batalha com três mil soldados. Sendo assim, eles atacaram o inimigo intrepidamente pela esquerda e pela direita de modo que a visão daquele abate foi maravilhosa.

    Quando os onze reis notaram a fortaleza daquele exército tão diminuto, vexaram-se e dispararam brutalmente. O cavalo de Sir Ulfius foi imediatamente abatido, mas ele lutou bem e maravilhosamente contra o duque Eustace e o rei Clarience, os quais partiram para cima dele impiedosamente. Ao vê-lo em perigo, Sir Brastias os atacou com rapidez e golpeou o duque com a sua lança de modo que tanto ele quanto seu cavalo caíram e rolaram no chão. Nesse instante, o rei Clarience encarou o rei Brastias e juntos correram furiosamente, foram derrubados de seus cavalos, caíram no chão e lá ficaram atordoados durante algum tempo ao lado de seus cavalos, cujos joelhos haviam sido quebrados. Então, chegou Sir Key, o senescal, com seis companheiros, e lutaram bravamente até que os onze reis disparam e derrubaram Sir Griflet e Sir Lucas, o mordomo. Quando Sir Key viu Sir Griflet em pé, destituído de seu cavalo, cavalgou em direção ao rei Nanters impetuosamente, derrubou-o de seu animal, guiou-o até Griflet e o colocou sobre o cavalo. Em seguida, com a mesma lança, Sir Key ceifou o rei Lot, ferindo-o gravemente.

    No entanto, ao observar aquilo, o rei dos Cem Cavaleiros disparou na direção de Sir Key, derrubou-o, apanhou seu cavalo e o entregou ao rei Lot. Quando Sir Griflet notou o infortúnio de Sir Key, ele inclinou sua lança e, cavalgando em direção a um soldado valente, derrubou-o de seu cavalo de cabeça para baixo, apanhou o animal e o levou até Sir Key.

    A essa altura, a batalha havia se tornado difícil e perigosa, e ambos os lados lutavam com raiva e fúria. Tanto Sir Ulfius quanto Sir Brastias lutavam sem seus cavalos e corriam grande risco de serem mortos, pois eram covardemente pisoteados e tingidos de sangue sob as patas dos animais. Sendo assim, o rei Arthur colocou esporas em seu cavalo, disparou como um leão para o meio daquele tumulto e, isolando o rei Cradlemont do norte de Gales, golpeou-o pelo lado esquerdo, derrubou-o ao chão, apanhou seu cavalo pelas rédeas e o guiou a Sir Ulfius com grande pressa. Ao chegar, lhe disse:

– Pega este cavalo, meu velho amigo, pois precisas urgentemente de um para lutar ao meu lado. – Assim que proferiu estas palavras, ele viu Sir Ector, pai de Sir Key, atingido no chão pelo rei dos Cem Cavaleiros, e seu cavalo posteriormente levado ao rei Cradlemont.

Mas quando o rei Arthur o viu com o cavalo de Sir Ector, foi tomado por um rompante de raiva e imediatamente foiçou o rei Cradlemont no elmo, arrancando-lhe o visor e o escudo e atravessou a espada fatalmente através do pescoço de seu cavalo. Em seguida, arremessou o rei ao chão.

A batalha havia se tornado tão grande e avassaladora que todo o barulho e ruído produzido ecoava pelas águas e pela floresta, de modo que os reis Ban e Bors, com todos os seus cavaleiros e soldados preparados para a emboscada, ouviam o tumulto e os gritos. Diante daquilo, eles tremiam e se sacudiam de fervor e mal conseguiam ficar em silêncio, mas começaram a empunhar seus escudos e vestir suas armaduras para o combate iminente.

Porém, ao ver a fúria do inimigo, o rei Arthur se enervou como um leão destemido e disparou com seu cavalo para todos os cantos, ora para a direita ora para a esquerda, e não sossegou até que tivesse massacrado vinte cavaleiros. Ele feriu tão seriamente o ombro do rei Lot que este deixou o campo de batalha em meio a muita a dor e sofrimento e, então, gritou aos outros reis:

– Fazei o que lhes digo ou seremos vencidos. Eu, com o rei dos Cem Cavaleiros, o rei Anguisant, o rei Yder e o duque de Cambinet retiraremos quinze mil homens. Enquanto isso, continuai a batalha com doze mil homens. Em breve, voltaremos de supetão e os atacaremos pelas costas; do contrário, não conseguiremos enfrentá-los.

Dessa maneira, o rei Lot e quatro outros reis se retiraram da batalha por um dos lados enquanto os outros seis reis assumiram a dianteira contra o rei Arthur e lutaram longa e corajosamente.

Mas agora os reis Ban e Bors, com todo seu exército revigorado e ávido, saíram de sua emboscada e encontraram os cinco reis e suas tropas. Eles os surpreenderam pelas costas e começaram um embate fervoroso com colisões de lanças, choques de espadas e massacre de homens e cavalos. Logo, o rei Lot, ao espiar o rei Bors, gritou, tomado por grande desespero:

– Nossa Senhora, defende-nos da morte e dos ferimentos fatais! O nosso sofrimento será grande, pois em nosso caminho está um dos maiores reis junto dos melhores cavaleiros de todo o mundo.

– Quem é ele? – disse o rei dos Cem Cavaleiros.

– É o rei Bors da Gália – respondeu o rei Lot – e me surpreende como tenha chegado até estas terras com toda a sua tropa sem o nosso conhecimento.

– Aha! – gritou o rei Carados. – Posso enfrentar o referido rei se vierem em meu resgate quando for necessário.

– Vá! – disseram os outros reis.

Assim, o rei Carados e sua tropa cavalgaram lentamente até que foram entremeados por um ataque de flechas do rei Bors, e ambas as tropas, instigando seus cavalos, dispararam uma de encontro à outra. O rei Bors foi tomado de assalto por um cavaleiro e cravou-lhe uma lança que o matou instantaneamente. Ao empunhar sua espada, ele conseguiu feitos tão majestosos que todos aqueles que o observavam ficaram espantados. Em seguida, o rei Ban se aproximou do campo de batalha com todos os seus cavaleiros e adicionou ainda mais fúria, alvoroço e sangue a ela, até que por fim ambas as tropas dos onze reis começaram a estremecer, unindo-se como se fossem um único corpo e preparando-se para o pior enquanto uma grande multidão fugia.

Desse modo, disse o rei Lot:

– Lordes, precisamos de outros meios ou uma perda ainda maior nos aguarda. Vede quantos homens perdemos por esperarmos pelos paladinos e que nos custam dez cavalarianos para resgatar cada um deles? Em vista disso, aconselho que poupeis os paladinos, pois já é noite e o rei Arthur não vai permanecer aqui até derrotá-los. Dessa maneira, eles poderão salvar suas vidas nesta floresta grande e difícil. Então, unimos em um único bando todos os cavalarianos que restaram e quem nos abandonar ou nos deixar, que seja morto imediatamente, pois é melhor matar um covarde do que ser morto por um. O que achais? Respondei!

– Assim será! – responderam todos.

E após jurarem que não deixariam uns aos outros, eles se recuperaram e prontificaram seus escudos e armaduras; empunharam suas novas lanças de maneira resoluta, próximas às coxas, e aguardaram como um grupo de árvores fincadas em uma planície. Nenhum ataque era capaz de sensibilizá-los, pois eles estavam tão firmemente unidos que o rei Arthur se sobressaltou ao vê-los, causando-lhes fascinação.

– De qualquer modo – ele gritou –, não posso culpá-los pela minha fé, pois eles lutam bravamente como deveriam fazer e são os melhores guerreiros e cavaleiros, os de maior proeza que já vi ou ouvi falar.

– E assim os reis Ban e Bors concordaram e elogiaram imensamente aquela nobre cavalaria.

Contudo, quarenta nobres cavaleiros da tropa do rei Arthur se aproximaram e suplicaram para lutar e destruir o inimigo. Assim que receberam a permissão, cavalgaram com suas lanças inclinadas e incitaram seus cavalos o mais rápido que puderam. Os onze reis, acompanhados de uma parte de seus cavaleiros, dispararam de encontro a eles da maneira mais rápida e vigorosa que puderam. Assim que colidiram, o estrondo e o estilhaço das lanças e armaduras ecoaram majestosamente, e o início daquela batalha foi tão feroz e sanguinário que durante todo aquele dia nenhuma crueldade, tensão, ira ou disputa havia se igualado. Naquele mesmo momento, o rei Arthur e os reis Ban e Bors cavalgaram intrepidamente e massacraram todos à sua esquerda e direita até que as patas traseiras de seus cavalos estivessem completamente encharcadas de sangue.

Rei Arthur e os cavaleiros da Távola Redonda

E no auge do massacre, alvoroço e gritaria, Merlin, o feiticeiro, repentinamente apareceu em meio à batalha sobre um cavalo negro cavalgando na direção do rei Arthur e, então, bradou:

– Por Deus, meu senhor! Não findarás esta batalha? Dos sessenta mil que tinhas, sobraram-te quinze mil homens vivos. Continuarás com esse massacre? Deus está insatisfeito contigo, pois ainda não colocaste um fim a ela e não será desta vez que os reis serão derrotados. Mas, se continuares, a sorte desviará de ti em favor de teus inimigos. Recolhe-te, lorde, ao teu alojamento e descansa, pois hoje conquistaste uma grande vitória e derrubaste a mais nobre cavalaria do mundo. Por longos anos, esses reis não irão incomodá-lo. Portanto, não temas mais, pois eles já foram derrotados terrivelmente e nada lhes sobrou além de sua própria honra. Por que queres matar todos eles?

– Disseste a verdade e hei de seguir teu conselho – disse o rei Arthur – e, diante daquilo, gritou "Parai!", de maneira a colocar um ponto final na batalha e enviou arautos pelos campos para suspenderem os combates. E, ao fazer um levantamento de todos os estragos, ele solicitou às tropas dos reis Ban e Bors, bem como a todos os seus cavaleiros e soldados, a honraria de tratá-los como estrangeiros.

Merlin deixou Arthur e os dois outros reis e foi ver seu mestre, Blaise, um ermitão bendito que vivia em Nortúmbria e que o havia criado durante sua juventude. Blaise ficou satisfeito em vê-lo, pois ambos nutriam grande carinho um pelo outro. Merlin contou-lhe sobre como o rei Arthur havia se saído em batalha e como ela havia terminado. Além disso, lhe disse os nomes de cada rei e cavaleiro de respeito que haviam estado em campo. Desse modo, Blaise redigiu os autos da batalha, palavra por palavra, da mesma forma que Merlin lhe contou como fez com cada uma das batalhas travadas durante a vida do rei Arthur. Todas foram igualmente registradas por Blaise, o mestre de Merlin.

Arthur expulsa os saxões de seu reino

Após algum tempo, chegaram rumores aos ouvidos do rei Arthur de que Ryence, rei do norte de Gales, estava em guerra contra o rei Leodegrance de Camelgard e ele ficou indignado, pois amava Leodegrance e odiava Ryence. Então, ele partiu com os reis Ban e Bors e outros vinte mil homens na direção de Camelgard para resgatar Leodegrance. Na ocasião, matou dez mil homens de Ryence e o expulsou. Leodegrance organizou um grande festival para os três reis e os recebeu com toda a alegria e satisfação. Lá o rei Arthur avistou Guinevere, filha de Leodegrance, pela primeira vez, com quem mais tarde casou-se, conforme será contado adiante.

Os reis Ban e Bors partiram para seu país, onde o rei Claudas planejava uma grande armadilha. O rei Arthur informou que iria com eles, mas ambos recusaram com o seguinte argumento:

– Não, não deves ir desta vez, pois ainda tens muito a fazer em tuas terras. E, com as fortunas que ganhamos aqui com teus presentes, contrataremos bons cavaleiros e, com a graça de Deus, impediremos o rei Claudas de praticar suas maldades. Se precisarmos de ti, buscaremos teu socorro, e se precisares de nós, busca-nos, e não nos demoraremos, em nome de nossa fé.

Logo que os dois reis se foram, o rei Arthur se dirigiu a Caerleon, e lá chegou sua meia-irmã Belisent, esposa do rei Lot, enviada como mensageira. Porém, a verdade é que ela era uma espiã. Com ela veio um nobre cortejo e também seus quatro filhos: Gawain, Gaheris, Agravaine e Gareth. Mas, assim que viu o rei Arthur e sua nobreza, bem como todo o esplendor de seus cavaleiros e servos, ela desistiu de espioná-lo como inimigo e lhe contou sobre os planos do marido contra ele e o trono real. O rei, sem saber que aquela era sua meia-irmã, recebeu-a com um grande cortejo e, admirado com toda a sua beleza, afeiçoou-se desmedidamente e a manteve em Caerleon durante uma longa temporada. Diante daquilo, seu marido, o rei Lot, encarou o rei Arthur como um inimigo ainda pior e o odiou até a morte com uma ira tremenda.

Naquela época, o rei Arthur teve um sonho grandioso que inquietou seu coração. Ele sonhou que toda a sua terra estava cheia de grifos e serpentes que queimavam e matavam seu povo por todos os lados. Em seu sonho, ele travou uma luta, mas eles o machucaram gravemente e o feriram quase até a morte. Ao final, no entanto, ele se recuperou e aniquilou todas as criaturas. Quando acordou, ele se sentou com a mente e o espírito aflitos, pensando sobre o que aquele sonho poderia significar. Todavia, após algum tempo, quando não mais conseguia entender o que aquilo significava, preparou uma grande confraria para irem caçar e se livrar de todos aqueles pensamentos.

Assim que chegou à floresta, o rei viu um grande cervo diante de si, então, apressou seu cavalo avidamente atrás dele, perseguindo-o até que este perdesse o fôlego e caísse morto. Ao notar que o cervo havia escapado e que seu cavalo estava morto, ele se sentou ao lado de uma fonte e pôs-se a pensar profundamente mais uma vez. Enquanto estava sentado sozinho, ele achou ter ouvido o som de cães, mais ou menos trinta pares deles, e ao olhar para o alto, avistou a besta-fera mais estranha, a qual jamais vira ou ouvira falar. Então, ela correu na direção da fonte e começou a beber daquela água.

Sua cabeça se assemelhava à de uma serpente, ela tinha corpo de leopardo, rabo de leão e estava parada como um cervo. Havia um barulho em sua barriga, o uivo ou resmungo de trinta pares de cães. Enquanto bebia, som nenhum era ouvido, mas quando terminava, o som ficava ainda mais alto.

O rei ficou impressionado com tudo aquilo. Mas, como estava extremamente exaurido, adormeceu e logo foi acordado por um paladino, o qual lhe disse:

– Cavaleiro cheio de sono e reflexão, viste uma besta-fera estranha passar por aqui?

– Vi algo assim – disse o rei Arthur ao cavaleiro –, mas deve estar a dois quilômetros daqui, pelo menos. O que farás com a besta-fera?

– Senhor – disse o cavaleiro –, sigo a criatura por muito tempo e ela matou o meu cavalo. Não obstante, eu iria aos céus se tivesse outra chance de encontrá-la.

Naquele momento, um guarda-real se aproximou com outro cavalo para o rei. Mas quando o cavaleiro viu, implorou honestamente que o animal fosse dado a ele. – Estou nesta missão – disse ele – há doze meses e tenho de encontrá-la ou sangrarei até a morte.

Era o rei Pellinore que àquela época buscava a besta-fera, mas nem ele nem o rei Arthur se conheciam.

– Prestimoso cavaleiro – disse o rei Arthur –, confies a missão a mim e eu buscarei a criatura por mais de doze meses se necessário.

– Que tolice! – disse o cavaleiro. – Teu desejo é totalmente em vão, pois a besta-fera nunca será apanhada se não for por mim ou pelo meu herdeiro imediato.

Com isso, ele foi em direção ao cavalo do rei, montou em sua sela e gritou:

– Muito obrigado! Agora este cavalo é meu!

– Bem – disse o rei –, leva meu cavalo à força se queres, pois não negarei, mas até que provemos quem de nós dois deve guiá-lo não ficarei satisfeito.

– Procura-me aqui – disse o cavaleiro – sempre que quiseres e estarei ao lado desta fonte. – E seguiu seu caminho.

Logo, o rei Arthur se sentou profundamente consternado e ordenou que os guardas-reais lhe trouxessem outro cavalo o mais rápido possível. Assim que eles o deixaram, Merlin chegou sozinho, com um disfarce de criança de catorze anos, cumprimentou o rei e perguntou a ele por que estava tão sério e pensativo.

– Estou sério e pensativo – respondeu –, pois acabo de ter a visão mais bizarra que já tive em toda a minha vida.

– Conheço bem esta visão – respondeu Merlin –, assim como conheço a ti e a todos os teus pensamentos, mas és tolo de recolher-te em reflexão, pois de nada adiantará. Sei quem és da mesma forma que sei quem é teu pai e tua mãe.

– Isso não é possível – replicou o rei Arthur. – Como é possível? Não viveste o suficiente para tal.

– De fato – respondeu Merlin –, mas sei melhor do que tu como nasceste, mais do que qualquer outro homem vivo.

– Não posso acreditar em ti – replicou o rei Arthur e ficou colérico com a criança.

Merlin partiu e voltou com a aparência de um velho homem octogenário. O rei ficou contente com a sua chegada, pois lhe parecia sábio e respeitável.

– Por que estás triste? – indagou o velho.

– Por diversas razões – respondeu o rei Arthur. – Pois vi coisas estranhas no dia de hoje. Mas, há pouco, uma criança passou por aqui e me disse coisas que sua idade não poderia atestar.

– Sim – disse o velho homem. – Mas ele lhe contou a verdade, e teria dito mais se nele tivesses confiado. Mas eu sei por que estás triste, pois recentemente fizeste algo que pôs Deus em desgosto. O que fizeste tu bem sabes, no fundo do teu coração, embora ninguém mais saiba.

– Quem és – disse o rei Arthur, levantando-se empalidecido – para me dizeres estas coisas?

– Eu sou Merlin – ele disse – e fui eu mesmo que estive aqui com a aparência de criança.

– Ah! – respondeu o rei Arthur. – És um homem maravilhoso e respeitável. Tenho muitas coisas a perguntar e contar sobre o dia de hoje.

À medida que conversavam, um dos guardas-reais chegou com os cavalos do rei. O rei Arthur montou em um deles, e Merlin, por sua vez, montou em outro. Ambos cavalgaram juntos até Caerleon ao passo que Merlin profetizava sobre a morte de Arthur bem como sobre o próprio fim.

Agora que o rei Arthur havia expulsado e derrotado todos os reis que haviam adiado a sua coroação, ele pôde começar a planejar como venceria os saxões-bárbaros que arruinavam suas terras em tantas regiões. Após convocar todos os seus cavaleiros e soldados, ele cavalgou com todas as suas tropas até York, onde Colgrin, o Saxão, estava alojado com o seu grandioso exército. Lá, ele lutou uma batalha ferrenha, longa e sangrenta, e os arrastou até a cidade para, então, cercá-los. Desse modo, Baldulph, o irmão de Colgrin, chegou secretamente com seis mil homens para atacar o rei Arthur e acabar com o cerco. Mas, consciente de sua presença, o rei Arthur enviou seiscentos cavalarianos e três mil paladinos para os surpreender e atacá-los. Foi, portanto, o que fizeram, encontrando-os à meia-noite e derrotando-os até que eles fugiram para proteger suas vidas. No entanto, Baldulph, tomado por grande pesar, resolveu arriscar-se pelo irmão. Assim, raspou a barba e os cabelos e disfarçou-se de bobo da corte. Ele passou despercebido pelo campo do rei Arthur enquanto cantava e tocava harpa até se aproximar dos muros da cidade, onde mostrou sua verdadeira identidade e foi içado por cordas para dentro dela.

Enquanto o rei Arthur observava a cidade, chegou a notícia de que seiscentos navios haviam aportado trazendo uma multidão de saxões liderados por Cheldric, na costa leste. Diante daquilo, ele intensificou o cerco e marchou diretamente para Londres. Lá, adensou seu exército e aconselhou-se com seus barões sobre como expulsaria os saxões de sua terra para todo o sempre.

Então, com o seu sobrinho, Hoel, rei dos Bretões Armoricanos, os quais compareceram em peso para ajudá-lo, o rei Arthur, acompanhado de uma grande multidão de barões, cavaleiros e soldados, rumou rapidamente a Lincoln, onde os saxões estavam sitiados. Lá, ele travou uma batalha aferrada e passageira, provocando um sério massacre com a morte de mais de seis mil homens, até que seu principal grupo deu meia-volta e fugiu. No entanto, ele os perseguiu avidamente pela floresta de Celidon, onde, abrigados de suas flechas entre as árvores, durante uma longa temporada defenderam-se bravamente. Em seguida, o rei ordenou que todas as árvores daquela parte da floresta fossem derrubadas para que não lhes sobrasse nenhuma chance de abrigo ou emboscada. E com os troncos e galhos, seus homens fizeram uma barricada extraordinária, que os bloqueou e impediu sua fuga. Após três dias, quando a morte pela fome se aproximou, eles ofereceram sua fortuna em espólios de ouro e prata em troca da própria debandada em suas embarcações vazias. Além disso, concordaram em pagar impostos ao rei Arthur assim que chegassem em casa e usariam reféns como contraprestação até que tudo fosse devidamente pago à Coroa.

Essa oferta foi, portanto, aceita, e eles partiram. Mas, após algumas horas no mar, arrependeram-se da deserção humilhante e voltaram com seus navios, aportando em Totnes. Lá, eles devastaram as terras até Severn, queimaram tudo e massacraram todos e, depois, dirigiram-se a Bath.

Quando o rei Arthur soube da traição e do retorno às suas terras, ele ardeu de raiva ao ponto de seus olhos reluzirem como duas tochas acesas; fez um juramento impetuoso de que não descansaria até que destruísse aqueles inimigos de Deus e do homem e até que os eliminasse da Grã--Bretanha. Marchando avidamente na direção de Bath, ao lado de seus exércitos, o rei Arthur bradou a eles:

– Uma vez que esses pagãos detestáveis e impiedosos desdenham da fé que juraram a mim, eu mantenho a minha fé em Deus, diante da qual juro que prezarei e defenderei este reino, e vingarei o sangue derramado de todos aqueles que matastes em solo britânico!

Em seguida, quem falou foi o arcebispo, em pé sobre uma colina, enquanto gritava que naquele dia eles deveriam lutar pelo seu país e pelo paraíso:

– Quem morrer nesta batalha sagrada será imediatamente recebido pelos anjos, pois a morte em nome desta causa será uma verdadeira penitência e absolvição por todos os pecados outrora cometidos.

Diante dessas palavras, todos os homens que integravam aquele exército rugiram de ódio e marcharam com grande valentia na direção dos selvagens.

Logo, vestido com uma armadura que reluzia ouro e joias cravejadas, e com um elmo com um dragão dourado, rei Arthur apanhou um escudo pintado com a imagem da Virgem Maria. Empunhando a sua Excalibur, bem como sua grande lança Ron na mão direita, colocou seus homens em fila e os guiou contra os inimigos, que aguardavam pela batalha no declive da colina Badon, dispostos em formato de calço, como era a tradição. Resistindo aos ataques violentos do rei Arthur e sua tropa, fizeram uma defesa robusta e, à noite, dormiram na colina.

No dia seguinte, Arthur conduziu seu exército ao ataque mais uma vez, e em meio a muitos feridos e abatidos, como nenhum homem jamais tinha visto, ele empurrou os bárbaros para trás e para o topo da colina, ao lado de seus cavaleiros mais nobres.

Os homens o viram "vermelho como o sol nascente, da espora à pluma" erguer sua espada, ajoelhar-se e beijar a cruz sobre ela. Em seguida, ao levantar-se, atacou o inimigo com toda a sua força ao lado de sua confraria, até que, como uma tropa de leões rugindo por suas presas, conduziram-nos como a um rebanho espalhado pelas planícies e os abateram até não poderem mais usar suas espadas devido à exaustão.

Naquele dia, o rei Arthur, sozinho, exterminou quatrocentos e setenta pagãos com sua espada Excalibur. Colgrin e seu irmão, Baldulph, também foram mortos.

O rei esperou ao máximo por Cador, duque da Cornualha, e depois Cheldric, o líder, bem como o restante das tropas. Assim que sitiou a frota e a preencheu com seus homens escolhidos para derrotar os inimigos, perseguiu-os e massacrou-os sem piedade até exterminá-los. E embora eles rastejassem com seus corações trêmulos para o interior da floresta e das cavernas nas montanhas em busca de esconderijo, lá não encontraram segurança nenhuma, pois Cador os assassinou um a um. Por último, ele apanhou e assassinou Cheldric com as próprias mãos e, após massacrar uma grande multidão, apanhou reféns para a rendição do restante.

Enquanto isso, o rei Arthur deixou a colina Badon e libertou seu sobrinho Hoel dos escoceses e pictos que o haviam cercado em Alculd. Assim que os derrotou em três batalhas dolorosas, ele os conduziu até um dos maiores lagos do mundo, pois era alimentado por sessenta rios e tinha sessenta ilhas e sessenta rochas e, em cada ilha, sessenta ninhos de águia. Mas o rei Arthur, com uma grande frota, navegou pelos rios e os sitiou no lago por quinze dias até muitos milhares morrerem de fome.

Logo, o rei da Irlanda veio liberá-los com o seu exército. Mas Arthur revidou de maneira atroz, seguiu-o e o compeliu, aterrorizado, para as suas terras. Finalmente ele cumpriu seu objetivo, que não era menos do que destruir a raça dos pictos e escoceses, os quais, ao longo de toda a história, haviam sido um tormento para os bretões devido à sua astúcia bárbara.

Desse modo, portanto, ele os repeliu veementemente sem demonstrar nenhuma piedade. Por fim, os bispos daquele país miserável reuniram-se com seus clérigos e, em posse de todas as relíquias sagradas, dirigiram-se até o rei com os pés descalços implorando misericórdia por seu povo. Assim que foram conduzidos até o rei, caíram de joelhos e piedosamente rogaram que ele poupasse os poucos sobreviventes conterrâneos e que cedesse qualquer pedaço de terra onde pudessem viver. Ao ouvi-los e notar que havia levado sua punição a cabo, ele acedeu às súplicas e impediu outros massacres por suas tropas.

O rei se dirigiu ao próprio reino, a York, para o Natal. Com grande solenidade, observou aquela maré sagrada e, ao ver com tristeza as ruínas das igrejas e casas destruídas pelo ódio dos pagãos, reconstruiu-as e reformou a cidade inteira para a alegria de seus ancestrais.

Certo dia, à medida que os reis se reuniam com seus barões, um escudeiro chegou à corte carregando consigo um soldado ferido fatalmente e contou ao rei que nas proximidades da floresta havia um cavaleiro que havia erguido uma tenda ao lado da fonte "e matado o meu mestre, um cavaleiro valente cujo nome era Nirles. Diante disso, suplico-te, lorde, que meu mestre seja enterrado e que um bom cavaleiro possa vingar a sua morte".

Ao ouvir aquilo, um escudeiro chamado Griflet, que era muito jovem, da mesma idade que o rei Arthur, rogou ao rei, por todo o serviço que já havia prestado a ele, que pudesse dar a honraria que aquele cavaleiro merecia.

– És muito jovem, em tenra idade – disse o rei Arthur –, para assumir uma missão tão grandiosa.

– Senhor – respondeu Griflet –, imploro a ti que faça de mim um cavaleiro. – E Merlin também aconselhou que o rei concedesse o pedido ao rapaz.

– Bem – disse Arthur –, que assim seja! – e o nomeou cavaleiro imediatamente. Depois, disse a ele:

– Uma vez que lhe concedi este favor, deves conceder a mim um presente.

– O que quiseres, meu lorde – replicou Sir Griflet.

– Prometa-me – disse o rei Arthur –, pela tua fé, que, assim que tiveres honrado este cavaleiro da fonte, voltarás imediatamente a menos que seja morto.

– Prometo – disse Sir Griflet. E ao apanhar seu cavalo em meio a muita pressa, vestiu seu escudo e apanhou uma lança. Ele cavalgou a largos galopes até deparar-se com a fonte, ao lado da qual notou uma tenda suntuosa e um grande cavalo bem selado e refreado. Ao lado de uma árvore nas proximidades, avistou um escudo de muitas cores e uma longa lança.

Sir Griflet bateu no escudo com a ponta de sua lança até derrubá-lo no chão. Diante daquilo, um cavaleiro saiu da tenda e disse:

– Bom cavaleiro, por que derrubaste o meu escudo?

– Porque... – disse Griflet – vim aqui para lutar contigo.

– Melhor não – replicou o cavaleiro. – És jovem demais e foste recentemente consagrado cavaleiro. Tua força é pequena se comparada à minha.

– É por essa razão – disse Sir Griflet – que lutarei contigo.

– Discordo completamente – respondeu o cavaleiro – mas, se me obrigares, lutarei.

Dessa maneira, eles afastaram seus cavalos e, ao instigá-los, ao mesmo tempo, o cavaleiro estranho estilhaçou a lança de Sir Griflet em pedaços e golpeou-o através de seu escudo, pelo lado esquerdo. No entanto, sua lança ficou presa ao corpo de Sir Griflet e ele e seu cavalo caíram no chão.

Contudo, quando o cavaleiro estranho o viu caído, lamentou terrivelmente e apressou-se tomado pelo desespero, pois pensou que o havia matado. Imediatamente afrouxou-lhe o elmo para que pudesse respirar e cuidou dele com todo o zelo, até que recuperasse a consciência. Manteve a haste da lança em seu corpo, colocou-o sobre o cavalo e comandou que o animal o enviasse a Deus. Ele lhe disse que tinha um grande coração e que, se vivesse, provaria ser um bom cavaleiro. Em seguida, Sir Griflet cavalgou de volta à corte, onde, com a ajuda de bons médicos, foi socorrido a tempo de salvar a própria vida.

Naquele mesmo instante, doze velhos homens se aproximaram do rei; eram os emissários de Lúcio Tibério, imperador de Roma, e exigiram que Arthur pagasse impostos a César por seu reino, caso contrário, o imperador o destruiria e a suas terras.

O rei Arthur respondeu a eles que não devia imposto algum ao imperador e nem enviaria nada a ele. Mas disse:

– Em um campo de batalha justo, pagarei o que ele merece, com uma espada e uma lança bem afiada. E pela alma de meu pai, ele terá de tirar este imposto de mim, queira ou não. – Os emissários partiram para o norte, deixando o rei Arthur tão furioso quanto eles.

Entretanto, no dia seguinte ao ferimento de Sir Griflet, o rei ordenou que seu cavalo e armadura fossem levados a ele secretamente para fora dos muros da cidade antes do amanhecer e, levantando-se muito antes do crepúsculo, montou seu cavalo, apanhou o escudo e a lança e pediu que seu mordomo o aguardasse até seu retorno. Porém, ele evitou carregar a Excalibur consigo, pois ele a havia confiado à irmã, a Rainha Morgana le Fay. À medida que o rei cavalgava em um ritmo tranquilo, repentinamente avistou três vilões perseguindo Merlin, na iminência de atacar e matá-lo. Depois de colocar esporas em seu cavalo, o rei correu atrás deles e gritou com uma voz assombrosa:

– Correi, roceiros, ou aceitai vossa morte! – mas, ao passo que avistaram um cavaleiro, fugiram rapidamente como lebres.

– Oh, Merlin – disse o rei –, serias morto, apesar de todas as tuas artimanhas, se eu não tivesse passado por lá ao acaso.

– Na verdade, não – disse Merlin –, pois no momento certo eu me salvaria. Aliás, tu estás mais próximo de tua morte do que eu, pois sem nenhum auxílio especial dos céus cavalgaste na direção de tua sepultura.

E, ao passo que conversavam, chegaram à fonte e à suntuosa tenda. Lá, viram um cavaleiro completamente armado sentado em uma cadeira na entrada.

– Nobre cavaleiro – disse o rei Arthur –, por que razão estás aqui? Para lutares com qualquer cavaleiro que passar? Se sim, aviso a ti que deixes essa tradição.

– Essa é uma tradição – respondeu o cavaleiro – que segui e sigo independentemente de quem negue. E se qualquer um se sentir incomodado, que tente modificá-la.

— Pois eu me disponho a modificá-la! — disse o rei Arthur.

— E eu a defenderei! — respondeu o cavaleiro.

O cavaleiro montou em seu cavalo, preparou-se e ambos colidiram com tanta força que suas lanças se fragmentaram. Em seguida, o rei Artur apanhou sua espada, mas o cavaleiro gritou:

— Até que não foi mal, mas tentemos mais uma vez com lanças afiadas.

— Eu lutaria tranquilamente — disse o rei Arthur —, mas não tenho mais lanças.

— Pois eu tenho lanças suficientes — respondeu o cavaleiro e chamou seu escudeiro, que providenciou duas lanças boas e novas.

Após colocarem as esporas em seus cavalos, dispararam ao mesmo tempo com toda a força e destroçaram ambas as lanças. Novamente, o rei fez menção de puxar sua espada, mas o cavaleiro gritou mais uma vez:

— Não, espera um instante. És o melhor combatente que já conheci; pelo amor à cavalaria, torneemos mais uma vez.

Desse modo, eles novamente se enfrentaram com toda a potência; no entanto, a lança do rei Arthur se estilhaçou e a do cavaleiro permaneceu intacta. De rebote, portanto, ele cavalgou furiosamente na direção do rei de maneira que tanto seu cavalo quanto ele próprio foram arremessados ao chão.

Diante daquilo, o rei Arthur se descontrolou, apanhou sua espada e disse:

— Luta comigo em terra, cavaleiro, pois já perdi a minha honra sobre o meu cavalo.

— Pois eu ficarei sobre o meu cavalo! — respondeu o cavaleiro. Mas quando viu Arthur aproximar-se a pé, desceu do animal, pois tamanha vantagem seria demasiadamente desonrosa.

E travaram uma extraordinária batalha com choques dolorosos e golpes muito voluptuosos. Com suas espadas, eles arrancavam fragmentos das armaduras, que voavam pelo campo enquanto ambos sangravam tanto e manchavam o chão como se fora um pântano de sangue. Dessa maneira, eles se enfrentaram por muito tempo e mediante muita disposição e, após um breve descanso, caíram novamente e colidiram como dois javalis selvagens rolando pelo chão. Por último, em meio a muita fúria, a espada do cavaleiro partiu a espada do rei em duas partes.

– Agora, estás em meu poder – disse o cavaleiro –, eu decido se vou matá-lo ou se permitirei que vivas. Reconhece agora mesmo a tua derrota e covardia ou morrerás.

– Quanto à minha morte – respondeu o rei Arthur –, será bem-vinda quando chegar. Mas prefiro morrer a me humilhar se tiver de reconhecer a minha covardia em razão deste infeliz acidente com a minha espada.

Ao dizer isso, ele avançou diante do cavaleiro, apanhou-o pela cintura, arremessou-o ao chão e destruiu seu elmo. Mas o cavaleiro, que era um homem muito grande, lutou e pelejou tomado por um grande frenesi até que conseguiu derrubar o rei e destruir seu elmo. E poderia ter esmagado a sua cabeça se quisesse. No entanto, Merlin interveio e disse:

– Cavaleiro, controla a tua mão, pois, se matares este rei, submeterás todo este reino a grandes perdas e danos como nunca. Este é o homem mais admirável que já conheceste.

– Quem é ele? – gritou o cavaleiro.

Nesse mesmo instante o cavaleiro teria assassinado o rei por medo de sua ira, mas Merlin lançou-lhe um feitiço de modo que ele subitamente caiu no chão em um sono profundo. Em seguida, erguendo o rei, ele apanhou o cavalo do guerreiro adormecido e fugiu.

– Por Deus! – exclamou o rei Arthur. – O que fizeste, Merlin? Mataste aquele bom cavaleiro com os teus artifícios? Nunca houve um cavaleiro melhor do que ele. Eu preferia perder o meu reino a matá-lo.

– Não temas – respondeu Merlin –, ele está mais íntegro e saudável do que tu. Ele está dormindo e despertará em três horas. Eu o alertei sobre as qualidades daquele cavaleiro e como te aproximavas de tua morte. Jamais existiu um cavaleiro melhor do que aquele no mundo inteiro e mais tarde ele poderá ser útil a ti. Seu nome é rei Pellinore e ele terá dois filhos que serão homens valentes e, exceto um em relação ao outro, ninguém jamais irá se igualar à destreza e pureza de ambos. Um se chamará Percival e o outro será Lamoracke de Gales.

Eles foram para Caerleon e todos os cavaleiros se enfadaram com aquela aventura, pois o rei poderia ter sido morto sozinho. Entretanto, eles mal conseguiam conter a alegria de servir a um líder tão nobre que arriscava a própria vida tanto quanto o cavaleiro mais miserável entre eles.

As inúmeras e magníficas aventuras do rei Arthur

As terras da Grã-Bretanha estavam em paz e muitos cavaleiros grandiosos e valentes estavam ansiosos para travar batalhas e viver novas aventuras. Dessa maneira, o rei Arthur decidiu perseguir seus inimigos em suas próprias costas litorâneas. Não demorou até que ele preparasse uma grande frota e, ao navegar primeiro pela Irlanda, em uma única batalha, derrotou completamente os povos daquele país. Então, ele aprisionou o rei da Irlanda e forçou que todos os seus condes e barões se curvassem a ele.

Após conquistar a Irlanda, ele se dirigiu à Islândia e também a subjugou, mas, com a chegada do inverno, retornou à Grã-Bretanha.

No ano seguinte ele partiu para a Noruega, de onde muitas vezes os bárbaros haviam alcançado as costas britânicas, pois estava determinado a dar uma lição terrível naqueles selvagens. Isso era a história que ele esperava que fosse contada a todas as tribos, próximas e remotas, e desse modo seu nome seria temido entre todos os povos.

Assim que chegou ao território norueguês, Riculf, o rei, com todo o poder daquele país, enfrentou-o e travou uma batalha; entretanto, após uma grande matança, os bretões conquistaram vantagem e assassinaram Riculf, bem como uma multidão incalculável de homens.

Após derrotá-los, eles atearam fogo às cidades, dispersaram os povos do país e perseguiram a vitória até submeterem toda a Noruega e a Dácia ao domínio do rei Arthur.

Depois de castigar aqueles pagãos que há tanto tempo atormentavam a Grã-Bretanha, bem como atar seu jugo a eles, o rei viajou para a Gália, firme em sua convicção de derrotar o governante romano daquela província e, portanto, cumprir as ameaças que havia feito ao imperador por meio de seus emissários.

Assim que aportou na orla da Gália, um camponês se aproximou dele e lhe contou sobre um gigante temível nas terras da Bretanha, que tinha assassinado e devorado muitas pessoas e há sete anos se alimentava apenas de criancinhas.

– Diante disso – falou o homem –, todas as crianças do país desapareceram. Mas, outro dia, ele apanhou a nossa duquesa enquanto ela cavalgava com seus homens e a carregou até seu esconderijo, em uma caverna nas montanhas. Porém, apesar de quinhentas pessoas terem seguido a moça, não foram capazes de oferecer nenhum tipo de ajuda, tampouco resgatá-la. Eles lamentavelmente a deixaram gritando e chorando nas mãos do gigante. Senhor, ela é a esposa do seu primo Hoel, seu parente de sangue. Portanto, na condição de rei justo, tem piedade dessa dama e, como um conquistador valente, vinga e liberta-nos.

– Por Deus! – disse o rei Arthur. – O que me contas é um grande infortúnio. Mesmo que fosse o meu melhor reino, eu teria preferido resgatar a dama antes que o gigante colocasse as mãos nela. Mas diz, bom camarada, és capaz de levar-me até onde o gigante vive?

– Claro, senhor! – respondeu o homem. – Observa adiante, onde vês duas grandes fogueiras. Lá o encontrarás bem como um tesouro maior do que há em toda a Gália.

Sendo assim, o rei retornou à sua tenda e, ao chamar Sir Key e Sir Bedwin, ordenou que apanhassem cavalos para eles e para o rei, pois, após a oração da noite, ele faria uma peregrinação diretamente para o monte Saint-Michel. Portanto, ao cair da noite, eles partiram e cavalgaram o mais rápido que puderam até se aproximarem da montanha. Lá, desceram de seus cavalos e o rei ordenou que os dois cavaleiros esperassem por ele nos pés do monte enquanto ele subia sozinho.

Ele subiu a montanha até chegar à grande fogueira. Lá encontrou uma viúva pesarosa torcendo as mãos enquanto chorava copiosamente sentada ao lado de uma sepultura recente. Ao cumprimentá-la, o rei Arthur orou, e diante de seu ato ela começou a se lamentar descomedidamente.

– Senhor cavaleiro – ela disse –, fala baixo, pois aí mora um diabo que, se ouvir a tua voz, virá aqui e irá matá-lo imediatamente. Por Deus! O que fazes aqui? Cinquenta homens como o senhor não tiveram poder suficiente para enfrentá-lo. Aqui, jaz o corpo da minha dama, a duquesa da Bretanha, esposa de Sir Hoel, que foi a dama mais bela do mundo. Porém ela foi cruel e vergonhosamente assassinada por esse monstro! Cuidado para não te aproximares muito, pois ele derrotou e exterminou quinze reis e fez um casaco de pedras preciosas, costurado com suas barbas. Mas se és tão valente a ponto de lhe falar, ele está jantando ao lado daquela grande fogueira.

– Bem – disse o rei Arthur –, vou cumprir a minha missão em nome de todas as tuas palavras temerosas. – Dessa maneira, ele se dirigiu ao topo da colina e pôde ver onde o gigante jantava. Ele roía o membro de um homem enquanto cozinhava sua carcaça sobre o fogo. Além disso, três donzelas giravam três espetos em que doze recém-nascidos haviam sido espetados como se fossem cotovias.

Quando o rei Arthur viu tudo aquilo, seu coração sangrou de tanta tristeza e ele tremeu de raiva e indignação. Então, levantando o tom de voz, ele gritou bem alto:

– Deus, todo-poderoso! Que tenhas uma vida curta e uma morte humilhante e que o diabo tome tua alma! Por que assassinaste estas crianças e aquela bela dama? Levanta e prepara-te para sofrer, demônio guloso! Hoje hei de matá-lo com as minhas próprias mãos!

Furioso com aquelas palavras, o gigante se levantou, apanhou uma grande tora, golpeou o rei, e arrancou-lhe a coroa da cabeça. No entanto, em troca, o rei Arthur o ceifou com a espada usando tanta força que todo o seu sangue verteu como um rio.

Em vista daquele golpe, o gigante, uivando de dor, jogou sua tora de ferro, apanhou o rei pelos dois braços e se empenhou em quebrar-lhe as costelas. Mas Arthur resistiu e contorceu-se de modo que o gigante mal conseguia segurá-lo com firmeza. Enquanto lutavam brutalmente, ambos caíram e, rolando um sobre o outro, tropeçaram e continuaram lutando, sofrendo e pelejando freneticamente de pedra em pedra, até chegarem ao mar.

À medida que se dilaceravam, ambos resistiam e rolavam. O rei, rápida e constantemente, lacerava o gigante com a sua adaga até que os braços do gigante enrijeceram em volta do corpo do rei Arthur. E após grunhir de dor, o gigante finalmente morreu. Nesse instante, os dois cavaleiros apareceram e encontraram o rei preso em torno dos braços daquele monstro. No entanto, Arthur estava completamente exaurido e atordoado, e os cavaleiros tiveram de afrouxar aqueles enormes braços para libertá-lo. Em seguida, o rei pediu a Sir Key:

– Extirpa a cabeça do gigante, crava-a na haste de uma lança, leva-a até Sir Hoel e diz que seu inimigo está morto. Depois, espeta-a no portão do castelo para que todos possam observá-la. Sobe a montanha, pega meu escudo, minha espada e a tora de ferro. Quanto ao tesouro, encontrareis uma fortuna imensurável, pegai o quanto quiserdes; eu ficarei apenas com a tora, o casaco e mais nada.

Com isso, os cavaleiros procederam ao resgate da tora e do casaco do gigante, assim como o rei lhes havia ordenado, além de confiscarem o máximo de tesouro que podiam carregar, e retornaram ao exército. Entretanto, quando aquele ato de bravura foi espalhado pelo reino afora, todas as pessoas vieram em grandes multidões para agradecer ao rei, o qual lhes dizia:

– Agradecei a Deus e rogo que dividais os espólios do gigante igualmente. – Dessa forma, o rei Arthur pediu que Sir Hoel construísse uma igreja sobre o monte para dedicá-la ao arcanjo Michel.

No dia seguinte, toda a tropa se moveu pelo interior de Champagne, e Flollo, o tribuno romano, recuou diante deles em Paris. Mas, enquanto se preparava para unir mais forças com os países vizinhos, o rei Arthur atacou-o de supetão e o cercou dentro da cidade.

Após um mês, Flollo, cheio de tristeza devido à fome de sua gente, que morria às centenas todos os dias, mandou uma mensagem ao rei Arthur, pois desejava lutar com ele. Flollo era um homem bastante alto e corajoso e estava convicto de sua vitória. O rei Arthur, embora extenuado em razão do cerco, aceitou o desafio com grande satisfação e mandou outra mensagem de volta dizendo que lutaria na data que ele designasse.

E com a trégua de ambos os lados, eles se encontraram no dia seguinte na ilha, longe da cidade, onde todas as pessoas também se reuniram para ver o embate. O rei e Flollo cavalgaram até a arena, ambos com cavalos e armaduras muito nobres, e cavalgavam tão majestosamente sobre suas selas que ninguém podia imaginar como aquela batalha terminaria.

Após saudarem um ao outro e se apresentarem com suas lanças inclinadas, eles cravaram esporas em seus cavalos e cavalgaram para uma colisão feroz. Mas o rei Arthur, carregando a sua lança mais cautelosamente, atingiu a parte superior do tórax de Flollo, o qual caiu de sua sela. Empunhando sua espada, o rei gritou que ele se levantasse e pôs-se imediatamente a correr em sua direção. Entretanto, erguendo-se, Flollo foi ao seu encontro com a lança escondida e perfurou o peito do cavalo do rei Arthur, derrubando ambos ao chão.

Quando viram seu rei ao solo, os bretões mal conseguiram evitar o rompimento da trégua e o ataque aos gauleses. Mas, quando estavam prestes a invadir as barreiras e correr na direção da arena, o rei Arthur se levantou apressadamente e, protegendo-se com o seu escudo, correu a toda velocidade para cima de Flollo. Eles recomeçaram os ataques com grande cólera, ambos dolorosamente determinados a matar um ao outro.

Por fim, Flollo, que tinha vantagem, quase derrotou o rei Arthur, conferindo um grande golpe no elmo, de onde jatos de sangue começaram a jorrar.

No entanto, quando o rei Arthur viu sua armadura e escudo tingidos de sangue, foi tomado por uma fúria imensa, e erguendo sua Excalibur ao alto, com todo o seu ímpeto, enterrou-a na cabeça de Flollo, através de seu elmo, e dividiu-a em duas partes. Flollo caiu para trás, vencido, e rasgando o solo com suas esporas.

Assim que a notícia se espalhou, todos os cidadãos correram ao mesmo tempo e, ao abrirem os portões, renderam a cidade ao seu conquistador.

À medida que percorreu toda a província com seus exércitos e submeteu cada canto ao seu reinado, Arthur retornou à Grã-Bretanha e foi aclamado em Caerleon, agora detentor de um domínio maior do que nunca.

Em seguida, ele convidou todos os reis, duques, condes e barões, os quais garantiram que o tratariam regiamente e que se reconciliariam entre eles e perante o rei.

Nunca houve uma cidade mais propícia e agradável para esses festivais. Pois, de um lado, ela era banhada por um nobre rio, de modo que os reis e príncipes de outros países além-mar poderiam convenientemente navegar por eles, e do outro lado, havia a beleza dos arvoredos e prados bem como a imponência e magnificência dos palácios reais, com amplos tetos dourados, quase à altura da grandeza de Roma. A cidade também era famosa por duas igrejas grandes e nobres: uma construída em homenagem ao mártir Júlio e adornada com o coral de virgens que haviam se dedicado inteiramente ao serviço de Deus, e a outra, fundada em memória de São Aaron, seu companheiro, o qual havia mantido um convento de cânones, tendo sido a terceira igreja metropolitana da Grã-Bretanha. Além disso, abrigava um colégio de duzentos filósofos formados em astronomia e em todas as outras ciências e artes.

Nesse lugar, cheio de deleite, o rei Arthur foi aclamado com muitas justas e torneios e caças da realeza, e descansou durante uma temporada após suas guerras.

Certo dia, um mensageiro de Ryence, rei do Norte de Gales, chegou com um anúncio de seu mestre: o rei Ryence havia derrotado onze reis e forçado cada um deles a raspar a própria barba. Com elas, ele havia costurado um manto, porém ainda lhe faltava uma. Dessa maneira, ele exigia o envio imediato da barba do rei Arthur, ou invadiria suas terras, incendiaria e mataria seu povo e nunca os deixaria em paz até que conseguisse a última barba à força. No entanto, nessa circunstância, levaria junto não só a barba de Arthur, mas sua cabeça.

Quando o rei Arthur ouviu aquelas palavras, enrubesceu de raiva e, levantando-se com grande fúria, disse:

– Bem, pela tua boca saem palavras de outro homem, e não as tuas próprias. Passaste a tua mensagem, que é insolente e vil e jamais foi ouvida de outro rei. Agora ouve a minha resposta. A minha barba é jovem demais para ser costurada ao manto do teu mestre. Ainda assim, embora eu seja jovem, jamais me curvarei a ele ou a qualquer outro homem. Pelo contrário, embora eu seja jovem, farei o teu mestre se curvar de joelhos diante de mim até o final deste ano ou lhe arrancarei a cabeça com a minha própria fé, pois esta é a mensagem mais vergonhosa que já ouvi. Vejo que teu rei nunca encontrou um homem respeitável na vida, mas diga-lhe que o rei Arthur em breve lhe arrancará a cabeça, ou uma reverência à força.

O mensageiro partiu, e Arthur, olhando para seus cavaleiros, perguntou a eles se alguém conhecia o tal rei Ryence.

– Sim – respondeu Sir Noran –, eu o conheço bem. E há poucos cavaleiros melhores ou mais fortes em campo do que ele. Seu coração é cheio de orgulho e soberba, e eu não duvido que ele escolha travar uma guerra ferrenha contra ti.

– Bem – disse o rei Arthur –, estarei pronto para enfrentá-lo, isso é o que ele terá em troca.

Enquanto o rei falava, uma donzela adentrou o saguão com um requintado manto de pelos, que ela deixou cair, revelando uma cinta onde carregava uma nobre espada. O rei ficou surpreso diante daquilo e indagou:

– Donzela, por que carregas esta espada, inapropriada para uma dama?

– Senhor – disse ela –, contarei a ti. A espada que carrego é um grande motivo de pesar, além de ser um estorvo, pois não posso deixá-la até encontrar um cavaleiro de fé, puro e verdadeiro, forte e valente, desprovido de falsidade e astúcia, que seja capaz de retirá-la desta bainha, a qual nenhum homem foi capaz até agora. Venho da corte do rei Ryence, disseram que lá muitos cavaleiros bons e grandiosos viviam aqui. No entanto, ele e todos os seus cavaleiros tentaram retirá-la em vão, pois nenhum deles foi sequer capaz de movê-la do lugar.

– Isso é um assombro! – respondeu o rei Arthur. – Tentarei retirá-la, mas não sinto em meu coração que sou o melhor cavaleiro. Farei isso para dar o exemplo para que todos tentem depois de mim. – Ao dizê-lo, ele segurou a espada e puxou com toda a força, mas não conseguiu retirá-la nem movê-la.

– Não é preciso tanta força, meu lorde – disse a donzela –, pois quem quer que seja capaz de retirá-la o fará com facilidade.

– Disseste a verdade – respondeu o rei ao lembrar-se de quando retirou a espada da pedra diante da igreja de Saint Paul. – Agora quero que meus barões tentem, que não serão manchados com a tinta da vergonha, traição ou astúcia.

E ao desviar o olhar de seus rostos, o rei Arthur refletiu profundamente sobre os pecados que guardava no peito e que aquele fracasso havia, infelizmente, trazido à tona.

Todos os barões tentaram, um após o outro, mas nenhum deles obteve êxito. Diante daquilo, a donzela pôs-se a chorar copiosamente e disse:

– Por Deus, pensei que o melhor cavaleiro residisse nesta corte, sem que estivesse manchado pela vergonha, falsidade, traição ou astúcia.

Nesse momento, estava um pobre cavaleiro com o rei Arthur, o qual havia sido aprisionado em sua corte fazia meio ano ou mais pelo assassinato inadvertido de um cavaleiro que era primo do rei. Ele era chamado de "Balin, o Selvagem", e havia sido libertado da prisão devido aos bons serviços prestados aos barões, pois mostrou ser um encarregado bom, valente e gentil. Ele estava secretamente presente na corte e, vendo que poderia estar em vantagem, sentiu seu coração flutuar. Desse modo, ele desejou tentar retirar a espada, assim como fizeram os outros, mas por ser pobre e maltrapilho, foi humilhado por voluntariar-se diante de cavaleiros tão bons e nobres. Mas, em seu coração, sabia que podia ser melhor do que qualquer outro cavaleiro presente, se os céus lhe permitissem.

Portanto, à medida que a donzela deixou o rei, Balin a chamou e disse:

– Donzela, suplico-te por uma cortesia tua, permita-me retirar a espada assim como esses senhores, pois, embora eu esteja maltrapilho, carrego uma confiança em meu coração.

A donzela olhou para ele, enxergou uma possibilidade e um homem honesto, mas, em razão de suas roupas miseráveis, não conseguia pensar que ele podia ser um cavaleiro admirável, e disse:

– Senhor, não há a necessidade de causar-me ainda mais dor ou sofrimento. Por que terias êxito quando tantos homens valorosos fracassaram antes de ti?

– Respeitável donzela – respondeu Balin –, valor e valentia não se revelam em bons trajes. A hombridade e a verdade residem no coração. Há muitos cavaleiros admiráveis, porém desconhecidos.

– Segundo a minha fé, dizes a verdade – respondeu a donzela –, portanto, tenta o que não cabe a ti, se quiseres.

Dessa maneira, Balin apanhou a espada pela cinta e punhal e retirou-a com suavidade enquanto contemplava seu brilho e beleza, sentindo-se exultante.

Entretanto, o rei e todos os barões se maravilharam diante da sorte de Sir Balin, e muitos cavaleiros o invejaram.

– Na verdade – disse a donzela –, este é um bom cavaleiro, o melhor homem que já conheci, o mais admirável, livre de traições, falsidade, crueldade, e há de conquistar muitas maravilhas.

– Agora, cavaleiro gentil e educado – ela continuou, dirigindo-se a Balin –, dá-me a espada novamente.

– Não – disse Sir Balin –, a não ser que seja tirada de mim à força, ficarei com esta espada para sempre.

– Não és um homem sábio – replicou a donzela – em mantê-la longe de mim, pois, se fizeres isso, terás de assassinar teu melhor amigo e a espada representará a tua própria destruição.

– Aceitarei qualquer aventura que Deus me enviar – disse Balin –, mas ficarei com a espada, pela fé que carrego comigo.

– Em breve haverás de te arrepender – disse a donzela. – Eu apanharia a espada pelo teu bem em detrimento do meu, pois estou aflita e preocupada por ti, que não crê no sofrimento que prevejo. – Diante daquelas palavras, ela partiu tomada por grande lamentação.

Balin mandou buscar um cavalo e uma armadura para si e deixou o rei Arthur, o qual implorou que ele ficasse em sua corte:

– Creio que te aborreceste com a minha indelicadeza. Não me culpes tanto, pois fui mal informado sobre ti e não sabia como eras verdadeiramente um cavaleiro admirável. Fica nesta corte ao lado dos meus bons cavaleiros e hei de promover-te para o teu contentamento.

– Agradeço-te em nome de Deus – disse Balin –, pois nenhum homem poderá recompensar a tua generosidade e nobreza. Mas, neste momento, devo partir e suplico-te que me mantenhas em teu favor.

– Estou sinceramente triste – disse o rei Arthur – com a tua partida. Mas não te demores. Serás bem-vindo em meu nome e de meus cavaleiros assim que retornares e eu poderei me redimir de meu erro e de todos os infortúnios que causei a ti.

– Agradeço-te em nome de Deus – repetiu Balin e se aprontou para a sua partida.

Enquanto isso, uma dama sobre um cavalo adentrou a corte vestida com trajes suntuosos e foi cumprimentada pelo rei Arthur. Ela pediu o presente que ele havia prometido a ela quando lhe conferiu a espada Excalibur, "pois sou a Dama do Lago".

– Peça o que desejares – disse o rei – e obterás, se eu tiver o poder de conferir-te.

– Desejo – disse ela – a cabeça daquele cavaleiro que acaba de conseguir aquela espada ou a cabeça da donzela que a trouxe até aqui, ou ambas, pois este cavaleiro assassinou meu irmão e a donzela causou a morte de meu pai.

– Sinceramente – respondeu o rei Arthur –, não posso conceder-te este desejo. Ele vai contra a minha natureza e o meu nome, mas peça qualquer outra coisa e realizarei.

– Não tenho nada mais a pedir – respondeu ela.

E à medida que falava, chegou Balin, prestes a deixar a corte, e, ao vê-la de onde estava, reconheceu-a imediatamente como a assassina de sua mãe, a qual ele buscava havia três anos em vão. Quando contaram a ele que a dama havia pedido sua cabeça ao rei Arthur, ele se dirigiu imediatamente até ela e disse:

– Que o diabo te carregue! Queres a minha cabeça porque bem sabes que hás de perder a tua!

Ao dizer isso, ele suavemente arrancou a cabeça da dama na presença do rei e de toda a sua corte.

– Por Deus, que vergonha! – gritou o rei Arthur, erguendo-se de raiva. – Por que fizeste isso, envergonhando a mim e a minha corte? Devo muito a esta dama e ela veio até aqui sob a minha segurança. Teu ato é indecoroso e jamais perdoarei tua crueldade!

— Senhor — gritou Sir Balin —, ouve-me! Esta dama era a criatura mais falsa que conheci. Por meio de suas feitiçarias, ela destruiu muitos, causando inclusive a morte de minha mãe na fogueira em razão de suas artimanhas e traições.

— Independentemente de tuas razões — disse o rei —, devias ter evitado matá-la em minha presença. Não te iludas, te arrependerás deste pecado, pois tamanha vergonha jamais transcorreu em minha corte. Retira-te da minha corte imediatamente.

Balin apanhou a cabeça da dama, carregou-a até seus aposentos e deixou a cidade ao lado de seu escudeiro, dizendo:

— Agora, temos de ir. Diz a eles que serei célere e que o nosso pior inimigo está morto. Também conta a eles sobre a minha libertação e a aventura para obter a minha espada.

— Por Deus! — disse o escudeiro —, você está em maus apuros por ter aborrecido o rei Arthur.

— Quanto a isso — disse Sir Balin —, partirei em busca do rei Ryence para destruí-lo ou morrer. Pois se prendê-lo e levá-lo à corte, talvez o rei Arthur me perdoe e volte a ser o meu nobre e bondoso senhor.

— Onde devo encontrá-lo novamente? — indagou o escudeiro.

— Na corte do rei Arthur — disse Balin.

Sir Balin luta contra seu irmão, Sir Balan

Havia um cavaleiro na corte com ainda mais inveja de Sir Balin do que os outros, pois dizia ser um dos melhores cavaleiros da Grã-Bretanha. Seu nome era Lancear e foi ao rei implorar que perseguisse Sir Balin para vingar o insulto ao qual ele submetera a corte de Arthur.

– Faça teu melhor – respondeu o rei –, pois estou furioso com Balin.

Enquanto isso, chegou Merlin, e lhe contaram sobre a aventura da espada e da Dama do Lago.

– Deveis de fato acreditar – ele disse – que a dama que trouxe a espada é a donzela mais falsa que já viveu.

– Não digais isso – eles responderam –, pois ela tem um irmão que é um bom cavaleiro, o qual matou outro cavaleiro que esta dama amava. Para se vingar de seu irmão, ela se dirigiu à Lady Lile de Avilion em busca de ajuda. Lady Lile lhe deu a espada e lhe disse que nenhum homem seria capaz de retirá-la, exceto um cavaleiro valente e forte, o qual a vingaria e mataria seu irmão. Esta, na realidade, foi a razão pela qual a dama veio até aqui.

– Sei de tudo isso tanto quanto tu sabes – respondeu Merlin – e pedia a Deus para que ela não se aproximasse, pois nunca esteve em minha companhia, exceto para me causar o mal. E aquele bom cavaleiro que retirou a espada será morto por ela. Sua morte será uma grande perda e prejuízo, pois jamais existiu um cavaleiro melhor do que ele. Mas, antes disso, ele ainda honrará e prestará grandes serviços ao meu senhor rei.

Sir Lancear, tendo se armado como podia, montou no cavalo e partiu em busca de Sir Balin o mais rápido que pôde e, ao alcançá-lo, gritou:

– Espera, espera, senhor cavaleiro. Espera um instante ou terei de forçá--lo a parar.

Ao ouvi-lo gritar, Sir Balin virou seu cavalo impetuosamente e disse:

– Respeitável cavaleiro, o que farás comigo? Queres tornear?

– Sim – disse Sir Lancear –, foi por essa razão que te persegui até aqui.

– Talvez – respondeu Balin –, teria sido melhor que tivesses ficado em tua casa, pois muitos homens que pensam ser vitoriosos terminam como perdedores. De que corte vens?

– Da corte do rei Arthur – gritou Lancear. – Venho para vingar o insulto ao qual submeteste nosso senhor no dia de hoje.

– Bem – disse Sir Balin –, vejo que terei de lutar contra ti, mas me arrependo de ter aborrecido o rei Arthur ou seus cavaleiros. Tua queixa me parece tola, pois a dama que está morta fazia grandes maldades. Do contrário, eu teria evitado, como qualquer outro cavaleiro vivo, matar uma dama.

– Apronta-te – berrou Lancear –, pois um de nós repousará neste campo para todo o sempre!

Mas, na primeira colisão, a lança de Sir Lancear se estilhaçou contra o escudo de Sir Balin. A lança deste, por sua vez, perfurou o escudo de Sir Lancear, de modo que ela zanzou pela cota de malha e perpassou o corpo do cavaleiro e a anca de seu cavalo. Sir Balin, dando meia-volta, puxou sua espada em um ímpeto sem nem saber que já o havia matado até ver o corpo estendido no chão.

Nesse mesmo instante, uma donzela se aproximou rapidamente sobre um cavalo, logo atrás dele, e ao ver Sir Lancear morto, caiu em prantos e lamentos copiosos, e gritou:

– Oh, Sir Balin, mataste ao mesmo tempo dois corpos e um coração. Aniquilaste dois corações e duas almas em um único corpo.

Com isso, ela apanhou a espada que jazia ao lado do corpo de seu amado, pois era a namorada de Lancear e, ao repousar a sela no chão, dilacerou o próprio corpo com a lâmina.

Ao vê-la morta, Sir Balin ficou extremamente pesaroso e angustiado, e se arrependeu profundamente pela morte de Lancear, e consequentemente, da linda jovem. Incapaz de olhar para seus corpos de tanta tristeza que sentia, ele adentrou uma floresta. Enquanto cavalgava, ele viu os braços do irmão, Sir Balan. Quando se encontraram, retiraram os elmos e trocaram abraços, beijos e choros de alegria e piedade. Em seguida, Sir Balin contou a Sir Balan sobre todas as últimas aventuras que havia vivido e que estava em busca do rei Ryence, o qual sitiava o castelo Terrabil naquele momento.

– Irei com você – respondeu Sir Balan –, e ajudaremos um ao outro, como irmãos devem fazer.

Logo, por acaso, à medida que conversavam, chegou o rei Mark, da Cornualha, por aquele mesmo caminho e, quando avistou os dois corpos estirados, de Sir Lancear e de sua dama, e ouviu a história de suas mortes, jurou que os enterraria antes de deixar aquele local. Em seguida, armou sua tenda e vasculhou todo o país em busca de um monumento. Encontrou um que fosse belo e opulento, apanhou-o e cravou acima da cabeça do cavaleiro e de sua dama e, depois, escreveu:

– Aqui jaz Lancear, filho do rei da Irlanda, o qual, mediante o próprio pedido, foi morto por Balin. E ao lado dele jaz a senhorita Colombe, a qual suicidou-se com a espada de seu amado, de tristeza e de pesar.

Quando Merlin os encontrou, disse a Balin:

– Fizeste um grande mal em não salvar a vida daquela moça que se matou. Por isso, enfrentarás o golpe mais doloroso que nenhum outro homem jamais enfrentou, exceto aquele que golpeou o nosso senhor. Tu matarás o cavaleiro mais verdadeiro e admirável que já existiu, o qual não conseguirá se recuperar da ferida por muitos anos e, em razão dela, três reinos serão relegados à pobreza e à miséria.

– Se eu acreditasse – disse Balin – no que dizes, tu me matarias para tornar-me um mentiroso.

Diante daquilo, Merlin sumiu repentinamente. Porém, durante a noite, os encontrou, disfarçado, e lhes disse que poderia guiá-los até o rei Ryence, o qual procuravam.

– Pois esta noite ele há de cavalgar com sessenta soldados armados com lanças em meio a uma floresta das redondezas.

Dessa maneira, Sir Balin e Sir Balan se esconderam na floresta e, à meia-noite, saíram de suas emboscadas entre as folhas, ao lado da estrada, e aguardaram o rei, o qual ouviram se aproximar com sua cavalaria. Eles repentinamente saltaram ao chão. Em seguida, ao encararem sua cavalaria ferida, assassinaram quarenta deles e colocaram os outros para correr. Ao retornar ao rei Ryence, estavam prestes a matá-lo, porém ele implorou misericórdia e deu-se por vencido diante deles enquanto gritava:

– Cavaleiros cheios de destreza, não me mateis! Apenas a minha vida pode lhes render algo, no entanto, a minha morte não vos servirá para nada.

– Dizes a verdade – disseram os dois cavaleiros e o colocaram em uma liteira, vagaram lentamente durante a noite até que, ao amanhecer, chegaram ao palácio do rei Arthur. Lá, entregaram o rei Ryence aos vigias e porteiros para que fosse levado até o rei com a seguinte mensagem: "Foi trazido ao rei Arthur pelo guerreiro das duas espadas (pois era assim que Balin era conhecido desde sua aventura com a donzela) e por seu irmão". E antes do raiar do dia, partiram novamente.

Dentro de um mês ou dois após o ocorrido, o rei Arthur, um tanto adoentado, deixou a cidade, estendeu sua tenda em meio aos prados e lá ficou, deitado sobre uma esteira de palha, sem conseguir dormir. Ao recostar-se, ele ouviu o som de um grande cavalo e, ao olhar pela entrada de sua tenda, viu um cavaleiro passar lamentando muito.

– Espera, respeitável senhor – disse o rei Arthur –, por que choras?

– Não podes fazer nada – respondeu o cavaleiro e se foi.

Instantes depois, Sir Balin cavalgava ao acaso pelos prados e, quando avistou o rei, desceu de seu cavalo, caminhou até ele, ajoelhou-se e o cumprimentou.

– Pela minha coroa – disse o rei Arthur –, seja muito bem-vindo, Sir Balin! – E agradeceu cordialmente por vingá-lo contra o rei Ryence e por enviá-lo tão rapidamente à prisão do castelo. Ele lhe disse como o rei Nero, o irmão de Ryence, o havia atacado para tirar Ryence da prisão e como ele o havia derrotado e matado, além do rei Lot, de Orkney, que estava junto de Nero e o qual o rei Pellinore havia assassinado em batalha. Ao conversarem, o rei Arthur contou a Sir Balin sobre o obstinado cavaleiro que acabara de passar por sua tenda, o qual desejava que ele buscasse e trouxesse de volta. Sir Balin cavalgou, alcançou o cavaleiro na floresta junto de uma donzela e disse:

– Senhor cavaleiro, deves voltar comigo até a presença de meu senhor, o rei Arthur, para contar a ele qual é a razão de sua tristeza e por que te recusas a fazer isso.

– Não irei – respondeu o cavaleiro –, pois seria muito ruim para mim e não seria nenhuma vantagem para ele.

– Senhor – disse Sir Balin –, suplico que te aprontes, pois tens de ir comigo, senão terei de lutar contigo e levá-lo à força.

– Se eu for contigo, serei poupado pela minha conduta? – indagou o cavaleiro.

– Sim, claro – respondeu Balin. – Caso contrário, eu morrerei.

O cavaleiro se preparou para ir com Sir Balin e deixou a donzela na floresta. Mas, à medida que foram, um cavaleiro invisível transpassou uma lança pelo corpo do cavaleiro.

– Por Deus! – gritou Sir Herleus, pois era assim que se chamava. – Fui atacado sob a tua guarda e conduta pelo cavaleiro traidor chamado Garlon, o qual, por meio de mágica e feitiçaria, cavalga de modo invisível. Pega o meu cavalo, que é melhor do que o teu, e vá até a donzela que deixamos para trás. Termina a missão que estava sob os meus cuidados e ela o guiará. Vinga a minha morte assim que puderes!

– É o que farei – respondeu Sir Balin –, em nome do meu título de cavaleiro, eu firmo o meu juramento.

Sir Balin se dirigiu até a donzela e cavalgou com ela. Esta, por sua vez, carregava a haste da lança com a qual Sir Herleus havia sido morto. No caminho, um bom cavaleiro, Perin de Mountbelgard, uniu-se a eles e fez um juramento de que assumiria a aventura aonde quer que eles fossem. No entanto, no momento em que passaram por um eremitério, nos arredores de uma igreja, o cavaleiro Garlon se aproximou, novamente invisível, e cravou sua lança através do corpo de Sir Perin, matando-o, como havia feito com Sir Herleus. Diante daquilo, Sir Balin se enfureceu imensamente e jurou que tiraria a vida de Sir Garlon assim que o encontrasse e pudesse ver sua forma física. Em seguida, ele e o ermitão enterraram o bom cavaleiro Sir Perin e cavalgaram com a donzela até chegarem a um enorme castelo, onde estavam prestes a adentrar, porém, ao passar pelos portões, as grades caíram repentinamente atrás dele e deixaram a donzela cercada por homens que empunhavam suas espadas para assassiná-la.

Ao ver aquilo, Sir Balin escalou avidamente os muros e a torre e pulou no fosso do castelo, correndo atrás da donzela e de seus inimigos com a espada nas mãos para lutar e matá-los. Mas eles gritaram:

– Ergue a tua espada, senhor cavaleiro, não o confrontaremos por este motivo, esta não passa de uma antiga tradição deste castelo.

Eles disseram que a dama do castelo estava doente e acamada por muitos anos e poderia nunca ser curada, a menos que bebesse o sangue retirado de uma dama pura e filha de um rei em um prato de prata. E a tradição do castelo mandava que, se uma donzela passasse pelo castelo, teria de fornecer um prato inteiro de seu próprio sangue. Sir Balin permitiu que eles furassem a donzela, mediante seu próprio consentimento. No entanto, seu sangue não ajudou a moça do castelo. Desse modo, eles partiram no dia seguinte, descansados e de bom-humor.

Eles cavalgaram por três ou quatro dias sem muitas aventuras e chegaram, finalmente, à residência de um homem rico, o qual os acomodou e alimentou com grande fartura. Enquanto estavam sentados para o jantar, Sir Balin ouviu a voz de alguém gemendo sofregamente.

– Que barulho é esse? – ele indagou.

– Pois, então – disse o anfitrião –, eu lhes contarei. Participei recentemente de um torneio em que lutei com um cavaleiro cujo irmão é o rei Pelles. Eu o derrotei duas vezes e ele jurou que se vingaria de mim matando o meu melhor amigo. Dessa maneira, ele feriu o meu filho, o qual não conseguirá se recuperar até que eu consiga o sangue daquele cavaleiro. Entretanto, por meio de suas feitiçarias, ele cavalga como se fora invisível, e tampouco sei o seu nome.

– Ah – disse Sir Balin –, eu o conheço. Seu nome é Garlon e ele matou dois cavaleiros, companheiros meus, dessa mesma maneira. E eu daria toda a riqueza deste reino para encontrá-lo cara a cara.

– Bem – disse o anfitrião –, se tu me permitires informá-lo, o rei Pelles anunciou por todo o país que realizará um grande festival, que ocorrerá em Listeniss, dentro de vinte dias, a contar de hoje. Neste grande festival, é possível que encontremos o tal Garlon, pois muitos estarão presentes e, se for do teu desejo, poderemos comparecer juntos.

Desse modo, no dia seguinte, os três cavalgaram na direção de Listeniss. Eles viajaram por quinze dias e chegaram ao local no primeiro dia de celebração. Ao chegar, eles desceram de seus cavalos, colocaram-nos no estábulo e caminharam para o castelo. Porém, a entrada do anfitrião de Sir Balin foi negada, pois ele não estava acompanhado de uma dama. Em contrapartida, Sir Balin foi muito bem recebido, levado a um recinto onde o desarmaram, o vestiram com uma túnica opulenta da cor escolhida por ele e lhe disseram que ele deveria deixar a espada lá. Ao ouvir isso, ele se recusou e disse:

– A tradição em meu país é que um cavaleiro sempre deve manter sua espada e se eu não puder carregá-la comigo, abandonarei o festival. – Diante dessas palavras, eles permitiram que ele carregasse a espada consigo. Dessa forma, ele adentrou o grande saguão e foi colocado ao lado de cavaleiros famosos e respeitáveis, e sua dama sentou-se à frente dele.

Logo, encontrou meios para perguntar algo a um cavaleiro sentado próximo a ele:

– Há aqui algum cavaleiro chamado Garlon?

– Ele foi para lá – respondeu o cavaleiro sentado ao seu lado. – É aquele do rosto negro. É o cavaleiro mais magnífico que já existiu, pois cavalga de maneira invisível e é capaz de destruir quem quiser.

– Ah, pois bem – disse Balin, com um longo suspiro –, é esse mesmo o homem? Já ouvi falar dele.

Ele se recolheu durante um longo tempo e refletiu: "Se eu tiver de matá-lo aqui e agora, não conseguirei escapar. Mas, se poupá-lo, posso nunca mais encontrá-lo com a vantagem que tenho no momento. E se permanecer vivo, vai causar ainda mais danos e sofrimento!".

Contudo, enquanto refletia profundamente com o olhar atento a Sir Garlon, o falso cavaleiro notou que ele o observava e, pensando que, em algum momento conseguiria escapar de uma possível vingança, aproximou-se de Sir Balin, deu-lhe um tapa na cara com as costas da mão, e lhe disse:

– Cavaleiro, por que me observas? Tem vergonha, come a tua carne e faz o que vieste fazer aqui.

– Falaste bem – gritou Sir Balin enraivecido –, farei imediatamente o que vim fazer aqui, como verás. – Dizendo aquilo, ele girou sua espada no alto e a enterrou na cabeça do cavaleiro negro, partindo-lhe o crânio ao meio até a altura do ombro.

– Dá-me a marreta – Sir Balin dirigiu-se à dama – com a qual ele matou o cavaleiro. – E ao passar-lhe o objeto que ela carregava aonde quer que fosse, cravou-a em seu corpo e disse:

– Com esta marreta, mataste um bom cavaleiro traiçoeiramente e agora ela está espetada em teu corpo criminoso.

Em seguida, ele chamou o pai do garoto ferido, o qual o havia acompanhado até Listeniss e lhe disse:

– Leva o máximo de sangue que puder para curar teu filho.

No entanto, uma terrível confusão se pôs e todos os cavaleiros pularam de suas mesas para matar Balin. O rei Pelles, que estava mais próximo dele, gritou:

– Cavaleiro, mataste meu irmão dentro do meu terreno. Morre, portanto, pois não sairás vivo deste castelo.

– Então, que me mates! – clamou Balin.

– Sim – disse o rei –, é isso mesmo o que farei! Pois nenhum outro homem o tocará, pelo amor que tenho ao meu irmão.

O rei Pelles apanhou uma arma nefasta e desferiu um golpe duro em Balin. Entretanto, este posicionara a espada entre a cabeça e o rei e, portanto, conseguiu proteger-se, mas perdeu a espada nesse momento, a qual caiu ao chão, destruída e estilhaçada devido ao choque. Desarmado, ele correu para a sala mais próxima em busca de uma espada e, de sala em sala, com o rei Pelles atrás dele, Balin corria em vão e seu desespero crescia à medida que buscava uma arma em cada canto e não encontrava.

Finalmente, ele entrou em um quarto deslumbrante, magnificamente decorado, onde havia uma cama coberta com um tecido dourado, o mais rico que se pode imaginar, e outro tecido disposto por dentro da cama.

Ao lado dela, havia uma mesa feita de ouro maciço, apoiada em quatro pilares de prata. Sobre a mesa, repousava uma lança majestosa, mas estranhamente forjada.

Quando Sir Balin viu a lança, ele a apanhou, apontou-a para o rei Pelles e o golpeou com tanta voracidade que ele caiu ao chão desfalecido com o ferimento.

Mas, com aquele talho terrível e doloroso, o castelo sacudiu e oscilou, e suas paredes começaram a cair e se despedaçar ao chão. Balin também caiu em meio aos escombros e ficou impossibilitado de mexer um pé ou uma mão sequer. Durante três dias, ficou preso em meio às ruínas do castelo até que Merlin veio em seu socorro, retirou-o de lá e entregou-lhe um cavalo enquanto dizia que cavalgasse para longe o mais rápido que pudesse.

– Posso levar a donzela que eu trouxe comigo? – indagou Sir Balin.

– Senhor, ela está morta – disse Merlin. – Mal sabes o que fizeste, Sir Balin. Pois este castelo e o quarto que profanaste continha o sangue de nosso Senhor Jesus Cristo! E aquele cálice sagrado era o Graal, de onde o vinho foi bebido no último jantar do nosso Senhor. José de Arimateia o trouxe até estas terras quando veio para cá pela primeira vez para convertê-lo e salvá-lo. Aquela cama de ouro foi onde ele se deitou, e a lança estranha ao lado dele foi a arma com a qual o soldado Longus matou o nosso Senhor. O rei Pelles era o parente mais próximo de José de Arimateia em sua linhagem direta, e, por essa razão, estas coisas sagradas estavam confiadas a ele. Mas, agora, todas elas foram destruídas com o teu doloroso golpe. Nenhum homem jamais as conhecerá e o dano que causaste a esta terra, que foi a mais feliz que já existiu, é grande demais. Com o teu ato, mataste milhares e, com a perda e desaparecimento do Graal, a segurança deste reino foi posta em perigo e sua felicidade se foi para todo o sempre.

Balin deixou Merlin, com a alma dilacerada de tanta tristeza e pesar, e disse:

— Nunca mais nos encontraremos neste mundo.

Em seguida, ele cavalgou pelas belas cidades e países e encontrou pessoas mortas por todos os lados. E os sobreviventes gritavam à medida que ele passava:

— Oh, Balin, vê a miséria que trouxeste a nós! Pois a morte dolorosa que deste ao rei Pelles destruiu três países e não tenho dúvidas de que a vingança será feita em breve.

Quando ultrapassou a fronteira daqueles países, estava, de certa forma, confortado, e cavalgou por oito dias sem aventuras. Logo, alcançou uma cruz, onde lia-se em letras douradas: "Que nenhum cavaleiro sozinho adentre este castelo". Ao olhar para o alto, viu um homem velho e grisalho vindo em sua direção, o qual lhe disse:

— Sir Balin, o Selvagem, ultrapassaste esta fronteira, em seguida, dá meia-volta, pois será melhor para ti. — E, com essas palavras, desapareceu.

Ele ouviu uma corneta ressoar. Era o prenúncio da morte de uma besta-fera sob caça.

— Este estampido — disse Balin — foi para mim, pois eu sou a presa que buscam, embora eu ainda não esteja morto. — Mas, ao passo que falava, viu cem damas, acompanhadas de uma grande tropa de cavaleiros, caminharem em sua direção com feições alegres e dando-lhe as boas-vindas. Elas o guiaram até o castelo e fizeram uma grande festa regada a danças, menestréis e todo o tipo de alegrias.

Algum tempo depois, a dama-líder do castelo disse:

— Cavaleiro das duas espadas, tens de encontrar e lutar com um cavaleiro que está nas proximidades, e que vive em uma ilha, pois nenhum outro homem jamais percorreu este caminho sem deparar-se com ele.

— É uma tradição penosa — respondeu Balin.

— Há apenas um cavaleiro capaz de derrotá-lo — respondeu a dama.

— Bem — disse Sir Balin —, seja como quiser. Estou pronto e bastante disposto e, embora o meu cavalo e meu corpo estejam exauridos, meu coração, pelo contrário, está repleto de vida. E sinceramente ficarei satisfeito em me deparar com a minha morte.

– Senhor – disse uma das pessoas –, penso que teu escudo não está em bom estado. Emprestarei um maior a ti.

– Agradeço-te, senhor, – respondeu Balin, e apanhou o escudo desconhecido, deixando o seu lá. Em seguida, pôs-se a cavalgar adiante e entrou junto de seu cavalo em um barco a caminho da ilha.

Assim que aportou, viu um cavaleiro vindo em sua direção vestido todo de vermelho sobre um cavalo trajado da mesma cor. Quando o cavaleiro vermelho viu Sir Balin, bem como as duas espadas que carregava consigo, pensou que era seu irmão (pois o cavaleiro vermelho era Sir Balan), mas quando viu as armas estranhas retratadas em seu escudo, esqueceu-se daquele pensamento e partiu para um ataque atroz. Na primeira colisão, ambos caíram de seus cavalos e ficaram desacordados no chão. Mas Sir Balin foi o mais machucado e dilacerado, pois já estava cansado e desgastado de sua viagem. Desse modo, Sir Balan levantou-se e apanhou sua espada enquanto Sir Balin, sofregamente, levantou-se e ergueu o escudo. Sir Balan o golpeou através do escudo e quebrou seu elmo. Sir Balin, em contrapartida, o acertou com sua espada predestinada, quase matando o irmão. Ambos lutaram até perderem o fôlego.

Desse modo, Sir Balin, olhando para o alto, viu as torres do castelo repletas de damas. Recomeçaram a batalha, feriram-se gravemente, depois, pausaram, respiraram e recomeçaram. Fizeram isso tantas vezes que o solo ficou tingido de sangue. A essa altura, ambos tinham sete grandes feridas, a última das quais poderia ter destruído o maior gigante do mundo. No entanto, eles se levantaram, embora suas cotas de malha já estivessem soltas, e seus corpos nus perfurados com suas espadas afiadas. Por último, o irmão mais novo afastou-se um pouco e deitou-se.

– Sir Balin, o selvagem, disse.

– Que tipo de cavaleiro é você? Pois nunca encontrei ninguém à minha altura.

– Meu nome – disse ele, debilmente – é Balan, irmão do bom cavaleiro Sir Balin.

– Oh, Deus! – gritou Balin. – Nunca imaginei que esse dia pudesse chegar! – e, com isso, caiu para trás, desfalecido.

Em seguida, Sir Balan rastejou de dor sob suas mãos e pés e tirou o elmo do irmão, mas não conseguiu reconhecê-lo de tão ensanguentado e dilacerado que estava seu rosto. No entanto, nesse momento, quando Sir Balin se aproximou, ele disse:

– Oh, Balan, meu irmão, me mataste e eu a ti! No mundo inteiro nunca haverá maior tristeza!

– Por Deus! – disse Sir Balan. – Nenhum sofrimento se iguala ao de hoje. Por causa de um incidente não pude reconhecê-lo, quando vi tuas duas espadas e teu escudo estranho; eu deveria saber que era meu irmão.

– Por Deus! – disse Balin. – E toda essa infelicidade se deu à porta de um cavaleiro infeliz que vive dentro do castelo, o qual me convenceu a trocar de escudo. Se eu sobreviver, vou destruir aquele castelo e suas tradições demoníacas.

– Foi como tinha de ser – disse Balan. – Desde que cheguei aqui, nunca consegui partir, pois aqui me fizeram lutar com o cuidador da ilha, o qual eu assassinei, e por meio de um feitiço nunca sairei daqui, e nem você, meu irmão, será capaz de me matar e escapar com vida daqui.

Mais tarde, a dama do castelo chegou e, quando ouviu a conversa dos dois bem como a situação infeliz em que se encontravam, ela cruzou as mãos e pôs-se a chorar amargamente. Sir Balan suplicou pela gentileza dela, em nome de seu prestimoso serviço, que ela os enterrasse juntos naquele lugar. Ela lhes concedeu o pedido enquanto chorava copiosamente e disse que o faria com toda a riqueza e solenidade e da maneira mais nobre possível.

Então, chamaram um padre e receberam a extrema-unção em suas mãos. E Balin ainda disse:

– Escreve em nossa sepultura que fomos dois irmãos que mataram um ao outro para que todo cavaleiro ou peregrino que passar por aqui pudesse rezar por nossas duas almas.

Sir Balan morreu primeiro, mas Sir Balin não morreu antes da meia-noite do dia seguinte, quando foram, finalmente, enterrados juntos.

No dia seguinte à morte dos dois irmãos, Merlin chegou e levou a espada de Sir Balin. Ele a fixou em uma nova sela e a depositou sobre uma pedra majestosa, que mais tarde, por mágica, ele fez flutuar sobre a água. Dessa maneira, por muitos anos, ela flutuou para lá e para cá ao redor da ilha, até que desceu pelo rio Camelot, onde o jovem Galahad a alcançou, como será contado adiante.

O casamento de Arthur e Guinevere e a fundação da Távola Redonda

Certo dia, o rei Arthur disse a Merlin:
– Meus senhores e cavaleiros rezam diariamente para que eu encontre uma esposa, mas não pedirei nenhuma donzela em casamento sem vosso conselho, pois me ajudaste desde que assumi a coroa.
– Muito bem – disse Merlin –, deves buscar uma esposa, pois nenhum homem generoso e de natureza nobre deve viver sem uma, mas há alguma dama que amas mais do que outra?
– Sim – disse o rei Arthur. – Amo Guinevere, a filha do rei Leodegrance, de Camelgard, o qual também mantém em sua casa a Távola Redonda que recebeu de meu pai, Uther. Além disso, penso que a dama é a mais bela e gentil que existe.
– Senhor – respondeu Merlin –, quanto à sua beleza, é uma das mais belas que existem, de fato. Mas, se não a amasse tanto, eu o aconselharia

a escolher outra dama que seja igualmente bela e bondosa. Contudo, se o coração de um homem repousa em determinado lugar, ele não o fará por bem. – Ao dizer isso, Merlin já sabia do dissabor que acometeria aquela união.

O rei Arthur mandou uma mensagem ao rei Leodegrance dizendo que desejava muito casar-se com sua filha e como a amava desde que a vira pela primeira vez, quando, na companhia dos reis Ban e Bors, resgatou Leodegrance das mãos do rei Ryence do Norte de Gales.

Quando o rei Leodegrance recebeu a mensagem, ele exclamou:

– Esta será a melhor união que já presenciei na minha vida inteira, pois um príncipe tão grandioso quer a minha filha como esposa! Eu concederia com satisfação a mão de minha filha além de metade das minhas terras, mas ele não precisa de mais. Creio que ficará mais satisfeito se eu lhe enviar a Távola Redonda do rei Uther, seu pai, bem como cem bons cavaleiros como convidados, pois logo encontrará meios de conseguir ainda mais cavaleiros e completar a Távola.

O rei Leodegrance entregou Guinevere, sua filha, aos mensageiros do rei Arthur bem como a Távola Redonda com cem cavaleiros.

Desse modo, eles cavalgaram majestosa e imediatamente, às vezes por água e às vezes por terra, na direção de Camelot. Enquanto cavalgavam pelo clima primaveril, praticavam esportes e passatempos. E, em todos aqueles esportes e jogos, um jovem cavaleiro, recentemente agregado à corte de Arthur, chamado Lancelote, tornava-se mais forte e admirado por todos. Além disso, o cavaleiro era extremamente corajoso e elegante, de modo que Guinevere também o observava com alegria. Sempre, ao anoitecer, quando as tendas estavam dispostas ao lado de rios ou florestas, muitos menestréis vinham e cantavam diante dos cavaleiros e damas enquanto estes estavam sentados na entrada de suas tendas. Muitos cavaleiros contavam sobre suas aventuras. Sir Lancelote era um dos principais e contava histórias dignas de um cavaleiro e cantava as canções mais belas de toda aquela cavalaria.

Quando finalmente chegaram a Camelot, o rei Arthur fez uma grande algazarra e toda a cidade o acompanhou nas celebrações. Cavalgando à frente, com um grande cortejo, ele encontrou Guinevere e sua cavalaria e a guiou, primeiro pelas ruas repletas de pessoas, depois em meio a toda a agitação e o ressoar dos sinos da igreja e, por fim, a um palácio nas proximidades.

Assim, com muita pressa, o rei ordenou que o casamento e a coroação fossem preparados com a maior pompa, honra e imponência. E quando chegou o dia, os arcebispos guiaram o rei à catedral, para onde ele caminhou vestido com seus trajes reais, ao lado de quatro reis que carregavam quatro espadas douradas diante dele. Além disso, um coral que cantava uma música doce o acompanhava.

Em outra parte, ia a rainha vestida com os ornamentos mais suntuosos, guiada por bispos e arcebispos à Capela das Virgens. As quatro rainhas, casadas com os quatro reis, mencionados por último, caminhavam diante dela com quatro pombas brancas, de acordo com a antiga tradição, e atrás dela seguiam muitas donzelas, cantando e demonstrando muita alegria.

Quando as duas procissões chegaram às igrejas, a música e o coral eram tão majestosos que todos os cavaleiros e barões que lá estavam se empurravam como se fossem uma multidão aguardando uma batalha para ouvirem e verem o máximo que seus olhos podiam capturar.

Assim que o rei foi coroado, ele chamou todos os cavaleiros que vieram junto com a Távola Redonda de Camelgard e outros vinte homens valentes e honráveis, escolhidos por Merlin ao redor de todo o reino para ocuparem lugar na Távola. O arcebispo da Cantuária abençoou os assentos de todos os cavaleiros e, quando se ergueram novamente para se curvar ao rei Arthur, havia o nome de cada cavaleiro escrito no verso de cada assento com letras douradas. Mas, em um dos lugares, lia-se: "Este é o Trono Perigoso e, se algum homem se sentar aqui, exceto aquele que os céus escolherem, será devorado pelo fogo".

Desse modo, adentrou o jovem Gawain, o sobrinho do rei, e implorou que fosse condecorado cavaleiro, título que foi concedido pelo rei naquele mesmo instante e local. Depois, aproximou-se um pobre homem, o qual era precedido por um jovem alto e formoso de dezoito anos, que cavalgava em uma égua franzina. Ao cair aos pés do rei, o pobre homem lhe disse:

– Senhor, soube que, no momento de teu casamento, tu concederias o presente que qualquer homem lhe rogasse, desde que não fosse irrazoável.

– É verdade – respondeu o rei Arthur –, e farei valer.

– Quanta graça e nobreza! – disse o pobre homem. – Senhor, peço a ti uma única coisa: que tornes meu filho um cavaleiro.

– O que pedes é algo muito grande. – respondeu o rei. – Qual é o teu nome?

– Áries, o Vaqueiro – respondeu ele.

– Esta súplica vem de ti ou de teu filho? – questionou o rei Arthur.

– Não, senhor, não vem de mim – ele disse –, mas de meu filho apenas, pois tenho treze outros filhos e todos eles se encaixaram nos afazeres que lhes arranjei. Mas este aqui não exerce nenhuma das atividades que eu ou minha esposa exercemos. Só quer saber de atirar e lutar e correr para ver cavaleiros e justas e torneios, seja noite ou seja dia. Por isso, tem de se tornar um cavaleiro.

– Qual é o teu nome? – disse o rei ao jovem homem.

– Meu nome é Tor – ele respondeu.

O rei, olhando firmemente em sua direção, satisfez-se com seu rosto e corpo, bem como com a nobreza e fortaleza que seu olhar transparecia.

– Traz todos os teus outros filhos diante de mim – disse o rei a Áries.

Mas, quando os trouxe, nenhum deles se assemelhava a Tor, fosse em estatura, forma ou aparência. Desse modo, o rei conferiu o título de cavaleiro a Tor com as seguintes palavras:

– Que por toda a tua vida sejas um cavaleiro bom e verdadeiro, e suplico a Deus que de fato sejas. Se provares teu valor e destreza, um dia ocupará um assento na Távola Redonda.

Dirigindo-se a Merlin, Arthur disse:

– Profetiza agora, oh, Merlin. Tor se tornará um cavaleiro de valor ou não?

– Sim, senhor – respondeu Merlin. – Ele há de ser, pois é filho do rei Pellinore, o qual encontraste e o qual provou ser um dos melhores cavaleiros da história. Ele não é filho do vaqueiro.

Nesse instante, o rei Pellinore se aproximou e, quando viu Sir Tor, o reconheceu como filho seu e ficou sem palavras de tão satisfeito por vê-lo condecorado cavaleiro. Pellinore, por sua vez, fez uma reverência ao rei Arthur, atitude que foi aceita com prazer e graça pelo rei. Ele foi guiado por Merlin a um dos assentos da Távola Redonda, próximo do Trono Perigoso.

Sir Gawain, porém, foi tomado pela fúria diante da honra feita ao rei Pellinore e disse ao irmão Gaheris:

– Ele matou o nosso pai, o rei Lot, então eu o matarei.

– Ainda não – ele disse –, espera até que eu me torne um cavaleiro também e poderei ajudá-lo. É melhor permitir agora e não estragar esta festa majestosa com derramamento de sangue.

– Será como quiseres – disse Sir Gawain.

Em seguida, o rei se levantou e falou com toda a Távola Redonda. Ele exigiu que sempre fossem cavaleiros verdadeiros e nobres, que não cometessem ultrajes, nem assassinatos, nem atos de violência e injustiça, e que sempre fugissem da traição. Além disso, jamais poderiam agir com crueldade, mas, pelo contrário, deveriam ser piedosos a quem lhes rogasse por piedade sob pena de perder a liberdade àquela corte para o resto de seus dias. Ainda, sob pena de morte, forneceriam socorro às damas e jovens donzelas e, por último, nunca participariam de nenhuma disputa equivocada, fosse em troca de recompensa ou pagamento. Sendo assim, após o juramento, a cada um foi conferida a ordem da cavalaria.

O rei ordenou que, a cada ano, durante Pentecostes, todos deveriam se pôr diante dele, onde quer que ele designasse, e lhe prestar contas de todos os atos e aventuras realizados nos últimos doze meses. Dessa maneira, mediante orações e bênçãos e palavras de encorajamento, ele instituiu a ordem mais nobre da Távola Redonda, onde os melhores e mais intrépidos cavaleiros de todo o mundo, mais tarde, buscariam ingressar.

A opulenta festa se iniciou, e o rei e a rainha se sentaram lado a lado diante de toda a assembleia em meio a uma cerimônia e um banquete cheios de riqueza e opulência.

E enquanto estavam sentados, cada um em seu lugar, Merlin percorreu o local e disse:

– Sentai-vos por alguns instantes, pois em breve partilharão de uma aventura estranha e maravilhosa.

Neste momento, um cervo branco, ao lado de um cão da mesma cor, repentinamente entrou correndo pelo saguão, junto de outros trinta pares de cães pretos que uivavam intensamente. O cervo circundou a Távola Redonda e as outras mesas enquanto o cão branco pulou sobre ele e o mordeu com toda a voracidade, arrancando-lhe um pedaço de suas ancas. Nesse momento, o cervo saltou bem alto e derrubou um cavaleiro sentado à mesa, o qual levantou-se imediatamente, segurou o cão, montou sobre ele e cavalgou para longe.

Mas mal havia saído e entrou uma moça montada sobre um palafrém, a qual gritou ao rei:

– Senhor, não me faças sofrer! O cão levado pelo cavaleiro é meu. – E, à medida que falou, o cavaleiro voltou todo armado sobre um grande cavalo, apanhou a moça de supetão e a levou de lá à força, apesar de seus intensos gritos e lamentos.

Diante daquilo, o rei ordenou que Sir Gawain, Sir Tor e o rei Pellinore cavalgassem e perseguissem aquela missão até o final. Ele ordenou a Sir Gawain que trouxesse o cervo de volta, que Sir Tor trouxesse o cão e o cavaleiro, e que o rei Pellinore trouxesse o cavaleiro e a moça.

Sir Gawain partiu rapidamente sobre seu cavalo e, junto dele, seu irmão Gaheris, para servir-lhe como escudeiro. E, assim que partiram, avistaram dois cavaleiros lutando. Ao alcançarem ambos, separaram-nos e perguntaram qual era a razão daquele conflito.

– Lutamos por uma tolice – um deles respondeu –, pois somos irmãos, mas um cervo branco passou por aqui, seguido de muitos cães, pensei que aquela seria uma grande missão para o dia da festa do rei Arthur, em que eu poderia ganhar sua admiração. No entanto, o meu irmão declarou que era um cavaleiro melhor do que eu e que, portanto, deveria ir no meu lugar. Por essa razão, estamos lutando para provar quem, de fato, é o melhor.

– Essa é uma grande bobagem – disse Sir Gawain. – Lutai com estranhos, se quiserdes, nunca entre irmãos. Sigais meu conselho, lutai contra mim e esforçai-vos para vencer, assim como eu farei, e podereis vos colocar diante do rei Arthur e obter a sua graça.

– Senhor cavaleiro – responderam os irmãos –, estamos cansados e realizaremos o teu desejo. Mas por meio de quem contaremos ao rei que fomos enviados?

– Pelo cavaleiro encarregado da missão do cervo branco – disse Sir Gawain. – Agora dizei vossos nomes e deixai-nos seguir adiante.

– Sorlous e Brian da floresta – responderam. E partiram a caminho da corte do rei.

Assim, Sir Gawain, ainda ávido por cumprir sua missão enquanto ouvia os uivos distantes dos cães, aproximou-se de um grande rio e viu um cervo nadando nas proximidades da outra margem do rio. Quando estava prestes a pular n'água, avistou um cavaleiro do outro lado, que gritou:

– Não venhas até aqui em busca do cervo, senhor cavaleiro, a menos que queira lutar comigo.

– Eu não desistirei por isso – disse Sir Gawain e atravessou o rio com seu cavalo.

Ao chegar do outro lado, eles apanharam suas lanças e correram ferozmente um em direção ao outro. Sir Gawain derrubou o cavaleiro ao chão e aproximando-se o rendeu.

– Não! – ele respondeu – Não é para tanto. Embora tenha me vencido sobre o cavalo, suplico-te, valente cavaleiro, que desças de teu cavalo e lutes com a tua espada.

– Qual é o teu nome? – indagou Gawain.

– Allardin das Ilhas – respondeu o estranho.

Eles atacaram um ao outro, mas logo Sir Gawain atravessou sua lança com toda sua força e profundidade através do elmo do cavaleiro, de modo que seus miolos ficaram espalhados pelo chão, enquanto Sir Allardin caiu morto.

– Ah – disse Gaheris –, este foi um golpe muito forte para um cavaleiro tão jovem.

Depois, deram meia-volta em busca do cervo branco novamente, seguidos por três casais de galgos. Por fim, encontraram-no em um castelo, apanharam-no e o mataram no pátio principal.

Diante daquilo, um cavaleiro saiu correndo de um quarto com a espada empunhada e matou dois dos cães diante deles. Em seguida, perseguiu os outros pelo castelo, gritando:

– Oh, meu cervo branco! Por Deus, ele está morto! Foi um presente da minha soberana esposa e eu o mantive comigo. Se eu sobreviver, sua morte será devidamente vingada.

O cavaleiro entrou, armou-se, saiu enraivecido e encontrou Sir Gawain, cara a cara.

– Por que mataste meus cães? – disse Sir Gawain. – Eles seguiram seu instinto. É melhor que te vingues de mim do que dessas pobres bestas estúpidas.

– Vou me vingar de ti igualmente – disse o outro – antes que deixe este lugar.

Eles lutaram selvagem e loucamente até que o sangue lhes escorria pelos pés. Mas, Sir Gawain, finalmente, levou a melhor e derrubou o cavaleiro do castelo sobre o solo. Este rogou por piedade e rendeu-se a Sir Gawain suplicando que agisse como um cavaleiro nobre e poupasse sua vida.

— Morrerás — disse Sir Gawain — por matar os meus cães.

— Eu posso consertar tudo com o poder que detenho — respondeu o cavaleiro.

No entanto, Sir Gawain não teve piedade e retirou o elmo do cavaleiro para arrancar-lhe a cabeça. Ele estava cego de ira de modo que não viu quando uma moça saiu correndo de um quarto e pulou sobre seu inimigo. E, por um infortúnio, ele arrancou a cabeça da moça com um golpe brutal.

— Por Deus! — gritou Gaheris. — Vê o teu ato de crueldade e vergonha! Nunca te livrarás disso! Por que não foste piedoso quando lhe suplicaram? Um cavaleiro impiedoso não pode ser admirado.

Sir Gawain ficou dolorosamente atônito com a morte da bela moça e, sem saber o que fazer, disse ao cavaleiro caído ao chão:

— Levanta-te, pois terás a minha piedade.

— Não, não! — disse ele. — Agora eu já não me importo com a tua piedade, pois mataste a minha esposa e o meu amor, as coisas que eu mais amava no mundo.

— Arrependo-me amargamente — disse Gawain —, pois era tu quem eu pretendia matar. Mas, agora, vai até o rei Arthur e conta a ele sobre esta missão e como foste vencido pelo cavaleiro em busca do cervo branco.

— Não me importo se viverei ou não, ou sequer para onde irei… — respondeu o cavaleiro.

Sir Gawain o enviou à corte de Camelot, fazendo-o carregar um galgo morto à sua frente e outro atrás dele, sobre o cavalo.

— Diz o teu nome antes de partirmos — ele falou.

— Meu nome é Athmore do Pântano — ele respondeu.

Assim, Sir Gawain entrou no castelo, preparou-se para dormir e começou a retirar sua armadura, mas Gaheris o repreendeu e disse:

— Vais se desarmar em um país estranho como esse? Pensa bem, pois haverá certamente muitos inimigos nas redondezas.

Mal ele terminou sua frase e, de repente, quatro cavaleiros devidamente armados os atacaram enquanto diziam:

–Tu, cavaleiro recém-condecorado, como manchaste tua dignidade! Um cavaleiro impiedoso não tem honra! Assassino de belas moças! Tua vergonha não será esquecida jamais! Não duvides de que precisarás de nossa misericórdia antes de partirmos.

Desse modo, os irmãos ficaram em grande desvantagem e temeram por suas vidas, pois eram apenas dois homens para lutarem contra quatro, além de estarem exaustos da viagem. Um dos quatro cavaleiros atirou em Gawain e imobilizou seu braço, de modo que ele não pôde mais lutar. Quando notaram que não lhes restava mais nada além da morte, quatro damas apareceram e suplicaram que os quatro cavaleiros fossem piedosos com os estrangeiros. Pouparam as vidas de Sir Gawain e Gaheris, tornando-os seus prisioneiros.

No dia seguinte, uma das moças se aproximou de Sir Gawain e perguntou:

– Senhor cavaleiro, como se sente?

– Não estou bem – ele respondeu.

– A culpa foi tua, senhor – disse a moça –, pois fizeste algo sórdido ontem ao matar a bela dama. E isso sempre será um grande motivo de vergonha para ti. Tu não podes ser da linhagem do rei Arthur.

– Sim, a verdade é que sou. Meu nome é Gawain, sou filho do rei Lot de Orkney, o qual foi morto pelo rei Pellinore. Minha mãe, Belisent, é meia-irmã do rei.

Quando a dama ouviu aquilo, pediu que ele se retirasse do castelo e lhe deram a cabeça do cervo branco para que levasse consigo, pois aquela missão havia sido confiada a ele. No entanto, ela também o forçou a carregar o corpo da moça, com a cabeça encostada ao pescoço dele e o corpo a sua frente, sobre o cavalo.

Daquela maneira ele cavalgou de volta a Camelot, e quando o rei e a rainha o viram e souberam de suas aventuras ficaram extremamente insatisfeitos. A mando da rainha, ele foi condenado a um julgamento diante da corte de damas, as quais julgaram que ele seria, por toda a vida, o cavaleiro das causas femininas e que sempre deveria lutar ao lado delas e nunca contra nenhuma delas, a menos que lutasse por uma dama e o adversário por outra. Elas também ordenaram que ele nunca recusasse misericórdia a ninguém que suplicasse por ela e forçaram-no a fazer seu juramento diante do Evangelho sagrado. Assim terminou a missão do cervo branco.

Enquanto isso, Sir Tor se preparou e perseguiu o cavaleiro que levou o cão. A caminho, ele inesperadamente encontrou um anão, o qual golpeou a cabeça de seu cavalo com uma vara e empregou tanta força que o animal caiu para trás a uma lança de distância.

– Por qual razão mataste meu cavalo, anão vil? – gritou Sir Tor.

– Porque não deves passar por este caminho – respondeu o anão. – A menos que lutes com os cavaleiros daquelas tendas – disse, enquanto apontava para duas tendas onde havia duas grandes lanças recostadas e dois escudos pendurados em duas árvores próximas.

– Não vou demorar, pois fui encarregado de uma missão que devo cumprir – respondeu Tor.

– Não passarás – respondeu o anão e tocou sua corneta.

Imediatamente, um cavaleiro armado se aproximou de Sir Tor, mas ele foi igualmente rápido e, cavalgando em sua direção, o derrubou de seu cavalo e o forçou a render-se. Logo depois, chegou outro ainda mais feroz, mas, após alguns grandes golpes e bofetadas, Sir Tor também o arrancou de seu cavalo para fazê-lo render-se, pois, conforme dissera, não serviria mais a cavaleiros covardes.

– Pega um cavalo e vem comigo – disse Tor.

– Buscas o cavaleiro com o cão branco? – disse o anão. – Posso rapidamente levá-lo até ele.

Portanto, cavalgaram pela floresta até chegarem a outras duas tendas. Sir Tor desceu de seu cavalo, dirigiu-se à primeira e viu três donzelas deitadas dormindo. Ele se dirigiu à outra tenda e encontrou mais uma dama dormindo e, aos seus pés, estava o cão branco, que, à tentativa de pegá-lo, começou instantaneamente a rosnar e latir tão alto que a moça acordou. Mas Sir Tor já havia apanhado o cão e o incumbiu ao anão.

– O que farás, senhor cavaleiro? – gritou a moça. – Levarás o cão à força?

– Sim, dama – disse Sir Tor –, porque é isso o que vim fazer, são ordens do rei. E eu o persegui desde a corte do rei Arthur, em Camelot, até aqui.

– Bem – disse a dama –, não vai demorar até que ele se enfade e, então, se arrependerá de tua missão.

– Aceitarei alegremente qualquer missão confiada a mim, pela graça de Deus – disse Sir Tor. Em seguida, montou em seu cavalo e fez o caminho de volta. Mas, ao cair da noite, ele se dirigiu a um ermitão da floresta e lá ficou até o dia seguinte, tirando infeliz proveito de um alimento tão pobre quanto aquele que o ermitão tinha a lhe oferecer e, antes que partisse, ouviu a missa realizada com grande devoção no dia seguinte.

Agora, Sir Tor estava mal equipado, porque tinha apenas um corcel velho, que estava tão fraco quanto ele em razão do escasso alimento fornecido pelo ermitão. Ele esperou pelo estranho cavaleiro, no entanto, ao primeiro ataque com suas lanças, ambos caíram de seus cavalos e apanharam suas espadas como dois leões enfurecidos.

Em seguida, eles golpearam os escudos e elmos um do outro a ponto de voarem fragmentos por todos os lados e verterem jatos de sangue. Ainda assim, eles continuaram talhando e rasgando as armaduras grossas e suas cotas de malha e causaram feridas grandes e medonhas um no outro. Contudo, ao final, ao encontrar o cavaleiro estranho desmaiado, intensificou seu ataque até que ele caísse ao chão. Em seguida, forçou-o a render-se.

– Isso eu não farei – respondeu Abellius – enquanto eu tiver vida e minha alma estiver em meu corpo, a menos que me dê o cão antes disso.

– Não posso – respondeu Tor – e não o entregarei, pois fui incumbido dessa missão de levá-lo junto do cão ao rei Arthur, ou matá-lo.

Instantes depois, uma donzela se aproximou em um palafrém, cavalgando o mais rápido que podia e gritou, com a voz altiva, para Sir Tor:

– Suplico-te, pelo amor do rei Arthur, que me concedas um presente.

– Pede – disse Sir Tor – e eu concederei.

– Muito obrigada – disse a moça. – Quero a cabeça do falso cavaleiro Abellius, o assassino mais ultrajante que já existiu.

– Eu me arrependo do presente que prometi a ti – disse Sir Lot. – Deixa que ele conserte todos os problemas causados a ti.

– Ele não pode consertar nada – ela respondeu –, pois matou o meu irmão, um cavaleiro muito melhor do que ele e desprezou teu pedido de misericórdia, embora eu tenha me ajoelhado e suplicado por meia hora diante dele em meio ao brejo. Foi por acaso que se puseram a lutar, e não por uma disputa ou desentendimento anterior. Exijo o meu presente, bom cavaleiro, ou o humilharei na corte do rei Arthur, pois Abellius é o cavaleiro mais falso que já existiu e um assassino em massa.

Assim que ouviu aquilo, Abellius tremeu intensamente, ficou com muito medo e suplicou a Sir Tor por misericórdia.

– Não posso, senhor cavaleiro – ele disse –, senão eu trairia a minha promessa. Tu não aceitaste a minha misericórdia quando a ofereci, agora é tarde demais.

Com isso, ele afrouxou o elmo e o retirou. Mas, tomado por um medo muito grande, Abellius pôs-se de pé e disparou em fuga, até que Sir Tor o apanhou e arrancou sua cabeça inteiramente com apenas uma talhada.

– Agora, senhor – disse a donzela –, é quase noite e peço a ti que venhas comigo e te acomodes em meu castelo aqui por perto.

– Vou com todo o prazer – disse, pois tanto ele quanto seu cavalo haviam se alimentado pobremente desde que deixaram Camelot.

Ele se dirigiu ao castelo da jovem, alimentou-se abundantemente e viu o marido da dama, um velho cavaleiro que lhe agradeceu imensamente pelo serviço prestado e pediu que ele voltasse mais vezes.

No dia seguinte, ele partiu e chegou a Camelot por volta do meio-dia. O rei e a rainha se alegraram ao vê-lo e o rei deu-lhe o título de conde. Merlin profetizou que aquelas aventuras eram pequenas se comparadas às futuras conquistas do cavaleiro.

Agora, enquanto Sir Gawain e Sir Tor cumpriam suas missões, o rei Pellinore perseguia a moça que fora sequestrada pelo cavaleiro durante a festa de casamento. E à medida que cavalgava pela floresta, ele viu uma donzela jovem e bonita sentada ao lado de um poço, em um vale. Um cavaleiro ferido estava deitado em seus braços, e o rei Pellinore a cumprimentou enquanto passava.

Assim que o notou, a moça gritou:

– Socorro, socorro, cavaleiro, pelo bem de nosso Senhor!

Mas Pellinore estava ávido demais em sua missão para dar-lhe ouvidos ou prestar ajuda embora ela tivesse chorado cem vezes por socorro. Ela suplicava aos céus que ele pudesse receber os cuidados necessários antes que morresse. Após a passagem de Pellinore, o cavaleiro morreu em seus braços e ela, por amor e pesar, suicidou-se com sua espada.

O rei Pellinore continuou cavalgando até encontrar um pobre homem e perguntar-lhe se tinha visto um cavaleiro passar por aquele caminho, levando uma dama à força consigo.

– Sim, certamente – disse o homem –, e ela chorava e se lamentava copiosamente, mas no momento há outro cavaleiro lutando com ele para recuperar a moça. Continua adiante e os encontrará.

Diante daquilo, o rei Pellinore apressou o passo de seu cavalo e chegou ao local em que os dois cavaleiros lutavam, perto de duas tendas. E ao observar uma delas, avistou a moça que deveria resgatar junto dos dois escudeiros de ambos os cavaleiros em combate.

– Bela moça – disse ele –, tu deves voltar comigo para a corte do rei Arthur.

– Senhor cavaleiro – disseram os escudeiros –, lá estão dois guerreiros lutando por esta moça. Aparta os dois e obtém o consentimento necessário para levá-la de volta, mas não a toque antes disso.

– Muito bem – disse o rei Pellinore e cavalgou entre os combatentes e perguntou o motivo daquela disputa.

– Senhor cavaleiro – disse um deles –, a jovem é minha prima, filha de minha tia, a qual foi sequestrada contra a sua vontade por este cavaleiro com o qual luto para libertá-la.

– Senhor cavaleiro – respondeu o outro, cujo nome era Hantzlake de Wentland –, consegui esta moça hoje mesmo com os meus próprios braços e minha destreza na corte do rei Arthur.

– Tu mentes – disse o rei Pellinore. – Roubaste a moça repentinamente e fugiste com ela antes que qualquer cavaleiro pudesse se armar para contê-lo. Mas resgatá-la é o meu trabalho. Nenhum de vós poderá ficar com ela, mas se quereis lutar por ela, que luteis comigo aqui e agora.

– Bem – disseram os cavaleiros –, prepara-te e o atacaremos com toda nossa força.

Sir Hantzlake perfurou o cavalo do rei Pellinore com sua espada, de modo que pudessem lutar de pé. Mas o rei Pellinore ficou enfurecido, correu na direção de Sir Hantzlake e gritou:

– Cuidado com a tua cabeça! – E desferiu um golpe tão forte no elmo que foi suficiente para parti-lo e derrubá-lo morto ao chão. Quando viu aquilo, o outro cavaleiro se recusou a lutar, ajoelhou-se e disse:

– Leva a minha prima contigo e cumpre a tua missão. Mas como és um cavaleiro verdadeiro, peço que a proteja de todo sofrimento e humilhação.

Desse modo, no dia seguinte, o rei Pellinore partiu para Camelot e levou a dama consigo. Enquanto cavalgavam, passaram por um vale cheio de pedras; o cavalo da moça tropeçou, derrubou-a e seus braços ficaram machucados e doloridos. Enquanto descansavam na floresta até que a dor passasse, a noite caiu e lá tiveram de acampar. Pouco antes da meia-noite, eles ouviram o trotar de um cavalo.

– Fica quieta aqui – disse o rei Pellinore –, pois pressinto aventura – e armou-a. Em seguida, ouviu dois cavaleiros se encontrarem e cumprimentarem um ao outro em meio à escuridão. Um deles vinha de Camelot e o outro do norte.

– Como vai Camelot? – um deles perguntou.

– Estou sozinho – disse o outro –, acabei de sair de lá. Espionei a corte do rei Arthur e há uma confraria lá que jamais poderá ser desfeita ou derrotada. Quase toda a cavalaria do mundo se encontra lá e todos são leais ao rei. Agora cavalgo em direção ao norte, rumo à minha casa para contar aos nossos chefes que não desperdicem sua força em guerras contra ele.

– É por isso tudo – respondeu o outro cavaleiro – que venho do norte e carrego comigo um remédio. O veneno mais mortal do qual já se ouviu falar. Vou levá-lo a Camelot, pois lá temos um amigo que é próximo do rei e muito admirado por ele, o qual recebeu presentes de nós em troca do envenenamento do rei, algo que prometeu fazer em breve.

– Tenhas cuidado com Merlin – disse o primeiro cavaleiro –, pois ele sabe de todas as coisas por artimanha do diabo.

– Não o temerei – respondeu o outro e continuou em seu caminho.

Dessa maneira, o rei Pellinore e a dama continuaram adiante e, ao chegarem ao poço em que a dama com o cavaleiro ferido estava sentada, encontraram os corpos inteiramente devorados por leões e feras selvagens, exceto a cabeça da moça.

Diante daquela visão, o rei Pellinore chorou amargamente e disse:

– Por Deus! Eu devia tê-la salvado, eu só precisava adiar um pouco a minha missão.

– Por que tanto sofrimento agora? – perguntou a moça.

– Não sei – ele respondeu –, mas meu coração sofre intensamente por ver a morte dessa dama tão jovem e bela.

Sendo assim, pediu que um ermitão enterrasse seus restos mortais e levou a cabeça da moça para a corte, em Camelot.

Assim que chegou, ele jurou contar a verdade sobre sua missão diante do rei e da rainha. Ao entrar, a rainha, de certa forma, o repreendeu com as seguintes palavras:

– És culpado por não ter salvado a vida desta moça.

– Senhora – disse ele –, me arrependerei pelo resto de minha vida.

– Oh, rei – disse Merlin, o qual entrou repentinamente –, é isso o que deves fazer, pois esta dama era sua filha, a qual não era vista por ti desde a infância. Ela estava a caminho da corte com um cavaleiro bom e jovem, com quem se casaria, mas foi morto traiçoeiramente por um cavaleiro criminoso, chamado Lorraine, o Selvagem, quando estavam a caminho daqui. E por não tê-la esperado ou ajudado, teu melhor amigo há de te deixar na hora em que mais precisares, pois esta é a pena pela tua omissão.

O rei Pellinore sigilosamente contou a Merlin sobre a traição que ouvira na floresta. E Merlin, com seus artifícios, ordenou que o cavaleiro que carregava o veneno fosse morto com a mesma substância. Assim, a vida do rei Arthur foi salva.

A aventura de Arthur e Sir Accolon da Gália

    Agora, alegremente casado, o rei Arthur tirou uma temporada para se divertir com grandes torneios, justas e caças. Certa vez, o rei e muitos de seus cavaleiros foram caçar na floresta. Arthur, o rei Urience e Sir Accolon da Gália perseguiram um grande cervo. Devidamente montados sobre seus cavalos, os três seguiram-no o mais rápido que puderam, mas, por fim, seus cavalos caíram mortos. Dessa maneira, os três tiveram de caminhar e, ao verem o cervo não muito longe, o qual estava extremamente exaurido e quase vencido, disseram:
    – O que devemos fazer? – indagou o rei Arthur. – Pois fomos quase derrotados. Temos de ir a pé até encontrarmos algum lugar para nos hospedar. – Em seguida, notaram o cervo às margens de um grande rio, onde um cão uivava e muitos outros estavam em posição de matilha, atrás dele. Correndo adiante, Arthur tocou a nota da morte em sua corneta e matou o animal. Ao levantar os olhos avistou adiante, porém dentro do lago, uma barcaça toda decorada até a altura da água, com cortinas e persianas de

seda. Ela rapidamente se aproximou dele e tocou a areia. Mas, ao alcançá-la e observar seu interior, não viu criatura nenhuma. Desse modo, ele gritou para os seus companheiros:

– Senhores, chegai mais perto e deixai-nos ver o que há dentro da embarcação. – Então, os três entraram e notaram que tudo havia sido muito bem mobiliado com tapeçarias ricas de seda e ouro.

A essa altura, a noite já havia caído e cem tochas foram repentinamente acesas de todos os lados da embarcação, emanando uma luz estonteante. No mesmo momento, doze lindas donzelas se aproximaram e cumprimentaram o rei Arthur pelo seu nome. Elas se ajoelhavam e davam-lhe as boas-vindas com suas saudações mais nobres, pelas quais o rei gentilmente agradecia. Elas o guiaram, ao lado de seus companheiros, até um recinto esplêndido, onde havia uma mesa disposta com a mobília mais rica e os vinhos e iguarias mais caros. Lá, elas lhe serviram todos os tipos de vinhos e carnes, até que Arthur pôs-se a indagar sobre o esplendor daquela festa dizendo que nunca tinha ceado tão bem em sua vida, nem com tanto requinte. Após o jantar, elas o guiaram até outro quarto onde ele jamais tinha visto tanta riqueza, e onde foi deixado para que pudesse descansar. O rei Urience e Sir Accolon foram conduzidos a quartos de igual magnificência. Lá os três adormeceram profundamente naquela noite, pois estavam muito cansados.

Porém, ao raiar do dia, o rei Urience se deparou em sua própria casa, em Camelot, embora não se lembrasse de como havia chegado lá. E ao despertar, Arthur estava em uma masmorra escura e não ouvia nada além de lamentos de cavaleiros angustiados, aprisionados assim como ele.

– Quem sois vós, que tanto se lamentam e reclamam? – o rei Arthur perguntou.

– Por Deus, somos todos prisioneiros, somos vinte bons cavaleiros e alguns de nós estamos aqui há sete anos, outros até mais, e não vemos a luz do dia desde então – alguém respondeu-lhe.

– E por quê? – perguntou o rei Arthur.

– Pela mesma razão que estás aqui – eles responderam. – Logo contaremos. O lorde deste castelo é Sir Damas, o cavaleiro mais falso e traidor que já existiu. Ele tem um irmão mais novo, um cavaleiro bom e nobre cujo nome é Outzlake. Damas, o Traidor, embora seja rico, não foi capaz de compartilhar sua fortuna e poupar o que Outzlake havia tomado para si, o qual não recebeu nenhuma parte da herança. Ele vivia, no entanto, em uma mansão bela e luxuosa e era amado por todos os homens, próximos ou não. Entretanto, Damas é odiado na mesma proporção em que o irmão é amado, pois é impiedoso e covarde. Como resultado, ambos estão em guerra há muitos anos. Sir Outzlake desafiou Damas a lutar contra ele, corpo a corpo, pela herança, e caso fosse covarde demais para isso, que encontrasse um bom guerreiro para lutar em seu lugar. Damas concordou, mas ainda não encontrou um cavaleiro que pudesse assumir sua causa vil ou em quem pudesse apostar para lutar com o irmão. Desse modo, com um grande grupo de fortes soldados, ele arma emboscadas e aprisiona todo e qualquer cavaleiro que ingenuamente se aproxime. Ele o traz até o castelo e o prepara para lutar contra Sir Outzlake, ou o mantém em cativeiro perpetuamente. Foi assim que ele procedeu com todos nós, pois desdenhamos de lutar pela causa de um cavaleiro falso e traiçoeiro. Sendo assim, cada bom cavaleiro que chegou aqui morreu de fome e de doenças. Mas, se apenas um de nós for capaz de lutar, Sir Damas libertará todos os outros.

– Que Deus os proteja – disse o rei Arthur enquanto se sentava e pensava sobre como colocaria um fim em tudo aquilo e como conseguiria a liberdade de tantos nobres corações.

Logo, uma donzela se aproximou do rei e disse:

– Senhor, se lutares pelo meu lorde, serás libertado desta prisão; caso contrário, nunca mais escaparás daqui com vida.

– Não – disse o rei Arthur –, essa é uma decisão difícil, mas ainda prefiro lutar a morrer aprisionado. E se eu puder libertar, além de mim, todos esses homens, abraçarei essa batalha.

– Sim – disse a donzela –, é isso que está em jogo.

– Então – disse o rei Arthur –, estou pronto para lutar agora mesmo, se me concederes um cavalo e uma armadura.

– Não tenhas medo – ela disse. – O que pedes será concedido imediatamente, nada que é necessário há de lhe faltar.

– Conheço-te – disse o rei – da corte do rei Arthur, não? Teu rosto me parece familiar.

– Não – disse a donzela. – Nunca estive lá, sou a filha de Sir Damas e nunca me afastei mais do que um dia deste castelo. Contudo, ela claramente mentia, pois era uma das donzelas de Morgana le Fay, a grande feiticeira e meia-irmã do rei Arthur.

Quando Sir Damas soube que, finalmente, havia um rei que lutaria por ele, mandou buscar Arthur e, ao notar que era um homem alto, forte e saudável, ficou bastante satisfeito e firmou um acordo de que, se ele lutasse com todo o vigor em nome de sua causa, todos os cavaleiros seriam libertados. Após trocarem seus juramentos diante do Evangelho sagrado, todos os cavaleiros aprisionados foram imediatamente libertados, mas esperaram para assistir ao resultado da batalha.

Enquanto isso, uma aventura estranha ocorreu com Sir Accolon da Gália, pois assim que acordou de seu longo sono naquela embarcação forrada de seda, notou que estava à beira de um poço profundo, prestes a cair dentro dele. Diante daquilo, ele pulou para trás tomado de um grande susto, fez o sinal da cruz e gritou:

– Que Deus possa proteger meu lorde, o rei Arthur, bem como o rei Urience, pois aquelas donzelas que estavam na embarcação nos traíram e eram certamente demônios, lebres em pele de cordeiro. Se escapar desta desventura, eu as destruirei sem sombra de dúvida, tão logo as encontre.

– Em seguida, um anão com uma grande boca e o nariz reto se aproximou dele, o cumprimentou e disse que era um emissário de Morgana le Fay.

– Ela envia suas saudações – disse ele – e pede que sejas forte, pois amanhã lutarás com um cavaleiro de fora. – Ela trouxe a Excalibur, espada do rei Arthur, junto de sua bainha. – E pede que lutes essa batalha com todo o amor que tens por ela e sem nenhuma misericórdia, tal e qual prometeste. Depois, ela transformará a donzela que trouxer a cabeça do cavaleiro que lutar contigo em uma rica rainha para todo o sempre.

– Bem – disse Sir Accolon –, diz à minha patroa, a rainha Morgana le Fay, que mantenho a minha promessa agora com esta espada em minhas mãos. E imagino que tenha sido em razão dessa batalha que ela fez todos esses encantamentos.

– É isso mesmo – disse o anão e partiu.

Em seguida, um cavaleiro e uma dama se aproximaram, acompanhados de seis outros escudeiros, e levaram Sir Accolon a uma mansão nas proximidades. Lá, eles o receberam com muitos cumprimentos. A casa pertencia a Sir Outzlake, o irmão de Sir Damas, pois aquilo também fazia parte dos encantamentos de Morgana le Fay. O próprio Sir Outzlake estava profundamente ferido e incapacitado de lutar, pois ambas as coxas lhe haviam sido perfuradas com estilhaços de lança. Desse modo, quando Sir Damas enviou um emissário ao irmão, mandou dizer que se aprontasse para o dia seguinte e que estivesse a postos no campo de batalha para lutar com um bom cavaleiro, pois havia encontrado um guerreiro completamente equipado para lutar em seu lugar. Sir Outzlake ficou extremamente agitado e colérico, pois sabia que tinha poucas chances de vitória por estar inapto a lutar. Apesar disso, ele estava determinado a travar aquele combate com as próprias mãos, mesmo sentindo-se fraco ao ponto de precisar ser colocado sobre a sela de seu cavalo. Porém, quando Sir Accolon da Gália soube disso, enviou um emissário a Sir Outzlake oferecendo a ele que assumisse a batalha em seu lugar, o que alegrou Sir

Outzlake imensamente. Assim, ele agradeceu a Sir Accolon de todo o coração e aceitou a missão com prazer.

Sendo assim, no dia seguinte, o rei Arthur estava armado e montado sobre um bom cavalo, e perguntou a Sir Damas:

– Quando iremos para o campo de batalha?

– Senhor – disse Sir Damas –, primeiro deves ouvir a missa.

Logo depois, um escudeiro sobre um grande cavalo se aproximou e perguntou a Sir Damas se seu cavaleiro estava pronto: "... pois o nosso cavaleiro já está a postos no campo de batalha". O rei Arthur montou em seu cavalo e, ao redor dele, estavam todos os cavaleiros e barões e pessoas daquele país. Doze deles haviam sido escolhidos para assistir à batalha. À medida que o rei Arthur se sentou sobre seu cavalo, uma donzela enviada por Morgana le Fay se aproximou com uma espada esculpida à semelhança de sua Excalibur, acompanhada de uma bainha, e disse a ele:

– Morgana le Fay enviou sua espada, em nome de seu grande amor. – O rei lhe agradeceu, crente de que aquilo era verdade. Porém ela o havia enganado de maneira traiçoeira, pois tanto a espada quanto a bainha haviam sido falsificadas. Elas eram mais frágeis e, portanto, falsas. A verdadeira Excalibur estava nas mãos de Sir Accolon. Após o ressoar de uma trombeta, ambos os guerreiros se dispuseram em seus lugares sobre o campo de batalha, colocaram as rédeas e esporas em seus cavalos e os incitaram a correr a uma velocidade tão grande que ambos golpearam-se no meio de seus escudos e caíram ao chão, homens e cavalos. Depois, erguendo-se imediatamente, ambos apanharam suas espadas e correram avidamente um em direção ao outro. Eles colidiram com grande fúria e passaram a atacar um ao outro muitas vezes e com muita brutalidade.

Enquanto lutavam, a donzela Vivien, a Dama do Lago, que amava o rei Arthur, ajoelhou-se, pois sabia que Morgana le Fay havia arranjado, por meio de seus artifícios, que o rei Arthur fosse morto pela própria espada e veio para salvar a sua vida. Arthur e Sir Accolon lutavam intrepidamente e não poupavam força ou ira em seus ataques. Porém, a espada usada pelo rei deixava a desejar diante daquela usada por Sir Accolon, de modo que, a cada golpe, ele ficava mais e mais ferido, e seu sangue jorrava tão rápido que era assombroso que pudesse manter-se em pé. No momento em que olhou para o chão ensanguentado, o rei Arthur foi acometido por um desânimo, pois imaginou que algum tipo de magia traiçoeira havia sido feito e que a sua verdadeira espada havia sido trocada, porque aquela que Sir Accolon usava se assemelhava à sua verdadeira Excalibur. Seu oponente lhe arrancava sangue a cada golpe; em contrapartida, a sua espada não parecia bem afiada e não era forte o bastante para confrontar o inimigo.

– Agora, cavaleiro, olhe para si mesmo e afasta-te de mim – disse Sir Accolon. Mas o rei Arthur não respondeu e deu-lhe tamanha pancada em seu elmo que o fez cambalear e quase cair ao chão. Em seguida, Sir Accolon recuou um pouco e partiu para cima do rei com a Excalibur levantada, ceifando-o com tanta força que, por pouco, derrubou-o ao chão. Ambos, tomados por aquela fúria, desferiam talhos destemidos e coléricos. Arthur perdia tanto sangue que mal conseguia se manter em pé, mas estava tão ávido por aquela luta que suportou a dor como um verdadeiro cavaleiro e aguentou firme, embora estivesse tão fraco ao ponto de pensar que estava prestes a morrer. No entanto, Sir Accolon ainda não havia deixado escorrer uma gota de sangue e continuava valente e confiante com a Excalibur empunhada, de modo que passou a atacar com ainda mais vigor e ligeireza. Porém, todos os homens que observavam a luta comentavam uns com os outros que nunca tinham visto um cavaleiro lutar tão bem como o rei Arthur, mesmo ferido, e todos estavam tão tensos por ele que imploravam a Sir Damas e Sir Outzlake que resolvessem aquela disputa de uma vez por todas e colocassem um ponto-final naquela luta; mas eles não quiseram.

Dessa maneira, a batalha continuou calorosa até que Arthur recuou um tanto para recuperar o fôlego e descansar por alguns instantes. Porém, Accolon correu atrás dele com toda a sua energia, enquanto berrava:

– Ainda não permiti que descanses! – E atacou-o novamente.

Arthur, cheio de desdém e ira, ergueu sua espada e acertou Sir Accolon no elmo com tanta força que ele caiu ajoelhado. Mas, com a força daquele golpe, sua espada frágil e enganosa quebrou-se bem na altura do punhal e caiu na grama, em meio ao sangue, deixando apenas a sela em sua mão. Diante daquilo, o rei Arthur pensou que aquele seria seu fim e internamente preparou-se para a morte. Mas levantou o escudo e abrigou-se atrás dele com toda a firmeza, ganhando esperança e ânimo. Sir Accolon disse:

– Senhor cavaleiro, rende-te, pois não serás capaz de vencer esta batalha sem uma arma. Perdeste muito sangue. Não quero matá-lo. Rende-te e assume tua covardia.

– Não – disse o rei Arthur –, isso eu não farei jamais, pois fiz um juramento de que lutaria até o final pela fé que tenho em mim enquanto eu estiver vivo. Prefiro morrer pela minha honra a viver humilhado. Se fosse possível morrer cem vezes, eu morreria cem vezes sem me render; pois, embora não tenha arma nenhuma, perderia toda a admiração. Tu, pelo contrário, carregarás essa humilhação de matar um cavaleiro sem arma.

– Haha! – gritou Sir Accolon. – Quanto à humilhação, de fato não o pouparei. Olha para si, senhor cavaleiro, és um homem morto. – Diante daquilo, ele o atacou com toda a força e impiedade e quase o derrubou. Porém, a coragem de Arthur cresceu proporcionalmente à sua perda de sangue: com o seu escudo, ele empurrou Sir Accolon e o golpeou com tanta voracidade, com a sela nas mãos, que o arremessou a uma distância três vezes maior.

Isso, portanto, confundiu Sir Accolon, que pôs-se a correr completamente atordoado e desferiu outro golpe furioso no rei. Mas, pela magia de Vivien, a Excalibur caiu de suas mãos, sobre o solo. Observando o movimento, o rei Arthur correu, alcançou-a e sentiu que aquela, sim, era a sua espada.

– Enganaste-me todo esse tempo e me causaste muitos danos!

Espiando a bainha pendurada na lateral do corpo de Sir Accolon, ele saltou, puxou-a e arremessou-a o mais longe que pôde. Enquanto estivesse sem a bainha, Arthur estaria seguro.

– Oh, cavaleiro! – disse o rei. – Causaste-me muitos ferimentos com esta espada, mas a hora de tua morte chegou, pois não pouparei tua vida. Eu o farei sofrer antes que fujas, assim como me fizeste sofrer. – Diante daquilo, o rei Arthur atacou-o com toda a força, derrubou-o ao chão, arrancou-lhe o elmo e deu-lhe uma talhada terrível, até que seu sangue começou a jorrar.

– Este é o teu fim! – gritou o rei Arthur, pois seu coração estava endurecido e seu corpo estava em febre ao ponto de esquecer seu próprio juramento de misericórdia. – Tu podes me matar – disse Sir Accolon –, pois és o melhor cavaleiro que já vi em toda a vida e vejo que Deus está contigo. Eu, assim como tu, jurei lutar esta batalha até o final e não assumir a minha covardia jamais, enquanto eu estiver vivo. Não encontrarás rendição em minhas palavras, e Deus fará o que quiser com o meu corpo. – Depois das palavras de Sir Accolon, o rei Arthur pensou ter reconhecido sua voz e, ao tirar os cabelos manchados de sangue, que lhe cobriam os olhos, aproximou-se e viu que aquele era de fato seu amigo e membro da sua cavalaria.

– Rogo que me digas de que país e corte tu vens – ele disse, com o visor abaixado.

– Senhor cavaleiro – respondeu –, sou da corte do rei Arthur e meu nome é Sir Accolon da Gália.

Respondeu o rei:

– Oh, senhor cavaleiro! Rogo que me digas quem deu esta espada a ti. E de quem ela era.

Então, Sir Accolon disse:

– Quanto desgosto essa espada me deu, pois por meio dela obtive a minha morte. Ela está em meu poder há quase um ano, e ontem a rainha Morgana le Fay, esposa do rei Urience, a enviou a mim por meio de um anão para que eu possa algum dia assassinar o meio-irmão dela, o rei Arthur. Esse é o homem que mais detesta no mundo. Ela tem inveja e ciúme dele, pois é muito mais digno de admiração e fama do que qualquer outro parente de sangue. Ela me ama tanto quanto o odeia e, se pudesse, mataria o rei Arthur por meio de seus artifícios e feitiçarias. Nesse caso, ela também mataria o marido e me transformaria no rei destas terras e ela em rainha, para governar ao meu lado. Mas, agora – disse ele –, tudo acabou, pois a hora de minha morte acaba de chegar.

– Teria sido uma traição irreparável destruir teu próprio lorde – disse Arthur.

– Dizes a verdade – ele respondeu. – Mas agora que contei a ti e confessei abertamente toda essa traição suja da qual eu me arrependo amargamente, diz, por favor, de onde és e de que corte vens.

– Oh, Sir Accolon – respondeu –, eu sou o próprio rei Arthur.

Ao ouvir aquilo, Sir Accolon gritou com toda a força de seus pulmões:

– Por Deus, meu lorde, detentor de tanta nobreza! Tem misericórdia de mim, pois não o reconheci.

– Terás a minha misericórdia – o rei respondeu –, pois não reconheceste a minha pessoa e, embora seja um traidor, pela tua própria confissão, tua culpa é mais branda, pois estavas cego pelas falsas artimanhas de minha irmã, Morgana le Fay, em quem cheguei a confiar mais do que em qualquer outra pessoa de meu sangue e a quem já sei como punir devidamente.

Sir Accolon gritou ainda mais alto:

– Oh, lordes e pessoas de bem! Esse nobre cavaleiro com o qual lutei é o homem mais nobre e admirável em todo o mundo, pois é o rei Arthur, nosso lorde e rei soberano. Arrependo-me profundamente por ter empunhado uma lança contra ele, embora não o soubesse.

Diante daquelas palavras, todas as pessoas caíram de joelhos e suplicaram pelo perdão do rei por ter sido colocado em uma situação tão horrível. No entanto, ele respondeu:

– Não terás o meu perdão, pois de fato não és um pecador. Mas vê como certas desventuras podem acometer cavaleiros que desviam do caminho correto, pois para o meu prejuízo, e seu malefício, acabo de lutar com um dos meus cavaleiros.

Sendo assim, o rei comandou que Sir Damas entregasse a mansão ao irmão, Sir Outzlake, pelo preço de apenas um palafrém por ano.

– Pois – disse ele, ironicamente –, ainda é melhor cavalgar em um palafrém do que em um corcel. – Então, ele ordenou que Damas, sob pena de morte, nunca mais tocasse ou maltratasse cavaleiros errantes em suas missões. Além disso, ordenou que ele recompensasse total e satisfatoriamente os vinte cavaleiros que havia mantido em cativeiro.

– E se qualquer um deles – disse o rei – reclamar em minha corte que não foi recompensado à altura por tuas moléstias, tu morrerás pelas minhas próprias mãos.

Depois, o rei Arthur convidou Sir Outzlake para sua corte, onde se tornaria um de seus cavaleiros e, se seus feitos fossem nobres, seria promovido como desejasse.

O rei deixou todas as pessoas e montou em seu cavalo. Sir Accolon o seguiu até uma abadia nas proximidades, onde receberam curativos para suas feridas. No entanto, quatro dias depois, Sir Accolon morreu. E então o rei enviou seu corpo para a rainha Morgana, em Camelot, dizendo que aquele era um presente em troca pela Excalibur enviada a ele por uma donzela.

No dia seguinte, uma donzela foi enviada pela rainha Morgana ao rei, trazendo consigo o manto mais rico já visto, pois havia sido costurado com muitas pedras preciosas, umas ao lado das outras. Eram as pedras mais ricas que o rei já tinha visto.

– Sua irmã enviou este presente e suplica que o aceites. Ela fará tudo o que tu quiseres para recompensar as ofensas dirigidas a ti – a donzela lhe disse.

O rei, no entanto, não respondeu, embora tivesse gostado muito do manto.

Diante daquilo, a dama do lago foi se aproximando mais e falou, em tom baixo e firme:

– Senhor, não coloques esse manto até que descubras sua origem. Sob nenhuma hipótese permita que alguém o coloque sobre ti ou sobre qualquer um de teus cavaleiros, até que essa emissária o vista em si própria.

– Seguirei teu conselho – respondeu o rei. E disse à donzela que o trouxera: – Donzela, gostaria de ver esse manto que trouxeste para mim, sobre o teu próprio corpo.

– Senhor, não é apropriado vestir os trajes de um rei.

– Em meu nome – disse Arthur –, vista-o antes de colocá-lo sobre as costas de qualquer outra pessoa! – Colocaram o manto à força sobre a donzela e, imediatamente, a vestimenta explodiu em chamas e a queimou até virar cinzas. Ao ver aquilo, ele passou a detestar de todo o coração Morgana le Fay, a bruxa falsa, e ambos viveram em um conflito mortal até o fim de suas vidas.

Arthur é coroado imperador de Roma

Pela segunda vez, emissários de Lúcio Tibério, imperador de Roma, vieram demandar, sob ameaça de guerra, impostos e reverências do rei Arthur, bem como a devolução da Gália, a qual ele havia conquistado do tribuno Flollo.

Assim que transmitiram a mensagem, o rei pediu que recuassem enquanto ele consultava seus cavaleiros e barões para saber o que responder. Alguns dos cavaleiros mais jovens tentaram matar os emissários, dizendo que seu discurso era uma afronta a todos que tinham ouvido o rei ser insultado. Entretanto, assim que ouviu aquilo, o rei Arthur ordenou que ninguém os tocasse, mediante pena de morte, e ao enviar oficiais, conduziu-os a um alojamento nobre e os entreteve da melhor forma possível.

– E – ele disse –, não poupai esforços, pois os romanos são grandes senhores e, embora a mensagem que trazeis não me agrade nem um pouco, manterei a minha honra.

Os lordes e cavaleiros da Távola Redonda foram chamados para dar seu conselho a respeito de como a questão deveria ser resolvida. Sir Cador, da Cornualha, foi o primeiro a falar:

– Senhor, essa mensagem é a melhor notícia que ouço em anos, pois estamos ociosos há muitos dias, e confio que escolherás guerrear com os romanos, pois trarás honra a todos nós.

– Acredito sinceramente – disse Arthur –, que esteja satisfeito, Sir Cador. Mas essa é uma mensagem pífia ao imperador de Roma e sua demanda me incomoda muito, pois nunca hei de pagar-lhe um imposto sequer. Por isso, lordes, peço vosso conselho. Entendo que Belinus e Brennius, cavaleiros da Grã-Bretanha, têm o Império Romano nas mãos há muitos dias, e que também Constantino, o filho de Helena, é um exemplo claro de que não devemos nada a Roma; mas, na condição de descendente deles, eu posso por bem reclamar tal império.

Em seguida, foi a vez do rei Anguish, da Escócia, falar:

– Senhor, tens o direito acima de qualquer outro rei, pois em toda a cristandade não há ninguém que se iguale a ti, e o aconselho a nunca obedecer aos romanos. Quando reinaram nestas terras, eles nos causaram grande sofrimento e colocaram um grande e pesado fardo sobre elas. Quanto a mim, juro que me vingarei deles assim que puder e conseguirei vinte mil soldados, aos quais pagarei e manterei para que obedeçam a ti sempre que quiseres.

O rei da Pequena Grã-Bretanha se levantou e prometeu ao rei Arthur trinta mil homens. E, assim como muitos outros reis, duques e barões, prometeu oferecer ajuda tal e qual o lorde do oeste de Gales, com trinta mil homens. Sir Ewaine e seu primo, por sua vez, prometeram outros trinta mil homens, e assim por diante. Sir Lancelote e alguns outros cavaleiros da Távola Redonda também prometeram grandes tropas.

O rei se alegrou diante de toda aquela demonstração de coragem e boa vontade, agradeceu-lhes imensamente e mandou buscar os emissários novamente para que soubessem qual era sua resposta.

– Quero – disse ele –, que volteis imediatamente ao seu mestre imperador e dizei a ele que não me importo com suas palavras, pois conquistei todos os meus reinos com a vontade de Deus e o meu braço direito. Portanto, sou forte o bastante para mantê-los sem ter de pagar imposto nenhum a criatura mundana nenhuma. Em contrapartida, eu exijo seus impostos e sua submissão, bem como a soberania de todo o teu império, pelo qual tenho o direito segundo a linhagem dos meus próprios ancestrais, reis destas terras em algum momento. Dizei a ele que em breve estarei em Roma e, pela graça de Deus, tomarei o Império e subjugarei todos os rebeldes. Diante disso, por fim, eu intimo que ele e todos os lordes de Roma se curvem diante de mim, sob pena do meu próprio castigo e da minha ira.

Sendo assim, ele comandou que seus tesoureiros dessem presentes grandiosos aos emissários e que custeassem todos os seus gastos. Além disso, ordenou que Sir Cador respeitavelmente os acompanhasse até as fronteiras de suas terras.

Quando voltaram a Roma e encontraram Lúcio, ele ficou furioso com aquelas palavras e disse:

– Pensei que esse tal de Arthur obedeceria às minhas ordens e me serviria instantaneamente com a modéstia de qualquer outro rei. Mas, em razão de sua fortuna na Gália, se tornou um homem insolente.

– Ah, lorde – disse um dos emissários –, abstenha-te dessas palavras vãs, pois todos nós tivemos medo diante da grandeza e do ódio do rei Arthur. Temo que afiaste demais o teu bastão, mais do que contavas. Ele deseja ser o mestre deste império e é diferente do homem que imaginaste, além de deter a corte mais nobre do mundo. Nós o vimos no dia de Ano-Novo, fomos alimentados em sua mesa por nove reis e pela mais nobre confraria de príncipes, lordes e cavaleiros que já existiu no mundo. Pessoalmente, ele é o homem mais viril que já viveu e parece querer conquistar o mundo inteiro.

Diante daquilo, Lúcio enviou mensageiros a todos os países dominados por Roma e reuniu um exército grandioso com dezesseis reis e muitos duques, príncipes, lordes e almirantes, além de uma multidão colossal de pessoas. Cinquenta gigantes, nascidos de demônios, foram alocados para serem seus guarda-costas. Com toda aquela tropa, ele deixou Roma imediatamente, passou pelas montanhas na direção da Gália, queimou as cidades e devastou todo o país daquela província, furioso pela insubordinação do rei Arthur. Depois, dirigiu-se para a Pequena Grã-Bretanha.

Enquanto isso, o rei Arthur realizava uma assembleia em York e, portanto, deixou seu reino sob a responsabilidade de Sir Badewine e Sir Constantino. Ele cruzou o mar de Sandwich para encontrar Lúcio. Assim que aportou, enviou Sir Gawain, Sir Bors, Sir Lionel e Sir Bedivere ao imperador com a seguinte mensagem: "Sai rápida e imediatamente dessas terras ou prepara-te para a batalha. Cessa devastação e matança de inocentes". – Logo, os nobres cavaleiros se equiparam e cavalgaram até onde viam, em meio aos prados, muitas tendas de seda das mais diversas cores, bem como o pavilhão do imperador bem ao centro, com uma águia de ouro cravada em cima.

Sir Gawain e Sir Bors cavalgaram adiante. Eles deixaram os outros dois escondidos, armando uma emboscada, e transmitiram a mensagem do rei Arthur, diante da qual o imperador respondeu:

– Voltai e dizei ao vosso lorde que hei de conquistar a ele e a suas terras.

Frente a isso, Sir Gawain queimou de raiva e gritou:

– Eu aposto a França inteira que eu poderia lutar contigo sem precisar de ajuda!

– Pois eu também! – respondeu Sir Bors.

Um homem chamado Ganius, primo próximo do imperador, riu a plenos pulmões e disse:

– Vejam como esses bretões se gabam e são orgulhosos. Vangloriam-se como se dominassem o mundo todo!

Ao ouvir aquilo, Sir Gawain empunhou a espada e, com um único golpe, arrancou a cabeça de Ganius. Imediatamente, Sir Bors deu meia-volta com o seu cavalo, passou por um lago e uma floresta e voltou ao local em que a emboscada havia sido armada, onde Sir Lionel e Sir Bedivere estavam a postos. Os romanos o seguiram rapidamente, até que os cavaleiros giraram e o encararam. Sir Bors, por sua vez, perfurou o corpo de um deles e o matou com sua lança. Chegou Calibere, um cavaleiro enorme da Pávia. No entanto, Sir Bors o derrubou. Sir Lionel, Sir Bedivere e sua confraria deixaram o esconderijo e atacaram os romanos. Eles os mataram em meio a muito sangue e, depois, forçaram os outros a retornar rapidamente, perseguindo-os até suas tendas.

Porém, ao se aproximarem do campo, uma grande tropa disparou e forçou a batalha para trás. Em meio ao turbilhão, Sir Bors e Sir Berel caíram nas mãos dos romanos. Assim que viu aquilo, Sir Gawain empunhou sua boa espada, a Galotine, e jurou que nunca mais veria o rosto do rei Arthur se aqueles dois cavaleiros não lhe fossem entregues. Com o bondoso Sir Idrus, promoveram um massacre tão violento que os romanos fugiram e deixaram Sir Bors e Sir Berel para trás. Em seguida, os bretões retornaram triunfantes à corte do rei Arthur, contabilizando mais de dez mil romanos mortos e nenhum homem admirável ferido em seu exército.

Quando o imperador Lúcio soube daquele vexame, ele preparou todo o seu exército para acabar com o rei Arthur e, portanto, encontrou-o no vale de Soissons. Então, disse a toda a sua tropa:

– Senhores, eu vos aconselho que luteis e vos redimais. Lembrem-se de que Roma é a líder de toda a Terra e a senhora do universo. Não permitais que esses bretões bárbaros e selvagens montem sobre nós. – Após dizer isso, as trombetas ressoaram tão alto que o chão tremeu e vibrou.

Nesse momento, as tropas rivais se aproximaram uma da outra em meio a muitos gritos. E, assim que colidiram, nenhuma língua seria capaz de expressar a fúria dos ataques, bem como o esforço, os ferimentos e a carnificina terrível que procederam. Quando o rei Arthur, acompanhado de seus melhores cavaleiros, chegou ao auge da batalha empunhando a sua Excalibur, ele começou a matar com rapidez e força comparáveis às de um relâmpago. E, no meio da multidão, encontrou o gigante Galapas, arrancou-lhe ambas as pernas na altura das articulações dos joelhos e disse:

– Agora podemos lutar de igual para igual! – e, no segundo golpe, arrancou sua cabeça. Ao cair, o corpo inerte do gigante matou outros seis homens.

Logo, o rei Arthur avistou onde Lúcio lutava e as grandes proezas que fazia com as próprias mãos. Imediatamente, correu atrás dele e ambos atacaram um ao outro com toda a intrepidez. Por fim, Lúcio fez uma chaga terrível no rosto do rei Arthur, que, em troca, levantando a sua Excalibur bem alto, atingiu a cabeça do imperador com toda a força. O golpe estilhaçou seu elmo e partiu não apenas a sua cabeça em duas metades, mas seu tronco até a altura do peito.

Quando viram o imperador morto, os romanos partiram aos milhares para cima do rei Arthur e de seus cavaleiros. Naquele momento, ele e sua tropa inteira marcharam adiante e mataram cem mil homens.

Retornando ao campo, o rei Arthur cavalgou até o local onde o corpo de Lúcio jazia morto, junto dos corpos do rei do Egito e da Etiópia e de dezessete outros reis e sessenta senadores romanos, todos homens da alta nobreza. Ele ordenou que todos fossem cuidadosamente embalsamados com gomas aromáticas e colocados em caixões de chumbo cobertos com seus escudos, armas e bandeiras. Chamando três senadores que foram aprisionados, disse a eles:

– Como prêmio de consolação por ter-lhes poupado a vida, levai esses cadáveres até Roma. Mostrai os corpos a todos com essas cartas, dizendo que estarei lá em breve. Daqui em diante, creio que os romanos terão mais cuidado ao exigir impostos de mim. Dizei que esses cadáveres são os próprios impostos que eles ousaram reivindicar e que, se quiserem mais, pagarei tão logo eu chegar.

Designados a cumprir aquela tarefa, os três senadores partiram com os corpos em direção a Roma. O cadáver do imperador foi levado em uma carroça que ostentava apenas as armas do império e, de dois em dois, os cadáveres dos outros reis foram levados em veículos que vinham logo atrás.

Após a batalha, o rei Arthur conseguiu conquistar Lorraine, Brabant e Flanders. Por conseguinte, subjugou todos os países pelos quais passou, inclusive a Alemanha e, além das montanhas, a Lombardia e a Toscana. Por fim, ele se deparou com uma cidade que se recusou a obedecê-lo e, dessa forma, assentou-se diante dela para sitiá-la. Após muito tempo, o rei Arthur chamou Sir Florence e disse a ele que já não tinham mais comida suficiente para as tropas.

– Não muito longe daqui – ele disse – há grandes florestas repletas de gado do inimigo. Vai até lá e traz tudo o que encontrares. Leva Sir Gawain, meu sobrinho, Sir Clegis, Sir Claremond, o capitão de Cardiff e um grupo bem forte.

Logo, aqueles cavaleiros se prontificaram e cavalgaram por montanhas e colinas, florestas e bosques, até chegarem a um grande prado, forrado de grama e flores. Lá, eles e seus cavalos descansaram naquela noite. Ao raiar do dia, Sir Gawain apanhou seu cavalo e foi para longe de seus companheiros em busca de alguma aventura. No caminho, viu um cavaleiro armado sobre um cavalo, nas proximidades de uma floresta, carregando o escudo no ombro. Ninguém cavalgava com ele, exceto um pajem que carregava uma lança majestosa e, sobre seu escudo, via-se retratado um brasão de três grifos. Quando Sir Gawain o viu, ele inclinou sua lança e, cavalgando em sua direção, perguntou quem era.

– Sou da Toscana – respondeu ele – e, se quiseres te certificar disso, te tornarás meu prisioneiro antes que eu me vá.

– Vangloria-te demais e dizes palavras cheias de orgulho. Mesmo assim aconselho-te, por todas as tuas exaltações, que mostres o que há de melhor em ti – Sir Gawain respondeu.

Após essas palavras, ambos apanharam suas espadas, correram um em direção ao outro com todo o arroubo e atingiram seus ombros através dos escudos. Depois, apanharam suas espadas e golpearam-se freneticamente, de modo que seus elmos pareciam estar em chamas. Sir Gawain se enfureceu e, com sua boa espada Galotine, alvejou o inimigo através do escudo e da cota de malha e estilhaçou todas as pedras preciosas costuradas a ela, causando-lhe um ferimento tão grande que era possível ver ambos os pulmões e o fígado. Frente àquele golpe e urrando de dor, ele correu para cima de Sir Gawain e desferiu um corte inclinado, causando-lhe um grande ferimento, bem como um talho em uma grande veia, de onde seu sangue jorrava rapidamente. Nessa hora, ele gritou:

– Enfaixa tua ferida imediatamente, senhor cavaleiro, pois estás manchando o teu cavalo e a tua bela armadura. Nenhum cirurgião do mundo há de estancar o teu sangue, pois sempre foi assim com as outras vítimas desta boa espada.

– Não me incomodo, e as tuas palavras orgulhosas não me dão medo. Ainda hás de sofrer e se lamentar antes que eu me vá. Mas diz logo quem é que pode estancar todo esse sangue – resposta de Sir Gawain..

– Eu mesmo posso fazer isso – respondeu o cavaleiro estranho – e farei, se aceitar a minha ajuda e socorro em troca de ser batizado e louvar a Deus. É o que exijo de ti pela tua hombridade.

– Com prazer – disse Sir Gawain. – E que Deus possa conceder-me todos os teus desejos. Mas primeiro diz: o que fazes aqui sozinho e de onde vens?

– Senhor meu nome é Prianius, e o meu pai é um grande príncipe que se rebelou contra Roma. Ele é descendente de Alexandre e Heitor, e em nossa linhagem também estão José e Macabeu. Sou, por direito, o rei da Alexandria e da África e de todas as ilhas distantes. Mesmo assim, creio no lorde que veneras e, pelo teu trabalho, fornecerei a ti uma boa quantia em tesouro. Eu tinha tanto orgulho no coração que não imaginava que pudesse existir alguém semelhante a mim, mas agora o encontrei e me deste gana de lutar. Por isso suplico a ti, senhor cavaleiro, que me contes mais sobre ti – ele respondeu.

– Eu não sou cavaleiro – disse Sir Gawain. – Fui trazido para cá há muitos anos, dentro do guarda-roupas do nobre príncipe Arthur, para cuidar de sua armadura e de seus trajes.

– Ah – disse Prianius –, se seus valetes são tão ávidos e impetuosos, seus cavaleiros devem ser ainda melhores! Agora, pelo amor de Deus, na condição de cavaleiro ou tratante, diz qual é teu nome.

– Por Deus! – disse Gawain. – Vou contar a verdade. Meu nome é Sir Gawain e sou um cavaleiro da Távola Redonda.

– Agora estou mais satisfeito – disse Prianius – do que se tivesse me concedido toda a província de Paris, a Suntuosa. Eu preferia ser partido ao meio por cavalos a ser vencido por um criado como me venceste. Mas agora, senhor cavaleiro, é preciso que saibas que nas proximidades vive o duque de Lorraine, com sessenta mil soldados bons. E é melhor que fujamos daqui o quanto antes, do contrário, ele poderá nos encontrar e seríamos atacados brutalmente, ao ponto de nunca mais nos recuperarmos. Vou avisar meu pajem que tenha cuidado e não sopre nenhuma corneta, pois cem cavaleiros meus estão nos arredores; são todos servos meus e, se o apanharem, não haverá quantia de ouro ou prata que poderá absolvê-lo.

Sir Gawain cavalgou por um rio para salvar-se, e Prianius veio logo atrás dele. Ambos correram até encontrarem seus companheiros, que estavam nos prados, onde haviam passado a noite. Quando Sir Wishard viu Sir Gawain machucado, correu até ele enquanto chorava e perguntava-lhe quem tinha feito aquilo. Sir Gawain lhe contou sobre como tinha lutado com aquele homem, enquanto apontava para Prianius, que carregava uma quantidade de unguento suficiente para curar ambos. – Mas tenho outros assuntos a tratar – ele disse. – Em breve, encontraremos muitos inimigos, pois um exército colossal está muito próximo de nós, logo à frente.

Desse modo, Prianius e Sir Gawain desceram de seus cavalos e os colocaram para pastar, enquanto se desarmavam. Ao tirarem as armaduras e vestimentas, o sangue quente e fresco começou a verter por suas feridas ao ponto de penalizar quem olhava. Mas Prianius apanhou um frasco com o seu pajem, preenchido com a água dos quatro rios que correm pelo Paraíso, besuntou ambas as feridas com o bálsamo e depois as enxaguou com água. Uma hora depois, ambos se sentiam saudáveis e íntegros como nunca antes. Em seguida, com o ressoar de uma trombeta, todos os cavaleiros se reuniram para um conselho, e após muita conversa Prianius disse:

– Parai de falar, pois adiante há um grande número de cavaleiros, os quais hão de preparar um chamariz. Além disso, vós não passais de setecentos homens!

– Mas – disse Sir Gawain – vamos encontrá-los e ver do que são capazes. E que o melhor vença.

Eles viram subitamente um conde chamado Sir Ethelwold, bem como o duque de Duchmen, se aproximarem saltando pelos arbustos da floresta adiante, enquanto muitos milhares vinham atrás deles; todos cavalgaram para a batalha. Sir Gawain, cheio de furor e coragem, confortou seus cavaleiros ao dizer:

– Eles são todos nossos. – Os setecentos cavaleiros, unidos em uma única confraria, colocaram esporas em seus cavalos e puseram-se a galopar com toda a fúria até encontrarem seus inimigos. Cavalos e homens eram imediatamente depostos e assassinados por todos os lados. Rapidamente os cavaleiros da Távola Redonda pressionaram, empurraram e derrubaram ao chão todos aqueles que os continham, até que, por fim, a maioria deu meia-volta e fugiu.

– Por Deus! – disse Sir Gawain. – Isso agrada muito o meu coração; agora, observai enquanto fogem! Eles têm setenta mil homens a menos do que há uma hora!

A batalha terminou rapidamente e muitos lordes e cavaleiros da Lombardia e da Sarracena foram deixados mortos sobre o campo. Em seguida, Sir Gawain e sua confraria reuniram um grande rebanho de bois, bem como ouro e prata e todo o tipo de tesouro, e voltaram ao rei Arthur, onde ele mantinha o cerco.

– Graças a Deus! – ele gritou. – Mas quem é aquele homem sozinho que não parece um prisioneiro?

– Senhor – disse Sir Gawain –, ele é um bom homem que possui armas e lutou contra mim. Mas veio até aqui para ser batizado. Se não fossem seus avisos, nenhum de nós teria sobrevivido a este dia. Suplico-te, portanto, que o batizes, pois há poucos homens e cavaleiros mais nobres e melhores do que ele.

Assim, Prianius foi batizado e se tornou duque e cavaleiro da Távola Redonda.

Em seguida, fizeram um último ataque à cidade e entraram por todos os lados dos muros. À medida que corriam para fazer os saques, a duquesa se aproximou com muitas damas e donzelas e se ajoelhou diante de Arthur, implorando a ele que se submetessem a elas. Diante daquilo, o rei respondeu com uma postura nobre:

– Senhora, tenhas certeza de que ninguém irá machucá-las e de que ninguém que vos pertence será machucado. Mas o duque precisa aceitar o meu parecer. – Depois, comandou que o ataque continuasse e apanhou as chaves do filho mais velho do duque, o qual as trouxe ajoelhado. Logo, o duque foi aprisionado perpetuamente em Dover, e os aluguéis e impostos foram atribuídos ao dote da duquesa e de seus filhos.

Desse modo, ele e suas tropas continuaram sua empreitada, ganhando cidades e castelos e eliminando aqueles que lhes negassem obediência, até a chegada a Viterbo. De lá, ele foi a Roma para perguntar aos senadores se eles o receberiam como lorde e governante. Em resposta, todos os senadores e cardeais que permaneceram vivos se renderam a ele por meio de uma majestosa procissão e cortejo. Dispondo grandes tesouros aos seus pés, eles rezavam para que ele viesse de uma vez por todas a Roma, para que lá fosse pacificamente coroado como imperador.

– No próximo Natal – disse o rei Arthur –, serei coroado e organizarei a Távola Redonda em sua cidade.

Logo, ele entrou em Roma em meio a muita pompa e cerimônia, e atrás vieram suas tropas, seus cavaleiros, príncipes e grandes lordes vestidos com ouro e joias como nunca fora visto antes. O rei foi coroado imperador pelas mãos do papa, com a mais alta solenidade possível.

Após a coroação ele se hospedou em Roma durante uma temporada, enquanto organizava suas terras e outorgava reinos a seus cavaleiros e servos e, de maneira sábia, a cada um que tivesse mostrado merecimento, de modo que nenhum homem se sentiu prejudicado. Além disso, ele também condecorou muitos duques e condes e presenteou todos os seus soldados com muitas riquezas e tesouros.

Ao final de tudo isso, os lordes e cavaleiros e todos os homens de grandes posses se reuniram diante de Arthur e disseram:

– Nobre imperador! Pela bênção do nosso Senhor Eterno, tuas guerras mortais chegaram ao fim e todas as tuas conquistas foram bem-sucedidas. Agora, em todo o mundo, não há mais ninguém tão grandioso e poderoso que queira guerrear contra ti. Diante disso, imploramos e suplicamos com toda a nossa vontade à tua nobre graça que possamos acompanhar-te à tua casa e ver nossas esposas e lares novamente, pois estamos já há muito tempo afastados deles. Além disso, toda a tua jornada foi concluída com honra e admiração.

– Dizeis a verdade – ele respondeu –, e provocar Deus não é nada sábio. Portanto, sejamos rápidos e voltemos à Inglaterra.

Rei Arthur e os cavaleiros da Távola Redonda

O rei Arthur retornou com os seus cavaleiros, lordes e exércitos em meio a muito triunfo e alegria, passando por todos os países que conquistou e ordenando que nenhum homem, sob pena de morte, roubasse ou cometesse atos de violência pelo caminho. Ao cruzar o mar, chegou finalmente a Sandwich, onde a rainha Guinevere o recebeu com grande alegria. Por todo o reino da Grã-Bretanha pairava um ar de satisfação que nenhuma língua era capaz de descrever.

Sir Gawain e a Donzela das Mangas Apertadas

Certo dia, quando Sir Gawain cavalgava pelo país, ele encontrou uma tropa de cavaleiros junto a um escudeiro que guiava um cavaleiro espanhol. No pescoço deste via-se um escudo pendurado. Gawain cavalgou até o escudeiro e disse:

– Que tropa é essa que acaba de passar?

O escudeiro respondeu:

– Sir Meliance de Lis, um cavaleiro valente e obstinado.

– É a ele que pertences? – perguntou Sir Gawain.

– Não, senhor – disse o escudeiro –, meu mestre é Teudaves, um cavaleiro tão valioso quanto este.

– Conheço Teudaves – disse Gawain. – Para onde ele foi? Sê honesto.

– Ele foi a um torneio, senhor, que Meliance de Lis organizou contra Thiébault de Tintagil. Se quiseres um conselho, entra no castelo e participa do torneio contra os forasteiros.

– Pois não foi na casa de Thiébault que Meliance de Lis foi criado? – disse Gawain.

– Sim, senhor, Deus me guarde! – exclamou o escudeiro. – Seu pai amava Thiébault e confiava tanto nele que, em seu leito de morte, comprometeu-se a cuidar do filho mais novo, o qual era protegido e cuidado por Thiébault, até o momento em que o jovem solicitou que sua filha se casasse com ele. Todavia, ela respondeu que só aceitaria o casamento quando ele recebesse a ordem da cavalaria. O jovem, ávido, recebeu o título de cavaleiro e retornou para a futura esposa. "Não", ela respondeu diante de suas vestimentas de cavaleiro, "nunca ficaremos juntos até que, em minha presença, consigas proezas com as armas, como prova de que mereces o meu amor. Pois as coisas que ganhamos de mão beijada não são tão doces quanto aquelas que conquistamos. Se queres o meu amor, aceita o torneio do meu pai. Quero ter certeza de que o meu amor será devidamente direcionado se eu tiver de concedê-lo a alguém." Ele fez tudo o que ela sugeriu, pois o amor tem tamanho poder sobre os amantes, de modo que aqueles que estão submetidos às suas forças nunca ousam recusar suas imposições. E tu, senhor, serás considerado um preguiçoso se não adentrares o castelo, pois tu serás de grande valia se puderes ajudá-los.

Diante daquilo, Sir Gawain respondeu:

– Irmão, segue o teu caminho, seria mais sábio de tua parte, e deixa que eu siga o meu. – O escudeiro partiu e Gawain cavalgou em direção a Tintagil, pois não havia outro caminho por onde ele poderia passar.

Naquele momento Thiébault havia reunido todos os seus amigos e parentes, os quais vieram de todas as partes, jovens e velhos, mas ainda não havia conseguido a permissão de seu conselho para combater seu mestre, pois os conselheiros temiam que ele destruísse o castelo completamente. Desse modo, os portões foram protegidos com pedras e morteiros, exceto uma pequena parte atrás do castelo, onde havia um portão feito de cobre, suficiente apenas para a entrada de uma carroça. Sir Gawain cavalgou até o portão, logo atrás da tropa que carregava suas armas, uma vez que não havia outro caminho a percorrer em um raio de quase cinco quilômetros.

Ele encontrou a entrada fechada e ficou em um beco sem saída, abaixo da torre, que era cercado por uma paliçada. Ele apeou debaixo de uma oliveira e pendurou os escudos no alto. Enquanto isso, via o povo do castelo passar por lá lamentando o cancelamento do torneio. Na fortaleza, havia um velho nobre de muitas terras e estirpe, cuja palavra ninguém jamais ousava confrontar. Muito antes sua tropa havia sido indicada a ele, antes de cavalgar até lá. Ele se aproximou de Thiébault e disse:

– Senhor, Deus me guarde, mas acabo de ver dois companheiros do rei Arthur, homens de grande valia, cavalgando pelos arredores. Eu o aconselho a competir com esperança, pois têm cavaleiros valentes, bem como servos e arqueiros capazes de matar seus cavalos, e tenho certeza de que eles participarão das justas diante deste portão. Se o orgulho lhes subir às cabeças a vantagem será nossa, e o prejuízo e a vergonha vossos.

Como resultado desse conselho, Thiébault permitiu àqueles que desejassem empunhar suas armas que seguissem adiante. Os cavaleiros estavam satisfeitos, e seus escudeiros vinham logo atrás de seus cavalos, enquanto as damas e donzelas subiam em lugares altos para ver o torneio. Abaixo, nos prados, viam as armas de Sir Gawain e, a princípio, pensaram que eram dois cavaleiros, pois avistavam dois escudos pendurados na árvore. Eles gritavam que se sentiam felizardos por conseguirem ver as armas de dois cavaleiros. Alguns pensavam e outros diziam:

– Deus bom e justo, este cavaleiro tem armas e corcéis para dois. Se não tiver um companheiro, o que há de fazer com dois escudos? Jamais viu-se um cavaleiro com dois escudos ao mesmo tempo. É de fato muito estranho que um homem queira carregar dois escudos.

Enquanto as moças conversavam e os cavaleiros saíam do castelo, a filha mais velha de Thiébault, em nome da qual o torneio ocorreria, subiu à torre e, com ela, a irmã mais nova, cujas mangas eram sempre tão apertadas que ela era chamada de Donzela das Mangas Apertadas. Damas e donzelas também subiram à torre, e o torneio se pôs em frente ao castelo. Ninguém queria tanto aquilo quanto Meliance de Lis, segundo o testemunho de seu bom amigo, que dizia a todos à sua volta:

— Damas, jamais conheci um cavaleiro que me agradasse tanto quanto Meliance de Lis. Não é um prazer poder ver um cavaleiro como ele? Este homem merece um bom cavalo e parece ter destreza com o uso da lança e do escudo que maneja.

Com isso, a irmã, que estava sentada ao seu lado, disse que havia um cavaleiro ainda mais belo. A irmã mais velha se enfureceu e levantou-se para dar uma bofetada na mais nova. Mas as damas intervieram e a contiveram, de modo que ela errou o golpe, o que a deixou ainda mais furiosa.

No torneio, muitas lanças foram estilhaçadas, escudos perfurados, e muitos cavaleiros perderam seus cavalos. E foi ainda mais difícil quando o cavaleiro encontrou Meliance de Lis, pois não havia nada que fizesse para derrubá-lo ao chão. Se sua lança quebrava, ele dava golpes robustos com a espada. Mas ele suportava os ataques melhor do que qualquer outro cavaleiro de qualquer lado, para a alegria de seu bom amigo, que não resistiu e exclamou:

— Damas, isso é maravilhoso! Vede o melhor cavaleiro solteiro, o mais valente e justo de todos do torneio, o qual jamais trovou ou olhou para outra dama!

A irmã caçula gritou:

— Pois eu vejo um ainda mais bonito e melhor do que ele!

A irmã mais velha ficou possessa.

— Ah, garota, és atrevida e azarada demais ao aviltar quem eu escolho elogiar! Tome isso, para que aprendas da próxima vez! — Ao dizer isso, ela estapeou a irmã com tanta força que deixou a marca de seus cinco dedos no rosto da garotinha. Mas as damas que estavam ao redor a repreenderam e tiraram-na de lá.

Depois daquilo, começaram a falar sobre Sir Gawain. Uma das donzelas disse:

– E o cavaleiro que está embaixo da árvore, por que ainda não empunhou suas armas?

Uma segunda donzela, mais grosseira, exclamou em resposta:

– Ele jurou que manteria a paz.

E uma terceira donzela acrescentou:

– Ele é um comerciante. Não me digas que ele deseja participar das justas. Ele vende cavalos no mercado.

– É um cambista! – disse uma quarta. – Ele vende mercadorias a homens solteiros e pobres. Confiai em mim, ele carrega dinheiro e roupas naquelas arcas.

– Linguarudas! – gritou a garotinha. – E você é uma mentirosa! Você acha que um comerciante teria lanças tão grandes? Você me cansa até a morte com tanta baboseira! Pela fé que tenho no Espírito Santo, ele me parece um cavaleiro, e não um comerciante ou um cambista. Ele é e tem a aparência de cavaleiro!

As damas todas gritaram em uníssono:

– Doce e bela amiga, embora ele tenha a aparência de cavaleiro, não parece ser um. Ele pode ter se vestido de cavaleiro para enganar o cobrador de impostos. Mas, apesar de toda a esperteza, ele é um tolo, pois será descoberto e enforcado em razão dessa trapaça.

Nessa hora, Gawain ouvia tudo o que as moças diziam sobre ele. E começou a sentir raiva e vergonha. Mas pôs-se a pensar e chegou à conclusão de que estava sendo acusado de traição e de que era seu dever manter seu juramento, ou desgraçaria sua vida e sua linhagem para a eternidade. Foi por essa razão que não participou do torneio, pois, se lutasse, seria ferido ou aprisionado.

Meliance de Lis pediu lanças maiores para golpes mais vorazes. A noite caiu e o torneio continuou em frente aos portões. O homem que apanhava os espólios de combate os carregava a um lugar onde julgava mais seguro. As moças viram um escudeiro alto e forte, que segurava um pedaço de lança e tinha ao redor do pescoço um chapéu de aço. Uma das damas, a mais tola, o chamou e disse:

– Senhor escudeiro, Deus me ajude, é uma estupidez da tua parte capturar este dinheiro, estas armas e estes empregados. Se fazes um trabalho de escudeiro, mereces um salário de escudeiro. Abaixo, nos prados adiante, há um homem que possui riquezas que não é capaz de defender. Ele não é muito sábio, pois arrisca perder o que ganhou por ter o poder de obter mais. Ele parece ser o mais cortês de todos os cavaleiros e não se incomodaria nem se lhe puxassem a barba. Se tu és esperto vai até ele, pega sua armadura e seu tesouro, nenhum dos dois há de lhe fazer falta.

O escudeiro se dirigiu até os prados e golpeou um dos cavalos de Gawain, berrando:

– Vassalo, estás doente? Ficaste o dia inteiro aqui e não fizeste nada, não atingiu nenhum escudo e não estilhaçou nenhuma lança. Sir Gawain respondeu:

– Por que a minha espera te incomoda? Saberás por que estou aqui, mas não agora. Cuida dos teus próprios assuntos!

O escudeiro se afastou, pois Gawain não era o tipo de homem para o qual ele ousaria dizer algo atravessado.

Mais tarde, o torneio acabou com muitos cavaleiros mortos e uma grande quantidade de cavalos capturados. Os forasteiros haviam conseguido a vantagem, e as pessoas do castelo ganharam vantagem devido ao intervalo. Ao partirem, todos concordaram que no dia seguinte, em meio a canções, eles se encontrariam novamente e continuariam os combates. Naquela noite, eles se separaram, e aqueles que haviam partido retornaram ao castelo, seguidos por Sir Gawain.

No portão, ele encontrou o nobre que havia aconselhado seu lorde a entrar no confronto. Esse homem o abordou gentilmente e disse:

– Bom senhor, teu abrigo está pronto neste castelo. Se desejares, fica aqui, pois, se fores, não encontrarás um alojamento tão cedo. Dessa forma, imploro que fiques.

– Ficarei, muito obrigado! – disse Gawain. – Já ouvi coisas piores.

O homem o guiou até sua casa enquanto conversava sobre um assunto e outro e perguntava por que naquele dia o cavaleiro não havia lutado. Sir Gawain explicou que tinha sido acusado de traição e que provavelmente teria sido preso e ferido até que pudesse se libertar. Além disso, disse que seria uma desonra para ele e seus amigos se ele não aparecesse no horário marcado.

O nobre o elogiou e disse que, se aquela era a razão, tinha agido corretamente. Ele guiou Gawain até sua casa, onde apearam de seus cavalos. As pessoas do castelo o culpavam e imaginavam como o lorde encararia aquilo, enquanto a filha mais velha de Thiébault fazia o seu melhor para prejudicar Gawain, por causa da irmã, com a qual estava furiosa.

– Senhor – ela disse ao pai –, neste dia não sofreste nenhuma perda, pelo contrário, apenas ganhaste mais do que imaginavas, só precisas ir e pegar o que é teu. O homem que trouxe isso não é capaz de defender o que tem, pois é um velhaco. Ele trouxe lanças e escudos, palafréns e cavalos de batalha, e se arrumou como um cavaleiro para enganar os costumes e passar livremente para vender suas mercadorias. Dá a ele o que merece. Ele está com Garin, o filho de Bertan, o qual o hospedou em sua casa. Acabei de vê-lo passar.

Thiébault apanhou seu cavalo, pois desejava ir lá pessoalmente. A garotinha, que o viu passar, saiu secretamente por um portão nos fundos e desceu a montanha até a casa de Garin, que tinha duas belas filhas. Quando as duas vissem a pequena dama, se alegrariam com a presença da amiga; e se alegraram, de fato. Cada uma segurou em uma de suas mãos e a guiaram até a casa enquanto beijavam seus olhos e lábios.

Enquanto isso, Garin e seu filho Herman deixaram a casa e estavam subindo ao castelo para falar com seu lorde. No meio do caminho, encontraram Thiébault e o cumprimentaram. Ele perguntou aonde Garin ia e disse que ia fazer uma visita a ele.

— Pela minha fé – disse o nobre – não me desagradará de nenhum modo e em minha casa verás o mais justo dos cavaleiros.

— É exatamente ele quem procuro – disse Thiébault. – Prende esse homem, pois ele é um comerciante que vende cavalos e finge ser um cavaleiro.

— Por Deus! – exclamou Garin – Que fala grosseira! És meu mestre e sou teu servo, mas não me curvarei a ti neste momento e, em nome de toda a minha linhagem, desafio-o em vez de permitir que arruínes a minha casa.

— Na verdade – respondeu Thiébault –, não tenho nenhuma pretensão de fazer isso. Nem tu e nem tua casa hão de receber outra coisa de mim a não ser a minha honra, embora eu tenha sido aconselhado a fazer o contrário.

— Misericórdia! – exclamou o nobre. – Será uma honra que conheças meu convidado.

Lado a lado, eles continuaram até chegarem à casa. Quando Sir Gawain os viu, ele se levantou com toda a cortesia e disse:

— Bem-vindo! – Os dois o cumprimentaram e se sentaram ao lado dele. O nobre, que era o lorde daquele país, perguntou-lhe por que não havia participado do torneio. Gawain relatou que um cavaleiro o havia acusado de traição e que ia defender-se na corte real.

— Sem dúvida – respondeu o lorde – essa é uma justificativa razoável. Mas onde ocorrerá a batalha?

— Senhor – disse ele –, diante do rei de Cavalon, para onde estou indo.

— E eu – disse o nobre – o guiarei. Uma vez que terá de passar por um país pobre no caminho, vou lhe fornecer alimento e mulas.

Gawain respondeu que não precisava aceitar nada, pois tinha dinheiro para se alimentar e se hospedar aonde fosse.

Com essas palavras, Thiébault partiu. Assim que partiu, na direção oposta, ele viu sua filhinha se aproximar, a qual abraçou a perna de Gawain e disse:

— Bom senhor, ouça! Venho reclamar de minha irmã, que me bateu. Por favor, faz justiça em meu nome!

Gawain não respondeu, pois não sabia do que ela falava. Ele colocou a mão em sua testa enquanto a criança o puxava e dizia:

— Bom senhor, venho reclamar de minha irmã. Eu deixei de amá-la a partir do momento em que ela me envergonhou por causa de ti, hoje, durante o combate.

— Mocinha, o que eu tenho a ver com isso? Como posso fazer justiça em relação à tua irmã?

Thiébault, que havia saído, ouviu a súplica da filha mais nova e disse:

— Garota, quem permitiu que viesses aqui reclamar com este cavaleiro? Gawain perguntou:

— Bom senhor, esta mocinha é tua filha?

— Sim, mas não te importes com o que ela diz. Garotas são criaturas tolas.

— Certamente — disse Gawain — eu seria rude se não fizesse o que ela pede. Agora diz, criança bela e doce, como posso fazer justiça contra a tua irmã?

— Se quiseres, por amor a mim, luta no torneio de amanhã.

— Querida amiga — disse Gawain —, já pediste algo a outro cavaleiro?

— Não, senhor.

— Não te importes com ela — exclamou o pai. — Não dê atenção a essas bobagens. — Sir Gawain respondeu:

— Senhor, que Deus me ajude, pois uma garota tão pequena fez-me um pedido do fundo de seu coração... não posso recusar. Amanhã, se ela quiser, serei seu cavaleiro!

— Misericórdia, meu bom senhor! — gritou a criança, que estava esfuziante e se curvou imediatamente aos pés dele.

Eles partiram sem mais palavras. Thiébault carregou a filha de volta, montada no pescoço de seu palafrém. À medida que subiram a montanha, ele perguntou a ela qual havia sido a briga com a irmã, e ela contou a história do começo ao fim:

— Senhor, fui humilhada por minha irmã, que declarou que Meliance de Lis era o melhor dos cavaleiros, e eu, que tinha visto este cavaleiro nos prados, não consegui evitar de dizer que ele era ainda melhor. Diante disso, a minha irmã me chamou de tola e me bateu. Por Deus! Eu cortaria as minhas tranças bem na raiz, o que seria uma grande perda, se amanhã no torneio este cavaleiro derrotasse Meliance de Lis e colocasse um fim nessa confusão causada pela minha irmã! Ela falou tanto que cansou todas as moças. Mas, o mundo dá voltas!

– Minha querida – disse seu pai –, ordeno e permito-lhe, com toda a minha gentileza, que envies a ele uma medalha, uma manga ou uma touca, em sinal de respeito.

A criança, que era muito simples, respondeu:

– Com todo o prazer, desde que me digas o quê. Mas as minhas mangas são tão pequenas que eu não gostaria de enviá-las. Ele provavelmente não gostaria delas.

– Minha filha, não digas mais nada – disse Thiébault. – Vou pensar em algo. Fico feliz por ti. – Ao dizer isso, ele a apanhou no colo, abraçou-a e beijou-a até chegar à frente de seu palácio. Mas, ao ver o pai aproximar-se com a criança no colo, a irmã mais velha ficou envergonhada e exclamou:

– Senhor, de onde vens com a minha irmã, a donzela das mangas apertadas? Ela é cheia de trapaças e foi bem rápida... onde a encontraste?

– E tu – ele respondeu –, qual é teu problema? Cala-te, pois ela é melhor do que tu. Estou aborrecido, pois puxaste o cabelo da pequena e bateste nela. Foste grosseira e pouco gentil.

Assim que ouviu o sermão do pai, a donzela ficou muito envergonhada.

Thiébault havia trazido em seu peito um pedaço de samito vermelho, e ordenou que seu povo o cortasse e fizesse uma manga larga e comprida. Depois, chamou a filha e disse:

– Criança, amanhã levanta mais cedo e encontra o cavaleiro antes que ele deixe o alojamento onde se encontra. Por respeito a ele, entrega esta nova manga, a qual ele deverá vestir assim que se encaminhar ao local do torneio.

A garota respondeu que assim que os primeiros raios da aurora surgissem, ela se vestiria e iria. Diante daquilo, seu pai seguiu seu caminho enquanto ela, sentindo-se extática, ordenou que suas damas de companhia não a deixassem perder a hora e que lhe acordassem nas primeiras horas do dia como prova do seu amor a ela. Elas fizeram como a donzela havia comandado e, ao raiar do dia, acordaram-na e a vestiram. Sozinha, ela foi à casa em que Sir Gawain estava hospedado, mas, embora fosse muito cedo, os cavaleiros já haviam se levantado e ido ao monastério para ouvirem a missa. Ela esperou até o final da longa oração oferecida a eles, bem como o que tinham a dizer. Quando retornaram, a criança se levantou para cumprimentar Sir Gawain e gritou:

– Senhor, no dia de hoje, que Deus possa salvá-lo e honrá-lo! Por respeito a mim, vista esta manga que carrego nas mãos.

– Com todo o prazer – ele respondeu –, minha amiga, tua misericórdia!

Em seguida, os cavaleiros se armaram prontamente e deixaram a cidade aos montes. Enquanto isso, as donzelas novamente subiram nos muros, e as damas do castelo viram as tropas de cavaleiros valentes e fortes se aproximarem.

Eles cavalgavam com rédeas frouxas e, logo em frente, estava Meliance de Lis, o qual cavalgava tão rápido que deixou o resto para trás: duas hastes e outras armas. Quando a donzela viu seu amigo, não conseguiu ficar em silêncio e gritou:

– Moças, aí vem o lorde da cavalaria!

Em vista disso, Sir Gawain incitou o cavalo o mais rápido que pôde e atacou Meliance de Lis, que não se esquivou do golpe, mas o enfrentou com coragem, estilhaçando sua lança. Sir Gawain o atingiu com tanta força ao ponto de ferir Meliance e deixá-lo caído ao chão. Ele apanhou o corcel pelas rédeas e o entregou a um valete, pedindo que o entregasse à dama em nome da qual aquele torneio ocorria e que dissesse a ela que aquele era o primeiro espólio do dia. O jovem valete apanhou o cavalo de batalha, colocou-lhe a sela e o guiou até a moça, sentada na janela da torre, de onde assistia ao combate. Quando viu aquele encontro dos dois cavaleiros, gritou para a irmã:

– Minha irmã, lá está Meliance de Lis, o qual elogiaste tanto! Um homem deve reconhecer o mérito do outro. Veja, eu estava certa ontem quando disse que tinha visto um cavaleiro melhor do que ele!

Ela provocava a irmã, que se pôs furiosa e gritou:

– Criança, segura a tua língua! Se disseres outra palavra, te esbofetearei com tanta força que tu cairás e não te levantarás mais!

– Oh, minha irmã – respondeu a mais nova –, sejas temente a Deus! Não deves me bater só porque falei a verdade. Nós duas o vimos cair. Creio que ele não será capaz de se levantar. Tu podes ficar zangada o quanto quiser, mas ouso dizer que não há uma dama sequer entre nós que não o tenha visto estirado ao chão!

Sua irmã a teria esbofeteado novamente se fosse capaz, mas as damas não permitiram.

Com isso aproximou-se o escudeiro, o qual segurava as rédeas com a mão direita. Ele viu a garota sentada na janela e apresentou-lhe o corcel. Ela lhe agradeceu imensamente e ordenou que o cavalo fosse usado em batalha. O escudeiro retornou ao seu mestre, que parecia o lorde do torneio, pois não existia outro cavaleiro tão galante e firme sobre sua sela quando atacado com uma lança. Em um único dia, ele capturou quatro cavalos de batalha. O primeiro enviou à garotinha; o segundo, à esposa do nobre que havia sido muito gentil, e os outros dois, às próprias filhas.

O torneio acabou e os cavaleiros entraram na cidade. De ambos os lados, a honra era de Sir Gawain. Ainda não era meio-dia quando ele retornou do torneio. A cidade estava repleta de cavaleiros, os quais corriam atrás dele perguntando quem ele era e de onde vinha. No portão de onde estava hospedado, foi encontrado pela donzela, a qual não fez mais nada além de segurar em seu estribo e exclamar:

– Toda a misericórdia, doce senhor!

Ele respondeu com toda a franqueza:

– Minha amiga, só se eu estivesse muito velho para recusar o teu serviço! Nunca me afastarei de ti, basta enviar uma mensagem e virei em teu auxílio. Se eu souber de tua necessidade, virei!

Enquanto conversavam, seu pai veio e desejou que Sir Gawain se hospedasse em sua casa naquela noite, mas pediu-lhe que o convidado dissesse qual era seu nome. Sir Gawain respondeu:

– Senhor, me chamo Gawain. Nunca ocultei meu nome, mas também nunca disse se não me perguntassem.

Quando Thiébault soube que o cavaleiro se chamava Sir Gawain, seu coração se encheu de alegria, e ele exclamou:

– Senhor, faço questão que te hospedes em minha casa e que aceites os meus serviços. Ainda não retribuí o meu respeito a ti e nunca conheci nenhum cavaleiro que eu quisesse tanto honrar.

Apesar das súplicas, Sir Gawain recusou a estadia. A garotinha, que era boa e gentil, agarrou-se aos seus pés e os beijou enquanto agradecia a Deus. Sir Gawain perguntou o motivo pelo qual ela fazia aquilo, e ela respondeu que havia beijado seus pés para que ele se lembrasse dela aonde quer que pisasse. Ele respondeu:

– Não duvides disso, querida amiga! Jamais esquecerei de ti quando partir daqui.

Em seguida, Sir Gawain se foi, deixando seu anfitrião e as outras pessoas, os quais dirigiam bênçãos de Deus a ele. Naquela noite, ele dormiu em uma abadia, sem que nada lhe faltasse.

Os campeões da Távola Redonda

1

As aventuras de Sir Lancelote

Na festa de Pentecostes, foi realizado um banquete cheio de esplendor na Távola Redonda, em Caerleon. E todos os cavaleiros saíram da corte e organizaram muitos jogos e justas. Lá, Sir Lancelote ganhou fama e respeito acima de qualquer outro homem, pois havia vencido todos os cavaleiros com os quais jogara e não fora derrubado de seu cavalo ou derrotado sequer uma vez, exceto por traição ou feitiço.

Quando a rainha Guinevere testemunhou seus maravilhosos feitos, ela passou a admirá-lo e a dirigir mais sorrisos a ele do que a qualquer outro cavaleiro. E desde que ele a havia levado ao rei Arthur, Lancelote a considerava a mais bela de todas as damas e fazia de tudo para conseguir sua atenção. A rainha mandou buscá-lo e ordenou que ele contasse sobre seu nascimento e suas estranhas aventuras; sobre ser o filho único do rei Ban da Bretanha; sobre seu pai, ele e sua mãe Helen terem escapado de seu castelo em chamas em determinada noite. Além disso, ela quis saber como o seu pai, em profundo sofrimento, caiu morto de tanta dor e ferimentos; como a mãe, correndo atrás do pai, havia abandonado o filho; como a

Dama do Lago o apanhara nos braços enquanto ele chorava e o carregara até o meio das águas onde, com seus primos Lionel e Bors, ele havia sido criado durante toda a sua infância até encontrar a corte do rei Arthur; e por que lhe chamavam de "Lancelote do Lago".

Logo, o rei Arthur ordenou que todo ano, durante Pentecostes, haveria um festival de todos os cavaleiros da Távola Redonda, em Caerleon, ou em qualquer outro lugar que ele designasse. Neste festival, as aventuras que todos os cavaleiros haviam vivido no último ano seriam contadas publicamente.

Quando Sir Lancelote viu a felicidade da rainha Guinevere enquanto ouvia sobre suas jornadas e aventuras, ele resolveu mostrar-se mais para ganhar ainda mais atenção e respeito dela. Desse modo, pediu ao primo, Sir Lionel, que se aprontasse, "pois", disse ele, "nós dois iremos atrás de mais aventuras". Eles montaram em seus cavalos, armados de cabo a rabo, e cavalgaram por uma floresta enorme. Ao passarem por ela, chegaram a uma grande planície e, como o clima estava bastante quente, por volta do meio-dia, Sir Lancelote foi acometido por uma forte letargia. Em seguida, Sir Lionel espiou uma grande macieira ao lado de uma cerca e disse:

– Meu irmão, lá vejo uma boa sombra onde podemos apear e descansar um bocado.

– Ficarei satisfeito – respondeu Sir Lancelote –, pois em sete anos nunca senti tanto sono.

Dessa maneira, eles apearam e ataram seus cavalos a algumas árvores. Em certo momento, Sir Lionel acordou e notou que Sir Lancelote dormia e voltou a dormir.

Enquanto isso, três cavaleiros se aproximaram cavalgando na mais alta velocidade e, atrás deles, vinha um único cavaleiro. Quando Sir Lionel o avistou, julgou nunca ter visto um cavaleiro tão grande e forte ou tão bem armado e equipado. Sendo assim, ele pensou em derrotar o cavaleiro que vinha e golpeá-lo até cair de seu cavalo. Ele se dirigiu ao segundo e o atingiu de maneira que homem e cavalo foram derrubados. Cavalgou até o terceiro e, igualmente, o derrubou de seu cavalo a uma distância pouco maior à de uma lança. Diante daquilo, ele desceu de seu cavalo e prendeu os três cavaleiros rapidamente com as próprias rédeas.

Quando Sir Lionel viu aquilo, acreditou que era hora de provar sua valentia, então, em meio a muito silêncio e cautela, apanhou o cavalo e cavalgou atrás dele, sem acordar Sir Lancelote. Ao alcançá-lo, gritou que ele o encarasse, o que ele fez imediatamente, e atingiu Sir Lionel de tal modo que ele e seu cavalo despencaram ao chão. Em seguida ele apanhou Sir Lionel e o arremessou sobre as costas de seu próprio cavalo e ajudou os outros três cavaleiros, os quais fugiram com ele para o próprio castelo. Lá, eles tiraram suas armaduras, ficaram nus e estavam repletos de espinhos pelo corpo. Depois, entraram em uma grande prisão onde muitos outros cavaleiros choravam, se lamentavam e diziam:

– Por Deus, não há outro homem que possa nos salvar a não ser Sir Lancelote! Nenhum outro homem é capaz de confrontar o tirano Turquine, nosso conquistador.

Mas, todo aquele tempo, Sir Lancelote permanecera dormindo embaixo do pé de maçã. Por acaso, quatro rainhas majestosas passavam por lá cavalgando sobre quatro mulas brancas embaixo de quatro dosséis de seda verde atadas a lanças usadas para se protegerem do sol. À medida que cavalgavam, ouviram um grande cavalo relinchar assustadoramente e, voltando-se, logo viram um cavaleiro adormecido, o qual estava completamente armado e deitado embaixo de uma macieira. Ao olharem bem para o seu rosto, reconheceram que aquele era Sir Lancelote do Lago.

Começaram a discutir sobre quem cuidaria dele. Porém a rainha Morgana le Fay, a meia-irmã do rei Arthur, a grande feiticeira, era uma das quatro mulheres e disse:

– Não vos importeis, pois lancei um encanto sobre ele e, portanto, ficará adormecido por mais seis horas. Vamos levá-lo ao meu castelo e, quando acordar, escolherá a quem de nós irá servir.

Sir Lancelote foi deitado sobre seu escudo, colocado nas costas de um cavalo, entre dois cavaleiros, e levado ao castelo. Lá, ele ficou deitado em um quarto frio até que o encanto passasse.

Logo, enviaram uma linda donzela com o seu jantar.

– O que houve contigo?

– Não sei bem, donzela – ele respondeu –, se não for por encanto, não sei como vim parar neste castelo.

– Senhor – disse ela –, aquieta teu coração, pois amanhã cedo terás mais notícias.

Ela o deixou sozinho e lá ele ficou a noite toda. Bem cedo, pela manhã, as quatro rainhas vestidas suntuosamente o procuraram e disseram:

– Senhor cavaleiro, tu és o nosso prisioneiro e o conhecemos bem. És Sir Lancelote do Lago, o filho do rei Ban. E embora saibamos bem que a rainha Guinevere, esposa do rei Arthur, é a única que tem teu coração, queremos que sirvas a uma de nós. Portanto, faz a tua escolha. Qual de nós quatro tu escolhes servir? Eu sou a rainha Morgana le Fay, a rainha da terra de Gore, e aqui também está a rainha de Northgales, a rainha de Eastland e a rainha de Out Isles. Escolha de uma vez por todas ou ficarás aqui nesta prisão até o dia de tua morte.

– É uma decisão difícil – disse Sir Lancelote – morrer ou escolher uma de vós como minha senhora! Prefiro morrer nesta prisão a servir a uma criatura contra a minha vontade. Esta é a minha escolha: não servirei a nenhuma de vós, pois são todas bruxas traiçoeiras. E quanto à minha dama, a rainha Guinevere, da qual gentilmente falastes, se estivesse livre, eu provaria a todos que ela é a dama mais verdadeira para seu bondoso rei.

– Bem – disse a rainha –, essa é a tua resposta? Recusa-te a escolher uma de nós?

– Sim, pela minha vida – disse Lancelote –, isso é o que podem esperar de mim.

Completamente furiosas, elas o deixaram cheio de sofrimento e pesar naquela masmorra.

Ao meio-dia, a donzela voltou com o jantar e perguntou novamente:
– O que houve?
– Sinceramente, linda donzela – disse Lancelote –, nunca me senti tão mal em toda a minha vida.
– Senhor – ela respondeu –, entristece-me vê-lo assim, mas, se seguires meu conselho, posso ajudá-lo a sair dessa situação angustiante. Porém terá de me prometer um presente.
– Linda donzela – disse Sir Lancelote –, com todo o prazer concederei a ti o que pedires, pois odeio as quatro bruxas travestidas de rainhas, as quais destruíram e assassinaram muitos cavaleiros bons por meio de seus feitiços maléficos.
– Senhor – disse a donzela – prometes ajudar meu pai na próxima terça-feira? Ele tem um torneio contra o rei de Northgales e, na última terça, perdeu a batalha para três cavaleiros da corte do rei Arthur. Se ajudá-lo na próxima terça-feira, amanhã, antes do raiar do dia, pela graça divina, eu o libertarei.
– Linda donzela – disse Sir Lancelote –, qual é o nome de teu pai para que eu dê a minha resposta?
– Meu pai é o rei Bagdemagus – ela disse.
– Eu o conheço bem – respondeu Sir Lancelote. – É um nobre rei e um bom cavaleiro. Pela minha fé, farei tudo o que eu puder no dia indicado.
– Muito obrigada, senhor cavaleiro! – disse a donzela. – Amanhã, quando fores liberto deste lugar, cavalga por aproximadamente dez quilômetros, entra em uma abadia de monges brancos e fica lá até que eu leve meu pai para ti.
– Assim será – disse Sir Lancelote –, pois sou um cavaleiro honesto.
Ela partiu, e no dia seguinte bem cedo, voltou e o libertou através de doze portões, todos com fechaduras diferentes, e finalmente o guiou até sua armadura. Depois de vestir-se, ela devolveu-lhe seu cavalo, o qual ele selou rapidamente. Em seguida, ele apanhou uma lança, montou no cavalo e cavalgou adiante, dizendo à medida que se distanciava:

– Linda donzela, não falharei com o teu presente, pela graça de Deus.

Durante todo aquele dia, ele cavalgou pela enorme floresta e não conseguiu encontrar nenhuma estrada; portanto, teve de passar a noite por lá. No dia seguinte, finalmente a encontrou e, em seguida, adentrou à abadia de monges brancos. Lá, ele viu o rei Bagdemagus e sua filha, os quais esperavam por ele. Juntos em um recinto, Sir Lancelote disse ao rei como ele havia sido vítima de um feitiço, como seu irmão Lionel havia sumido e como a filha do rei o havia libertado do castelo da rainha Morgana le Fay.

– Por essa razão, enquanto eu viver – disse ele –, prestarei serviços a ela e a toda a sua família.

– Então me ajudarás na próxima terça-feira? indagou o rei.

– Sim, senhor, não falharei – disse Sir Lancelote –, mas quem foram os cavaleiros que o derrotaram na semana passada e fugiram com o rei de Northgales?

– Sir Mador de la Port, Sir Modred e Sir Gahalatine – respondeu o rei.

– Senhor – disse Sir Lancelote –, segundo minha compreensão, o torneio ocorrerá a aproximadamente três quilômetros desta abadia. Envia três cavaleiros teus até mim, os melhores que tiveres, e pede que carreguem escudos completamente brancos, pois eu farei o mesmo. Nós quatro apareceremos repentinamente entre os dois grupos, atacaremos o nosso inimigo e os derrotaremos sem sermos reconhecidos.

Na terça-feira, Sir Lancelote e três cavaleiros se acomodaram em um pequeno bosque nas proximidades de onde ocorreria o torneio. No campo, apareceram o rei de Northgales, com cento e sessenta soldados e três cavaleiros da corte do rei Arthur, os quais ficaram afastados. Assim que o rei Bagdemagus chegou com oitenta soldados, ambas as confrarias colocaram suas lanças em posição de descanso e se dirigiram para uma colisão majestosa em que doze cavaleiros do rei Bagdemagus e seis do rei de Northgales foram mortos. Em seguida, o lado do rei Bagdemagus foi expulso.

Diante disso, Sir Lancelote fez o ataque mais pesado que pôde, derrubando cinco cavaleiros com uma única lança, quebrando as costas de outros quatro e expulsando o rei de Northgales, o qual quebrou a perna com a queda. Quando os três cavaleiros da corte do rei Arthur viram aquilo, correram na direção de Sir Lancelote e, um após o outro, todos o atacaram, mas ele os derrotou e os golpeou quase até a morte. Apanhando uma lança, ele derrubou mais dezesseis cavaleiros ao chão e os feriu tão gravemente que eles mal conseguiram carregar suas armas naquele dia. E quando a sua lança finalmente se quebrou, ele apanhou outra e derrotou mais doze cavaleiros, a maioria dos quais machucou fatalmente até que, ao final, o lado do rei de Northgales não quis continuar o combate, e a vitória foi atribuída ao rei Bagdemagus.

Sir Lancelote cavalgou adiante com o rei Bagdemagus até seu castelo e lá ceou com toda a satisfação e boas-vindas e recebeu muitos presentes da realeza. No dia seguinte, ele foi embora em busca do irmão Lionel.

Logo, por acaso, ele voltou à floresta onde as quatro rainhas o haviam encontrado enquanto dormia e lá encontrou uma donzela em um palafrém branco. Após cumprimenta-la, Sir Lancelote disse:

– Linda donzela, onde posso encontrar novas aventuras neste país?

– Senhor cavaleiro – ela disse –, há boas aventuras nas proximidades se fores suficientemente ousado.

– E por que eu não seria – perguntou ele – se vim exatamente por esta razão?

– Senhor – disse a donzela –, nos arredores há um cavaleiro que nunca foi derrotado por homem nenhum, pois é grande, forte e perigoso. Seu nome é Sir Turquine, e nas prisões de seu castelo, há sessenta cavaleiros, a maioria da corte do rei Arthur, os quais ele capturou com as próprias mãos. Mas promete que, antes de libertá-los, me acompanharás, me ajudarás e me libertarás, assim como muitas outras damas, que estão sob o domínio de um falso cavaleiro?

– Quero que me guies até o criminoso Turquine – disse Sir Lancelote – e depois realizarei todos os teus desejos.

Dessa maneira, a donzela o guiou até um vau, onde havia uma árvore em que uma grande bacia de cobre estava pendurada. Sir Lancelote bateu com a ponta da lança na pia, grande e rígida, até que o fundo caiu sem que ele visse. Então, cavalgou para lá e para cá diante dos portões do castelo por quase meia hora e, depois, viu um grande cavaleiro ao longe, o qual guiava um cavalo em que um homem armado estava atado e pendurado. Quando se aproximaram, Sir Lancelote reconheceu o prisioneiro como um dos cavaleiros da Távola Redonda. Naquele momento, o grande cavaleiro que guiava o prisioneiro avistou Sir Lancelote e ambos empunharam suas lanças e se prepararam para um confronto.

– Meu bom senhor – disse Sir Lancelote –, tira aquele cavaleiro ferido de seu cavalo, suplico-te, e deixa-o descansar enquanto tu e eu provamos a nossa força um ao outro, pois, segundo fui informado, causaste e ainda causas grandes danos e humilhação aos cavaleiros da Távola Redonda. Diante disso, aconselho-te que te defendas agora mesmo.

– Se és da Távola Redonda – respondeu Turquine –, desafio-te bem como a todos os teus companheiros.

– Chega de falar – disse Sir Lancelote.

E, assim, eles empunharam suas lanças, incitaram seus cavalos e cavalgaram adiante o mais rápido que puderam. O choque dos escudos foi tão avassalador que as costas dos cavalos se quebraram. Assim que se livraram das selas, protegeram-se com seus escudos e empunharam suas espadas. Eles se atacaram avidamente e desferiram golpes fortes e dolorosos. Logo, ambos estavam machucados terrível e completamente e sangravam rios de sangue. Todavia, ainda lutaram por mais de duas horas, golpeando-se e machucando um ao outro em todos os lugares possíveis.

Logo, ambos perderam o fôlego e apoiaram-se em suas espadas.

– Agora, camarada – disse Sir Turquine –, esperemos um tanto e responde o que eu perguntar.

– Diz – respondeu Lancelote.

– És – disse Turquine – o melhor cavaleiro que já conheci e se parece com um que eu detesto acima de todos os outros cavaleiros vivos. Mas, como não és ele, declaro paz contigo e, em razão do grande valor que provaste ter, libertarei todos os sessenta cavaleiros que estão presos em minha masmorra, e tu e eu seremos companheiros para sempre. Agora me diz qual é o teu nome.

– Falaste a verdade – respondeu Sir Lancelote –, mas quem é esse cavaleiro que odeias tanto acima de qualquer outro?

– Seu nome – disse ele – é Sir Lancelote do Lago. Ele matou o meu irmão Sir Carados na torre dolorosa. Por isso, se encontrá-lo algum dia, um de nós será morto pelo outro, segundo o juramento que fiz. E para descobrir e destruí-lo, tive de matar cem outros cavaleiros e aleijar outros tantos, além daqueles que morreram nas minhas prisões. Agora, como contei a ti, ainda há muitos presos, mas libertarei todos eles se me disseres o teu nome e se não fores Sir Lancelote.

– Bem – disse Lancelote –, eu sou o cavaleiro que procuras, filho do rei Ban de Benwick e cavaleiro da Távola Redonda. Desafio-te a fazer o teu melhor!

– Ahá! – disse Turquine com um berro. – Finalmente! A minha espada lhe dá as boas-vindas mais do que a qualquer outro cavaleiro ou dama. Não deixaremos este campo até que um de nós esteja morto!

Ambos se enfrentaram como dois bois selvagens, retalhando e açoitando um ao outro com seus escudos e espadas e, às vezes, eles caíam ao chão. Lutaram por mais de duas horas e, ao final, Sir Turquine ficou atordoado demais, recuou um tanto e abaixou o escudo de tão exaurido que estava. Quando Sir Lancelote o viu assim, saltou sobre ele como um leão feroz, apanhou-o pelo penacho de seu elmo e o arrastou até seus pés. Em seguida, partiu seu elmo e quebrou seu pescoço.

Ele se levantou, aproximou-se da donzela que o havia trazido até Sir Turquine e disse:

– Estou pronto, bela dama, para cumprir teu serviço, mas não tenho um cavalo.

– Meu bom senhor – ela disse –, fica com o cavalo do homem ferido que Turquine carregava à prisão e pede que ele liberte os prisioneiros.

Sir Lancelote se dirigiu ao cavaleiro e implorou que ele emprestasse seu cavalo.

– Meu bom senhor – disse ele –, muito obrigado, pois salvaste a minha vida e a do meu cavalo. Vi que és o melhor cavaleiro do mundo, pois, diante dos meus olhos, mataste o homem mais poderoso e o melhor cavaleiro já visto, exceto tu mesmo.

– Senhor – disse Sir Lancelote –, agradeço-te. Agora, vai ao castelo onde encontrarás muitos cavaleiros nobres da Távola Redonda, pois eu mesmo vi seus escudos pendurados nas árvores que rodeiam o local. Em uma única árvore, encontrarás o escudo de Sir Key, Sir Brandel, Sir Marhaus, Sir Galind, Sir Aliduke e outros tantos. Também encontrarás os escudos de dois parentes meus, Sir Ector de Maris e Sir Lionel. Peço a ti que envies meus cumprimentos, Sir Lancelote do Lago, e que digas que apanhem os tesouros que encontrarem naquele castelo. Além disso, suplico que meus irmãos, Lionel e Ector, se dirijam à corte do rei Arthur e fiquem lá até eu voltar. Estarei lá por volta da data de Pentecostes, mas agora devo acompanhar esta donzela e cumprir a minha promessa.

Assim, à medida que se foram, a donzela lhe disse:

– Senhor, estamos próximos de onde o cavaleiro assombra, rouba e incomoda todas as moças e senhoras que passam por seu caminho, motivo pelo qual pedi a tua ajuda.

Eles combinaram que ela tomaria a dianteira e Sir Lancelote viria logo atrás, escondendo-se entre as árvores que beiravam a estrada. Desse modo, se ele notasse algum contratempo, sairia de trás das árvores e lutaria com o cavaleiro. À medida que a donzela cavalgava em um ritmo tranquilo, um cavaleiro e seu pajem apareceram na estrada e forçaram-na a descer de seu cavalo, até que ela começou a gritar por socorro.

Em seguida, Sir Lancelote correu pela floresta o mais rápido que pôde de maneira que os ramos e galhos das árvores estalavam e balançavam por onde ele passava.

– Tu, cavaleiro falso e traidor! – gritou ele. – Quem o ensinou a incomodar boas moças?

O cavaleiro inimigo não disse nada, mas empunhou a sua espada e cavalgou até Sir Lancelote, o qual descartou sua lança, puxou a espada e o atingiu com tanta força que rachou sua cabeça até a altura da garganta.

– Isso é o que mereces pelo que fizeste por tanto tempo – disse ele e deixou a donzela.

Durante dois dias, ele cavalgou pela floresta, comeu pouco e se acomodou mal; no terceiro dia, passou por uma grande ponte. Nesse momento, um camponês fétido passou por ele e golpeou o cavalo no nariz de modo que ele se agitou e começou a voltar, empinando as patas dianteiras devido à dor.

– Por que cavalgas por aqui sem a minha permissão? – perguntou ele.

– Por que eu não deveria? – disse Lancelote. – Não há outra maneira de viajar.

– Não deves passar por aqui – gritou o camponês e disparou em sua direção com um porrete cravado com espetos de ferro. Sir Lancelote ficou satisfeito em poder usar sua espada e derrubá-lo ao chão, já sem vida. Ao final da ponte, havia um bom vilarejo, onde todas as pessoas se aproximavam e gritavam:

– Senhor, este é o teu pior ato, pois mataste o guardião chefe do castelo!

– Mas ele os deixou falando sozinhos e continuou cavalgando adiante, na direção da construção.

Lá, ele apeou e atou seu cavalo a um anel preso ao muro. Ao entrar, viu uma ampla corte verde e pensou que aquele fosse um lugar nobre para lutar. Quando olhou ao redor, viu muitas pessoas que o assistiam das portas e janelas, fazendo sinais de aviso e dizendo:

– Bom cavaleiro, que infortúnio o teu! – no momento seguinte, dois grandes gigantes se aproximaram dele com armaduras que cobriam seus corpos, exceto suas cabeças, e carregavam dois porretes violentos nas mãos. Ele posicionou o escudo diante de si e com aquele gesto impediu o golpe de um gigante enquanto dilacerava o outro da cabeça ao peito. Quando o primeiro gigante viu aquilo, fugiu completamente assustado, mas Lancelote correu atrás dele, perfurou-lhe as costas e o viu cair morto.

Ele caminhou adiante até chegar ao saguão do castelo, onde encontrou um grupo de sessenta damas e jovens donzelas que se aproximavam e ajoelhavam diante dele em meio a muitos agradecimentos pela liberdade que ele lhes havia concedido.

– Senhor – elas disseram –, a maioria de nós estava presa aqui nos últimos sete anos e trabalhávamos das mais diversas formas para ganhar o nosso alimento, embora todas nós tenhamos nascido de mulheres nobres. Abençoado seja o teu nascimento, pois nenhum outro cavaleiro foi capaz de um ato tão admirável quanto o teu, e nós somos tuas testemunhas sempre e em qualquer lugar que estivermos. Nobre cavaleiro, diz qual é o teu nome e tua corte que nós contaremos aos nossos amigos. – E quando ouviram, todas gritaram bem alto: – Bem, que assim seja! Sabíamos que nenhum outro cavaleiro seria capaz de derrotar aqueles gigantes. Esperamos por ti por longos dias, pois os gigantes não temiam nenhum outro nome dentre os cavaleiros, exceto o teu.

Em seguida, Sir Lancelote permitiu que elas apanhassem os tesouros do castelo como recompensa por todo o sofrimento e que retornassem às suas casas. Depois, ele partiu, passando por muitos países estranhos e selvagens. Por fim, depois de muitos dias, por acaso, ele se deparou com uma bela mansão, por volta do anoitecer, onde encontrou uma nobre senhora, a qual ofereceu abrigo a ele e seu cavalo. Na hora de dormir, sua anfitriã o levou a um quarto, passando por um portão, e lá ele se desarmou, deitou-se e adormeceu.

Logo depois, chegou um cavaleiro apressado, batendo veementemente na parte de baixo do portão. Sir Lancelote ouviu, levantou-se e olhou pela janela. Sob a luz do luar, ele pôde ver três cavaleiros cavalgando com tenacidade logo atrás de um homem. Eles começaram a atacá-lo com suas espadas, enquanto o cavaleiro lutava nobremente contra eles.

Sir Lancelote rapidamente se armou. Ele saiu pela janela descendo por um lençol, caiu em meio a eles e gritou:

– Olhai para mim, covardes, e esquecei aquele cavaleiro! – Eles deixaram Sir Key, pois ele era o cavaleiro que vinha à frente, e começaram a atacar Sir Lancelote com toda a fúria. Porém, quando Sir Key veio em seu auxílio, Sir Lancelote recusou e gritou:

– Me deixa sozinho! Eu posso lidar com todos eles. – Nesse momento, com seis grandes golpes, ele derrubou cada um dos cavaleiros.

Em seguida, eles berraram:

– Senhor cavaleiro, nos rendemos a ti. Tu és um homem majestoso!

– Eu não aceito vossa rendição! – disse ele. – Rendai-vos a Sir Key, o Senescal, ou eu tirarei a vida de cada um de vós.

– Bom cavaleiro – disseram eles –, pedimos que nos livres disso, pois perseguimos Sir Key desde muito longe e o teríamos derrotado se não fosse pelo teu auxílio.

– Bem – disse Sir Lancelote –, fazei o que achardes melhor, podem escolher entre a vida e a morte. Mas, se viverem, deverão se submeter a Sir Key.

Rapidamente, eles se renderam. Sir Lancelote ordenou, portanto, que se dirigissem à corte do rei Arthur perto da data de Pentecostes e que dissessem que Sir Key enviava prisioneiros à rainha Guinevere. Eles juraram que obedeceriam àquela ordem mediante suas espadas.

Desse modo, com a haste de sua espada, Sir Lancelote bateu no portão até que sua anfitriã aparecesse e permitisse que ele entrasse novamente, mas acompanhado de Sir Key. Sob a luz, Sir Key pôde reconhecer Sir Lancelote e ajoelhou-se diante dele e agradeceu-lhe por sua generosidade, delicadeza e polidez.

– Senhor – disse Lancelote –, não fiz nada mais do que eu deveria fazer. Não há motivo para agradecer. Agora, descansemos.

Depois de jantar, Sir Key e Sir Lancelote foram dormir, ambos dividindo a mesma cama. No dia seguinte, Sir Lancelote acordou cedo, apanhou o escudo e a armadura de Sir Key e partiu. Ao levantar-se, Sir Key notou que a armadura de Sir Lancelote estava ao lado da cama, mas suas armas não. "Em nome da minha fé", pensou ele, "eu sei que ele vai derrotar alguns cavaleiros da corte do nosso rei, pois aqueles que o encontrarem serão valentes o bastante para combaterem-no pensando que sou eu. Mas, na verdade, eu estarei vestido com sua armadura e seu escudo, e poderei cavalgar em paz."

Dessa maneira, Sir Lancelote, trajado com os aparatos de Sir Key, cavalgou pela grande floresta e chegou, finalmente, a um país baixo, cheio de rios e lindos prados onde via uma ponte diante de si e três tendas de seda de diversas cores. Em cada uma, um escudo branco jazia pendurado e, ao lado de cada objeto, um cavaleiro. Sir Lancelote passou por lá sem dizer uma palavra. Depois, os três cavaleiros disseram que ele era o orgulhoso Sir Key, o qual pensa que não há cavaleiro melhor do que ele, embora o contrário fosse uma constante frequentemente provada.

– Pela minha fé! – disse um deles, que se chamava Gaunter. – Eu vou atrás dele e o atacarei em razão de todo o seu orgulho. Ficai e observai a minha velocidade!

Ele apanhou o escudo e a lança, montou em seu cavalo e cavalgou atrás de Sir Lancelote. Depois, gritou:

– Para, cavaleiro cheio de orgulho, daqui não passarás livremente.

Sir Lancelote deu meia-volta, cada cavaleiro inclinou sua lança e ambos correram com toda a vontade um contra o outro. No entanto, a lança de Sir Gaunter se quebrou, e Sir Lancelote atingiu o cavaleiro e seu cavalo. Quando os outros cavaleiros viram aquilo, disseram:

– Aquele não é Sir Key, é um homem maior.

– Aposto a minha cabeça – disse Sir Gilmere – que aquele cavaleiro matou Sir Key e tomou seu cavalo e armadura.

– Seja ele ou não – disse Sir Reynold, o terceiro irmão –, vamos resgatar o nosso irmão Gaunter. Temos o bastante para enfrentar aquele cavaleiro, pois, a julgar por sua estatura, acredito que seja Sir Lancelote ou Sir Tristão.

Logo depois, eles montaram em seus cavalos e galoparam atrás de Sir Lancelote. Sir Gilmere foi o primeiro a atacá-lo, mas foi derrubado logo em seguida, e permaneceu atordoado no chão. Sir Reynold disse:

– Senhor cavaleiro, és um homem forte, e creio que mataste meus dois irmãos, portanto, meu coração está em luto por tua causa. Se eu pudesse impedi-lo, o faria com toda a honra. Mas sei que isso não será possível, então, prepara-te. – Sendo assim, eles se chocaram com toda a força e ambas as lanças se estilhaçaram. Em seguida, puxaram suas espadas e dispararam com toda a avidez.

À medida que lutavam, Sir Gaunter e Sir Gilmere se ergueram novamente, montaram em seus cavalos e dispararam contra Sir Lancelote a toda velocidade. Porém, quando os viu, ele usou toda a sua força para derrubar Sir Reynold de seu cavalo, bem como os outros dois cavaleiros exatamente da mesma maneira.

Logo, Sir Reynold começou a rastejar pelo chão na direção de Sir Lancelote, com a cabeça toda ensanguentada.

– Basta! – disse Lancelote. – Eu não estava longe de ti quando tu foste condecorado cavaleiro, Sir Reynold, e sei que és um homem bom e valente e por isso eu não desejava matar-te.

– Agradeço pela tua generosidade! – disse Sir Reynold. – Eu e meus irmãos nos renderemos imediatamente quando soubermos teu nome, pois sabemos que não és Sir Key.

– Seja como quiseres – disse Sir Lancelote –, pois terão de render-vos como prisioneiros à rainha Guinevere na próxima festa de Pentecostes e dizer que Sir Key os enviou.

Diante daquilo, eles juraram que o obedeceriam. Sir Lancelote partiu, e os três irmãos puseram-se a auxiliar uns aos outros com as suas feridas da melhor forma que podiam.

Isto posto, Sir Lancelote cavalgou adentrando uma floresta profunda e se deparou com quatro cavaleiros da corte do rei Arthur, Sir Sagramour, Sir Ector, Sir Gawain e Sir Ewaine, os quais estavam sob um carvalho. Quando o avistaram, pensaram que ele fosse Sir Key.

– Pela minha fé – disse Sir Sagramour –, vou testar a força de Sir Key! – E apanhou sua lança e cavalgou na direção de Sir Lancelote.

Mas Sir Lancelote estava ciente do ataque e, inclinando sua lança, golpeou-o com tanta força que ele e seu cavalo caíram ao chão.

– Vede! – exclamou Sir Ector. – Pela bofetada que o cavaleiro deu em nosso companheiro, creio que ele é mais forte do que Sir Key. Agora é a minha vez de tentar derrubá-lo! – Sir Ector apanhou sua lança e galopou na direção de Sir Lancelote. Com a colisão, Sir Lancelote o atingiu através de seu escudo e ombro, de modo que ele caiu ao chão, mas sua lança se manteve intacta.

– Pela minha fé! – berrou Sir Ewaine. – Aquele é um cavaleiro forte, que deve ter matado Sir Key e vestido sua armadura! Diante de tanta força, será difícil enfrentá-lo. – Ao dizer isso, ele cavalgou em direção a Lancelote, que o encontrou na metade do caminho e o atingiu com ferocidade, derrubando-o com um único ataque.

– Agora – disse Sir Gawain – é a minha vez de enfrentá-lo. – Dizendo isso, pegou uma boa lança em uma das mãos e, com a outra, protegeu-se com o escudo. Sir Gawain e Sir Lancelote cavalgaram um contra o outro o mais rápido que puderam e furiosamente acertaram o meio de ambos os escudos. Mas a lança de Sir Gawain quebrou e Sir Lancelote atacou-o com tanta vontade que ele e seu cavalo caíram e rolaram no chão.

– Ah! – disse Sir Lancelote sorrindo, enquanto fugia dos quatro cavaleiros – Que Deus dê muitas alegrias àquele que forjou esta lança, pois eu nunca a empunhei tão bem.

Porém os quatro cavaleiros disseram uns aos outros:
– Uma única lança foi capaz de derrubar-nos todos.
– Eu aposto a minha vida – disse Sir Gawain – que esse é Sir Lancelote. Eu conheço a sua maneira de cavalgar.
Então, todos partiram para a corte.

Sir Lancelote continuou cavalgando pela floresta quando viu um cão de Santo Humberto, da cor preta, o qual corria com a cabeça rente ao chão, como se estivesse caçando um cervo. Logo depois, chegou a uma grande poça de sangue. Mas o cão, que olhava para trás constantemente, pôs-se a correr em meio ao pântano e subiu pela ponte em direção a uma velha mansão. Sir Lancelote o seguiu, entrou no saguão e viu um cavaleiro morto no chão, cujas feridas o cão pôs-se a lamber. Havia uma moça logo atrás dele, que chorava copiosamente, cruzava as mãos e gritava:

– Oh, cavaleiro! A tristeza que me causaste é grande demais para suportar!
– Por que dizes isso? – respondeu Sir Lancelote. – Eu nunca feri este cavaleiro e estou muito triste em ver o teu pesar.
– Não, senhor – disse a dama. – Vejo que não foste tu quem assassinou meu esposo, pois quem o fez está gravemente ferido e jamais será capaz de se recuperar.
– Qual é o nome do teu marido? – perguntou Sir Lancelote.
– Seu nome – ela respondeu – era Sir Gilbert, um dos melhores cavaleiros do mundo, mas não sei o nome de quem o matou.
– Que Deus conforte o teu coração – disse Sir Lancelote e partiu novamente pela floresta.

E à medida que deixou o lugar, encontrou uma donzela, que o reconheceu e gritou:
– Que bom que chegaste, meu lorde! Suplico, em nome do teu título de cavaleiro, que ajudes o meu irmão, que está gravemente ferido e não para de sangrar, pois hoje lutou contra Sir Gilbert e o matou, mas quase perdeu a vida. Há uma feiticeira que vive em um castelo nas proximidades e me contou que os ferimentos do meu irmão nunca serão curados até

que eu encontre um cavaleiro que vá até a Capela Perigosa, traga a espada e corte um pedaço da roupa ensanguentada em que o cavaleiro estirado foi envolto.

– Isso é maravilhoso! – respondeu Sir Lancelote. – Mas qual é o nome do teu irmão?

– Seu nome, senhor – ela respondeu –, é Sir Meliot de Logres.

– Ele é um dos cavaleiros da Távola Redonda – disse Sir Lancelote – e, portanto, farei o meu melhor para ajudá-lo.

– Senhor – ela disse –, segue este caminho e ele o guiará à Capela Perigosa. Eu ficarei aqui até que Deus traga-o de volta. Mas, se não correres, não haverá outro cavaleiro neste mundo capaz de conseguir esta façanha.

Desse modo, Sir Lancelote partiu e, quando chegou à Capela Perigosa, apeou e atou seu cavalo ao portão. Assim que chegou ao adro, ele viu em frente à capela muitos escudos de cavaleiros que ele conhecia virados de cabeça para baixo. Sir Lancelote viu no corredor trinta cavaleiros majestosos, mais altos do que qualquer homem que ele conhecera, todos vestidos com suas armaduras pretas e com suas espadas empunhadas. Eles rangeram os dentes assim que ele entrou. Porém ele colocou o escudo diante de si, apanhou sua espada e se preparou para a batalha. Quando estava pronto para retalhar quem estivesse pelo seu caminho, eles se espalharam e lhe deram passagem. Em seguida, ele entrou na capela e não viu luz alguma, exceto o brilho fraco de um lampião. Notou um cadáver no meio da capela, coberto com um tecido de seda, inclinou-se e cortou um pedaço do tecido. Nesse momento, a terra embaixo dele tremeu. Em seguida, viu uma espada ao lado do cavaleiro morto e, depois de apanhá-la, deixou a capela com toda a pressa. Ao passar novamente pelo adro, todos os trinta cavaleiros vociferaram:

– Sir Lancelote, deixa a espada ou tu morrerás!

– Se hei de viver ou morrer, teremos de lutar para descobrir!

Ao dizer isso, eles permitiram que Lancelote passasse.

Mais adiante, além da capela, ele encontrou uma linda donzela, a qual lhe disse:

– Sir Lancelote, deixa essa espada para trás ou morrerás.

– Eu não deixarei a espada – respondeu Sir Lancelote –, mediante pedido algum.

– Bom cavaleiro – disse a donzela –, suplico-te que me beijes uma única vez.

– Não – disse Sir Lancelote –, que Deus me livre disso!

– Por Deus! – ela disse. – Meu trabalho foi todo em vão! Mas, se me beijares, a tua vida será majestosa!

– Que Deus me guarde das tuas sutis artimanhas! – respondeu Sir Lancelote, pegou seu cavalo e galopou adiante.

Ao deixar a capela, a donzela pôs-se a chorar intensamente e morreu quinze dias depois. Seu nome era Ellawes, a Feiticeira.

Sir Lancelote foi novamente ao encontro da irmã de Sir Meliot. Ela bateu palmas e chorou de alegria ao vê-lo e o levou ao castelo onde estava Sir Meliot. Quando Sir Lancelote viu Sir Meliot, ele o reconheceu, embora o cavaleiro estivesse pálido como cinzas. E quando Sir Meliot viu Sir Lancelote, ele se ajoelhou e gritou alto:

– Ó, meu lorde, Sir Lancelote! Me ajuda!

Assim, Sir Lancelote se dirigiu até ele e tocou seus ferimentos com a espada, secando-as com o pedaço do tecido ensanguentado. Imediatamente, ele se curou como se nunca tivesse sido ferido. Uma grande alegria tomou conta de Sir Lancelote e Sir Meliot enquanto a irmã estava extática. No dia seguinte, ele deixou os dois, pois teve de voltar à corte do rei Arthur e disse:

– Já nos aproximamos da festa de Pentecostes e lá, pela graça divina, nos encontraremos.

Após a aventura, ele cavalgou por muitos países desconhecidos, sobre pântanos e vales, até chegar, por fim, a um castelo. Assim que passou por ele, ouviu dois sinos tocarem e, ao olhar para o alto, viu um falcão sobrevoar sua cabeça com sinos presos aos seus pés e cordas compridas que balançavam abaixo dele. Assim que o falcão passou por um olmo, as cordas se prenderam aos galhos e ele não pôde mais voar. Enquanto isso, uma dama saiu do castelo e gritou:

– Oh, Sir Lancelote, flor de todos os cavaleiros do mundo, me ajude a recuperar o meu falcão, pois ele escapou de mim e, se ele se perder, o meu lorde e marido ficará tão bravo que será capaz de me matar!

– Qual é o nome do teu lorde? – perguntou Sir Lancelote.

– Seu nome – ela disse –, é Sir Phelot, um cavaleiro do rei de Northgales.

– Bela dama – disse Sir Lancelote –, uma vez que sabes o meu nome e solicitas a minha ajuda, em nome do meu título de cavaleiro, farei o possível para recuperar a tua ave.

Logo depois, ele atou o cavalo à mesma árvore e implorou que a dama tirasse sua armadura. Em seguida, ele escalou a árvore, alcançou o falcão e o devolveu à dama.

Subitamente, seu marido, Sir Phelot, apareceu do meio da floresta com sua armadura dos pés à cabeça, a espada na mão e lhe disse:

– Ahá, Sir Lancelote! Agora o encontrei como eu gostaria! – e parou ao lado do tronco, pronto para matá-lo.

– Ah, donzela! – gritou Sir Lancelote. – Por que me traíste?

– Ela fez o que eu mandei – disse Sir Phelot –, e a hora da tua morte chegou.

– Seria uma vergonha – disse Lancelote –, assassinar um homem completamente desarmado.

– Não obterás nenhum favor de mim – disse Sir Phelot.

– Por Deus! – gritou Sir Lancelote. – Seria terrível morrer sem ter uma arma para me defender! – E, ao olhar para o alto, viu um grande galho sem folhas, arrancou-o da árvore e saltou ao chão subitamente. Sir Phelot o golpeou avidamente pensando que o havia matado, mas Sir Lancelote se protegeu com o galho e o atingiu na lateral da cabeça de modo que ele cambaleou e caiu ao chão. Então, tirou a espada das mãos do oponente e o retalhou do tronco ao pescoço. Ao observar aquilo, a dama começou a gritar descomedidamente e cambaleou, pensando que também morreria. Mas Sir Lancelote colocou a armadura, montou em seu cavalo sem pestanejar e partiu enquanto agradecia a Deus por ter escapado daquela enrascada.

À medida que cavalgava pelo vale e por muitos caminhos inabitados, ele viu um cavaleiro com sua espada empunhada perseguindo uma dama, a qual ele estava ávido para matar. Ao avistar Sir Lancelote, ela gritou e implorou que ele corresse em seu auxílio e a resgatasse. Diante daquele pedido, ele se aproximou e disse:

– Que vergonha, cavaleiro! Por que queres matar esta dama? Este é um ato de desonra contra ti e contra todos os cavaleiros!

– Não te metas entre mim e minha esposa! – respondeu o cavaleiro. – Vou matá-la independentemente do que me disseres.

– Não a machuques – disse Lancelote –, antes de lutar comigo.

– Senhor – respondeu o cavaleiro –, fazes mal em dizer isso, pois esta dama me traiu.

– Ele está mentindo – disse a dama. – A verdade é que ele tem um ciúme injustificado de mim, juro por Deus! No entanto, como és o cavaleiro mais admirável do mundo, suplico-te em nome do teu título que me salves, pois ele é um homem impiedoso.

– Que assim seja! – respondeu Lancelote. – Ele não tem o poder de machucá-la.

– Senhor – disse o cavaleiro –, terás de me pegar se quiseres me comandar.

Sir Lancelote se posicionou entre o cavaleiro e a dama. E, depois de cavalgarem um pouco, o cavaleiro repentinamente gritou que Sir Lancelote virasse e olhasse quem eram os homens que vinham logo atrás deles. Sem imaginar que aquele poderia ser um tipo de enganação, Sir Lancelote olhou para trás enquanto o cavaleiro, com um único golpe, arrancou a cabeça da dama.

Diante daquilo, Sir Lancelote ficou furioso e vociferou:

– Seu traidor! Tu me envergonhaste para sempre! – e, ao descer do cavalo, apanhou a espada com o intuito de matá-lo naquele mesmo instante. Porém o cavaleiro apeou, agarrou-se aos joelhos de Sir Lancelote e suplicou por misericórdia.

– És um cavaleiro desonroso – respondeu Lancelote. – Não mereces qualquer tipo de misericórdia, pois não demonstraste nenhuma. Portanto, levanta-te e luta comigo.

– Não – disse o cavaleiro. – Não vou me levantar até que me concedas a tua misericórdia.

– Diante do teu pedido, vou facilitar para ti – disse Sir Lancelote. – Vou tirar a minha armadura até a camisa e empunharei apenas a minha espada. Se não for capaz de me matar, és um homem morto.

– Isso eu não farei – respondeu o cavaleiro.

– Portanto – respondeu Sir Lancelote –, apanha esta dama e sua cabeça e jura mediante tua espada que não descansarás até levá-las à rainha Guinevere.

– Farei o que mandas – disse ele.

– Agora – disse Sir Lancelote –, diz qual é o teu nome.

– É Pedivere – respondeu o cavaleiro.

– Desonraste o teu próprio nascimento – disse Sir Lancelote.

Desse modo, Sir Pedivere partiu carregando consigo o cadáver da dama e sua cabeça. E ao chegar em Winchester, onde a rainha estava junto do rei Arthur, contou-lhes toda a verdade. Mais tarde, cumpriu uma penitência longa e dura por muitos anos e, depois, tornou-se um ermitão sacro.

Dois dias antes da festa de Pentecostes, Sir Lancelote retornou à corte, e o rei Arthur ficou muito feliz em vê-lo. Quando Sir Gawain, Sir Ewaine, Sir Sagramour e Sir Ector viram-no com a armadura de Sir Key, souberam imediatamente que fora ele quem os derrubara com uma única lança. Logo, todos os cavaleiros que haviam sido reféns de Sir Turquine chegaram, curvaram-se e dirigiram suas honras a Sir Lancelote. Sir Key contou ao rei como Sir Lancelote o havia resgatado no momento em que estava muito próximo da morte – e – disse Sir Key – "ele fez os cavaleiros se renderem, mas não a ele, a mim. E por Deus! Ao apanhar a minha armadura e deixar a sua comigo, eu pude cavalgar em paz e não fui perturbado por mais ninguém". – Em seguida, chegaram os cavaleiros que haviam lutado com Sir Lancelote sobre a grande ponte, os quais também se renderam a Sir Key, mas ele não disse nada, pois não havia lutado com eles.

– Foi Sir Lancelote – disse ele –, quem os derrotou.

Depois, aproximou-se Sir Meliot de Logres e contou ao rei Arthur como Sir Lancelote o havia salvado da morte.

Dessa maneira, todos os grandes atos e aventuras de Sir Lancelote se tornaram conhecidos por todos, por exemplo: como as quatro rainhas feiticeiras o haviam aprisionado; como ele havia sido libertado pela filha do rei Bagdemagus e como havia mostrado destreza com suas armas no torneio entre o rei do Norte de Gales e o rei Bagdemagus. Ainda, naquele festival, Sir Lancelote obteve o maior reconhecimento entre todos os cavaleiros do mundo e, por todas as partes, foi o homem mais honrado de todos.

As aventuras de Sir Beaumains ou Sir Gareth

Novamente, o rei Arthur promoveu a festa de Pentecostes com toda a Távola Redonda e, após a tradição, sentaram-se todos no salão de banquetes para cear. Antes de iniciarem, aguardaram novas aventuras. Um escudeiro se aproximou e disse:

– Lorde, jantai, pois uma dama está a caminho trazendo uma nova aventura. – O rei ficou muito satisfeito e, então, deu início ao jantar. Logo, a donzela entrou, cumprimentou-o e implorou por socorro.

– O que houve? – disse o rei.

– Lorde – respondeu ela –, a minha patroa é uma dama de grande renome, mas está nas mãos de um terrível tirano que não permite que ela saia do castelo. Diante da fama de tua corte e da nobreza de teus cavaleiros, venho em busca de tua ajuda.

– Onde ela mora? – perguntou o rei. – Qual é o nome dela e quem é o tirano que a aprisionou?

– Seu nome – respondeu a donzela –, não posso contar, mas ela é uma dama de grande admiração e posses. O tirano que a capturou e dominou suas terras é o Cavaleiro Vermelho de Redlands.

– Não o conheço – respondeu o rei Arthur.

– Eu o conheço – comentou Gawain. – Ele é um dos cavaleiros mais perigosos do mundo. O rumor é que ele tem a força de sete homens e, certa vez, quase perdi a vida ao lutar com ele.

– Linda donzela – disse o rei –, há muitos cavaleiros aqui que ficariam muito satisfeitos em poder resgatar a tua patroa, mas antes terás de dizer o nome dela e onde ela vive, do contrário, nenhum cavaleiro sairá daqui contigo.

Porém, havia um rapaz na corte chamado Beaumains, o qual trabalhava na cozinha do rei. Ele era um jovem alto e belo. Doze meses antes, enquanto o rei ceava em Whitsuntide, ele pediu três presentes ao monarca. Ao perguntar quais eram os presentes, ele disse:

– Quanto ao primeiro, peço que me concedas agora mesmo, e os outros dois, dentro de doze meses, onde quer que realizes a tua festa majestosa.

– Qual é o teu primeiro pedido?

– Lorde, o primeiro – disse ele – é que me forneças alimento e bebida durante doze meses a contar de hoje e, mais tarde, solicitarei os outros dois. – Ao notar que o rapaz era um jovem bondoso, e supondo que tinha o sangue nobre, concedeu seu desejo e o colocou sob os cuidados de Sir Key, seu responsável.

No entanto, Sir Key o desprezava e zombava do rapaz, chamando-o de Beaumains, pois suas mãos eram grandes e delicadas; desse modo, o colocou para trabalhar na cozinha, onde ele ficaria por doze meses na posição de ajudante. E, apesar do tratamento grosseiro direcionado a ele, demonstrava toda a obediência a Sir Key. Mas, Sir Lancelote e Sir Gawain se enraiveciam quando viam Sir Key tratando o jovem de nobre linhagem com tanta rudeza e, portanto, vez ou outra, concediam ouro e vestimentas ao rapaz.

Nesse momento, o jovem Beaumains se aproximou do rei, enquanto a dama ainda esperava diante do monarca, e disse:

– Lorde, agradeço imensamente a ti, pois passei doze meses em tua cozinha e me sinto muito bem nutrido. Agora, peço a ti meus outros dois presentes.

– Pede – disse o rei Arthur – e concederei, em nome da minha boa-fé.

– Os dois presentes são os seguintes: – disse ele – o primeiro, que me permitas abraçar esta missão trazida pela donzela, pois é a mim que ela pertence. E o outro, que Sir Lancelote me condecore cavaleiro, pois eu gostaria de receber a honra apenas por meio dele. Também imploro que ele me acompanhe na missão e que me conceda o título de cavaleiro assim que eu pedir a ele.

– Assim será – respondeu o rei. Mas, a donzela ficou extremamente furiosa e disse:

– Quer dizer que um encarregado da cozinha será incumbido dessa missão? – E montou em seu cavalo e partiu.

Em seguida, um cavaleiro se aproximou de Beaumains e disse a ele que um anão, munido de um cavalo e uma armadura, esperava por ele. E todos os homens se maravilharam diante daquilo. Ao montar em seu cavalo, com a armadura posta, poucos homens da corte pareciam mais imponentes do que ele. Depois de passar pelo saguão, ele se despediu do rei e de Sir Gawain e pediu que Sir Lancelote o seguisse e foi atrás da donzela. Muitos membros da corte foram vê-lo partir com um cavalo e equipamentos tão magníficos, no entanto, ele não levava consigo sequer uma lança ou um escudo. Sir Key gritou:

– Eu também vou com o garoto da cozinha para ver se ele vai me obedecer ou não. – Dessa forma, apanhou seu cavalo, seguiu o jovem e, ao se aproximar, disse:

– Não me reconheces, Beaumains?

– Sim – respondeu o jovem –, conheço-te pela tua falta de gentileza, portanto, toma cuidado comigo.

Desse modo, Sir Key inclinou a lança e correu na direção do rapaz, mas Beaumains correu com a sua espada empunhada e, ao afastar a lança de Sir Key, golpeou-o com tanta força em sua lateral que ele caiu desacordado. Em seguida, ele apeou, apanhou o escudo e a lança, e ordenou que o anão tomasse o cavalo de Sir Key.

Nesse momento, Sir Lancelote chegou e Beaumains propôs lutar com ele. Portanto, ambos se prepararam para o confronto e seus cavalos colidiram com tanta ferocidade que ambos caíram no chão gravemente feridos. Eles se levantaram e Beaumains, protegendo-se com o escudo, propôs lutar com Sir Lancelote por terra. Ambos correram, um em direção ao outro, e se golpearam, empuxaram e se esquivaram durante uma hora. Lancelote ficou maravilhado diante da força de Beaumains, pois ele parecia mais um gigante do que um homem e sua maneira de lutar era voraz e terrível. Desse modo, ele disse, por fim:

– Não lutes com tanta braveza, Beaumains. A nossa disputa não é tão grande assim ao ponto de não podermos parar.

– É verdade – respondeu Beaumains –, mas me sinto bem em sentir a tua gana, embora eu ainda não tenha provado a ti o que há de melhor de mim.

– Pela minha fé – disse Lancelote –, já fiz o bastante para me proteger de ti, portanto, não restam dúvidas sobre a tua destreza como cavaleiro.

– Posso me considerar um? – perguntou Beaumains.

– Asseguro-te que sim – respondeu Lancelote.

– Imploro a ti – disse Beaumains, de olhos fixos em Lancelote –, que me concedas a ordem da cavalaria.

– Primeiro, diz o teu nome e qual é tua família – disse Sir Lancelote.

– Se não contares a ninguém mais, poderei confidenciá-lo a ti – ele respondeu. – Meu nome é Gareth de Orkney e sou o único irmão de Sir Gawain.

– Ah! – exclamou Sir Lancelote. – Fico muito satisfeito em saber, eu realmente imaginei que tivesse sangue nobre.

Sendo assim, ele concedeu o título a Beaumains e, em seguida, partiu em sua companhia. Ao retornar à corte, Sir Lancelote enfrentou Sir Key com seu escudo. Sir Key quase não escapou com vida dos ferimentos causados por Beaumains anteriormente e todos o culparam por seu mau tratamento perante um cavaleiro tão valente.

Por conseguinte, Sir Beaumains continuou em seu caminho e alcançou a donzela, mas ela disse a ele, com um tom de escárnio:

– Volta agora mesmo, pobre encarregado da cozinha! O que és além de lavador de louças?

– Donzela – disse ele –, diz o que quiseres e eu não a deixarei, pois obtive a permissão do rei Arthur para cumprir esta missão e hei de terminá-la, ou morrer.

– Assim cumpre a tua missão! – ela disse. – Agora vai e encontra aquele em cuja face não ousarás olhar!

– Tentarei todo o possível – ele respondeu.

Assim, à medida que cavalgaram pela floresta, encontraram um homem galopando a toda velocidade, como se fugisse pela própria vida.

– Para onde corres? – perguntou Sir Beaumains.

– Oh, lorde! – ele respondeu – ajuda-me; em um vale nas proximidades, há seis ladrões que sequestraram o meu patrão, amarraram-no e temo que o matem.

– Quero que me leves até lá – respondeu Sir Beaumains.

Dirigiram-se até o local e Sir Beaumains correu atrás dos ladrões. No primeiro choque, ele golpeou e matou um deles. Em seguida, com duas outras rajadas matou o segundo e o terceiro. Depois, os outros três fugiram e Sir Beaumains foi atrás deles, os alcançou e matou todos. Voltou e soltou as amarras do cavaleiro, o qual lhe agradeceu e suplicou que ele o acompanhasse até o seu castelo, onde o recompensaria.

– Senhor – respondeu Beaumains –, não preciso de recompensa nenhuma de ti, pois hoje me tornei cavaleiro pelas mãos do mais nobre cavaleiro de todos, Sir Lancelote. Além disso, tenho de acompanhar esta donzela.

O cavaleiro implorou à donzela que eles passassem a noite em seu castelo. Sendo assim, todos cavalgaram até lá, e a donzela começou a caçoar e troçar de Sir Beaumains por ser um garoto da cozinha comendo diante do anfitrião. Então, ele teve de jantar em uma mesa mais baixa como se não pertencesse àquela classe.

No dia seguinte, a donzela e Sir Beaumains se despediram do cavaleiro e agradeceram ao partirem. Traçaram seu caminho até chegarem a uma grande floresta pela qual corria um rio. Havia, no entanto, uma única passagem sobre ele, onde estavam dois cavaleiros armados.

– Vais lutar com os dois cavaleiros – disse a donzela a Sir Beaumains – ou desistirá novamente?

– Eu não desistiria nem se fossem seis. – Ele cavalgou pela água e nadou com o seu cavalo pelo meio do rio. Lá, um dos cavaleiros o surpreendeu e ambos estilhaçaram suas lanças ao mesmo tempo. Em seguida, eles puxaram suas espadas e lutaram agressivamente. Por fim, Sir Beaumains acertou o outro cavaleiro com toda a força sobre seu elmo de modo que ele caiu atordoado no rio e se afogou. Sir Beaumains fincou as esporas em seu cavalo e instantaneamente o outro cavaleiro o atacou. Eles igualmente estilhaçaram suas lanças e recorreram às suas espadas e lutaram freneticamente por muito tempo. Depois de muitos golpes, Sir Beaumains partiu o crânio do cavaleiro até a altura dos ombros. Depois, dirigiu-se à donzela, mas ela não parava de caçoar e dizer:

– Por Deus! E pensar que um encarregado de cozinha teria a sorte de matar dois valentes cavaleiros! Pode até parecer que fizeste algo majestoso, mas não foi bem assim, pois o cavalo do primeiro cavaleiro caiu e ele se afogou, não foi a tua força que causou sua morte. Quanto ao segundo, tiveste sorte de conseguir abordá-lo pelas costas e matá-lo desonrosamente.

– Donzela – disse Sir Beaumains –, diz o que quiseres, não me importo desde que eu consiga resgatar a tua patroa, momento em que tua fala finalmente será justa e a minha preocupação terá se esvaído. Venham os cavaleiros que vierem, eu não os temerei.

– Tu encontrarás cavaleiros que hão de te fazer engolir teu orgulho, patife da cozinha! – respondeu ela. – Mas digo isso em tua própria vantagem, pois se me seguires, serás certamente assassinado, uma vez que tudo o que consegues é por sorte e não pela tua própria proeza.

– Bem, donzela, diz o que quiseres, irei aonde tu fores.

Cavalgaram até o amanhecer, mas a donzela seguiu troçando de Sir Beaumains ainda mais. Logo, chegaram a um local onde a terra era negra e havia uma árvore escura e cheia de espinhos. Nela, via-se um estandarte negro, e do outro lado, um escudo e uma lança igualmente negros. Ao lado deles, um grande cavalo negro coberto com uma seda e, nos arredores, um cavaleiro com uma armadura negra cujo nome era Cavaleiro de Blacklands. Quando a donzela o viu, ela exclamou a Beaumains:

– Desce o vale, pois o teu cavalo está com as selas.

– Sempre serei um covarde para ti? – perguntou ele.

Diante daquilo, o cavaleiro negro se aproximou da donzela e disse:

– Linda donzela, trouxeste este cavaleiro da corte do rei Arthur para ser teu campeão?

– Na verdade não, bom cavaleiro – disse ela. – Ele é um patife cozinheiro.

– Por que está tão bem vestido? – indagou ele. – É uma vergonha que esteja em tua companhia.

– Não consigo me desfazer dele – ela respondeu –, pois, embora eu não queira, ele cavalga comigo. Eu agradeceria a Deus se o afastasse de mim ou o matasse, pois ele assassinou dois cavaleiros lá na passagem do rio e conseguiu feitos maravilhosos por pura sorte.

– Me admira – disse o cavaleiro negro –, que algum homem de honra tenha lutado com ele.

– Eles não o conhecem – disse a donzela –, e pensam que, por cavalgar comigo, é bem-nascido.

– Na verdade, ele é uma boa pessoa e pode ser um bom cavaleiro – respondeu Blacklands –, mas, por não ser um homem de respeito, deverá deixar o cavalo e a armadura comigo, pois seria uma vergonha machucá-lo.

Quando Sir Beaumains ouviu suas palavras, mais do que prontamente respondeu-lhe:

– Não terás nem o meu cavalo nem a minha armadura, senhor cavaleiro, a menos que conquistes as duas com as próprias mãos. Defende-te e deixa-me ver do que tu és capaz.

– Como ousas? – respondeu o Cavaleiro Negro. – Agora, deixa esta dama, pois não me parece correto que um patife cozinheiro cavalgue junto a ela.

– Sou de uma linhagem muito mais honrosa do que a tua – disse Sir Beaumains –, e irei provar o que digo em teu próprio corpo.

Eles guiaram seus cavalos furiosamente um em direção ao outro e colidiram como um trovão. No entanto, a lança do Cavaleiro Negro se quebrou ao meio e Sir Beaumains o arremessou para o lado; sua lança se estilhaçou bem no topo, deixando a ponta cravada no corpo do Cavaleiro Negro. Com isso, o cavaleiro ferido apanhou a espada e atingiu Sir Beaumains com golpes pungentes e cheios de ódio, e após pouco mais de uma hora, ele caiu ao chão cambaleante e morreu. Então, Sir Beaumains apeou, vestiu a armadura do Cavaleiro Negro e cavalgou na direção da donzela. Mas, apesar de todo o seu valor, ela continuou a troçar dele e disse:

– Fora daqui! O teu lugar é realmente na cozinha! Por Deus! Como pode um patife destruir um cavaleiro tão bom? Aconselho-te mais uma vez a fugir, pois nas proximidades há um cavaleiro que há de retribuir o que fizerdes!

– Pode ser que eu seja ferido ou morto – respondeu Sir Beaumains –, mas garanto a ti, linda donzela, que não fugirei, não abandonarei a ti nem a minha missão, independentemente do que digas.

Em seguida, enquanto cavalgavam, avistaram um cavaleiro que vinha rapidamente na direção deles, todo vestido de verde, o qual, ao chamar a donzela, disse:

– Este é o meu irmão, o Cavaleiro Negro, que trazes contigo?

– Não, por Deus! – ela respondeu. – Este patife cozinheiro, por azar, acaba de matar o teu irmão.

— Não pode ser – disse o Cavaleiro Verde –, que um cavaleiro tão nobre como ele possa ter sido assassinado pelas mãos de um cafajeste!

— Traidor! – ele gritou a Sir Beaumains. – Morrerás por isso! Sir Pereard era meu irmão e um cavaleiro da mais alta nobreza.

— Desafio-te – disse Sir Beaumains –, pois o matei mediante meu título de cavaleiro e não desonrosamente.

O Cavaleiro Verde cavalgou até onde estava uma corneta verde e depois de soprar três notas, três donzelas se aproximaram, as quais o ajudaram com sua armadura e lhe trouxeram um cavalo, um escudo verde e uma lança. Eles correram, um em direção ao outro, com a maior gana possível, e estilhaçaram suas lanças de imediato. Em seguida, apanharam suas espadas e puseram-se a lutar, ferindo e machucando-se um ao outro com lufadas violentas.

Por fim, o cavalo de Sir Beaumains empuxou o outro animal e o alcançou. Ambos apearam, e colidindo como leões ariscos, lutaram durante um bom tempo por terra. Mas a donzela, que torcia pelo Cavaleiro Verde, disse:

— Meu lorde, por que permites que um patife cozinheiro te enfrentes?

Ao ouvir aquelas palavras, ele se sentiu envergonhado e deu uma rajada tão grande em Sir Beaumains que foi suficiente para partir seu escudo. Quando ouviu as palavras da donzela e sentiu aquele golpe, ele ficou colérico e deu uma coronhada tão violenta no elmo do Cavaleiro Verde que ele caiu de joelhos e, com outro golpe, derrubou-o ao chão. Em seguida, o Cavaleiro Verde se rendeu e suplicou que ele não o matasse.

— Todas as tuas súplicas são em vão, a menos que a donzela implore pela tua vida.

— Isso eu não farei jamais, patife cozinheiro! – respondeu ela.

— Então, ele vai morrer – replicou Sir Beaumains.

— Por Deus, linda donzela! Salve a minha vida com uma única palavra!

— Oh, Sir Beaumains — gritou ele —, poupa a minha vida e sempre hei de te reverenciar! Além disso, trinta cavaleiros que prestam serviços a mim serão teus aliados.

— Nada disso adiantará — respondeu Sir Beaumains —, a menos que a donzela rogue pela tua vida.

Diante daquilo, Beaumains fingiu que ia matá-lo. Prontamente, a donzela gritou:

— Não o mate, pois te arrependerás se assim fizeres!

— Donzela — disse Sir Beaumains —, segundo o teu comando, ele terá a vida. Levanta-te, senhor cavaleiro da armadura verde, pois estás livre!

O cavaleiro da armadura verde se ajoelhou aos seus pés e curvou-se a ele com as seguintes palavras:

— Acomoda-te em meu castelo esta noite — disse ele —, e amanhã o guiarei pela floresta. — Desse modo, ao apanharem seus cavalos, cavalgaram até o castelo que ficava nos arredores.

Ainda assim, a dama continuou a caçoar e criticar Sir Beaumains e não queria que ele se sentasse à sua mesa.

— Fico admirado — disse o Cavaleiro Verde —, que continues a caçoar de um cavaleiro tão nobre, pois não conheço outro que se iguale a ele. E tenho certeza de que, independentemente de sua aparência agora, ele provará, ao final, que tem sangue e linhagem da realeza.

No entanto, a donzela não se importava e não parava de zombar de Sir Beaumains. No dia seguinte, eles se levantaram e ouviram a missa e, após o café da manhã, montaram em seus cavalos e cavalgaram para longe, logo atrás do Cavaleiro Verde, o qual os guiou pela floresta. Depois de algum tempo, ele disse a Sir Beaumains:

— Meu lorde, meus trinta cavaleiros e eu sempre estaremos a postos ao teu comando quando precisares.

– Está bem – ele respondeu –, e quando eu o chamar, terás de curvar-te, junto de teus cavaleiros, diante do rei Arthur.

– É o que farei com todo o prazer – respondeu o Cavaleiro Verde ao partir.

A donzela cavalgou à frente de Sir Beaumains e disse a ele:

– Por que ainda me segues, garoto da cozinha? Aconselho-te a deixar de lado a tua lança e teu escudo e a correr, pois se não fores tão majestoso quanto Sir Lancelote ou Sir Tristão, não passarás pelo vale próximo à Passagem Perigosa.

– Donzela – ele respondeu –, os covardes que fujam. Quanto a mim, seria realmente uma vergonha desistir depois de uma jornada tão longa. – À medida que falava, chegaram a uma torre branca como a neve, com uma muralha gigantesca e fossos duplos em todo o seu entorno. Pendurados acima do portão da torre, cinquenta escudos de cores diversas balouçavam. Diante daqueles muros, avistaram lindos prados onde muitos cavaleiros e escudeiros dormiam em seus pavilhões, pois no dia seguinte um torneio seria realizado no castelo.

O lorde do castelo, ao ver um cavaleiro de armadura dos pés à cabeça, ao lado de uma donzela e um pajem, os quais cavalgavam na direção da torre, foi ao seu encontro. Seu cavalo, sua armadura, seu escudo e sua lança eram vermelhos. Quando se aproximou de Sir Beaumains e viu sua armadura toda preta, pensou que fosse o próprio irmão, o Cavaleiro Negro, e gritou:

– Meu irmão! O que fazes aqui por esses lados?

– Não! – disse a donzela. – Não é o teu irmão, mas um patife cozinheiro da corte do rei Arthur, o qual matou teu irmão e derrotou o outro, o Cavaleiro Verde.

– Desafio-te! – gritou o Cavaleiro Vermelho, dirigindo-se a Sir Beaumains. E, então, inclinou sua lança e cravou a espora em seu cavalo. Em seguida, ambos os cavaleiros afastaram-se um pouco e dispararam ao mesmo tempo com toda a vontade até que seus cavalos colidiram e caíram ao chão. Logo puxaram suas espadas e lutaram com toda a audácia durante três horas. Por fim, Sir Beaumains superou o oponente e o derrubou ao chão. O Cavaleiro Vermelho suplicou pela sua misericórdia e disse:

– Não me mates, nobre cavaleiro, e eu me renderei a ti junto de outros sessenta cavaleiros que servem a mim.

– Não será suficiente até que esta dama suplique pela tua libertação. – Então, ele ergueu sua espada para matá-lo. Mas a donzela gritou:

– Não o mate, Beaumains, pois ele é um nobre cavaleiro. – Sir Beaumains mandou que ele se levantasse e agradecesse à donzela, o que ele fez imediatamente e, depois, o convidou ao seu castelo e o tratou muito bem.

Porém, apesar dos atos majestosos de Sir Beaumains, a donzela não deixou de insultar e admoestá-lo, diante do que o Cavaleiro Vermelho se surpreendeu e providenciou que seus sessenta cavaleiros lhe prestassem favores para que nenhuma maldade ocorresse a ele. No dia seguinte, eles ouviram a missa e fizeram o desjejum. O Cavaleiro Vermelho se pôs diante de Sir Beaumains com seus sessenta cavaleiros, curvou-se e jurou lealdade a ele.

– Agradeço a ti – ele respondeu –, e quando convocá-lo diante do rei Arthur, em sua corte, terão de se curvar diante dele.

– Faremos isso certamente – disse o Cavaleiro Vermelho.

Sir Beaumains e a donzela partiram.

Diante de suas constantes zombarias e perturbações, ele disse a ela:

– Donzela, és tão descortês e rude; no entanto, estou aqui para prestar meus serviços a ti. E, apesar de ameaçar que os cavaleiros iriam me destruir, cada um deles se ajoelhou diante de mim. Agora, portanto, imploro que pares de me hostilizar até que testemunhes a minha derrota ou a minha covardia e, assim, poderás me deixar.

– Tu hás de encontrar um cavaleiro que retribua todos os teus atos, seu fanfarrão – ela respondeu –, pois, com exceção do rei Arthur, o cavaleiro ao qual me refiro é o homem mais admirável do mundo.

– Será uma grande honra encontrá-lo – disse Beaumains.

Logo depois, passaram por uma linda cidade. Entre eles e a cidade, havia um prado, recentemente aparado, onde viam-se muitas tendas dispostas.

– Vê aquele pavilhão azul? – perguntou a donzela a Sir Beaumains. – Pois é lá que está Sir Perseant, o lorde daquela grande cidade, o qual mantém a tradição, quando o tempo está bom, de acampar nestes prados e lutar com seus cavaleiros.

À medida que falava, Sir Perseant, o qual já os tinha avistado, enviou um emissário para encontrar Sir Beaumains e perguntar-lhe se vinha em busca de guerra ou paz.

– Diz ao teu lorde – ele respondeu – que não me importo nem com uma e nem com a outra opção.

Quando o emissário transmitiu sua resposta, Sir Perseant veio encontrar Sir Beaumains. Eles se aprontaram, incitaram seus corcéis um em direção ao outro e, depois que as lanças se despedaçaram, lutaram com suas espadas. Durante duas horas eles se retalharam e dilaceraram até que seus escudos e armaduras ficaram amassados e eles se feriram gravemente devido à quantidade de talhos.

Por fim, Sir Beaumains atingiu Sir Perseant no elmo de modo que ele rastejou e caiu ao chão. Ao retirá-lo e preparar-se para matá-lo, a donzela suplicou pela sua vida.

– Concederei o teu pedido com todo o prazer – respondeu Sir Beaumains –, pois seria uma vergonha que um cavaleiro tão nobre morresse dessa maneira.

– Muito obrigado – respondeu Sir Perseant. – Agora sei que foste tu quem matou o meu irmão, o Cavaleiro Negro, Sir Pereard, e derrotou meus irmãos, o Cavaleiro Verde, Sir Pertolope, e o Cavaleiro Vermelho, Sir Perimones. Uma vez que também me derrotaste, curvo-me a ti, juro minha lealdade e coloco em teu comando cem cavaleiros que estarão a postos mediante tua convocação.

Quando a donzela viu Sir Perseant derrotado, ela se surpreendeu imensamente com a força de Sir Beaumains e disse:

– O modo como ages prova que és um homem de sangue nobre. Honestamente, nunca outro cavaleiro sofreu com as hostilidades de uma mulher como tu sofreste, mas mesmo assim, me trataste com toda a cortesia que cabe a ti, o que mostra a nobreza de teu sangue e de tua linhagem.

– Dama – respondeu Sir Beaumains –, um cavaleiro que não sabe lidar com uma donzela é um cavaleiro de pouco valor. E o que quer que tenhas dito, pouco me importa, pois nos momentos em que me enfureceste, me fizeste ainda mais forte contra os cavaleiros com os quais lutei e, assim, pude vencer as minhas batalhas. No entanto, se meu sangue é nobre ou não, não importa, contanto que eu tenha sido útil a ti e que eu faça ainda melhor antes de deixá-la.

– Por Deus! – ela disse, choramingando diante de tamanha cortesia. – Perdoa-me, bondoso Sir Beaumains, por tudo o que eu disse e fiz contra ti.

– Com todo o meu coração – disse ele –, e agora que falas de maneira justa comigo, fico muito satisfeito e penso ter a força necessária para derrotar quaisquer cavaleiros que eu possa encontrar em meu caminho.

Sendo assim, Sir Perseant implorou que eles fossem ao seu pavilhão e serviu-lhes vinhos e pimentas e os tratou com toda a dignidade. Desse modo, eles passaram a noite lá e, no dia seguinte, a donzela e Sir Beaumains se levantaram e foram à missa. Após o desjejum, despediram-se de Sir Perseant.

– Linda donzela – disse ele –, aonde este cavaleiro vai guiá-la?

– Senhor – ela respondeu –, ao Castelo Perigoso, onde a minha irmã é refém do Cavaleiro de Redlands.

– Eu o conheço bem – disse Sir Perseant –, pois é o mais perigoso de todos os cavaleiros vivos uma vez que não tem misericórdia e carrega a força de sete homens. Que Deus o proteja dele, Sir Beaumains, e que permita que tu o derrotes, pois Lady Lyones, a qual ele capturou, é a dama mais bela na face da Terra.

– Dizes a verdade – respondeu a donzela –, pois sou sua irmã e os homens me chamam de Linet ou Dama Selvagem.

– Agora, penso – disse Sir Perseant a Sir Beaumains – que o Cavaleiro de Redlands a capturou há mais de dois anos e prolongou este tempo pois esperava que Sir Lancelote, Sir Tristão ou Sir Lamoracke fossem lutar contra ele já que os três são os mais fortes de toda a cavalaria. Se lutares, portanto, contra o Cavaleiro de Redlands, tu serás o quarto maior cavaleiro do mundo.

– Senhor – disse Sir Beaumains –, eu aceitaria a fama com alegria e, honestamente, tenho uma linhagem majestosa e honrável. Se puderem guardar segredo, vos contarei de quem descendo. Ao jurarem que manteriam sigilo, contou-lhes finalmente:

– Meu nome é Sir Gareth de Orkney, meu pai foi o rei Lot e minha mãe, Lady Belisent, irmã do rei Arthur. Sir Gawain, Sir Agravain e Sir Gaheris são meus irmãos e eu sou o mais novo de todos. No entanto, o rei Arthur e sua corte não me conhecem. – Depois de contar-lhes, ambos ficaram maravilhados.

Dessa forma, a donzela Linet enviou o anão para contar à irmã que ela e o cavaleiro estavam a caminho de seu resgate. Dama Lyones perguntou como era o cavaleiro que a acompanhava e o anão lhe contou sobre todos os atos grandiosos de Sir Beaumains, por exemplo: como havia derrotado Sir Key e o deixado em seu leito de morte; como ele havia lutado com Sir Lancelote e ganhado o título de cavaleiro; como havia lutado e matado ladrões; como havia derrotado dois cavaleiros que vigiavam o rio; como havia lutado e matado o Cavaleiro Negro; como havia derrotado o Cavaleiro Verde, o Cavaleiro Vermelho e, por último, o Cavaleiro Azul, Sir Perseant. Então, Lady Lyones ficou muito satisfeita e enviou o anão de volta a Sir Beaumains com grandes presentes e lhe agradeceu por sua cortesia em assumir a tarefa em nome dela e suplicou a ele que tivesse coragem e um bom coração. Assim que o anão voltou, ele encontrou o Cavaleiro de Redlands, o qual perguntou-lhe de onde vinha.

– Venho em nome da irmã da minha patroa, a qual se encontra neste castelo – disse o anão. – Ela vem da corte do rei Arthur e traz consigo um cavaleiro que lutará por ela.

– Sua viagem foi em vão – respondeu o cavaleiro –, pois, embora ela traga Sir Lancelote, Sir Tristão, Sir Lamoracke ou Sir Gawain, tenho a mesma força que qualquer um deles. Aliás, quem poderia vir além deles? – Ele contou ao cavaleiro sobre os atos de Sir Beaumains e o cavaleiro respondeu:

– Eu não me importo com ele, seja lá quem for, pois rapidamente o derrotarei e lhe darei uma morte desonrosa, como fiz com tantos outros.

A donzela Linet e Sir Beaumains deixaram Sir Perseant, cavalgaram pela floresta até uma vasta planície onde viram muitos pavilhões e, nos arredores, um lindo castelo.

Entretanto, à medida que se aproximaram, Sir Beaumains avistou, pendurados nos galhos de uma árvore, os cadáveres de quarenta cavaleiros com armaduras faustas, bem como escudos e espadas cravadas em seus pescoços, e esporas douradas em seus calcanhares.

– O que isto significa? – ele disse surpreso.

– Não percas a tua coragem, bom senhor – respondeu a donzela –, diante dessa visão horrenda. Todos esses cavaleiros vieram até aqui para resgatar a minha irmã e, após serem derrotados, foram todos pendurados para que morressem dessa maneira lastimável, sem nenhuma misericórdia. E é assim que ele o tratará, a menos que sejas mais valente do que eles foram.

– Ele realmente age de maneira desonrosa – disse Beaumains –, e é incrível que tenha sobrevivido por tanto tempo.

Desse modo, eles continuaram cavalgando até o muro do castelo, o qual era cercado por um fosso duplo, e ouviram as ondas do mar batendo contra um dos lados do muro. Logo, disse a donzela:

– Vês aquela corneta de marfim pendurada naquela figueira? O Cavaleiro de Redlands a colocou lá para que qualquer cavaleiro que queira lutar contra ele sopre-a e ele venha. Mas imploro a ti que não a sopres até o meio-dia, pois agora é muito cedo e a força dele crescerá sete vezes.

– Que assim seja, linda donzela – ele respondeu –, pois mesmo que fosse o cavaleiro mais forte que já existiu, eu não deixaria de derrotá-lo.

Eu o derrotarei bravamente, ou morrerei dignamente em seu campo de batalha. Diante daquelas palavras, ele enterrou as esporas em seu cavalo, foi até a figueira e soprou a corneta avidamente, a qual ressoou por todo o castelo. Instantaneamente, todos os cavaleiros que estavam em seus pavilhões correram e aqueles que estavam dentro do castelo olharam pelas janelas ou por cima das muralhas. O Cavaleiro de Redlands, vestido com sua armadura vermelho-sangue, com sua lança, e com seu escudo e rédeas de semelhante cor, cavalgou até um pequeno vale nas proximidades da muralha para que todos do castelo, bem como seus reféns, pudessem assistir à batalha.

– Sejas valente – disse a donzela Linet a Sir Beaumains –, pois teu inimigo fatal está a caminho. E naquela janela está a minha patroa e irmã, Lady Lyones.

– Isso me acalma – disse Sir Beaumains. – Ela é a dama mais bela que já vi e não há disputa melhor a não ser esta para resgatá-la. Com isso, ele olhou na direção da janela e viu Lady Lyones, a qual acenou para ele e a irmã com o seu lenço a fim de encorajá-los. O Cavaleiro de Redlands gritou para Sir Beaumains:

– Deixa de admirá-la, senhor cavaleiro, e olha para mim, pois esta dama é minha.

– Ela não ama ninguém da tua confraria – ele respondeu –, mas saibas que eu a amo e a resgatarei de ti ou então morrerei por ela.

– Diz o que quiseres – disse o Cavaleiro de Redlands. – Não vês o que aconteceu com os cavaleiros pendurados naquelas árvores?

– É uma vergonha que sejas tão presunçoso – disse Beaumains. – Saibas que o teu olhar em sua direção aumentou ainda mais o meu ódio por ti e não será facilmente apagado. Tu não me dás medo, mas raiva!

– Senhor cavaleiro, defende-te – disse o Cavaleiro de Redlands –, pois não falaremos mais daqui em diante.

Em seguida, eles inclinaram suas lanças e correram com seus cavalos, um em direção ao outro, a toda velocidade, e acertaram o meio de seus escudos, de modo que as armaduras de seus cavalos partiram com a colisão e eles caíram no solo. Ambos ficaram lá por muito tempo, assustados, de maneira que muitos pensaram que haviam quebrado seus pescoços. E todos diziam que o forasteiro era um homem forte e um nobre combatente, pois ninguém jamais havia enfrentado o Cavaleiro de Redlands. Sendo assim, em um instante, eles se levantaram, protegeram-se com seus escudos e apanharam suas espadas. Eles lutaram com toda a fúria, correndo como feras selvagens. Ambos conferiam rajadas tão fortes que eram arremessados para trás e se dilaceravam ao ponto de destruírem suas armaduras e terem de lutar com seus corpos nus. Assim eles lutaram até por volta do meio-dia quando, por algum tempo, descansaram e recuperaram o fôlego. Ambos sangravam e cambaleavam e muitos que assistiam à batalha choravam de pena de vê-los naquele estado.

Assim que retomaram a batalha, às vezes corriam furiosamente e logo caíam ao chão. Depois, naquela confusão, trocavam suas espadas. Eles insistiam e disparavam e se esforçavam até que, ao anoitecer, ninguém mais via quem tinha a vantagem. O Cavaleiro de Redlands era um guerreiro sutil e ardiloso e sua sutileza tornou Sir Beaumains ainda mais sutil e ardiloso. Mais uma vez eles descansaram e retiraram seus elmos em busca de ar.

Mas quando Sir Beaumains tirou o elmo, ele olhou para Lady Lyones, momento em que ela se debruçou, observou-o e começou a chorar de sua janela. Quando viu o doce sorriso da moça, seu coração encheu-se de luz e alegria e, assim, ele ganhou força e incitou que o Cavaleiro de Redlands se preparasse novamente para a batalha. Eles vestiram seus elmos novamente e puseram-se a lutar agora mais revigorados, como se não tivessem lutado antes. Por fim, o Cavaleiro de Redlands, com um golpe repentino, acertou a mão de Sir Beaumains de modo que sua espada caiu ao chão, e com um segundo golpe em seu elmo, derrubou-o. Então, a donzela Linet gritou:

– Por Deus, Sir Beaumains! Vês como a minha irmã chora em vê-lo ao chão! – e ao ouvir aquelas palavras, ele se levantou com muita força, esticou-se e apanhou a espada. Com muitos golpes pesados, ele feriu o Cavaleiro de Redlands gravemente e, ao final, com um ataque, arrancou a espada de suas mãos e, com outra rajada ferrenha na cabeça, arremessou-o ao solo.

Sir Beaumains tirou o elmo, e o teria matado; no entanto, o cavaleiro se rendeu e suplicou por sua misericórdia.

– Eu não posso poupá-lo – respondeu Beaumains –, em razão de todas as mortes desonrosas que causaste a tantos cavaleiros nobres.

– Controla o teu ímpeto, bom cavaleiro – disse Redlands –, e ouve a minha justificativa. Certa vez, me apaixonei por uma linda donzela, cujo irmão foi assassinado, segundo me contou, por um cavaleiro da corte do rei Arthur, Sir Lancelote ou Sir Gawain. Ela implorou a mim, pois eu a amava verdadeiramente, pela fé ao meu título de cavaleiro, que me tornasse um soldado e matasse de maneira vil todos os cavaleiros da Távola Redonda que eu derrotasse. Jurei isso a ela. – Ele implorou que os condes, cavaleiros e barões, os quais rodeavam Sir Beaumains, suplicassem pela vida do Cavaleiro de Redlands.

– A verdade é que não quero matá-lo, apesar de seus atos reprováveis. E embora ele tenha feito o que fez para satisfazer a sua dama e conseguir seu amor, eu o culpo menos, e pelo bem de todos vocês, o libertarei. Mas, perante esse acordo, ele terá a vida poupada, irá imediatamente ao castelo, e se renderá à dama que lá está e fará tudo o que ela pedir por tudo o que ele causou a ela e às suas terras. Depois, irá à corte do rei Arthur e pedirá perdão a Sir Lancelote e Sir Gawain por todo o mal que causou a eles.

– Juro, senhor cavaleiro, que farei tudo isso – respondeu o Cavaleiro de Redlands. E, então, curvou-se e jurou lealdade a ele.

A donzela Linet se aproximou de Sir Beaumains e do Cavaleiro de Redlands, tirou suas armaduras e estancou suas feridas. Após desculpar-se por todas as suas trapaças, o Cavaleiro de Redlands partiu em direção à corte.

Sir Beaumains, com as feridas estancadas, vestiu sua armadura novamente, apanhou seu cavalo e sua lança, e cavalgou diretamente ao castelo da dama Lyones, pois desejava muito vê-la. Mas, ao chegar aos portões, eles foram fechados imediatamente e a ponte levadiça foi suspensa. Ao surpreender-se diante daquilo, Lady Lyones, olhando pela janela, disse:

– Segue o teu caminho, Sir Beaumains, pois só merecerás o meu amor quando fores um dos mais valorosos cavaleiros do mundo. Vai, luta com as tuas armas por mais doze meses e, depois, volta até mim.

– Por Deus, linda donzela – disse Sir Beaumains –, se ainda não mereci o teu amor, hei de comprá-lo com o melhor sangue espalhado pelo meu corpo.

– Não te entristeças, bom cavaleiro – disse ela –, pois o teu esforço não foi em vão e não será esquecido. Com teus nobres atos, doze meses hão de passar rapidamente. Além disso, confia que, a partir de hoje até o dia da minha morte, amarei apenas a ti e a nenhum outro.

Sir Beaumains deixou o castelo sentindo-se muito triste e sem saber para onde ir; e, assim, dormiu na casa de campo de um pobre homem. No dia seguinte, ele continuou em seu caminho e, ao meio-dia, chegou a um amplo lago. Lá, ele apeou, pois estava cansado e pesaroso, recostou a cabeça sobre seu escudo, e pediu que seu anão o observasse enquanto dormia.

Mas, no momento em que deixou o castelo, Lady Lyones se arrependeu, e quis muito vê-lo novamente. Portanto, perguntou muitas vezes à irmã de que linhagem ele era. No entanto, a donzela não queria lhe contar, pois havia jurado a ele que manteria sua identidade em segredo e disse que o anão era quem sabia. Diante disso, ela chamou Sir Gringamors, seu irmão, o qual morava com ela e implorou que ele encontrasse Sir Beaumains enquanto dormia, raptasse o anão e o trouxesse até ela. Não demorou até que Sir Gringamors partisse e avistasse Sir Beaumains dormindo à beira do lago. Pisando furtivamente atrás do anão, apanhou-o pelos braços e cavalgou com toda a pressa. E, embora tivesse gritado e pedido o socorro ao seu lorde, o qual cavalgou o mais rápido que pôde, não foi capaz de alcançar Sir Gringamors.

Quando Lady Lyones viu o irmão voltar, seu coração se encheu de alegria, e ela perguntou ao anão qual era a linhagem de seu mestre.

– Ele é filho de um rei – disse o anão – e sua mãe é irmã do rei Arthur. Seu nome é Sir Gareth de Orkney e seu irmão é um bom cavaleiro, Sir Gawain. Mas suplico que me permitas voltar ao meu lorde, pois ele não deixará este país até que eu o encontre novamente. – Contudo, quando Lady Lyones soube que seu libertador descendia de uma linhagem tão majestosa, quis enlouquecidamente vê-lo.

Sir Beaumains cavalgava a esmo para resgatar seu anão e chegou a uma estrada bastante arborizada. Lá, encontrou um pobre homem daquele país e perguntou se ele tinha visto um cavaleiro sobre um cavalo negro em posse de um anão aparentemente em apuros.

– Sim – disse o homem –, eu o vi uma hora atrás e seu nome é Sir Gringamors. Ele mora em um castelo a aproximadamente dois quilômetros daqui, mas é um cavaleiro perigoso e não aconselho que o sigas, a menos que o faça de boa-fé. – Sendo assim, Sir Beaumains seguiu o caminho que o pobre homem lhe indicou e chegou ao castelo. Ao se aproximar extremamente furioso dos portões, ele empunhou a espada e gritou:

– Sir Gringamors, és um traidor! Liberta o anão ou, em nome do meu título de cavaleiro, entrarás em uma enrascada! – Então, Sir Gringamors olhou pela janela e disse:

– Sir Gareth de Orkney, deixa de ser presunçoso, pois já perdeste o teu anão. – Entretanto, Lady Lyones disse ao irmão:

– Não, meu irmão, devolve o anão a ele, pois ele já fez muito em me libertar do Cavaleiro de Redlands, e, por isso, eu o amo acima de qualquer outro cavaleiro. Desse modo, Sir Gringamors desceu até onde Sir Gareth estava, pediu-lhe misericórdia e implorou que ele apeasse e se hospedasse lá.

Diante daquela súplica, ele apeou e o anão correu até ele. Quando chegou ao saguão, Lady Lyones estava vestida como uma ostentosa princesa. O coração de Sir Gareth se alegrou ao vê-la. Ela lhe contou que havia pedido ao irmão que capturasse seu anão e o levasse até lá e prometeu seu amor e que se uniria a ele e a nenhum outro homem pelo resto de sua vida. Desse modo, Lady Lyones e Sir Gareth fizeram um juramento de fidelidade um ao outro. Em seguida, Sir Gringamors suplicou que ele permanecesse no castelo, o que ele fez com todo o prazer.

– Está bem – disse ele –, prometi que ficaria longe da corte por doze meses, embora, entrementes, creio que serei convocado e encontrado pelo meu lorde, o rei Arthur, e por muitos outros cavaleiros. – Sendo assim, permaneceu no castelo por um longo tempo.

Logo, os cavaleiros, Sir Perseant, Sir Perimones e Sir Pertolope, os quais Sir Gareth havia derrotado, foram à corte do rei Arthur com todos os cavaleiros que prestavam serviços a eles e disseram ao rei que haviam sido conquistados pelo cavaleiro chamado Beaumains. À medida que conversavam, outro grande lorde entrou com mais quinhentos cavaleiros e, ao se aproximarem, curvaram-se e declararam que eram cavaleiros do rei de Redlands.

– Meu nome, no entanto, – disse ele –, é Ironside e fui enviado por Sir Beaumains, o qual me venceu e ordenou que eu me rendesse diante de ti.

– És bem-vindo – disse o rei Arthur –, pois és um inimigo de longa data e honestamente sou muito agradecido ao cavaleiro que vos enviou aqui. Agora, Sir Ironside, se vais consertar os teus erros e aliar-te a mim, vou tratá-lo como amigo e torná-lo um cavaleiro e membro da Távola Redonda, mas terás de deixar de assassinar outros nobres cavaleiros. Em seguida, o Cavaleiro de Redlands se ajoelhou diante do rei e lhe contou sobre sua promessa a Sir Beaumains de que deixaria aquele costume indecoroso de lado, que havia assumido para satisfazer as súplicas da dama que amava. Depois, ele se ajoelhou diante de Sir Lancelote e Sir Gawain e implorou pelo perdão de ambos devido ao ódio com o qual os havia tratado.

No entanto, o rei e toda a corte se surpreenderam imensamente com a proeza de Sir Beaumains.

– Pois – disse o rei –, ele é um nobre cavaleiro.

Sir Lancelote disse:

– Honestamente, o sangue dele é honrável, caso contrário, não teria recebido a ordem da cavalaria. Mas Sir Beaumains me pediu que eu guardasse segredo.

À medida que falavam, contaram ao rei Arthur que sua irmã, a rainha de Orkney, tinha chegado à corte com um grande grupo de cavaleiros e damas. Houve muita festa e o rei se levantou e a cumprimentou. Seus filhos, Sir Gawain, Sir Agravain e Sir Gaheris se ajoelharam diante dela e pediram suas bênçãos, pois não a viam havia quinze anos. Então, ela perguntou:

– Onde está meu filho mais novo, Sir Gareth? Eu sei que ele permaneceu aqui por doze meses e que o transformaste em um servo cozinheiro. – Nesse momento, o rei e todos os cavaleiros souberam que Sir Beaumains e Sir Gareth eram a mesma pessoa.

– Na verdade – disse o rei –, eu não o conhecia.

– Nem eu – disse Sir Gawain e os outros dois irmãos. – Então, o rei disse:

– Agradeço a Deus, querida irmã, que ele provou ser um cavaleiro respeitável igual a qualquer outro cavaleiro vivo, e pela graça de Deus, será reconhecido em qualquer lugar por onde passar dentro destes sete reinos.

– Sir Gawain e seus irmãos disseram:

– Lorde, se nos permitires, vamos procurá-lo. – No entanto, Sir Lancelote falou:

– Seria melhor que o rei enviasse uma mensagem a Lady Lyones para que ela venha o mais rápido possível, pois certamente dirá onde ele está.

– Muito bem – respondeu o rei. – E enviou um emissário ao castelo de Lady Lyones.

Ao ouvir a mensagem, ela prometeu que iria até lá. Contou a Sir Gareth o que o mensageiro lhe havia dito e perguntou o que fazer.

– Suplico a ti – disse ele –, que não digas onde estou. Quando o rei Arthur perguntar por mim, aconselhe que ele anuncie um torneio diante deste castelo no Dia de Assunção[30] e que o cavaleiro que provar ser o me-

---

[30] Referência ao Dia de Assunção de Nossa Senhora. Feriado católico celebrado no dia 15 de agosto. (N.T.)

lhor terá tuas terras e tu como recompensa. – Assim, Lady Lyones partiu, compareceu à corte do rei Arthur e foi recepcionada com toda a nobreza. E ao perguntarem a ela onde Sir Gareth estava, ela disse que não podia contar.

– Mas, lorde – ela disse –, com a tua boa vontade, vou anunciar um torneio diante do meu castelo durante a Festa de Assunção. Eu e todas as minhas terras seremos o prêmio. Se anunciado por ti, lorde, teus cavaleiros hão de comparecer, assim como os meus, para lutarem juntos. Dessa forma, nós certamente teremos notícias de Sir Gareth.

– Que assim seja! – respondeu o rei.

Sir Gareth secretamente enviou mensageiros a Sir Perseant e Sir Ironside ordenando que eles estivessem presentes no dia do torneio com suas confrarias para ajudá-lo a vencer o rei e seus cavaleiros. E, assim que chegaram, ele disse:

– Agora, tenhas certeza de que reuniremos e lutaremos com os melhores cavaleiros.

Sendo assim, o anúncio feito por toda a Inglaterra, País de Gales, Escócia, Irlanda, Cornualha, pelas ilhas e outros países, foi de que na Festa de Assunção da Nossa Senhora, que ocorreria em breve, todos os cavaleiros que comparecessem para combater no Castelo Perigoso deveriam escolher se lutariam a favor do rei ou do castelo. Muitos bons cavaleiros escolheram lutar a favor do castelo. Sir Epinogris, o filho do rei da Nortúmbria, Sir Palomedes, o Sarraceno, Sir Grummore Grummorsum, um bom cavaleiro da Escócia, Sir Brian das Ilhas, um nobre cavaleiro, Sir Carados da Torre da Dor, Sir Tristão, que ainda não era um cavaleiro da Távola Redonda, além de muitos outros. Mas nenhum deles conhecia Sir Gareth, pois ele não havia assumido sua identidade tanto quanto faria qualquer outra pessoa vil.

E, representando o rei Arthur vieram o rei da Irlanda, o rei da Escócia, o nobre príncipe Sir Galahaut, Sir Gawain e seus irmãos, Sir Agravain e Sir Gaheris, Sir Ewaine, Sir Tor, Sir Percival, Sir Lamoracke, Sir Lancelote e seus parentes, Sir Lionel, Sir Ector, Sir Bors, Sir Bedivere, assim como Sir Key e a maior parte da Távola Redonda. As duas rainhas, a rainha Guinevere e a rainha de Orkney, mãe de Sir Gareth, também compareceram com o rei. Portanto, havia uma grande quantidade de cavaleiros de ambos os lados, prontos para a festança e para o espetáculo de menestréis.

Sendo assim, o torneio começou e Sir Gareth implorou secretamente a Lady Lyones, bem como a Sir Gringamors, Sir Ironside e Sir Perseant que, sob nenhuma hipótese, revelassem qual era o seu nome e que tratassem-no como qualquer outro cavaleiro. Ao ouvir isso, Lady Lyones disse:

– Querido lorde, imploro que pegues este anel, pois ele tem o poder de alterar a cor da roupa de qualquer um que o colocar, no entanto, deves protegê-lo de qualquer gota de sangue. Assim que o torneio chegar ao final, deves devolver a joia, pois este anel me torna mais bela quando eu o uso.

– Muito obrigado, minha senhora – disse Sir Gareth –, eu não poderia desejar nada melhor, pois agora conseguirei disfarçar a minha aparência pelo tempo que eu quiser. Em seguida, Sir Gringamors deu a Sir Gareth um cavalo baio, o qual tinha um bom desempenho, além de uma armadura e uma nobre espada, a qual ganhara do pai, que a havia conquistado de um tirano bárbaro. Assim, todos os cavaleiros se aprontaram para o torneio.

Desse modo, no Dia de Assunção, após a missa e as matinas, os arautos sopraram suas trombetas e anunciaram o início do torneio. Logo, os cavaleiros do castelo se aproximaram, assim como os cavaleiros do rei Arthur, e logo começaram os combates.

Sir Epinogris, filho do rei da Nortúmbria, um cavaleiro que lutava a favor do castelo, enfrentou Sir Ewaine e ambos estilhaçaram suas lanças de modo que mal podiam segurá-las nas mãos. Em seguida, Sir Palomedes, a favor do castelo, enfrentou Sir Gawain e trocaram golpes tão fortes que ambos os cavalos e cavaleiros caíram ao chão. Em seguida, Sir Tristão, lutando pelo castelo, enfrentou Sir Bedivere e o derrubou junto de seu cavalo. Sendo assim, o Cavaleiro de Redlands e Sir Gareth enfrentaram Sir Bors e Sir Bleoberis. Por sua vez, o Cavaleiro de Redlands e Sir Bors se enfrentaram com tanta fúria que suas lanças se destroçaram e seus cavalos cambalearam e caíram ao chão. Sir Bleoberis quebrou sua lança ao enfrentar Sir Gareth, mas foi derrubado. Quando Sir Galihodin viu aquilo, ordenou que Sir Gareth o apanhasse, mas Sir Gareth levemente o derrubou ao chão. Sir Galihud apanhou uma lança para vingar o irmão, mas o mesmo lhe ocorreu. Sir Dinadam e seu irmão, La-cote-male-taile, bem como Sir Sagramour, o Ávido, e Dodinas, o Selvagem, derrubaram todos com uma única espada.

Quando o rei Anguish da Irlanda viu aquilo, se surpreendeu com o cavaleiro que alternava entre as cores verde e azul, pois a cada largada ele mudava a cor de suas vestimentas para que ninguém o reconhecesse. Ao correr em sua direção, encontrou Sir Gareth, o qual atingiu o rei e o derrubou de seu cavalo junto de sua sela e tudo o que carregava. Ele fez o mesmo com o rei da Escócia, com o rei Urience de Gore e também com o rei Bagdemagus.

Sir Galahaut, o nobre príncipe, gritou:

– Cavaleiro de muitas cores, lutaste muito bem. Mas agora é a minha vez!

Quando Sir Gareth o ouviu, apanhou uma grande lança e foi ao seu encontro rapidamente. No entanto, a lança do príncipe se quebrou, e Sir Gareth o acertou do lado esquerdo do elmo, de maneira que ele cambaleou para os lados e teria caído se seus homens não o tivessem ajudado.

– Pela minha fé – disse o rei Arthur –, aquele cavaleiro de muitas cores é muito bom. Suplico a ti, Sir Lancelote do Lago, que o enfrentes.

– Lorde – disse Sir Lancelote –, se me permites, prefiro me abster desta vez. Sinto em meu coração que devo poupá-lo, pois ele trabalhou muito para um único dia. E quando um bom cavaleiro luta bravamente por tanto tempo não é respeitoso tirar a sua honra. Além disso, é possível que essa disputa não passe de hoje e, talvez, dentre todos os outros, ele de fato mereça ficar com Lady Lyones, pois se esforçou e sofreu muito para realizar atos de tanta bravura. Portanto, em minha opinião, hoje a honra é dele, e embora eu seja capaz de tirá-la, não seria digno da minha parte.

– Disseste a verdade – disse o rei.

Eles se inclinaram, apanharam suas espadas e começaram um grande combate. Sir Lancelote conseguiu atos maravilhosos com suas armas. Primeiro ele lutou com Sir Tristão e Sir Carados, embora fossem os mais perigosos do mundo. Depois, Sir Gareth chegou e os derrubou, mas não desferiu nenhuma rajada sequer contra Sir Lancelote, pois este lhe havia conferido o título de cavaleiro. Logo, o elmo de Sir Gareth precisou de remendos e ele deixou a batalha para consertá-lo e beber água, pois estava muito sedento com todas as proezas que havia conseguido até então. Enquanto bebia água, seu anão lhe disse:

– Dê-me o anel ou vais perdê-lo enquanto te hidratas. – Assim sendo, Sir Gareth o retirou e, ao terminar de beber água, voltou ávido para o campo de batalha, mas tomado de tanta pressa, esqueceu-se de recolocar o anel. Então, todos puderam ver que ele vestia uma armadura amarela. Ao ver aquilo, o rei Arthur pediu a um arauto:

– Cavalga até lá e descobre quem é o cavaleiro valente, pois já perguntei a muitos cavaleiros e ninguém o conhece.

O arauto cavalgou pelos arredores e viu escrito em seu elmo com letras douradas: "Sir Gareth de Orkney". Instantaneamente, ele gritou seu nome a plenos pulmões e todos os homens quiseram vê-lo.

Mas, ao ver que foi descoberto, incitou seu cavalo para o meio da multidão e exclamou para o anão:

– Garoto, tu me enganaste ao pegar o meu anel! Devolve-o para que eu possa me esconder. – E ao recolocá-lo, sua armadura mudou de cor novamente e ninguém pôde ver para onde ele foi. Em seguida, cavalgou pelos campos, mas o irmão, Sir Gawain, o seguiu.

Quando Sir Gareth adentrou a floresta, retirou o anel e o enviou de volta a Lady Lyones por meio do anão, suplicando que ela fosse verdadeira e fiel enquanto ele estivesse longe.

Sir Gareth cavalgou pela floresta até o cair da noite e ao chegar a um castelo, se aproximou do portão e implorou que o porteiro o deixasse entrar.

No entanto, este respondeu rudemente que ele não deveria se hospedar ali. Sir Gareth disse:

– Diz ao teu lorde e à tua senhora que eu sou um cavaleiro da corte do rei Arthur e pelo bem dele, imploro por um abrigo. – Diante daquilo, o porteiro dirigiu-se até a duquesa, dona do castelo.

– Deixa ele entrar imediatamente – ela gritou. – Pelo amor do rei, ele não deve ficar sem abrigo! – e desceu para recebê-lo. Quando Sir Gareth a viu, ele a cumprimentou e disse:

– Linda donzela, suplico a ti que me ofereças abrigo esta noite e se aqui houver qualquer guerreiro ou gigante com o qual eu deva lutar, que me poupe até amanhã, quando eu e meu cavalo estaremos descansados, pois agora estamos exaustos.

– Senhor cavaleiro – ela disse –, falas de maneira corajosa, pois o lorde deste castelo é um dos inimigos do rei Arthur e de sua corte, e se dormires aqui hoje, ao encontrá-lo, tu serás seu prisioneiro.

– Qual é o nome do teu lorde? – perguntou Sir Gareth.

– Seu nome é duque de la Rowse – ela respondeu.

– Prometo a ti – ele falou –, que me renderei a ele se ele prometer que não me causará nenhum mal, mas se ele se recusar, ficarei com a minha espada e lança.

– Muito bem – disse a duquesa e ordenou que a ponte levadiça fosse abaixada. Ele entrou pelo saguão e apeou. Quando tirou a armadura, a duquesa e as damas ficaram muito animadas. Após o jantar, sua cama foi posta no saguão e lá ele descansou durante aquela noite. No dia seguinte, ele se levantou, ouviu a missa, e, após o desjejum, despediu-se e partiu.

À medida que ele passava por uma montanha, encontrou um cavaleiro chamado Sir Bendelaine que lhe advertiu:

– Não deves passar por aqui, a menos que lutes comigo ou sejas meu prisioneiro!

– Então, lutaremos – respondeu Sir Gareth.

Desse modo, eles fizeram os cavalos correrem a todo vapor e Sir Gareth cravou sua lança no corpo de Sir Bendelaine de modo que ele mal pôde voltar vivo ao castelo. E quando Sir Gareth se aproximou do castelo, os cavaleiros e servos de Sir Bendelaine cavalgaram em sua direção para vingarem a morte de seu lorde. De repente, vinte cavaleiros o atacaram, embora sua lança estivesse quebrada. Mas ele puxou a espada e se protegeu com o escudo. E apesar de todos terem estilhaçado suas lanças ao lutar contra ele, avançaram e ele passou a se defender como um nobre cavaleiro. Logo, ao descobrirem que não conseguiriam derrotá-lo, concordaram em matar seu cavalo. E depois de matá-lo com sua lança, puseram-se a lutar com Sir Gareth por terra. Mas ele matava todos que o golpeavam e empurrava os outros com rajadas assombrosas até que apenas quatro sobraram, mas fugiram. Ao montar no cavalo de um dos cavaleiros mortos, seguiu seu caminho.

Logo, ele chegou a outro castelo e ouviu o som de muitas mulheres que se lamentavam e choravam. Perguntou a um pajem que estava em pé:

– Que barulho é esse?

– Senhor cavaleiro – disse ele –, há trinta damas lá dentro; são as viúvas dos trinta cavaleiros que foram mortos pelo lorde deste castelo. Ele é chamado de "Impiedoso Cavaleiro Marrom", e é o cavaleiro mais perigoso vivo, portanto, aconselho-te a sumir daqui.

– Nunca farei isso – disse Sir Gareth –, pois não o temo. – O pajem viu o Cavaleiro Marrom vindo em sua direção e disse a Gareth:

– Olha! Meu lorde está vindo aí.

Desse modo, ambos os cavaleiros se prepararam e galoparam um de encontro ao outro, e o Cavaleiro Marrom estilhaçou sua lança contra o escudo de Sir Gareth, mas este cravou a lança em seu corpo e ele caiu morto. Diante daquilo, ele entrou no castelo e disse às damas que havia assassinado seu inimigo. Logo elas se alegraram, festejaram e agradeceram-lhe imensamente. Porém, no dia seguinte, quando foi assistir à missa, encontrou as damas chorando na capela sobre diversos túmulos, pois lá estavam os corpos de seus maridos. Ele as confortou com palavras nobres e rebuscadas, desejou e suplicou que todas fossem à corte do rei Arthur na próxima Festa de Pentecostes.

Dessa forma, ele partiu e passou por uma montanha onde um bom cavaleiro aguardava e lhe disse:

– Para, senhor cavaleiro, e luta comigo!

– Como te chamas? – perguntou Sir Gareth.

– Sou o duque de la Rowse – respondeu ele.

– Fico mais calmo – disse Sir Gareth. – Hospedei-me em teu castelo há pouco, onde prometi que me renderia a ti assim que nos encontrássemos.

– És aquele cavaleiro orgulhoso – disse o duque – que estava pronto para lutar comigo? Protege e prepara-te para lutar comigo.

Eles correram ao mesmo tempo, e Sir Gareth atingiu e derrubou o duque de seu cavalo. Em seguida, eles apearam, puxaram suas espadas, lutaram bravamente por uma hora e, por fim, Sir Gareth derrubou o duque no chão. Ele estava prestes a matá-lo quando o duque de la Rowse se rendeu.

– Então – disse Sir Gareth –, vai até o meu lorde, o rei Arthur, na Festa de Pentecostes que se aproxima e diz a ele que eu, Sir Gareth, o enviei.

– Assim será – disse o duque, e deu seu escudo a ele em sinal de sua aliança.

No momento em que Sir Gareth caminhava sozinho, ele viu um cavaleiro armado vindo em sua direção. Ao vestir o escudo do duque, cavalgou para lutar com ele. Eles colidiram como um trovão e quebraram suas lanças um contra o outro. Lutaram com ferocidade com suas espadas e se retalharam com lances tão fortes que era possível ver o sangue de ambos jorrando por todos os lados. E após lutarem por duas horas ou mais, por acaso, a donzela Linet passou por aquele caminho. Quando viu os dois, gritou:

– Sir Gawain e Sir Gareth, parai de lutar, vós sois irmãos! – Diante daquilo, eles jogaram seus escudos e espadas no chão, pegaram um no braço do outro e puseram-se a chorar sem dizer uma palavra sequer. Cada um deu ao outro a honra da batalha e muitas palavras de gentileza foram trocadas entre eles. Sir Gawain disse:

– Oh, meu irmão, pelo teu amor sofri e derramei meu suor! Mas eu verdadeiramente o honraria mesmo que não fosse meu irmão, pois honraste o rei Arthur e sua corte e enviaste mais cavaleiros do que qualquer outro cavaleiro da Távola Redonda, exceto Sir Lancelote.

A donzela Linet estancou suas feridas e, como seus cavalos estavam exauridos, montou em seu palafrém e foi até o rei Arthur contar sobre aquela estranha aventura. Ao ouvir as notícias, o próprio rei montou em seu cavalo e pediu que todos o acompanhassem. Uma grande confraria de lordes e damas seguiram-no para que pudessem encontrar os irmãos. Quando finalmente os encontrou, o rei Arthur ia dar-lhes um sermão, mas, satisfeito em vê-los, não foi capaz. Sir Gawain e Sir Gareth caíram aos pés de seu tio, curvaram-se e todos ficaram extremamente felizes e satisfeitos. Então, o rei disse à donzela Linet:

– Por que Lady Lyones não veio visitar seu cavaleiro, Sir Gareth, o qual se esforçou tanto por ela?

– Ela não sabe, meu lorde, que ele está aqui – respondeu a donzela –, embora queira muito vê-lo.

– Vai e traz ela aqui – disse o rei. Desse modo, a donzela partiu para contar à irmã onde Sir Gareth estava. Quando soube, Lady Lyones ficou extremamente feliz e foi encontrá-lo o mais rápido que pôde. Assim que Sir Gareth a viu, os dois se encheram de alegria e consolo.

O rei perguntou a Sir Gareth se ele gostaria de se casar com ela.

– Meu lorde – respondeu Sir Gareth –, tu sabes bem que eu a amo acima de qualquer outra dama.

– Portanto, linda donzela – disse o rei Arthur –, o que dizes?

– Meu nobre rei – ela respondeu –, o meu lorde, Sir Gareth, foi o meu primeiro e será o meu único amor, e se eu não puder tê-lo como esposo, não terei nenhum outro. – O rei disse aos dois:

– Isto posto, em nome da minha coroa, não hei de separar dois corações.

Dessa maneira, grandes preparativos foram feitos para o casamento, pois o rei desejava que a celebração fosse realizada durante a próxima Festa de São Miguel[31], em Kinkenadon à beira-mar.

Sir Gareth enviou mensagens a todos os cavaleiros que havia derrotado em batalha dizendo que deveriam estar lá no dia do casamento. Na Festa de São Miguel, uma boa confraria compareceu a Kinkenadon, à beira-mar. Lá, o arcebispo da Cantuária casou Sir Gareth e Lady Lyones com toda a solenidade. E todos os cavaleiros que Sir Gareth derrotou compareceram à festa. Houve muitos jogos e algazarra regados a música e espetáculos de menestréis. Um torneio de justa foi realizado por três dias. Mas, por amor à esposa, o rei não permitiu que Sir Gareth participasse. Na ocasião, ele ofereceu ao casal terras vastas e lindas, bem como uma grande quantidade de ouro para que pudessem viver em meio à realeza pelo resto de suas vidas.

---

[31] Referência ao feriado católico de São Miguel Arcanjo, celebrado em 29 de setembro. (N.T.)

AS AVENTURAS DE SIR TRISTÃO

Mais uma vez, o rei Arthur organizou um grande festival em Caerleon, durante Pentecostes, e reuniu toda a cavalaria da Távola Redonda. De acordo com a tradição, eles se sentaram e aguardaram novas aventuras, ou novas histórias de atos e missões perigosas trazidas por algum cavaleiro.

Logo, ele viu Sir Lancelote e uma multidão de cavaleiros entrando pelas portas e liderando-os vinha, no meio de todos, o majestoso cavaleiro Sir Tristão. Assim que o rei Arthur o viu, ele se levantou e caminhou pelo saguão, segurou suas mãos e exclamou:

– Seja bem-vindo, Sir Tristão, és tão bem-vindo quanto qualquer outro cavaleiro que já tenha adentrado esta corte. Há muito tempo desejo tê-lo em minha cavalaria. – Todos os cavaleiros e barões se levantaram ao mesmo tempo, aproximaram-se e disseram:

– Bem-vindo!

A rainha Guinevere também veio, acompanhada de muitas damas, e em uníssono, todas o cumprimentaram.

O rei apanhou Sir Tristão pela mão, o acompanhou até a Távola Redonda e disse:

– Bem-vindo mais uma vez a uma das melhores e mais gentis cavalarias de todo o mundo, a qual é líder na guerra e na paz, nos campos e nas florestas e nos quartos das damas. Sê muito bem-vindo a esta corte e que permaneças aqui por muito tempo.

Ao dizer isso, ele olhou para cada assento vago até chegar ao lugar ocupado por Sir Marhaus, onde leu as seguintes letras douradas: "Este é o assento do nobre cavaleiro Sir Tristão". Diante daquilo, o cumprimentaram com grande alegria e satisfação, como um verdadeiro membro da Távola Redonda.

A história de Sir Tristão foi assim:

Havia um rei de Lyonesse chamado Meliodas, o qual se casou com a irmã do rei Marco da Cornualha, uma moça linda e bondosa. Certo dia, ao caçar em meio à floresta, o rei Meliodas foi vítima de um feitiço e se tornou um prisioneiro no castelo. Assim que sua esposa soube, ela quase enlouqueceu de tanta tristeza e correu para a floresta para buscar o seu lorde. Mas, depois de muitos dias vagando, tomada por um intenso pesar, ela não encontrou vestígios dele, deitou-se em um vale profundo e começou a rezar para que Deus tirasse a sua vida. E foi isso o que se sucedeu. Mas, antes de morrer, em meio a toda sua tristeza, ela deu à luz um menino. Em seu último sopro de vida, ela o chamou de Tristão, pois, segundo suas últimas palavras: "Seu nome deverá representar a tristeza com a qual chegou a este mundo".

Com aquilo, ela se entregou à morte. A senhora que estava ao seu lado apanhou a criança, enrolou-a para proteger-lhe do frio da melhor maneira possível e a segurou nos braços, sentada sob a sombra de uma árvore nas proximidades, esperando a morte chegar.

No entanto, logo em seguida, chegou uma confraria de lordes e barões que procuravam a rainha e encontraram a moça e a criança e as levaram para casa. No dia seguinte, chegou o rei Meliodas, o qual havia sido libertado por Merlin, e, quando soube da morte da rainha, sua tristeza foi tão grande a ponto de não conseguir expressá-la. Então, ele enterrou a esposa mediante uma cerimônia nobre e solene, e chamou a criança de Tristão, como ela desejava.

O rei Meliodas ficou enlutado por sete anos e não encontrava consolo para o seu coração. Enquanto isso, o jovem Tristão crescia. Após algum tempo, o rei se casou finalmente com a filha de Howell, o rei da Bretanha, a qual pensou que seus filhos adorariam ficar com o reino e, diante disso, decidiu destruir Tristão, seu enteado. Certo dia, ela colocou veneno em uma taça de prata com a qual Tristão e seus filhos brincavam para que ele bebesse o líquido envenenado assim que sentisse sede. Entretanto, o próprio filho viu a taça e, pensando que lá haveria uma bebida saborosa, ergueu-se, alcançou-a sobre a mesa e bebeu todo o líquido. Imediatamente, a criança caiu morta no chão.

Quando soube daquilo, a rainha foi tomada por um pesar muito grande, mas sua raiva e avidez cresceram ainda mais e despejou ainda mais veneno na taça. E certo dia, quando o marido estava de fato sedento, ele a apanhou e estava prestes a beber o líquido quando foi interrompido por ela aos gritos e, em seguida, retirou a taça de suas mãos.

Diante daquilo, o rei Meliodas ficou extremamente surpreso e se lembrou da morte súbita do filho mais novo. Ao apanhá-la furiosamente pela mão, exclamou:

– Traidora, diz agora mesmo que líquido é este ou eu a matarei! – E, empunhando a espada, ele fez um juramento de que a mataria naquele instante se ela não dissesse a verdade.

– Misericórdia, meu lorde – disse ela, e caiu ajoelhada aos seus pés. – Tem misericórdia, pois contarei toda a verdade a ti.

Ela contou sobre seu plano de matá-lo para que as terras pudessem ser desfrutadas pelos filhos.

– Que a lei seja a tua juíza – disse o rei.

A rainha foi julgada diante dos barões e condenada à morte na fogueira.

Mas, quando a fogueira foi acesa e ela foi trazida, Tristão se ajoelhou diante dos pés de seu pai e pediu-lhe um favor.

– Concederei o que desejares – disse o rei.

– Poupa a vida da rainha, minha madrasta – disse ele.

– Fazes mal em pedir isso – disse Meliodas –, pois ela o teria matado com seus venenos, e pelo teu bem ela deve morrer.

– Senhor, quanto a isso, peço que tenhas misericórdia e que a perdoes. Eu também espero que Deus a perdoe. Por isso, suplico a ti que me dês a tua bênção e que mantenhas a tua promessa, pelo amor de Deus.

– Se tiver de ser assim – disse o rei –, poupes a vida dela, pois de agora em diante a confio a ti. Faz o que julgares melhor.

O jovem Tristão se aproximou da fogueira e soltou a rainha de todas as amarras, livrando-a da morte.

E, depois de muito tempo, com toda a sua bondade, o rei a perdoou e viveu em paz com ela, embora nunca embaixo do mesmo teto.

Logo, Tristão foi enviado à França aos cuidados de um cavaleiro chamado Governale. E por sete anos ele estudou o idioma falado naquelas terras bem como todos os exercícios e habilidades de um cavaleiro, especialmente a música e a caçada, além de ter se tornado um harpista de destaque. Aos dezenove anos, voltou à casa do pai e já era um homem forte e saudável e de coração nobre como nenhum outro homem.

Logo após o seu retorno, o rei Anguish enviou impostos ao rei Marco da Cornualha, os quais deveriam ser pagos à Irlanda, mas que estavam atrasados há sete anos. A resposta enviada pelo rei Marco foi de que o rei Anguish lutasse por aquilo, e que encontraria um guerreiro campeão para lutar contra ele.

Sendo assim, o rei Anguish convocou Sir Marhaus, o irmão da esposa, um bom cavaleiro da Távola Redonda que vivia em sua corte, e o enviou à Cornualha junto de uma frota de seis grandes navios. Ao ancorar ao lado de Tintagil, ele diariamente exigiu do rei Marco os impostos devidos ou um cavaleiro campeão. Mas nenhum cavaleiro ousava enfrentá-lo, pois a fama a respeito de sua força e coragem era grande demais em todo o reino.

O rei Marco fez um anúncio ao redor da Cornualha de que, se algum cavaleiro lutasse contra Sir Marhaus, se tornaria a mão direita do rei para a eternidade e teria honra e riqueza pelo resto de seus dias. A notícia se espalhou pela terra de Lyonesse e, quando o jovem Tristão soube, ficou furioso e envergonhado em pensar que nenhum cavaleiro da Cornualha era ousado o bastante para enfrentar o campeão irlandês.

– Por Deus! – disse ele. – Não sou cavaleiro, mas enfrentaria esse tal de Marhaus! Suplico a ti que me dês a permissão de partir para a corte do rei Arthur e implorar pela sua graça que me torne um cavaleiro.

– Que a tua coragem te guie, meu filho – disse o pai.

Diante dessas palavras, Tristão cavalgou até Tintagil para falar com o rei Marco, e com toda a sua valentia, disse a ele:

– Senhor, concede-me a ordem da cavalaria e eu lutarei até o final com Sir Marhaus da Irlanda.

– Quem és tu e de onde vens? – disse o rei, ao notar que ele não passava de um jovem, embora tivesse o corpo e os membros fortes e saudáveis.

– Meu nome é Tristão – disse ele – e nasci no país de Lyonesse.

– Mas tu sabes – disse o rei – que este cavaleiro irlandês não lutará com ninguém que não tenha sangue nobre e parentesco com reis e rainhas, assim como ele, pois sua irmã é a rainha da Irlanda.

Tristão disse:

– Diz a ele que tenho sangue tão nobre quanto o dele, tanto pelo lado de meu pai quanto de minha mãe. Meu pai é o rei Meliodas e minha mãe era a rainha Elizabeth, tua irmã, a qual morreu na floresta após o meu nascimento.

Ao ouvir aquilo, o rei Marco deu-lhe as boas-vindas de todo o coração e lhe conferiu o título de cavaleiro. Em seguida, permitiu que ele fosse enfrentar aquela batalha assim que desejasse e o cobriu com a armadura mais suntuosa possível, forjada em ouro e prata.

Desse modo, ele enviou uma mensagem a Sir Marhaus:

– Um homem melhor do que ele há de enfrentá-lo. Ele se chama Sir Tristão de Lyonesse e é filho do rei Meliodas e da irmã do rei Marco.

Foi ordenado que a batalha ocorresse em uma ilha nas proximidades de onde estavam os navios de Sir Marhaus. Lá, Sir Tristão aportou no dia seguinte junto de Governale, seu único escudeiro. Após preparar-se para o confronto, Sir Tristão finalmente pisou em terra firme.

Quando Sir Marhaus e Sir Tristão foram deixados sozinhos, Sir Marhaus disse:

– Jovem cavaleiro Sir Tristão, o que fazes aqui? Sinto muito pela tua precipitação, pois muitas vezes fui confrontado em vão pelos melhores cavaleiros do mundo. Aconselho-te que desistas e voltes para quem o enviou até aqui.

– Bom e vitorioso cavaleiro – respondeu Sir Tristão –, estejas certo de que eu não desistirei desta disputa até que um de nós ganhe. Foi em nome deste confronto que me tornei cavaleiro e tens de saber, antes que iniciemos, que embora ainda não tenha sido provado, sou filho primogênito de um cavaleiro e de uma rainha. Além disso, prometi que libertaria a Cornualha deste fardo antigo, ou que morreria por ela. Também quero que saibas, Sir Marhaus, que o teu valor e a tua gana são as duas razões pelas quais devo enfrentá-lo, pois ganhe ou perca, eu receberei as honras por lutar com um cavaleiro tão majestoso.

Começaram a batalha e colidiram com uma força tão gigante que ambos os cavalos e cavaleiros caíram ao chão. No entanto, a lança de Sir Marhaus provocou um grande ferimento na lateral do corpo de Sir Tristão. Apeando de seus cavalos, eles se enfrentaram com suas espadas como dois javalis selvagens. Depois de atacarem-se por um grande intervalo de tempo, eles cessaram e lançaram-se em direção ao tórax e elmo do oponente, mas ao notarem que aquilo não funcionaria, começaram a se golpear novamente para derrubar o oponente.

Eles lutaram durante mais da metade do dia até que ambos estavam exaustos e havia sangue por todos os lados. Mas, nesse momento, Sir Tristão parecia mais disposto e respirava melhor do que Sir Marhaus, e desferiu um golpe violento através do elmo do oponente, perfurando seu crânio. Sua espada ficou cravada de tal modo que Sir Tristão tentou puxá-la três vezes sem êxito. Então, Sir Marhaus caiu de joelhos e o fio da espada quebrou no crânio dele. Embora parecesse morto, Sir Marhaus se levantou, jogou a espada e o escudo e entrou em seu navio. Tristão gritou:

– Ahá! Senhor cavaleiro da Távola Redonda, foges de um cavaleiro tão jovem? Que vergonha para ti e para a tua linhagem. Eu preferia ser feito em mil pedaços a fugir.

No entanto, Sir Marhaus não disse nada e, lamentando terrivelmente, fugiu.

– Adeus, senhor cavaleiro, adeus! – riu-se Tristão, com a voz rouca e enfraquecida devido à perda de sangue. – Tua espada e teu escudo ficarão bem guardados comigo e eu os usarei onde for, inclusive, perante o rei Arthur e a Távola Redonda.

Com isso, Sir Marhaus foi levado de volta à Irlanda junto de sua frota. Assim que chegou, suas feridas foram estancadas e quando fizeram curativos em sua cabeça, encontraram estilhaços da espada de Tristão, mas, apesar das habilidades dos cirurgiões ao removê-la, Sir Marhaus não resistiu e morreu.

Sua irmã, no entanto, apanhou um fragmento da lâmina da espada e o guardou, imaginando que algum dia aquilo lhe ajudaria a vingar a morte do irmão.

Enquanto isso, Sir Tristão estava gravemente ferido. Lentamente, ele montou em seu cavalo, mas seu sangue começou a escorrer rapidamente. Naquele terrível estado, ele foi acudido por Governale e os cavaleiros do rei Marco. Eles gentilmente o apanharam, o levaram em uma barcaça de volta à terra e o colocaram sobre uma cama nas imediações do castelo para que pudessem fazer curativos em seus ferimentos.

Mas, durante muito tempo, ele permaneceu doente e quase morreu devido ao primeiro golpe que Sir Marhaus lhe havia dado com a sua lança, pois havia veneno na ponta do objeto. E embora as sanguessugas e os cirurgiões mais sábios, tanto homens quanto mulheres, tivessem vindo de todas as partes, ninguém havia sido capaz de curá-lo. Por fim, uma sábia donzela disse com toda a segurança que Sir Tristão nunca encontraria a cura até que se alojasse no mesmo país em que o veneno havia sido produzido. Ao compreender isso, o rei enviou Sir Tristão para a Irlanda em um bom e confortável navio e, por sorte, ele chegou rapidamente a um castelo onde moravam o rei a rainha. E assim que o navio foi ancorado, ele se sentou em sua cama e começou a tocar uma melodia alegre em sua harpa e fez uma canção tão doce que a nenhuma outra se igualava.

Ao saber que o doce harpista era um cavaleiro ferido, o rei mandou buscá-lo e perguntou qual era o seu nome.

– Sou de Lyonesse – ele respondeu – e meu nome é Tãotris, pois ele não ousou dizer seu verdadeiro nome, já que a rainha poderia querer se vingar pela morte do irmão.

– Bem – disse o rei Anguish –, és bem-vindo aqui e terás toda a ajuda que esta terra puder dar a ti. Mas não fique ansioso se eu ficar triste e cabisbaixo, pois recentemente o melhor cavaleiro do mundo foi enviado à Cornualha para lutar em nome de uma causa minha, mas foi morto. Seu nome era Sir Marhaus e ele era um cavaleiro da Távola Redonda do rei Arthur. – Ao ouvir toda sua história da batalha contra Sir Marhaus, Sir Tristão fingiu surpresa e pesar, embora soubesse de tudo o que havia ocorrido melhor do que o próprio rei.

Então, ele foi colocado aos cuidados da filha do rei, a Bela Isolda, para que ela curasse suas feridas. Era a moça mais linda e nobre aos olhos de todos os homens. Ela tinha habilidades maravilhosas em medicina de modo que o curou por completo em poucos dias. Em troca pelos seus cuidados, Sir Tãotris a ensinou a tocar a harpa e em pouco tempo ambos se apaixonaram perdidamente.

No entanto, àquela época, um cavaleiro pagão, Sir Palomedes, estava na Irlanda e tinha muito respeito pelo rei e a rainha daquele país. Ele também amava perdidamente a Bela Isolda e não cansava de enviar grandes presentes a ela e lhe pedir favores. Além disso, estava disposto a ser batizado em nome de seu amor. Sir Tãotris passou a odiá-lo desmedidamente e Sir Palomedes nutria grande ódio e inveja de Tãotris.

O rei Anguish anunciou um grande torneio, cujo prêmio seria a mão de uma moça chamada Lady de Launds, que tinha parentesco com ele. Três dias após o torneio, o vencedor teria de se casar com ela e assumir a posse de suas terras. Quando a Bela Isolda contou a Sir Tãotris sobre o torneio, ele disse:

– Bela dama! Sou um frágil cavaleiro, mas morreria por ti agora mesmo. O que aconselhas que eu faça? Sabes que não posso lutar no momento.

– Ah, Tãotris – disse ela –, por que não lutas neste torneio? Sir Palomedes estará aqui e fará seu melhor. Além disso, tu estarás lá também, suplico a ti, senão ele vai ganhar o prêmio.

– Senhorita – disse Tãotris –, irei em nome do amor que nutro por ti, farei o que há de melhor em mim. Mas deixa que eu vá como um desconhecido. Sendo assim, peço que sigas o meu conselho e me auxilies com um disfarce.

No dia do torneio, Sir Palomedes chegou com um escudo negro e derrotou muitos cavaleiros. Todas as pessoas se maravilhavam com a sua destreza, pois no primeiro dia, venceu Sir Gawain, Sir Gaheris, Sir Agravain, Sir Key e muitos outros que vinham de longe e de perto. No dia seguinte, ele foi o campeão novamente, tendo derrotado o rei e seus cem cavaleiros, além do rei da Escócia. Entretanto, nesse momento, Sir Tãotris cavalgou para o campo de batalha, mas deixou o castelo por uma passagem secreta, a qual ninguém era capaz de ver. A Bela Isolda o havia vestido com uma armadura branca, dando-lhe um cavalo e um escudo brancos e, portanto, ele entrou em campo como se fosse um anjo iluminado.

No momento em que Sir Palomedes o viu, ele correu com a sua lança em posição de descanso, mas Sir Tãotris estava pronto e, ao encontrá-lo, o derrubou ao chão. Simultaneamente com a queda do cavaleiro que carregava o escudo negro, um grito muito alto pôde ser ouvido. Terrivelmente ferido e envergonhado, Sir Palomedes buscou por uma passagem secreta e estava prestes a deixar o campo, mas Tãotris o observou, foi atrás dele e fez com que ficasse, pois ainda não havia terminado o que começara. Desse modo, o furioso Sir Palomedes deu meia-volta e atacou Sir Tãotris com a sua espada. Contudo, ao primeiro golpe, Sir Tãotris o derrubou ao chão e gritou:

— Faz o que eu mando ou aceita a tua morte! — Diante daquelas palavras, ele se rendeu à misericórdia de Sir Tãotris e prometeu deixar a Bela Isolda. Além disso, jurou que por doze meses não carregaria armas e não usaria sua armadura. Ao levantar-se, ele cortou a armadura em pedaços, tomado por raiva e loucura, virou-se e deixou o campo de batalha. Sir Tãotris, por sua vez, também deixou o campo e voltou ao castelo pela mesma passagem secreta pela qual havia saído.

Por conseguinte, Sir Tãotris foi muito aclamado pelo rei e pela rainha da Irlanda e principalmente pela Bela Isolda. Mas, certo dia, enquanto ele se banhava, a Bela Isolda e a rainha entraram por acaso em seu quarto e viram sua espada sobre a cama. Então, a rainha a retirou da bainha e a observou por muito tempo. Elas pensaram que aquela era uma boa espada, mas a quase meio metro de sua ponta, notaram que havia um grande pedaço faltando e, enquanto a rainha olhava para aquela fenda, rapidamente se lembrou daquele pedaço de lâmina que havia encontrado no crânio do falecido irmão, Sir Marhaus. Diante daquilo, ela virou e disse:

— Pela minha fé, este é o cavaleiro que assassinou o teu tio! — Correu até seu quarto e apanhou o pedaço de ferro que havia retirado da cabeça de Sir Marhaus, trouxe o objeto e encaixou-o na espada de Tristão. O encaixe foi perfeito, pois havia quebrado há pouco tempo.

Sendo assim, a rainha apanhou a espada com toda a sua fúria e correu de volta ao quarto onde Sir Tristão ainda se banhava. Ela imediatamente correu em direção a ele e a teria cravado em seu corpo se não fosse pelo seu escudeiro, Sir Hebes, o qual a apanhou nos braços e tomou a espada de suas mãos.

Dessa forma, ela correu até o rei, ajoelhou-se diante dele e disse:

– Meu lorde e esposo, abrigaste em tua casa o cavaleiro traidor que matou o meu irmão Marhaus!

– Quem é ele? – indagou o rei.

– Sir Tãotris – disse ela –, o qual Isolda curou.

– Por Deus! – respondeu o rei. – Estou extremamente aborrecido, pois ele é um bom cavaleiro, como jamais vi em outro campo de batalha. No entanto, peço que o deixes, pois eu tomarei as minhas providências em relação a ele.

Sendo assim, o rei se dirigiu ao quarto de Sir Tristão e o encontrou com sua armadura e pronto para montar em seu cavalo e disse:

– Sir Tãotris, não vim me mostrar contra ti, pois é desonroso teu anfitrião pedir tua vida. Vai em paz, mas diz qual é o teu nome antes disso e se és o assassino de Sir Marhaus.

Sir Tristão contou-lhe toda a verdade e como havia escondido o nome de modo que não fosse reconhecido na Irlanda. Ao terminar de se explicar, o rei anunciou que ele não era considerado culpado.

– Não obstante, eu não posso, em nome da minha própria honra, retê-lo nesta corte, pois desagradaria meus barões bem como a minha esposa e sua família.

– Senhor – disse Sir Tristão –, agradeço a ti pela bondade com a qual me acolheste aqui e pela bondade que a minha cuidadora, tua filha, devotou a mim. A minha vida será mais útil a ti do que a minha morte, pois onde quer que eu esteja, servirei a ti e serei um servo e cavaleiro para a tua filha, seja por uma causa certa ou errada. Além disso, nunca falharei em servir a ela como um digno cavaleiro.

Sir Tristão se dirigiu à Bela Isolda e se despediu dela.

– Oh, gentil cavaleiro – disse ela –, estou muito triste com a tua partida, pois nunca amei tanto outro homem como a ti.

– Senhorita – disse ele –, prometo que serei teu fiel cavaleiro pelo resto de minha vida.

Em seguida, eles trocaram anéis e ele a deixou aos prantos e lamentos. Depois, buscou os barões e se despediu abertamente de todos eles, dizendo:

– Meus bons lordes, tenho de deixá-los. Portanto, se houver alguém aqui a quem eu tenha ofendido ou que esteja aborrecido comigo, dizei agora mesmo e, antes que eu vá, resolverei a questão com o máximo de minha força. Mas, se houver alguém que envergonhe a minha honra pelas costas, dizei agora ou nunca, e aqui vos ofereço o meu corpo como prova, corpo contra corpo.

Todos permaneceram em pé e em silêncio, embora alguns que estivessem lá fossem parentes da rainha e que o teriam atacado se tivessem coragem.

Então, Sir Tristão deixou a Irlanda pelo mar e chegou, com um vento favorável, a Tintagil. E, quando as notícias de que Sir Tristão havia retornado com as feridas curadas chegaram aos ouvidos do rei Marco, ele ficou satisfeito assim como os barões. E após visitar o rei, seu tio, cavalgou em direção ao pai, o rei Meliodas, e lá foi recepcionado com todo o carinho que podiam devotar a ele. Tanto ele quanto a rainha cederam muitas joias e terras a Tristão.

Logo, ele voltou à corte do rei Arthur e lá viveu em meio a muita alegria e prazer até que o rei passou a sentir inveja de sua fama, bem como do amor e dos favores oferecidos a ele por todas as donzelas. Assim, enquanto viveu, o rei Marco deixou de amar Sir Tristão embora ambos se tratassem com muita honestidade.

Em certo dia, portanto, o bom cavaleiro Sir Bleoberis de Ganis, irmão de Sir Blamor de Ganis, e primo distante de Sir Lancelote do Lago, chegou à corte do rei Marco e pediu-lhe um favor. Apesar de o rei ter ficado surpreso ao ver que ele era um homem de renome e um cavaleiro da Távola Redonda, concedeu tudo o que ele pediu. Sir Bleoberis disse:

– A dama mais bonita da sua corte será minha, e será escolhida por mim mesmo.

– Não posso negar – respondeu o rei. – Escolhe, portanto, utilizando os critérios que preferir.

Após olhar ao redor, ele escolheu a esposa do conde Segwarides, pegou em sua mão, colocou-a sobre seu cavalo, logo atrás de seu escudeiro, e partiu.

Em seguida, chegou o conde e cavalgou imediatamente atrás de Bleoberis, tomado por uma grande ira. No entanto, todas as damas acharam uma vergonha que Sir Tristão não tivesse ido atrás, de modo que uma delas deu-lhe um sermão e o chamou de covarde por ver uma dama ser raptada da corte do próprio tio e não fazer nada. Mas Sir Tristão lhe respondeu:

– Bela dama, não é tarefa minha me meter nesta disputa enquanto teu lorde e esposo está aqui. Se ele não estivesse nesta corte, talvez eu tivesse ido salvá-la. E se ele não cavalgar tão bem, é possível que eu consiga deter aquele cavaleiro sórdido antes que ele deixe este reino.

Logo, um dos escudeiros de Sir Segwarides entrou e disse que o mestre estava ferido gravemente e prestes a morrer. Ao ouvir aquilo, ele vestiu sua armadura e subiu em seu cavalo. Seu servo, Governale, o seguiu carregando sua lança e escudo.

Enquanto cavalgava, ele encontrou o primo, Sir Andret, que havia sido comandado pelo rei Marco a levar consigo dois cavaleiros da corte do rei Arthur que perambulavam pelo país em busca de novas aventuras.

– O que houve? – disse Sir Tristão.

– Deus me ajude, nada pior poderia ter ocorrido – respondeu o primo. – Os cavaleiros que eu pretendia levar me venceram e desconsideraram completamente a minha mensagem.

– Querido primo – respondeu Tristão –, segue o teu caminho que, se eu os encontrar, hei de vingar-te.

Sendo assim, Sir Andret cavalgou até a Cornualha e Sir Tristão cavalgou atrás dos dois cavaleiros que o haviam maltratado, sendo eles, Sir Sagramour, o Ávido, e Sir Dodinas, o Selvagem. Mas demorou até que os encontrasse.

– Senhor – disse Governale –, aconselho-te a deixá-los em paz, pois são cavaleiros vitoriosos da corte do rei Arthur.

– Eu não deveria encontrá-los? – disse Sir Tristão e, cavalgando rapidamente atrás deles, pediu que parassem e, quando eles vieram, perguntou aonde iam e o que faziam naquela região.

Sir Sagramour olhou para Sir Tristão com desdém e debochou de suas palavras, dizendo:

– Bom cavaleiro, és um cavaleiro da Cornualha?

– Por que perguntas isso? – disse Tristão.

– Honestamente, porque é raro – respondeu Sir Sagramour – encontrar cavaleiros valentes na Cornualha com armas e língua afiadas. Faz duas horas que encontramos um cavaleiro da Cornualha que dizia palavras com avidez e destreza, mas sem muita maestria o derrubamos, o que acho que faremos contigo também.

– Meus bons lordes, – disse Sir Tristão –, eu posso ser um homem melhor do que este que encontraram, mas, seja como for, ele era meu primo, e em seu nome, vos derrotarei, ou seja, um cavaleiro da Cornualha contra dois.

Quando Sir Dodinas, o Selvagem, ouviu aquele discurso, pegou sua lança e disse:

– Senhor cavaleiro, proteja-se – disparou e eles colidiram como um trovão, mas a lança de Sir Dodinas se quebrou. Dessa forma, Sir Tristão o atingiu com uma estocada tão forte que ele caiu da garupa do seu cavalo e quase quebrou o pescoço. Ao ver o companheiro caído no chão, Sir Sagramour se surpreendeu com a proeza do novo cavaleiro e, então, preparou sua lança e partiu para cima de Sir Tristão como um furacão. No entanto, Sir Tristão o acertou majestosamente, de modo que ele e seu cavalo rolaram no solo e, com a queda, quebrou o fêmur.

Ao olhar para ambos rastejando no chão, Sir Tristão disse:

– Bons cavaleiros, vamos continuar o nosso confronto? Não há cavaleiros melhores na corte do rei Arthur? Continuarão falando mal dos cavaleiros da Cornualha?

– Derrotaste-nos, na verdade – respondeu Sir Sagramour –, e pela fé à cavalaria, exijo que nos digas o teu verdadeiro nome.

– Perguntaste-me algo de grande relevância – disse Sir Tristão – e vos responderei.

E quando ouviram seu nome, os dois cavaleiros ficaram satisfeitos por terem encontrado Sir Tristão, pois seus atos eram muito conhecidos por todas as terras e suplicaram que ele fizesse parte de sua cavalaria.

– Não – disse ele –, estou em busca de um cavaleiro da tua companhia; Sir Bleoberis de Ganis é quem procuro.

– Que Deus te acompanhe – disseram os dois cavaleiros e, então, Sir Tristão partiu.

Não demorou até encontrá-lo em um vale com a esposa de Sir Segwarides, a qual vinha atrás de seu escudeiro, ambos sobre um palafrém. Diante daquilo, ele gritou alto:

– Espera, senhor cavaleiro da corte do rei Arthur, leva a moça de volta ou liberta-a agora mesmo!

– Não – disse Bleoberis –, pois não temos nenhum cavaleiro da Cornualha.

– Por que – disse Sir Tristão –, um cavaleiro da Cornualha não poderia se sair tão bem quanto qualquer outro? Hoje mesmo, três quilômetros mais atrás, dois cavaleiros da tua corte não foram capazes de vencer um único cavaleiro da Cornualha.

– Quais eram seus nomes? – perguntou Sir Bleoberis.

– Sir Sagramour, o Ávido, e Sir Dodinas, o Selvagem – disse Sir Tristão.
– Ah – disse Sir Bleoberis boquiaberto –, lutaste com os dois? Pela minha fé, eram dois bons cavaleiros e homens de grande respeito. Se derrotaste ambos, és um bom cavaleiro. Mas, independentemente de tudo isso, deverá me derrotar também antes de tomar a dama de mim.
– Defende-te – respondeu Sir Tristão. E disparou para cima dele rapidamente com a lança apontada. No entanto, Sir Bleoberis era tão ligeiro quanto ele e ambos caíram ao chão com seus cavalos.
Deixaram os cavalos e partiram, um para cima do outro, completamente vorazes e com suas espadas altivas. Eles seguiram um ao outro, correndo da esquerda para a direita por mais de duas horas e, algumas vezes, disparando com tanta fúria que ambos rastejavam no chão. Por fim, Sir Bleoberis recuou e disse:
– Agora, gentil cavaleiro, espera um instante para que conversemos.
– Diz – falou Sir Tristão – e te responderei.
– Senhor – disse Sir Bleoberis –, quero saber o teu nome, tua corte e teu país.
– Não tenho vergonha de dizer – disse Sir Tristão. – Sou o filho do rei Meliodas e minha mãe era irmã do rei Marco, de cuja corte eu venho. Meu nome é Sir Tristão de Lyonesse.
– Honestamente – disse Sir Bleoberis –, fico satisfeito em saber, pois mataste Sir Marhaus, corpo a corpo, lutando pelos impostos da Cornualha. Também venceste Sir Palomedes no grande torneio irlandês, onde também derrotaste Sir Gawain e seus nove companheiros.
– Sou este cavaleiro, de fato – respondeu Sir Tristão –, e agora exijo que me digas o teu nome.
– Sou Sir Bleoberis de Ganis, primo de Sir Lancelote do Lago, um dos melhores cavaleiros do mundo – ele respondeu.
– Falas a verdade – respondeu Sir Tristão –, pois Sir Lancelote, como todos sabem, é inigualavelmente cortês e cavalheiro, e pelo grande amor que carrego pelo seu nome, não lutarei mais com um parente dele.

— Com a minha boa-fé, senhor — disse Sir Bleoberis —, não desejo mais lutar contra ti, mas uma vez que me segues para conseguir a dama de volta, ofereço a ti a minha gentileza, cortesia e galhardia e proponho que ela escolha com quem irá.

— Fico satisfeito — disse Sir Tristão —, pois não duvido que ela queira vir comigo.

— Isso descobriremos em breve — disse ele. Chamou seu escudeiro e colocou a dama entre ambos, a qual caminhou na direção de Sir Bleoberis e escolheu ficar com ele. Quando Sir Tristão viu aquilo, ficou furioso e sentiu vergonha de retornar à corte do rei Arthur. No entanto, Sir Bleoberis disse:

— Escuta-me, bom cavaleiro, Sir Tristão, o rei Marco ofereceu que eu escolhesse qualquer presente. E uma vez que esta dama escolheu vir comigo, levei-a de lá. Mas agora cumpri a minha missão e aventura e, pelo teu bem, ela deve ser enviada de volta ao marido até a abadia em que ele está.

Sir Tristão cavalgou de volta a Tintagil e Sir Bleoberis à abadia, onde Sir Segwarides estava ferido. Lá, devolveu sua esposa e partiu como um nobre cavaleiro.

Após essa aventura, Sir Tristão aguardou na corte do tio até que o rei Marco, com seu coração cheio de inveja, montou um plano para se desfazer dele. Certo dia, desejou que ele partisse, em seu nome, para a Irlanda e ordenasse que a Bela Isolda se tornasse sua esposa, uma vez que Sir Tristão elogiava muito sua beleza e bondade e, por essa razão, o rei Marco desejou casar-se com ela. Além disso, achava que o sobrinho seria assassinado pela família da rainha se voltasse mais uma vez para a Irlanda.

Entretanto, Sir Tristão desprezou o medo, preparou-se para partir e levou consigo os melhores cavaleiros que pôde encontrar, equipados da maneira mais ostentosa possível.

Assim que chegaram à Irlanda, em certo dia, Sir Tristão enviou a mensagem do tio e o rei Anguish concedeu a mão da Bela Isolda.

Porém, quando a dama soube da notícia, ficou muito triste e furiosa, mas mesmo assim, preparou-se para partir com Sir Tristão levando consigo a dama Bragwaine, sua principal ama. A rainha deu à dama Bragwaine e a Governale, servo de Sir Tristão, um pequeno frasco e exigiu que a Bela Isolda e o rei Marco bebessem um bocado do líquido no dia de seu casamento e, certamente, se amariam para o resto de suas vidas.

Logo, Sir Tristão e Isolda, com uma grande confraria, partiram pelos mares. E certo dia, sentados em sua cabine, estavam sedentos e viram o frasco de ouro que parecia conter um bom vinho. Sir Tristão o apanhou e disse:

– Linda donzela, este parece ser um dos melhores vinhos, mas, Bragwaine, sua dama de companhia, e meu servo, Governale, guardaram o líquido para eles. – Ambos riram alegremente e começaram a beber o conteúdo. Nunca haviam bebido um vinho tão doce e saboroso. Tão logo terminaram o frasco, já se amavam perdidamente ao ponto de não conseguirem se largar, fosse por bem ou por mal. E embora Sir Tristão não pudesse se casar com a Bela Isolda, colecionou atos memoráveis com as armas por toda a vida em nome do seu amor por ela.

Eles navegaram adiante até chegarem a um castelo chamado Pluere, onde descansariam. No entanto, uma grande confraria saiu do castelo e os aprisionou. Lá, Sir Tristão perguntou a um cavaleiro e uma dama que encontraram por que eram tratados de maneira tão descortês, dizendo o seguinte:

– Nunca foi tradição em nenhum lugar honroso aprisionar um cavaleiro e uma dama que pedem abrigo e jogá-los em uma cela, este é um costume vil e desonroso.

– Senhor – disse o cavaleiro –, não conheces o castelo Pluere, ou melhor "O Castelo que Chora" e a tradição antiga de que qualquer cavaleiro que passar por aqui deve lutar com o lorde, Sir Brewnor. Em seguida, quem se provar mais fraco, será degolado. E se a dama que trazes for menos bela do que a esposa do rei, ela também deverá perder a cabeça. Contudo, se for mais bonita, então, a senhora deste castelo é quem há de ser decapitada.

– Deus me ajude – disse Sir Tristão –, pois esse é um costume cruel e indecoroso. Entretanto, tenho uma vantagem, pois a minha dama é a mais bonita do mundo, e, não temo por ela. Quanto a mim, lutarei com toda a satisfação pela minha própria cabeça em um campo justo.

O cavaleiro disse:

– Acorda cedo amanhã e prepara-te junto de sua dama.

No dia seguinte, Sir Brewnor encontrou Sir Tristão, tirou ambos da prisão, trouxe-lhe uma armadura e um cavalo e esperou que ele se preparasse, pois todos os nobres e plebeus do lorde já esperavam no campo para assistir e julgar a batalha.

Desse modo, Sir Brewnor aproximou-se segurando as mãos de sua dama, que carregava um véu sobre a cabeça. Em seguida, Sir Tristão caminhou em direção ao oponente, ao lado da Bela Isolda, também com um véu sobre o rosto. Sir Brewnor disse:

– Senhor cavaleiro, se a tua esposa for mais bela do que a minha, com a tua espada, quero que arranque a cabeça dela. No entanto, se por acaso a minha esposa for mais bela do que a tua, com a minha espada, eu mesmo arrancarei a cabeça dela. Se eu derrotá-lo, a tua esposa será minha e tu serás decapitado.

– Senhor cavaleiro – respondeu Sir Tristão –, esse é um costume vil e criminoso e em vez de minha senhora perder a cabeça, prefiro perder a minha.

– Não – disse Sir Brewnor –, as damas deverão ser comparadas agora mesmo e teremos uma decisão imediata.

– Não tens a minha permissão – gritou Sir Tristão –, pois quem é que fará um julgamento justo? De qualquer forma, não tenho a menor dúvida de que a minha senhora é muito mais bela do que a tua, é o que vou provar e resolver este dilema. – E assim Sir Tristão levantou o véu da Bela Isolda e permaneceu ao lado dela com a espada nas mãos.

Sir Brewnor tirou o véu de sua dama à mesma maneira. Mas, quando viu a Bela Isolda, notou que nenhuma outra mulher poderia ser tão bela, e todos os nobres presentes passaram a emitir suas decisões. Desse modo, Sir Tristão disse:

– Devido a este costume desprezível e à morte de damas e cavaleiros tão bons, seria apenas justo vos destruir.

– Parece-me justo – disse Sir Brewnor. – A tua dama é mais bela do que a minha. Nunca vi outra mulher tão bonita. Mata a minha esposa, se quiseres, mas estou certo de que a tua esposa será minha em breve.

– Terás de conquistá-la – disse Sir Tristão – da maneira mais digna que um cavaleiro pode conquistar uma dama. E em razão do teu próprio julgamento e do teu mau costume, com o qual a tua esposa consentiu, terei de matá-la como dizes.

E, diante daquelas palavras, Sir Tristão se aproximou do oponente, apanhou sua esposa e a degolou com um único golpe.

– Agora, monta em teu cavalo – gritou Sir Brewnor –, pois já que perdi a minha esposa, ganharei a tua bem como a tua vida.

Assim, eles montaram em seus cavalos, correram o mais rápido que puderam e Sir Tristão suavemente derrubou Sir Brewnor de seu cavalo. Mas, ele se levantou rapidamente e, quando Sir Tristão o atacou mais uma vez, empurrou o cavalo pelos dois ombros, o qual rolou e caiu no chão. No entanto, Sir Tristão era leve e ágil e, portanto, deixou o cavalo, ergueu-se, protegeu-se com o escudo e empunhou a espada. Em seguida, Sir Brewnor deu-lhe três ou quatro estocadas fortes. Depois, eles começaram a correr como dois javalis selvagens. Lutaram, chocaram-se e verteram sangue por quase duas horas, ficando ambos gravemente feridos. Por fim, Sir Brewnor disparou para cima de Sir Tristão, apanhou-o pelos braços e o arremessou longe com uma força imensa. Mas, nesse momento, Sir Tristão pareceu o maior e mais forte cavaleiro do mundo, pois era, de fato, maior do que Sir Lancelote, embora Lancelote tivesse mais fôlego, e, portanto, lançou

Sir Brewnor ao chão, retirou o seu elmo e arrancou sua cabeça. Diante daquilo, todos aqueles que pertenciam ao castelo se aproximaram, curvaram-se a ele e mostraram sua lealdade a Tristão. Além disso, pediram que ele passasse uma temporada ali e que colocasse um fim naquela tradição horrenda.

Porém, ele partiu em pouco tempo em direção à Cornualha e lá o rei Marco finalmente se casou com a Bela Isolda, em uma cerimônia cheia de alegria e esplendor.

Sir Tristão era um cavaleiro de grande honra e permaneceu na corte do rei. No entanto, por todos os serviços prestados, o rei Marco passou a odiá-lo ainda mais e, certo dia, quando Tristão cavalgava pela floresta, o rei enviou dois cavaleiros incumbidos de atacarem-no. Contudo, Sir Tristão suavemente arrancou a cabeça de um, feriu o outro terrivelmente e pediu que o segundo cavaleiro ferido enviasse o corpo do companheiro ao rei. Diante daquilo, o rei dissimulou e escondeu de Tristão que eles haviam sido enviados por ele próprio. No entanto, o ódio e o desejo de matar Tristão cresciam cada vez mais.

Certo dia, por meio do consentimento de Sir Andret, um falso cavaleiro, além de quarenta outros cavaleiros, Sir Tristão foi aprisionado enquanto dormia e carregado a uma capela nas rochas, acima do nível do mar, com o intuito de ser arremessado de lá. Quando estavam prestes a lançá-lo, ele conseguiu se soltar das amarras, correu na direção de Sir Andret, apanhou sua espada, golpeou-o e o derrubou do penhasco. Então, desceu pelas rochas por um caminho que ninguém mais foi capaz de seguir e conseguiu escapar. Porém, um segundo depois, foi ferido no braço por uma flecha envenenada.

Logo, seu servo, Governale, junto de Sir Lambegus, o procuraram e o encontraram em segurança e lhe contaram que o rei Marco o havia banido de seu reino, além de todos os seus seguidores, como vingança pela morte de Sir Andret. Daquele modo, embarcaram em um navio e navegaram até a Bretanha.

Agora, Sir Tristão sofria terrivelmente devido ao seu ferimento e foi advertido a encontrar Isoude, a filha do rei da Bretanha, pois ela era a única capaz de curar aquele tipo de ferida. Sendo assim, ele se dirigiu à corte do rei Howell e disse:

– Lorde, venho a este país para obter a ajuda de sua filha, pois fui informado de que ela é a única que pode me auxiliar. – Dessa maneira, Isoude deu o melhor de si para curá-lo e, dentro de um mês, ele estava completamente íntegro.

Enquanto permaneceu naquela corte, um conde chamado Grip declarou guerra ao rei Howell e o cercou. Sir Kay Hedius, o filho do rei, quis atacá-lo, mas foi derrotado e gravemente ferido. O rei implorou pela ajuda de Sir Tristão, o qual reuniu todos os cavaleiros que pôde encontrar e, no dia seguinte, em outra batalha, conseguiu atos que o tornaram reconhecido por todas aquelas terras. Lá, ele matou o conde e mais de cem cavaleiros com as próprias mãos.

Quando voltou, o rei Howell o encontrou e o cumprimentou com todas as honrarias e reverências que podia, levantou-o nos braços e disse:

– Sir Tristão, concedo a ti todo o meu reino.

– Não – ele respondeu –, Deus me livre disso, pois sou imensa e eternamente agradecido pelo amor de tua filha.

O rei implorou que ele se casasse com Isoude além de lhe prometer um imenso dote de terras e castelos. Sir Tristão anuiu e, em pouco tempo, eles se casaram naquela corte.

Logo, Sir Tristão sentiu saudades da Cornualha e Sir Kay Hedius desejou viajar com ele. Logo embarcaram em um navio, mas enquanto navegavam, um vento forte os empurrou na direção do norte de Gales, nas proximidades do Castelo Perigoso e de uma floresta onde muitas aventuras estranhas aconteciam. Então, Sir Tristão disse a Sir Kay Hedius:

– Vamos nos aventurar um pouco antes de partirmos. – Dessa forma, eles montaram em seus cavalos e cavalgaram adiante.

Depois de um quilômetro ou mais de jornada, Sir Tristão viu, diante de si, um cavaleiro devidamente vestido com sua armadura, o qual estava sentado ao lado de uma fonte límpida acompanhado de um forte cavalo, atado a um carvalho.

– Bom senhor – disse ele quando se aproximaram –, pelas tuas armas e vestimenta, pareces um cavaleiro errante, portanto, prepara-te para lutar com um de nós, ou com os dois.

O cavaleiro não disse nada, mas apanhou o escudo, afivelou-o ao redor do pescoço, montou em seu cavalo, e apanhou uma lança das mãos de seu escudeiro.

Sir Kay Hedius disse a Sir Tristão:

– Eu é que vou enfrentá-lo.

– Faz o teu melhor – disse ele.

Os dois cavaleiros colidiram, Sir Kay Hedius caiu, gravemente ferido no peito.

– Lutaste muito bem – gritou Sir Tristão –, agora, prepara-te para lutar comigo!

– Estou pronto – ele respondeu e o encontrou, conferindo-lhe um golpe tão pesado que o cavaleiro caiu do cavalo. Diante daquilo, ele ficou envergonhado, protegeu-se com o escudo, empunhou a espada e gritou que o cavaleiro estranho fizesse o mesmo. Lutaram por terra durante quase duas horas até que ambos ficaram exauridos.

Por fim, Sir Tristão disse:

– Em toda a minha vida, jamais enfrentei um cavaleiro tão forte e vigoroso quanto tu. Seria uma pena que continuássemos nos dilacerando. Estende a tua mão, bom cavaleiro, e me diz o teu nome.

– Farei isso – respondeu ele –, e tu me dirás qual é o teu.

– Meu nome – disse ele – é Sir Tristão de Lyonesse.

– E o meu é Sir Lamoracke da Gália.

Ambos exclamaram juntos:

– Prazer em conhecê-lo.

E Sir Lamoracke continuou:

– Senhor, pela tua grande fama, concedo a ti toda a honraria desta batalha e me rendo a ti. – Pegou a espada pela ponta em sinal de rendição a ele.

– Não – disse Sir Tristão –, não deves fazer isso, sei que o fazes em sinal de cortesia e não de medo. – Ofereceu a espada a Sir Lamoracke enquanto dizia: – Senhor, na condição de cavaleiro vencido, rendo-me a ti, pois és o homem de poderes mais nobres com o qual já lutei.

– Espera – disse Sir Lamoracke –, juremos, portanto, que nunca mais enfrentaremos um ao outro.

Diante daquelas palavras, ambos fizeram seus juramentos.

Sir Tristão retornou com Sir Kay Hedius e quando este estava curado de suas feridas, partiram juntos em um navio e aportaram na costa da Cornualha. Em terra firme, Sir Tristão estava sedento por notícias da Bela Isolda. E contaram a ele, por engano, que ela estava morta. Ao ouvir aquilo, ele foi tomado por uma tristeza e um pesar tão grandes que permaneceu desmaiado por três dias e três noites.

Assim que acordou, ele ficou ensandecido, correu pela floresta e lá permaneceu como um selvagem por muitos dias. Ele emagreceu e seu corpo ficou extremamente frágil, e teria morrido se não fosse pela ajuda de um ermitão que colocou alguma carne ao seu lado enquanto dormia. Naquela floresta, no entanto, havia um gigante chamado Tauleas, o qual, por medo de Tristão, havia se escondido dentro de um castelo, mas, quando soube que estava louco, saiu de lá. Certo dia, ele viu um cavaleiro da Cornualha, chamado Sir Dinaunt, o qual viajava com uma moça e, ao apear ao lado de um poço para descansar, o gigante saiu de um arbusto, apanhou-o pela garganta e quase o matou. No entanto, à medida que vagava pela floresta, Sir Tristão deparou-se com eles. E quando o cavaleiro gritou por socorro, ele disparou e, ao apanhar a espada de Sir Dinant, arrancou a cabeça do gigante e imediatamente desapareceu em meio às árvores.

Logo, Sir Dinaunt apanhou a cabeça de Tauleas e a levou até a corte do rei Marco, de onde ele vinha, e contou sobre suas aventuras.

– Onde a aventura ocorreu? – indagou o rei Marco.

– Próximo a uma linda fonte em tua floresta – ele respondeu.

– Eu gostaria de conhecer este selvagem – disse o rei.

Em um dia ou dois, ordenou que seus cavaleiros fossem caçar o tal selvagem pela floresta. E, ao chegar ao poço em questão, o rei viu o selvagem deitado e adormecido com uma espada ao seu lado, mas não o reconheceu. Tocou sua corneta e ordenou que todos os seus cavaleiros o apanhassem gentilmente e o levassem à corte.

Quando chegaram lá, banharam e esfregaram o rapaz e o trouxeram à consciência. A Bela Isolda não sabia que Sir Tristão estava na Cornualha, mas, quando soube que um selvagem havia sido encontrado na floresta, foi ao seu encontro. Ele estava tão debilitado que ela não conseguiu reconhecê-lo.

– Ainda assim – disse ela à dama Bragwaine –, de boa-fé, ele me parece familiar.

No momento em que falava, um pequeno cão, que Sir Tristão havia dado a ela assim que chegou à Cornualha pela primeira vez, e que sempre a acompanhava, viu Tristão deitado e pulou sobre ele, começou a lamber suas mãos, seu rosto e pôs-se a choramingar e latir de alegria.

– Por Deus! – exclamou a Bela Isolda. – É o meu verdadeiro cavaleiro, Sir Tristão.

E ao ouvir a sua voz, os sentidos de Sir Tristão voltaram e ele quase chorou de alegria em ver a sua dama viva.

No entanto, o cão não deixava Tristão e quando o rei Marco e os outros cavaleiros foram vê-lo, ele sentou sobre ele e pôs-se a rosnar para todos que se aproximavam de Tristão. Então, um dos cavaleiros disse:

– Este é certamente Sir Tristão, a julgar pelo cão.

– Não – disse o rei –, não pode ser. – E perguntou, pela fé de Tristão, quem ele era.

– Meu nome – disse ele – é Sir Tristão de Lyonesse e agora podes fazer o que quiseres comigo.

Nesse instante, o rei lhe disse:

– É uma pena que tenhas te recuperado – e ordenou que seus barões o assassinassem. Mas muitos deles não quiseram e o aconselharam a banir Tristão da Cornualha por dez anos por retornar ao país sem o consentimento do rei. Tristão jurou que partiria imediatamente.

Ao caminhar em direção ao navio do rei Arthur, chamou Sir Dinadan, que o carregava, e lhe disse:

– Bom cavaleiro, antes que deixes este país, peço que lutes comigo.

– Com prazer! – disse ele.

Correram juntos e Sir Tristão suavemente o derrubou de seu cavalo. Em seguida, ele pediu para acompanhar Sir Tristão, e, ao consentir, cavalgaram até o navio.

Sir Tristão estava com o coração cheio de amargor e disse ao cavaleiro que o carregou até a orla:

– Envia meus cumprimentos ao rei Marco e a todos os meus inimigos e diz a eles que voltarei assim que puder. Agora estou sendo punido pela morte de Sir Marhaus; pela libertação deste reino da escravidão; pelos perigos que passei ao trazer a Bela Isolda da Irlanda diretamente para o rei; por tê-la resgatado do Castelo Perigoso; por ter matado o gigante Tauleas e por todos os outros atos que realizei em nome da Cornualha e do rei Marco. – Furioso e amargurado, ele seguiu seu caminho.

E depois de navegar por algum tempo, seu navio encalhou em um porto sobre a costa de Gales. Lá, Sir Tristão e Sir Dinadan apearam e, na orla, encontraram dois cavaleiros, Sir Ector e Sir Bors. Ao encontrar Sir Dinadan, Sir Ector o derrubou ao chão. No entanto, Sir Bors não enfrentou Sir Tristão, "pois", disse ele, "nenhum cavaleiro da Cornualha tem honra". Diante daquilo, Sir Tristão ficou irado, mas outros dois cavaleiros apareceram, Sir Bleoberis e Sir Driant. Sir Bleoberis ofereceu-se para lutar com Sir Tristão, o qual rapidamente o derrubou.

— Nunca pensei — exclamou Sir Bors —, que um cavaleiro da Cornualha pudesse ser tão valente.

Sir Tristão e Sir Dinadan partiram e cavalgaram pela floresta. À medida que cavalgavam, uma donzela os encontrou, a qual buscava nobres cavaleiros que pudessem resgatá-lo em nome de Sir Lancelote. A rainha Morgana le Fay, que o odiava, havia ordenado que trinta soldados se escondessem atrás de arbustos para que fosse assassinado assim que passasse por ali. Assim, a donzela implorou que eles o resgatassem.

Desse modo, Sir Tristão disse:

— Quero que me leves até o local, linda donzela.

Todavia, Sir Dinadan gritou:

— Não podemos enfrentar trinta cavaleiros! Eu não vou participar de uma audácia dessa magnitude, pois um, dois ou três cavaleiros seriam o bastante, mas eu não ousaria nem se fossem quinze.

— Que vergonha! — respondeu Sir Tristão — Espero que faças a tua parte, pelo menos.

— Isso eu não farei — respondeu ele. — Suplico a ti que me emprestes o teu escudo, pois é da Cornualha e em vista dos homens desse país serem considerados covardes, tu não terás problemas ao cavalgar com cavaleiros que queiram lutar.

— Não — disse Sir Tristão —, nunca entregarei o meu escudo a quem me concedeu. Mas se tu não lutares por mim hoje, eu certamente o matarei. Não peço mais nada a ti além de que lutes como um cavaleiro, mas se teu coração não quiser se aventurar tanto, distancia-te e observa a luta de longe.

— Queria que Deus nunca tivesse promovido o nosso encontro! — gritou Sir Dinadan. — Mas prometo que observarei e farei de tudo para salvar a minha vida.

Eles chegaram ao local onde os trinta cavaleiros esperavam deitados. Ao vê-los, Sir Tristão correu em direção a eles e disse:

— Aqui está alguém que luta pelo amor de Lancelote! — Em seguida, matou dois deles com sua lança logo no primeiro confronto. Depois, com a sua espada, matou mais dez rapidamente. Diante daquilo, Sir Dinadan tomou coragem e assassinou os outros. Em seguida, ambos fugiram.

No entanto, Sir Tristão e Sir Dinadan cavalgaram até o cair da noite e, ao encontrarem um pastor, perguntaram a ele se conhecia um abrigo nas proximidades.

– Honestamente, bons lordes, há um abrigo em um castelo nos arredores, mas há um costume de que ninguém deve se hospedar lá sem antes lutar com dois cavaleiros. Assim que entrardes, preparai-vos para lutar.

– Que lugar terrível! – respondeu Sir Dinadan. – Hospeda-te onde quiseres, eu não ficarei lá.

– Que vergonha! – disse Sir Tristão. – És mesmo um cavaleiro?

Em nome de seu título de cavaleiro, Sir Tristão exigiu que ele o acompanhasse, portanto, cavalgaram juntos até o castelo. Ao se aproximarem, dois cavaleiros vieram a toda velocidade na direção deles. Um foi derrotado e o outro entrou de volta no castelo e foi recebido nobremente. Depois, quando já estavam sem suas armaduras e prontos para descansar, dois outros cavaleiros se aproximaram dos portões do castelo. Eram Sir Palomedes e Sir Gaheris, e desejavam cumprir a tradição do castelo.

– Eu prefiro descansar a lutar – disse Sir Dinadan.

– Essa opção não existe – respondeu Sir Tristão –, pois precisamos cumprir a tradição do castelo. Como já derrotamos os lordes daqui, prepara-te.

– Por Deus, como me arrependo de tê-lo encontrado! – reclamou Sir Dinadan.

Eles se prepararam. Sir Gaheris enfrentou Sir Tristão e caiu diante dele. Mas, Sir Palomedes derrotou Sir Dinadan. Depois, todos começaram a lutar por terra, exceto Sir Dinadan, pois machucou-se e ficou assustado com a queda. Quando Sir Tristão suplicou que ele voltasse a lutar, ele disse:

– Não vou! – respondeu ele. – Pois já me feri lutando com aqueles trinta cavaleiros esta manhã. Quanto a ti, a verdade é que pareces um louco e te lanças em qualquer coisa que aparece. Há apenas dois cavaleiros loucos assim no mundo e o outro é Sir Lancelote, com o qual cavalguei certa vez. Ele me fez lutar durante três meses e depois fiquei de cama. Deus me defenda novamente de vossa companhia!

– Bem – disse Sir Tristão –, se é assim, eu posso enfrentar ambos sozinho.

Com isso, ele apanhou a espada e atacou Sir Palomedes e Sir Gaheris ao mesmo tempo. No entanto, Sir Palomedes disse:

– Não, é uma vergonha que dois luteis contra um. – Ele ordenou que Sir Gaheris esperasse. Desse modo, ele e Sir Tristão começaram o confronto, mas ao final, Sir Tristão o afastou, diante do que, Sir Gaheris e Sir Dinadan os separaram de uma vez por todas. Sendo assim, Sir Tristão pediu que os dois cavaleiros se abrigassem lá, mas Dinadan fugiu para um priorado nos arredores e lá dormiu durante aquela noite.

No dia seguinte, Sir Tristão foi buscá-lo no priorado e ao vê-lo tão cansado, o deixou lá e partiu. Naquele mesmo local, Sir Pellinore se encontrava alojado e perguntou a Sir Dinadan qual era o nome de Sir Tristão. No entanto, ele não sabia, pois Sir Tristão lhe havia dito que seu nome deveria permanecer desconhecido. Sir Pellinore disse:

– Já que não vais contar a mim, eu vou atrás dele e descobrirei por conta própria.

– Tem cuidado, senhor cavaleiro – disse Sir Dinadan –, te arrependerás de segui-lo.

Mas, Sir Pellinore montou em seu cavalo imediatamente, alcançou-o e propôs enfrentá-lo. Diante disso, Sir Tristão deu meia-volta e o derrubou, ferindo-o terrivelmente no ombro.

No dia seguinte, Sir Tristão encontrou um arauto, o qual lhe informou sobre um torneio anunciado entre o rei Carados da Escócia e o rei do Norte de Gales, o qual seria realizado no Castelo da Donzela. Mas, o rei Carados buscava Lancelote para defendê-lo e o rei do Norte de Gales buscava Tristão para lutar em seu nome. Sir Tristão se dispôs a estar lá. Desse modo, à medida que cavalgaram, ele encontrou Sir Key, o Senescal, bem como Sir Sagramour. Sir Key ofereceu tornear com ele. No entanto, ele recusou, pois desejava estar sadio para a batalha. Sir Key exclamou:

– Senhor cavaleiro da Cornualha, luta comigo ou rende-te como um covarde. Ao ouvir aquelas palavras, Sir Tristão deu meia-volta e, furioso, inclinou sua lança e impulsionou seu cavalo em direção a ele. Quando o viu enlouquecido correndo em sua direção, ele recusou. Diante disso, Sir Tristão o chamou de covarde até que, por vergonha, sentiu-se obrigado a lutar. Sir Tristão suavemente o derrubou e fugiu. No entanto, Sir Sagramour o perseguiu enquanto gritava a plenos pulmões que lutasse com ele também. Dessa maneira, Sir Tristão, igual e rapidamente, derrotou-o e partiu de lá.

Logo, uma donzela o encontrou e contou-lhe sobre um cavaleiro, o qual gostava de aventuras e estava fazendo barbaridades pela região, então, suplicou por sua ajuda. Mas à medida que a seguiu, ele encontrou Sir Gawain, o qual reconheceu a donzela como uma das damas da rainha Morgana le Fay. Por saber que ela certamente teria algum plano maléfico contra Sir Tristão, Sir Gawain perguntou gentilmente aonde ele ia.

– Não sei aonde vamos – disse ele –, estou acompanhando esta dama.

– Senhor – disse Sir Gawain –, não deves cavalgar na companhia dessa dama, pois ela e sua patroa nunca fizeram o bem a ninguém. – E ao puxar a espada, ele disse à donzela:

– Diz agora mesmo por qual razão guias este cavaleiro, senão morrerás, pois conheço as traições de tua patroa há muitos anos!

– Misericórdia, Sir Gawain – exclamou a donzela –, contarei tudo a ti.

A donzela confidenciou que a rainha Morgana le Fay havia ordenado que trinta lindas donzelas buscassem Sir Lancelote e Sir Tristão e, por meio de seus artifícios, que os persuadissem a ir ao castelo dela, onde outros trinta cavaleiros esperavam pelos dois para matá-los.

– Que vergonha! – exclamou Sir Gawain –, nunca uma traição tão suja deveria ser cometida por uma rainha, irmã de um rei. – Ele disse a Sir Tristão:

– Senhor cavaleiro, se me acompanhares, juntos colocaremos à prova a malícia desses trinta cavaleiros.

– Eu não vou deixá-lo – ele respondeu –, pois há poucos dias tive de lutar com trinta cavaleiros da mesma rainha e, confia em mim, somos capazes de obter a honra da batalha tranquilamente, tanto quanto a anterior.

Desse modo, ambos cavalgaram juntos e quando chegaram ao castelo, Sir Gawain gritou:

– Rainha Morgana le Fay, envia teus cavaleiros para que possamos lutar com eles.

Diante daquilo, a rainha ordenou que seus cavaleiros os enfrentassem, mas eles não quiseram, pois bem conheciam Sir Tristão e tinham muito medo dele.

Dessa forma, Sir Tristão e Sir Gawain seguiram seu caminho e à medida que cavalgavam, viram um cavaleiro chamado Sir Brewse, o Impiedoso, perseguindo uma dama com o intuito de matá-la. Sir Gawain pediu que Sir Tristão aguardasse e o deixasse atacar aquele cavaleiro. Assim sendo, quando se aproximou de Sir Brewse e da donzela, ele gritou:

– Falso cavaleiro, luta comigo e deixa a dama! – Sir Brewse o encarou, inclinou sua lança, começou a correr atrás de Sir Gawain e o derrubou. Em seguida, cavalgou até onde ele estava estirado. Mas Sir Tristão viu, e gritou:

– Para com essa crueldade! – E galopou até onde ele estava. No entanto, quando Sir Brewse viu, com base no escudo, que aquele era Sir Tristão, ele deu meia-volta e fugiu. E, embora Sir Tristão tenha disparado atrás dele, o oponente estava com um cavalo tão bom que escapou.

Em seguida, Sir Tristão e Sir Gawain se acercaram do Castelo da Donzela e lá um velho cavaleiro chamado Sir Pellones lhes ofereceu abrigo. Sir Persides, o filho de Sir Pellones, um bom cavaleiro, saiu para cumprimentá-los. E, enquanto conversavam ao lado de uma janela da sacada do castelo, viram um bom cavaleiro sobre um cavalo negro, carregando um escudo da mesma cor.

– Quem é aquele cavaleiro? – perguntou Tristão.

– Um dos melhores cavaleiros de todo o mundo – disse Sir Persides.

– Ele é Sir Lancelote? – perguntou Sir Tristão.

– Não – respondeu Sir Persides –, ele é Sir Palomedes, o qual ainda não foi batizado.

Alguns instantes depois, um cavaleiro veio e lhes contou que um cavaleiro com um escudo negro havia derrotado outros treze cavaleiros.

– Deixa-nos ir e ver essa justa – disse Sir Tristão. Eles colocaram suas armaduras e desceram. E quando Sir Palomedes viu Sir Persides, enviou um escudeiro e ofereceu para lutar com ele. Assim, eles se enfrentaram e Sir Persides foi derrotado. Sendo assim, Sir Tristão se preparou para a justa, mas antes de inclinar a sua lança, Sir Palomedes aproveitou a vantagem, atingiu seu escudo e, então, ele caiu.

Diante daquilo, Sir Tristão completamente enfurecido e envergonhado enviou um escudeiro e pediu que Sir Palomedes lutasse mais uma vez. Mas ele não quis e disse:

– Diz ao teu mestre que vingue a derrota amanhã, no Castelo da Donzela, onde irá me enfrentar novamente.

Dessa maneira, no dia seguinte, Sir Tristão comandou seu servo a dar-lhe um escudo negro sem identificação. Assim, Sir Persides e ele entraram no torneio do lado de Sir Carados.

Os cavaleiros do rei do Norte de Gales se aproximaram e houve uma luta ferrenha, com estilhaços de lanças bem como homens e cavalos derrubados.

Nesse momento, o rei Arthur se sentou em uma arena alta para ver o torneio e emitir seu julgamento com Sir Lancelote ao lado. Dessa forma, vieram, contra Sir Tristão e Sir Persides, dois cavaleiros com eles do Norte de Gales, Sir Bleoberis e Sir Gaheris. Sir Persides foi derrubado e quase morto, pois quatro homens cavalgaram sobre ele. Mas Sir Tristão enfrentou

Sir Gaheris e o derrubou de seu cavalo e quando Sir Bleoberis o atacou, derrubou-o igualmente. Logo, eles montaram em seus cavalos, Sir Dinadan se juntou a eles, o qual Sir Tristão atingiu com tanta força que ele rolou de sua sela. Ele gritou:

— Ah! Senhor cavaleiro, conheço-te melhor do que imaginas e prometo nunca mais ter de enfrentá-lo. — Desse modo, Sir Bleoberis o enfrentou pela segunda vez e deu-lhe um golpe que ele caiu ao chão. E logo depois, o rei ordenou que a batalha terminasse por aquele dia e todos os homens se surpreenderam diante de Sir Tristão, pois o prêmio do primeiro dia foi concedido a ele em nome do cavaleiro do escudo negro.

Agora, Sir Palomedes estava do lado do rei do Norte de Gales, porém, mais uma vez, não reconheceu Sir Tristão. E quando viu seus maravilhosos atos de bravura, mandou perguntarem seu nome.

— Essa pergunta — disse Sir Tristão —, ainda não está na hora de ser respondida, mas certamente lhe informarei assim que eu estilhaçar duas lanças no meu oponente, pois eu sou o cavaleiro que ele derrotou ontem e, seja qual for o lado a favor do qual ele luta, certamente estarei do outro.

Sendo assim, eles contaram que Sir Palomedes estava do lado do rei Carados, pois era parente do rei Arthur.

— Então, eu estarei do lado do rei do Norte de Gales — ele respondeu —, do contrário, lutaria a favor do meu lorde, o rei Arthur.

No dia seguinte, assim que chegou o rei Arthur, os arautos entraram no torneio. E o rei Carados lutou com o rei dos Cem Cavaleiros e caiu diante dele. Vieram os cavaleiros do rei Arthur e afastaram aqueles do Norte de Gales. Mas, em seguida, Sir Tristão veio em seu auxílio, afastou a batalha e lutou tão bravamente que ninguém foi capaz de enfrentá-lo, pois ele golpeava pela esquerda e pela direita, de modo que todos os cavaleiros e plebeus direcionavam apenas elogios a ele.

— Desde que me tornei cavaleiro — disse o rei Arthur —, nunca vi um com atos de bravura tão maravilhosos.

O rei dos Cem Cavaleiros e aqueles do Norte de Gales atacaram outros vinte cavaleiros que eram parentes de Sir Lancelote, os quais lutavam todos juntos, pois ninguém deixava ninguém. Quando Sir Tristão viu tamanha nobreza e valor, ficou encantado.

– Que tenha valentia e destreza – disse ele – o cavaleiro nobre que luta pela família. – Então, após observá-los por algum tempo, ele pensou que seria uma vergonha ver duzentos homens atacarem vinte, e após cavalgar até o rei dos Cem Cavaleiros, disse:

– Suplico a ti, senhor rei, que abandones essa luta com seus cem cavaleiros, pois são muitos e eles são pouquíssimos. Não terás nenhuma honra se ganhar essa batalha. Mas vejo que certamente não descansarás até matá-los. Se ficares, eu vou cavalgar com eles e ajudá-los.

– Não – disse o rei –, não será necessário fazer isso, pois concederei o teu pedido – e retirou seus cavaleiros.

Sir Tristão cavalgou pela floresta de modo irreconhecível. O rei Arthur ordenou que os arautos anunciassem que o torneio terminaria naquele dia e deu o prêmio ao rei do Norte de Gales, pois Sir Tristão estava do seu lado. E por todo o campo houve muitos lamentos de modo que o som pôde ser ouvido a dois quilômetros de distância: "O cavaleiro do escudo negro venceu a batalha!".

– Por Deus! – disse o rei Arthur. – Onde está o cavaleiro? Que vergonha deixá-lo escapar de nós.

Confortou os cavaleiros e disse:

– Não vos aborreçais, meus amigos, embora tenhais perdido o dia, alegrai-vos. Amanhã eu mesmo estarei no campo e irei convosco. – Então, todos descansaram naquela noite.

E, no dia seguinte, os arautos sopraram suas cornetas no campo. Dessa maneira, o rei do Norte de Gales e o rei dos Cem Cavaleiros se encontraram com o rei Carados e o rei da Irlanda e os derrotaram. Em seguida, veio o rei Arthur e conseguiu proezas maravilhosas, vencendo o rei do Norte de

Gales e seus companheiros, bem como derrotando vinte cavaleiros valentes. Depois, chegou Sir Palomedes e lutou bravamente a favor do rei Arthur. Mas, Sir Tristão cavalgou furiosamente em sua direção e derrubou Sir Palomedes de seu cavalo. Rei Arthur gritou:

— Cavaleiro do escudo negro, protege-te. — E depois daquelas palavras, disparou para cima dele, derrubou-o e passou a enfrentar outros cavaleiros. Por conseguinte, Sir Palomedes, agora em posse de outro cavalo, correu na direção de Sir Tristão com o intuito de atropelá-lo, pois ele lutava por terra. Mas ele estava consciente daquela movimentação e desviou-se de Sir Palomedes no mesmo instante. Em seguida, o apanhou pelos braços e o puxou de seu cavalo. Eles começaram a lutar com suas espadas e muitos ficaram em pé os observando. Sir Tristão atingiu Sir Palomedes com três grandes golpes em seu elmo, gritando a cada estocada:

— Toma isso de mim, Sir Tristão — e com isso, Sir Palomedes caiu ao chão.

Em seguida, o rei do Norte de Gales trouxe outro cavalo para Sir Tristão. Sir Palomedes, por sua vez, também conseguiu outro animal. Então, lutaram novamente com muita raiva, como dois leões enfurecidos. No entanto, Sir Tristão evitou sua lança e apanhou Sir Palomedes pelo pescoço, puxou-o de sua sela, o carregou a uma distância de dez lanças e o deixou no chão. Rei Arthur apanhou a sua espada, estilhaçou sua lança e deu dois ou três golpes fortes em Sir Tristão antes que ele recorresse à espada. Mas enquanto a carregava nas mãos, ele podia ter majestosamente derrotado o rei. Diante daquilo, onze cavaleiros da família de Lancelote dispararam contra ele, mas ele derrubou cada um deles ao chão, de modo que todos ficaram estupefatos com os seus feitos.

Os gritos eram tão altos agora que Sir Lancelote apanhou uma lança e desceu para enfrentar Sir Tristão, dizendo:

— Cavaleiro do escudo negro, prepara-te. — Quando Sir Tristão ouviu aquilo, inclinou sua lança e ambos reclinaram suas cabeças, correram majestosamente ao mesmo tempo e colidiram como um trovão. A lança de Sir

Tristão quebrou ao meio, mas Sir Lancelote o feriu gravemente na lateral de seu corpo e estilhaçou sua lança, mas não conseguiu derrubá-lo de seu cavalo. Diante daquilo, Sir Tristão, sofrendo com aquela dor lancinante, apanhou a espada, correu na direção de Sir Lancelote e inclinou a cabeça na altura de sua sela. Mas, quando Sir Tristão virou e deixou o campo, pois sua dor era pungente demais, pensou que logo morreria. Sir Lancelote protegeu o campo contra novos cavaleiros e derrotou o rei do Norte de Gales e seus companheiros. Por ser o último cavaleiro a permanecer em campo, o prêmio do combate foi concedido a ele.

Mas, ele se recusou a recebê-lo e quando os gritos aumentaram: "Sir Lancelote ganhou o dia!", ele gritou de volta:

– Não, Sir Tristão é o ganhador, pois ele foi o primeiro a começar e o último a persistir em cada dia de batalha! – Então, todos os homens honraram Lancelote pelas palavras dignas de um cavaleiro mais do que pelo prêmio em si.

Assim terminou o torneio e rei Arthur partiu para Caerleon, pois as celebrações do Domingo de Pentecostes estavam prestes a acontecer e todos os cavaleiros aventureiros estavam a caminho de sua corte. Muitos procuraram por Sir Tristão pela floresta, mas apenas Sir Lancelote pôde encontrá-lo e, então, o levou consigo à corte do rei Arthur, como já foi dito.

Sir Galahad e a missão do Santo Graal

Os cavaleiros partem em busca do Graal

Depois desses acontecimentos, Merlin caiu de amores por uma donzela da Dama do Lago. Ele não conseguia deixá-la em paz e a seguia por todos os cantos. Ela, por sua vez, sempre o encorajava e o acolhia, pois tinha a intenção de aprender todos os artifícios usados pelo mago.

Em certo momento, ela navegou com ele pelos mares até as terras de Benwicke. Lá, ele pôde mostrar muitos dos seus feitiços, mas ela ficou assustada e quis abandoná-lo.

Porém, quando estavam na floresta de Broceliande, sentaram-se juntos sob um carvalho e a donzela pediu que ele mostrasse todos os seus encantamentos, pois desejava aprisionar homens vivos em rochas ou árvores. No entanto, ele recusou por um bom tempo, com medo de que ela de fato aprendesse. Mas, diante de tantas súplicas e beijos, ele se rendeu e contou tudo o que sabia a ela. A donzela ficou muito feliz, porém, mais tarde, enquanto Merlin dormia, ela se levantou silenciosamente, caminhou ao lado dele com as mãos estendidas, murmurou um de seus encantamentos e, rapidamente, o trancafiou dentro da árvore sob a qual dormia. Dessa maneira, ele nunca mais, sob nenhuma hipótese, poderia sair de lá com as próprias artimanhas.

Na vigília da Festa de Pentecostes, que ocorreria em breve, todos os cavaleiros da Távola Redonda se encontraram em Camelot. Lá, ouviram a missa e estavam prestes a cear quando uma donzela entrou pelo saguão em um cavalo. Ela se dirigiu ao trono em que estava sentado o rei Arthur e o cumprimentou com uma reverência.

– Que Deus esteja contigo, linda donzela – disse o rei. – O que desejas de mim?

– Imploro que me contes, meu lorde – respondeu ela –, onde está Sir Lancelote.

– Lá está ele – disse o rei Arthur.

Ela se aproximou de Sir Lancelote e disse:

– Senhor, cumprimento a ti em nome do rei Pelles e solicito que venhas comigo até a floresta mais próxima.

Lancelote perguntou onde ela morava e o que queria dele.

– Vivo com o rei Pelles – ela respondeu –, onde Balin foi gravemente ferido ao receber um forte golpe. Foi ele quem me enviou aqui.

– Irei contigo com todo o prazer – respondeu Sir Lancelote e pediu que seu escudeiro imediatamente colocasse a sela em seu cavalo e trouxesse sua armadura.

A rainha se aproximou dele e disse:

– Sir Lancelote, tu me deixarás em meio a esta festa maravilhosa?

– Senhora – respondeu a donzela –, por volta do jantar de amanhã ele estará contigo novamente.

– Do contrário – disse a rainha –, ele não irá contigo em nome da minha boa-fé.

Desse modo, Sir Lancelote e a dama se dirigiram à floresta. Mais tarde, em um vale, encontraram uma abadia de freiras onde um escudeiro estava em pé, pronto para abrir os portões. Ao entrarem e descerem de seus cavalos, uma multidão alegre se aproximou de Sir Lancelote e o cumprimentou entusiasticamente. Ele foi guiado ao quarto da abadia e desarmado. Logo, ele viu seus primos lá também, Sir Bors e Sir Lionel, os quais também fizeram festa ao vê-lo e disseram:

– Por que estás aqui? Pensamos que o veríamos em Camelot amanhã.

– Uma donzela me trouxe até aqui – disse ele –, mas ainda não sei o que ela deseja de mim.

E, à medida que conversavam, doze freiras entraram e trouxeram um jovem inigualavelmente bonito e forte. Seu nome era Galahad e, embora não se conhecessem, Sir Lancelote era o seu pai.

– Senhor – disseram as freiras –, trouxemos esse moço aqui, o qual criamos desde tenra idade e suplicamos a ti que o tornes um cavaleiro, pois ele não poderia receber essa ordem de mãos mais virtuosas.

Dessa maneira, ao observar o rapaz, Sir Lancelote notou que ele era correto e resignado como um pombo, com todas as características boas e nobres. Ele pensou nunca ter visto um homem tão bom em seus tempos.

– Esse desejo partiu dele mesmo? – perguntou.

– Sim – respondeu Galahad e todas as freiras.

– Amanhã, portanto, em razão da festa, ele terá seu desejo realizado – disse Sir Lancelote.

No dia seguinte, no apogeu da festa, ele conferiu a ordem da cavalaria ao jovem e disse:

– Que Deus lhe dê bondade proporcional à tua beleza.

Desse modo, Sir Lionel e Sir Bors retornaram à corte e notaram que todos estavam no monastério para assistir à missa. Depois, ao adentrarem o salão de banquetes, cada cavaleiro e barão encontrou seu nome escrito em um assento com letras douradas: "Este é o assento de Sir Lionel"; "Este é o assento de Sir Gawain"; e assim por diante. E no Assento Perigoso, no centro mais alto da mesa, um nome também estava escrito. Diante disso, eles ficaram muito surpresos, pois nenhum outro homem jamais havia ousado sentar-se naquele lugar, exceto um, e uma chama saltou e desapareceu repentinamente, de modo que ela nunca mais foi vista.

Sir Lancelote se aproximou e leu as letras do assento:

– Aconselho que esta inscrição seja coberta até que chegue o cavaleiro que possa cumprir essa missão. – Então, fizeram um véu de seda e colocaram sobre aqueles dizeres.

Enquanto isso, Sir Gawain chegou à corte e disse ao rei que tinha uma mensagem de além-mar para ele, de Merlin.

– Pois – disse ele –, na ocasião em que cavalguei pela floresta de Broceliande, cinco dias atrás, ouvi a voz de Merlin falar comigo de dentro de um carvalho, e diante de tamanha surpresa, pedi que ele saísse de lá. No entanto, lamentando-se muito, ele respondeu que nunca mais conseguiria, pois ninguém mais, exceto a Dama do Lago, que o havia aprisionado lá por meio dos feitiços que ele mesmo havia ensinado, seria capaz de libertá-lo.

– Mas pede – disse ele – ao rei Arthur que prepare seus cavaleiros e toda a Távola Redonda para buscarem o Santo Graal, pois chegou o momento em que ele deve ser encontrado.

Quando Sir Gawain informou o rei Arthur, ele se sentou pensativo e começou a imaginar o Santo Graal e qual cavaleiro sagrado seria capaz de recuperá-lo. Ele os apressou para o banquete.

– Senhor – disse Sir Key, o Senescal –, se cearmos agora, quebraremos a tradição antiga da tua corte, pois nunca nos sentamos à mesa nesta festa tão majestosa antes de vivenciar alguma aventura estranha.

– Dizes a verdade – falou o rei. – Minha mente estava tão cheia de imaginações e reflexões que nem pensei na minha antiga tradição.

À medida que conversavam, um escudeiro correu e gritou:

– Lorde, trago notícias maravilhosas para ti.

– Que notícias trazes? – disse o rei Arthur.

– Lorde – disse ele –, em um rio nos arredores há uma pedra maravilhosamente grande, a qual eu mesmo vi enquanto nadava nesta direção. Nela há uma espada cravada. A pedra oscila e balança com as águas, mas não afunda com a correnteza.

– Irei até lá e verei com os meus próprios olhos – disse o rei. – Então, todos os cavaleiros foram com ele e, quando chegaram ao rio, lá encontraram a pedra majestosa de marfim vermelho flutuando nas águas, exatamente como o escudeiro havia dito. Cravada nela, via-se uma espada bela e suntuosa, em cujo punhal havia pedras preciosas enraizadas. Além disso, forjadas em ouro com grande destreza, lia-se as seguintes palavras: "Nenhum homem deve me retirar daqui, exceto aquele que hei de acompanhar. Este homem há de ser o melhor cavaleiro do mundo".

Quando o rei leu aquilo, ele olhou para Sir Lancelote e disse:

– Bom senhor, esta espada é tua, certamente, pois tu és o melhor cavaleiro do mundo.

No entanto, Lancelote respondeu solenemente:

– Ela certamente não é minha, senhor. E tampouco tenho a audácia de colocar as minhas mãos sobre ela. Pois aquele que tocá-la e for incapaz de retirá-la, será ferido fatalmente por ela. Mas não duvido, meu lorde, de que hoje ainda veremos feitos maravilhosos, como os que já vimos outrora, pois o momento exato chegou em que todas as profecias do Santo Graal serão cumpridas, tal e qual Merlin nos alertou.

Sir Gawain caminhou adiante e puxou a espada, mas não foi capaz de movê-la. Sir Percival tentou sem êxito logo em seguida para mostrar seu companheirismo em qualquer situação de perigo. No entanto, nenhum outro cavaleiro foi corajoso o bastante para tentar.

– Agora vós podeis cear – respondeu Sir Key –, pois vivenciamos aqui uma maravilhosa aventura.

Todos retornaram do rio e cada cavaleiro se sentou em seu devido lugar. Em seguida, deram início à grande festa e ao suntuoso banquete, e o salão foi preenchido por risos, conversas e gracejos. Para cima e para baixo, os escudeiros caminhavam servindo seus cavaleiros em meio a muitos sons de alegria e entusiasmo.

Algo incrível ocorreu. Todas as portas e janelas bateram violentamente e o salão ficou completamente escuro. Depois, uma luz fraca e gentil pôde ser vista emanando do Assento Perigoso, a qual preencheu todo o palácio com seus feixes. Nesse momento, um silêncio sepulcral retumbou entre os cavaleiros e eles começaram a se entreolhar ansiosamente.

Porém, o rei Arthur se levantou e disse:

– Lordes e bons cavaleiros, não tenhais medo. Alegrai-vos. Vimos coisas estranhas hoje, mas há outras ainda mais estranhas a serem desvendadas. Hoje, descobriremos quem será aquele que ocupará o Assento Perigoso, ou seja, o cavaleiro que há de encontrar o Santo Graal. Pois como todos bem sabem, aquele cálice sagrado, em que, durante a Santa Ceia do Nosso Senhor, ele bebeu o vinho com Seus discípulos antes de sua morte, foi mantido como o maior tesouro do mundo. E onde quer que esse cálice tenha tocado até hoje, trouxe consigo paz e prosperidade. No entanto, desde o golpe doloroso que Balin desferiu no rei Pelles, o cálice jamais foi visto, pois Deus se zangou com aquele ataque arrogante e o escondeu de todos nós. Mas, ele há de estar em algum lugar do mundo. E nós podemos ser, bem como a nossa ordem da Távola Redonda, os escolhidos a encontrar e devolver o cálice à nossa casa e, então, tornar este reino o mais feliz do mundo. Muitas missões grandes e aventuras perigosas foram vivenciadas e cumpridas por vós, mas missão de tamanha magnitude como esta somente será levada a cabo por aquele que tiver as mãos limpas, o coração puro, bem como coragem e virtude inigualáveis.

Enquanto o rei falava, lentamente, um velho homem todo vestido de branco adentrou o salão. Ele vinha acompanhado de um jovem cavaleiro com trajes vermelhos dos pés à cabeça, sem armadura ou escudo, apenas com uma bainha vazia pendurada na lateral de seu corpo.

O velho homem caminhou até o rei e disse:
– Lorde, trago a ti este jovem cavaleiro de linhagem real, do sangue de José de Arimateia, pelo qual as aventuras da tua corte serão alcançadas.
O rei ficou muito satisfeito com aquelas palavras e disse:
– Senhor, és muito bem-vindo, assim como o jovem cavaleiro.
O velho homem colocou em Sir Galahad (pois este era o seu nome) uma túnica carmesim feita de pele de arminho e o guiou pela mão até o Assento Perigoso. Em seguida, levantou o tecido de seda que havia sido posto sobre o local e leu as palavras forjadas em ouro: "Este é o assento de Sir Galahad, o bom cavaleiro".
– Senhor – disse o velho homem –, este lugar é teu.
Sendo assim, Sir Galahad se sentou firme e seguramente e disse ao velho homem:
– Senhor, segue o teu caminho, pois cumpriste correta e verdadeiramente tudo a que fomos ordenados. Confia-me ao meu avô, o rei Pelles, e diga a ele que o verei em breve. – Logo o velho homem partiu com um grupo de vinte nobres escudeiros.
No entanto, todos os cavaleiros da Távola Redonda se surpreenderam diante da tenra idade de Sir Galahad bem como da sua segurança ao sentar-se no Assento Perigoso.
Dessa forma, o rei levou Sir Galahad para o exterior do palácio, pois queria mostrar a ele a aventura da pedra flutuante.
– Aqui – disse ele –, há uma maravilha nunca vista antes. Cavaleiros muito bons tentaram, mas não foram capazes de retirar a espada desta pedra.
– Não me admira – disse Galahad –, pois esta aventura não é deles, mas unicamente minha. E devido à certeza que carrego dentro de mim, não trouxe espada nenhuma, como vês pela minha bainha vazia.
Logo, ele repousou as mãos sobre a espada e suavemente a retirou da pedra. Colocou-a em sua bainha e disse:
– Esta era a espada encantada que outrora pertenceu ao bom cavaleiro Sir Balin, com a qual ele matou o irmão, Balan, e por ele foi morto em

razão de um engano lamentável. Um grande azar recaiu sobre ele devido ao golpe doloroso em meu avô, o rei Pelles, de cujos ferimentos ele ainda não se recuperou, pois eu hei de levar a cura a ele.

À medida que falava, viram uma moça cavalgar rapidamente pela margem do rio, na direção deles. Ela vinha em um palafrém e cumprimentou o rei e a rainha:

– Lorde rei, Nacien, o Ermitão, envia uma mensagem a ti, pois hoje é o dia da tua maior honra e glória, como jamais ocorreu a outro rei da Grã-Bretanha. Hoje, o Santo Graal há de aparecer em tua casa.

Depois de dizer aquelas palavras, a donzela se foi da mesma maneira que chegou.

– Agora – disse o rei –, sei que de hoje em diante a missão do Graal deverá ser iniciada e todos vós da Távola Redonda serão espalhados de modo que eu nunca mais hei de vê-los juntos como estão neste momento. Realizemos, portanto, uma justa e um torneio pela última vez antes de partirem.

Todos apanharam suas vestimentas e se reuniram nos prados de Camelot e a rainha e suas amas se sentaram na torre para assistir.

Dessa maneira, Sir Galahad, mediante o pedido do rei e da rainha, colocou um casaco de armadura leve e um elmo, mas não apanhou nenhum escudo, apenas empunhou uma lança e se aproximou dos cavaleiros. Por conseguinte, começou a estilhaçar lanças maravilhosamente de modo que todos os homens ficaram estupefatos. E em pouquíssimo tempo, ele havia superado e vencido os outros cavaleiros, exceto Sir Lancelote e Sir Percival, e foi o líder das reverências em campo.

O rei, toda a corte e a confraria de cavaleiros voltaram ao palácio e fizeram a oração da noite no grande monastério, em meio a uma companhia real e bondosa. Depois, se sentaram para o jantar no saguão, cada cavaleiro em seu assento, como estavam dispostos antes.

Subitamente, o estrondo e a lamúria de trovões ressoaram pelo palácio, até que seus muros começaram a tremer ao ponto de pensarem que ele fosse se despedaçar.

Em meio àquelas explosões, um feixe de luz, sete vezes mais claro do que qualquer outro feixe já visto, apareceu e uma grande e maravilhosa glória tomou conta de todos os presentes. Cada cavaleiro, olhando para o companheiro ao lado, viu seus rostos mais belos do que nunca. Desse modo, todos se levantaram, e atordoados, observaram uns aos outros sem saberem o que dizer.

O Santo Graal entrou pelo saguão envolto em um facho de luz, trazido do alto sem o auxílio de mãos, coberto com um samito branco para que ninguém pudesse vê-lo. Todo o saguão foi imediatamente preenchido pelo perfume e o incenso, e cada cavaleiro foi nutrido com o alimento que mais lhe aprazia. Quando o cálice sagrado chegou ao saguão, sumiu repentinamente e ninguém viu para onde foi.

Quando recuperaram o fôlego para falar, o rei Arthur foi quem se levantou primeiramente e agradeceu a Deus e a Nosso Senhor. Sir Gawain se ergueu em seguida e disse:

– Agora, fomos todos alimentados por um milagre com o alimento que imaginávamos ou desejávamos. Mas com nossos olhos não pudemos ver de onde veio o cálice sagrado de tão cuidadosa e preciosamente que foi ocultado. Sendo assim, faço votos de que, de amanhã em diante, trabalharei doze meses e um dia na missão do Graal, ou mais tempo se for necessário. Não voltarei a esta corte até que meus olhos o tenham visto com clareza.

Ao dizer aquilo, cada cavaleiro se levantou e jurou que cumpriria aquela missão, até que a maior parte da Távola Redonda fez o mesmo juramento.

Mas ao ouvir todos eles, o rei Arthur não pôde conter as lágrimas e disse:

– Sir Gawain, Sir Gawain, me entristeceste, pois temo que a minha leal confraria nunca mais há de se reunir novamente aqui. E certamente nenhum outro rei cristão foi capaz de reunir cavaleiros tão valorosos ao redor desta mesa.

E quando a rainha, suas amas e senhoras ouviram aqueles votos, foram tomadas por uma tristeza e pesar tão grandes que não podiam ser traduzidos em palavras. Então, a rainha Guinevere gritou:

– Admira-me que meu lorde permita que eles partam. – E muitas damas que amavam os cavaleiros teriam ido com eles, mas foram proibidas pelo ermitão Nacien, que tinha enviado sua mensagem a todos aqueles que haviam se comprometido com a missão:

– Não levais damas nem esposas convosco, pois diante do serviço colossal que estão prestes a assumir, nenhum outro pensamento, a não ser no Nosso Senhor, será tolerado.

Na manhã do dia seguinte, todos os cavaleiros se levantaram cedo e, quando estavam completamente vestidos com suas armaduras, sem seus escudos e elmos, seguiram o rei e a rainha para a missa no monastério.

O rei contou todos os cavaleiros que haviam feito votos pela aventura, contabilizando cento e cinquenta cavaleiros da Távola Redonda. Sendo assim, todos colocaram seus elmos e cavalgaram para longe em meio a choros e lamentos da corte, das damas e de todos da cidade.

Mas a rainha foi sozinha ao seu quarto para que ninguém pudesse ver a sua tristeza, e Sir Lancelote a seguiu para dar seu adeus. Ao vê-lo, ela exclamou:

– Oh, Sir Lancelote, tu me traíste! Me relegaste à morte com a tua partida e diante do abandono do meu lorde, o rei.

– Ah, senhora – disse ele –, não fiques triste ou aborrecida, pois hei de voltar honrosamente assim que puder.

– Por Deus! – disse ela. – Que possamos nos ver novamente. Mas que aquele que morreu na cruz por toda a humanidade represente segurança e retidão para ti e toda a tua confraria.

Então, Sir Lancelote cumprimentou o rei e a rainha e seguiu adiante com os outros. Naquela noite, depararam-se com o Castelo Vagon, onde pernoitaram. E no dia seguinte, partiram isoladamente em caminhos diferentes, cada cavaleiro seguindo pelo caminho que mais o satisfazia.

Sir Galahad não levou escudo e cavalgou por quatro dias sem que lhe ocorresse nenhuma aventura. No quarto dia, no entanto, depois da oração da noite, chegou a uma abadia de monges brancos onde foi recebido na casa e depois encaminhado a um dos quartos. Lá, ele retirou sua armadura e encontrou dois cavaleiros da Távola Redonda, o rei Bagdemagus e Sir Uwaine.

– Senhores – disse Sir Galahad –, que aventura vos trouxe aqui?

– Neste local, conforme fomos informados – eles responderam –, há um escudo que nenhum homem pode carregar ao redor do pescoço sem que lhe traga um grande infortúnio ou morte dentro de três dias.

– Amanhã – disse o rei Bagdemagus –, iniciarei a aventura e se eu falhar, tu assumes depois de mim, Sir Galahad.

– Com todo o prazer – disse ele –, pois, como vês, ainda não tenho um escudo.

Dessa maneira, no dia seguinte, eles se levantaram, ouviram a missa e depois, o rei Bagdemagus perguntou onde o escudo era guardado. Um monge o guiou até um local atrás do altar onde o escudo estava pendurado, branco como a neve, e com uma cruz vermelho-sangue retratada bem no meio dele.

– Senhor – disse o monge –, este escudo não deve ser pendurado no pescoço de nenhum cavaleiro, a menos que seja o mais virtuoso do mundo. Portanto, vos aviso, cavaleiros. Ponderais adequadamente antes de tocá-lo.

– Bem – disse o rei Bagdemagus –, sei que estou longe de ser o melhor cavaleiro do mundo, mas gostaria de tentar. – Apanhou o escudo e o levou do monastério.

– Se quiseres – disse a Sir Galahad –, fica aqui até ouvires sobre a minha agilidade.

– Vou esperar por ti – respondeu ele.

O rei partiu com um escudeiro que poderia retornar com notícias para Sir Galahad. O rei cavalgou adiante e, antes de completar dois quilômetros percorridos, avistou, em um lindo vale, um eremitério. Um cavaleiro veio em sua direção vestido com uma armadura branca, sobre um cavalo e, todo paramentado, pôs-se a cavalgar rapidamente atrás dele.

Quando colidiram, Bagdemagus estilhaçou sua lança sobre o escudo do cavaleiro branco, mas ele mesmo foi ferido no ombro gravemente e caiu de seu cavalo. O cavaleiro branco apeou, aproximou-se e, recolhendo o escudo branco do rei, disse:

– Fizeste algo terrível, pois este escudo jamais pode ser carregado por outro cavaleiro, exceto por aquele de virtudes inigualáveis. – E ao endereçar o escudeiro, ele disse: – Leva este escudo e meus cumprimentos ao bom cavaleiro, Sir Galahad.

– Em nome de quem devo cumprimentá-lo? – perguntou o escudeiro.

– Não te preocupes com isso – ele respondeu. – Nenhum outro homem, e nem tu, deverá saber.

– Pelo menos, diz, bom senhor – disse o escudeiro –, por que este escudo não pode ser carregado, exceto se seu portador estiver machucado ou morto?

– Por que não deve pertencer a nenhum homem, a não ser ao seu dono por direito, Sir Galahad – respondeu o cavaleiro.

Em seguida, o escudeiro foi até seu mestre e o encontrou ferido, prestes a morrer. Apanhou-o e a seu cavalo, e os levou consigo até a abadia. Lá, deitaram seu mestre em uma cama e examinaram suas feridas. E, depois de muitos dias terrivelmente doente, ele finalmente conseguiu escapar com vida.

– Sir Galahad – disse o escudeiro –, o cavaleiro que derrubou o rei Bagdemagus enviou seus cumprimentos e pediu que uses este escudo.

– Abençoado seja Deus e sua riqueza – disse Galahad e pendurou o escudo no pescoço, armou-se e partiu.

Não demorou até que encontrasse o Cavaleiro Branco nas proximidades do eremitério e ambos se cumprimentaram gentilmente.

– Senhor – disse Sir Galahad –, este escudo que carrego certamente porta uma história maravilhosa.

– Estás certo – ele respondeu. – Este escudo foi feito no tempo de José de Arimateia, o gentil cavaleiro que tirou o Nosso Senhor da cruz. Assim que deixou Jerusalém, ele chegou a este país, que pertencia ao rei Evelake, o qual travava uma guerra contínua com um dos Tollome. Segundo os ensinamentos de José, quando o rei Evelake foi batizado, este escudo foi feito para ele em nome do Nosso Senhor. E com a ajuda dele, o rei Tollome foi derrotado. Quando o rei Evelake o encontrou na batalha seguinte, ele o escondeu embaixo de um véu e, de repente, ao descobri-lo, mostrou aos inimigos a imagem de um homem ensanguentado e crucificado. Diante de tal visão, eles ficaram atordoados e fugiram. Depois, um homem, cuja mão havia sido arrancada, tocou a cruz retratada no escudo e conseguiu sua mão de volta. Além desses, muitos outros milagres ocorreram. Mas, de repente, a cruz retratada desapareceu do escudo. Logo, José e o rei Evelake vieram à Grã-Bretanha e, após o sermão de José, as pessoas se tornaram cristãs. Quando, por fim, estava em seu leito de morte, o rei Evelake implorou por um talismã antes de sua morte. Então, exigiu seu escudo, molhou os dedos no próprio sangue, que jorrava rapidamente, pois ninguém fora capaz de estancar sua ferida, e desenhou algo sobre o escudo enquanto dizia:

– Esta cruz sempre há de permanecer clara como agora. O último de minha linhagem deverá usar este escudo ao redor do pescoço e alcançar atos maravilhosos.

Depois de dizer aquilo, o Cavaleiro Branco partiu rapidamente e Sir Galahad voltou à abadia.

Quando apeou, um monge se aproximou e implorou que ele fosse ver um túmulo no cemitério da igreja de onde um barulho muito alto e assustador ecoava, que ninguém era capaz de ouvir, exceto aqueles que estavam quase loucos ou que haviam perdido toda a força.

– Senhor – disse ele –, acho que é um demônio.

– Leva-me até lá – disse Sir Galahad.

Ao se aproximarem do local, o monge disse:

– Agora, vai e levanta aquele túmulo.

Galahad, nada temeroso, rapidamente levantou a pedra e de lá subiu uma fumaça nefasta e, do meio dela, saltou uma figura detestável que ele nunca tinha visto à semelhança humana. Galahad se benzeu imediatamente, pois sabia que aquele era um demônio do inferno. Ouviu uma voz gritar:

– Oh, Galahad, não posso derrotar-te como gostaria. Vejo tantos anjos ao redor de ti que mal posso me aproximar.

Com isso, o demônio desapareceu em meio a um grito terrível e Sir Galahad, que observava o túmulo, viu um corpo vestido com uma armadura e uma espada ao seu lado.

– Agora, querido irmão – ele disse ao monge –, removamos este corpo amaldiçoado que não deve jazer no cemitério de uma igreja, pois, quando vivo, era um cristão falso e perjurado. Leva-o para longe, e nenhum outro som assombroso ouvirás deste túmulo.

– Agora, devo partir – acrescentou ele –, pois tenho muito a fazer e me comprometi com a missão do Santo Graal junto de muitos outros cavaleiros.

Ele partiu e fez muitas jornadas para lá e para cá, como cada aventura demandava. Por fim, certo dia, ele partiu de um castelo sem ouvir a missa primeiro, que sempre fora seu costume antes de deixar seu alojamento. Encontrou uma capela destruída em uma montanha, entrou, ajoelhou-se diante do altar e rezou por algum conselho divino. Enquanto rezava, ele ouviu uma voz que disse:

– Cavaleiro em busca de aventuras, parte agora para o Castelo da Donzela e conserta a violência e os erros cometidos lá!

Ao ouvir aquelas palavras, ele se levantou alegremente e montou em seu cavalo. Cavalgou por meio quilômetro quando viu diante de si um castelo fortificado com valas profundas ao redor e um lindo rio que passava por ele. Assim que viu um camponês nas proximidades, perguntou como chamavam aquele castelo.

– Bom senhor – ele disse –, este é o Castelo da Donzela.

– É um local amaldiçoado – disse Galahad –, e todos os seus mestres são traidores, cheios de enganações, frieza e vergonha.

– Por este bom motivo – disse o velho homem –, aconselho-te a ir embora.

– E por este bom motivo – disse Sir Galahad –, cavalgarei adiante.

Observando cuidadosamente a sua armadura, ele teve a certeza de que nada lhe faltava, então continuou seu caminho. Lá, ele encontrou sete donzelas que gritaram:

– Senhor cavaleiro, estás em grande perigo, pois tens de passar pelos dois rios.

– Por que eu não deveria passar por eles? – perguntou e continuou adiante.

Encontrou um escudeiro que disse:

– Senhor cavaleiro, os mestres deste castelo desafiam-te e pedem que não te aproximes mais até que mostres a que vieste.

– Bom companheiro – disse Sir Galahad –, estou aqui para acabar com as tradições nefastas deste lugar.

– Se este é o teu propósito – ele respondeu –, terás muito a fazer aqui.

– Vai – disse Galahad –, e transmite a minha mensagem rapidamente.

Alguns minutos depois, sete cavaleiros, todos irmãos, cavalgaram furiosamente para fora do castelo enquanto gritavam:

– Cavaleiro, não te aproximes! – e foram ordenados a atacar Sir Galahad. Porém, ele inclinou sua lança e derrubou o primeiro ao chão, o qual quase quebrou o pescoço. Com o escudo, ele afastou as lanças de todos os outros, as quais foram todas estilhaçadas com seu movimento. Desse modo, ele apanhou sua espada e os atacou com toda a força e voracidade, e com uma pujança maravilhosa, afastou-os. Depois, perseguiu-os até os portões do castelo, onde os assassinou logo em seguida.

Diante daquilo, um ancião vestido com roupas de padre disse a ele:

– Vê, senhor, aqui estão as chaves do castelo.

Dessa maneira, ele destrancou os portões e encontrou lá dentro uma multidão de pessoas que gritava:

– Senhor cavaleiro, és bem-vindo, pois há muito tempo esperamos pela tua libertação – e disseram-lhe que os sete criminosos que ele havia matado haviam escravizado as pessoas que viviam nos arredores e matado todos os cavaleiros que passavam por lá, pois a dama que haviam roubado do castelo previu que eles seriam mortos por um único cavaleiro.

– Onde está a dama? – perguntou Galahad.

– Está aprisionada em uma masmorra – eles disseram.

Sir Galahad desceu, libertou-a e recuperou sua herança. Ao reunir os barões daquele país para prestarem suas homenagens a ela, ele se despediu e partiu.

Logo depois, enquanto cavalgava, entrou em uma enorme floresta e avistou, em uma clareira, dois cavaleiros disfarçados que quiseram enfrentá-lo. Eles eram Sir Lancelote, seu pai, e Sir Percival. No entanto, um não reconheceu o outro. Ele e Sir Lancelote se enfrentaram primeiramente e Sir Galahad derrotou o seu pai. Ao puxar a espada, pois sua lança havia sido estilhaçada, ele lutou com Sir Percival e o golpeou com tanta força que partiu o elmo do oponente e o derrubou de seu cavalo.

Nas proximidades de onde haviam lutado havia um eremitério onde morava uma ermitã que, ao ouvir os sons, aproximou-se e, vendo Sir Galahad cavalgar, gritou:

– Que Deus esteja ao teu lado, melhor cavaleiro do mundo. Se os outros cavaleiros o conhecessem como eu o conheço, jamais o enfrentariam.

Ao ouvir aquilo, Sir Galahad temeu ser reconhecido e, então, incitou seu cavalo com suas esporas e partiu em um ritmo célere.

Sir Lancelote e Sir Percival ouviram as palavras da mulher e cavalgaram atrás de Galahad rapidamente, mas em pouco tempo ele havia fugido de vista. Sir Percival cavalgou de volta para perguntar o nome do cavaleiro à ermitã enquanto Sir Lancelote continuou adiante em sua missão, seguindo os passos do cavalo de Galahad. Por fim, após o cair da noite, ele alcançou uma cruz de pedra nos arredores de uma antiga capela. Após apear e atar seu cavalo a uma árvore, pôs-se a observar a capela pela porta, que estava desgastada e destruída. Lá, ele viu um altar, suntuosamente decorado com seda, onde havia um candelabro lindo, forjado em prata com seis grandes velas. Quando Sir Lancelote viu as velas, tentou entrar, mas não conseguiu. Cansado e com o corpo pesado, voltou para onde estava o seu cavalo, retirou sua sela e liberou-o para pastar. Depois, tirou o elmo, soltou a espada e deitou-se sobre seu escudo diante da cruz.

Enquanto estava deitado, entre a vigília e o sono, ele viu dois palafréns virem em sua direção carregando uma liteira, onde um cavaleiro ferido estava deitado. Os palafréns pararam diante da cruz. Dessa maneira, Sir Lancelote ouviu o homem adoentado dizer:

– Oh, meu doce Senhor, quando é que esta tristeza vai me deixar e o santo cálice passará por mim, por meio do qual receberei a minha bênção? Tenho aguardado por tanto tempo.

Diante daquilo, Sir Lancelote viu a capela aberta e o candelabro com seis velas se aproximaram diante da cruz, mas não via ninguém a carregá-lo. Nesse momento, uma mesa de prata também se aproximou e, sobre ela, o cálice sagrado do Santo Graal. Ao ver aquilo, o cavaleiro ferido se sentou, levantou as mãos e disse:

– Bom Senhor, que estás aqui dentro deste cálice sagrado, tem misericórdia de mim e eu terei a minha cura. – Com aquilo, ele rastejou sobre as mãos e joelhos e chegou tão perto que quase tocou o cálice. Quando o beijou, ele saltou, levantou-se e gritou alto:

– Meu bom Senhor, agradeço a ti por ter me curado. – Então, o Santo Graal partiu com a mesa e o candelabro de prata para dentro da capela, de modo que Sir Lancelote não pôde ver mais nada, e nem mesmo confessar seus pecados. Em seguida, o cavaleiro curado seguiu seu caminho.

Desse modo, Sir Lancelote acordou e ficou em dúvida se aquilo não tinha passado de um sonho. Enquanto estava tomado por aquele estranhamento, ele ouviu uma voz que dizia:

– Sir Lancelote, tu és desvirtuoso, sai deste local sagrado. – Ao ouvir aquilo, sentiu-se pesado, pois pensava em seus pecados.

Dessa forma, ele partiu chorando e amaldiçoou seu nascimento, pois aquelas palavras lhe haviam tocado o coração e ele sabia por que tinha sido expulso. Procurou por suas armas e cavalo, mas não os encontrou e começou a chamar a si mesmo de "o mais infeliz e deplorável de todos os cavaleiros". Ele dizia:

– Meu pecado me causou grande desonra, pois quando busquei honras mundanas, sempre as encontrei, mas agora que estou em busca de uma missão verdadeiramente honrosa, a minha culpa me impede e me envergonha. Por essa razão não tive o poder para me mexer ou falar quando o Santo Graal apareceu diante de mim.

Ele remoeu aqueles pensamentos até o raiar do dia, quando os pássaros começaram a cantar. E, de alguma forma, sentiu-se confortado. Ao deixar o local da cruz, a pé, chegou a uma floresta selvagem e a uma grande montanha. Lá, encontrou um ermitão, ajoelhou-se diante dele, suplicou por misericórdia por seus terríveis feitos e implorou que ele ouvisse a sua confissão. Mas ao contar qual era o seu nome, o ermitão se surpreendeu e disse:

– Senhor, deves agradecer a Deus mais do que qualquer outro cavaleiro vivo, pois Ele conferiu a ti mais honras do que a qualquer outro cavaleiro. No entanto, pela tua presunção, enquanto cometeres pecados mortais na presença de Seu corpo e de Seu sangue, Ele não permitirá que tu o vejas nem o sigas. Diante disso, toda a tua força e hombridade lhe derrotarão aos poucos quando Deus estiver contra ti.

Sir Lancelote pôs-se a chorar e disse:

– Agora diz a verdade.

Assim sendo, ele se confessou e lhe contou sobre seus pecados e como, por catorze anos, servia à rainha Guinevere apenas e como havia se esquecido de Deus e alcançado grandes feitos por ela e não por Ele. Além disso, lhe confidenciou sobre como havia sido mau ou nem um pouco agradecido a Deus pela honra que havia conquistado. Sir Lancelote disse:

– Imploro que me aconselhes.

– Aconselho-te – disse ele –, a evitar a companhia daquela rainha sempre que puderes.

Sir Lancelote prometeu que a evitaria.

– Quando teu coração e tuas palavras estiverem de comum acordo – disse o bom homem –, terás mais honra e nobreza do que jamais antes.

Assim, sua armadura e seu cavalo lhe foram entregues e ele partiu cavalgando adiante, extremamente arrependido.

Nesse momento, Sir Percival havia cavalgado de volta ao eremitério para saber quem era aquele cavaleiro considerado por ela o melhor do mundo. E quando ele disse que era Sir Percival, ela festejou muito, pois era a irmã da mãe dele, e quando abriu a porta para o cavaleiro, ficou muito feliz. No dia seguinte, ela contou-lhe sobre a linhagem de Galahad:

– Ele é o cavaleiro que no Domingo de Pentecostes estava todo vestido de vermelho e carregava armas da mesma cor. Além disso, cavalga sozinho, pois tudo aquilo é um milagre que jamais seria superado por mãos mundanas.

– Pela minha boa-fé – disse Sir Percival –, eu nunca mais, depois desses acontecimentos, dirigirei a Sir Galahad nada além da minha gentileza, e eu bem gostaria de saber onde encontrá-lo.

– Meu bom sobrinho –, deves cavalgar até o Castelo de Goth, onde vive um primo teu. Tu poderás encontrar abrigo lá e ele ensinará o caminho a ti. Mas se não o encontrar, cavalga diretamente ao Castelo Carbonek, onde está o rei ferido, pois lá certamente ouvirás a verdade dele.

Assim sendo, Sir Percival se despediu de sua tia e cavalgou até o cair da noite, pois soube de um monastério que ficava nas proximidades e que era cercado por muros e fossos profundos. Ao chegar diante dele, bateu no portão e logo sua entrada foi permitida. Ele foi bem recebido naquela noite e, na manhã seguinte, ouviu a missa. Ao lado do altar onde ficava o padre, havia uma cama rica de seda e tecidos dourados. Sobre a cama estava um velho senhor com uma coroa de ouro sobre a cabeça. Além disso, ele tinha feridas muito profundas pelo corpo e seus olhos estavam quase completamente tomados pela cegueira. O velho senhor ergueu as mãos e disse:

– Querido Senhor, não esqueças de mim!

Em seguida, Sir Percival perguntou a um dos irmãos quem era aquele.

– Senhor – disse o bom homem –, ouviste sobre José de Arimateia e como ele foi enviado por Jesus Cristo a estas terras para pregar e ensinar o cristianismo. Na cidade de Sarras ele converteu um rei chamado Evelake, que é ele mesmo. Ele veio com José para estas terras e sempre desejou muito ver o Santo Graal. Então, certo dia, ele se aproximou tanto do Graal que quase ficou cego. Portanto, implorou por misericórdia e disse: "Bom Senhor, suplico a ti que não me deixes morrer até que um cavaleiro do meu sangue alcance o Santo Graal, e eu finalmente poderei vê-lo e beijá-lo". Depois de sua súplica, ele ouviu uma voz que dizia: "Ele ouviu as tuas preces e as concederá. Tu não morrerás até que este cavaleiro o beije e, assim que vier, teus olhos se abrirão novamente e tuas feridas serão curadas". Ele vive aqui há trezentos invernos em uma vida sacra e os homens dizem que um cavaleiro da corte do rei Arthur logo há de curá-lo.

Diante daquilo, Sir Percival se surpreendeu imensamente, pois ele bem sabia quem poderia ser aquele cavaleiro. Depois de se despedir do monge, ele partiu.

Em seguida, cavalgou até o meio-dia e chegou a um vale onde encontrou vinte soldados com um cavaleiro morto em um carro fúnebre. Então, eles gritaram em direção a ele:

– De onde vens?

– Da corte do rei Arthur – ele respondeu.

Então todos gritaram:

– Matemo-lo – e o atacaram.

Mas Percival derrubou o primeiro homem ao chão e seu cavalo sobre ele. Em seguida, sete outros cavaleiros o atacaram ao mesmo tempo enquanto os outros assassinavam seu cavalo. Embora ele pudesse ter sido aprisionado ou morto, por sorte, Sir Galahad passava pelo local e ao ver vinte homens atacando um único, gritou: "Não o mateis!" e pôs-se a correr atrás deles. A toda velocidade, ele encontrou o primeiro homem e o derrubou ao chão. Diante de sua lança quebrada, empunhou a espada, às vezes com a mão esquerda, outras com a direita, e a cada golpe derrubava um cavaleiro novo até que o restante fugiu e ele os perseguiu.

Ao reconhecer Sir Galahad, Sir Percival quis alcançá-lo, mas não conseguiu, pois o seu cavalo havia sido morto. Mesmo assim, ele o seguiu a pé o mais longe que pôde. E enquanto caminhava, encontrou um guarda-real cavalgando em um palafrém, guiando um grande corcel preto pela mão. Sir Percival implorou que ele emprestasse o corcel para alcançar Sir Galahad. No entanto, ele respondeu:

– Isso eu não posso fazer, bom senhor, pois o cavalo é do meu mestre e se eu o emprestar, ele me mata. – Ele partiu e Sir Percival se sentou embaixo de uma árvore com o coração aflito. E quando se sentou, outro cavaleiro passou sobre o corcel preto que o guarda real outrora guiava. Em seguida, o guarda real se aproximou e perguntou se Sir Percival tinha visto algum cavaleiro com o seu cavalo.

– Sim – respondeu Sir Percival.

– Por Deus! – disse o guarda-real. – Ele o arrancou de mim à força, e o meu mestre vai me matar.

Então, ele pediu que Sir Percival apanhasse seu cavalo de sela e o seguisse até encontrar o corcel do seu mestre. Em seguida, ele cavalgou rapidamente, alcançou o cavaleiro e gritou:

– Cavaleiro, vira-te. – Diante daquilo, ele virou, inclinou a lança e golpeou o cavalo de Sir Percival no peito, de modo que o animal caiu morto e ele continuou em seu caminho. Sir Percival gritou:

– Vira-te agora, cavaleiro falso, e luta comigo por terra. – Mas ele não quis e simplesmente fugiu de vista.

Sir Percival ficou furioso e, consternado, deitou-se para descansar sob uma árvore e dormiu até a meia-noite. Quando acordou, viu uma mulher em pé ao lado dele, a qual disse com avidez:

– Sir Percival, o que fazes aqui?

– Nem o bem nem o mal – respondeu ele.

– Se me prometeres – ela respondeu – fazer a minha vontade sempre que eu pedir, trarei um cavalo para ti, que o levará onde quiseres.

Ele ficou bastante satisfeito diante daquela proposta e prometeu que a ajudaria. Em instantes, ela retornou com um grande corcel preto muito bem paramentado. Sir Percival montou nele e cavalgou pelo luar brilhante. De repente, aquela meia hora se tornou uma jornada de quatro dias, quando ele finalmente chegou a um rio agitado cujas águas rugiam. Diante daquela visão, seu cavalo quis levá-lo para dentro das águas sem a sua ordem, pois ele mal conseguia contê-lo. Ao ver a água correr tão furiosamente, ele fez o sinal da cruz sobre a testa. O cavalo imediatamente o derrubou e, com um som terrível, entrou dentro d'água e desapareceu em meio às ondas que pareciam queimar como chamas ao redor dele. Sendo assim, Sir Percival soube que fora um demônio quem lhe havia dado o cavalo; então, pediu perdão a Deus e implorou que pudesse escapar das tentações e que continuasse rezando até o raiar do dia.

Ele notou que estava em uma montanha selvagem, cercada pelo mar por quase todos os seus lados e cheia de bestas selvagens. Ao caminhar em direção ao vale, viu uma serpente carregando um leão pelo pescoço. Depois, outro leão apareceu logo atrás da serpente. Ele choramingava e rugia e logo a alcançou e começou a lutar com ela. Sir Percival ajudou o leão, apanhou a espada e golpeou a serpente com tanta força que ela caiu morta. O leão o adulou como se fosse um cão e começou a lamber-lhe as mãos e se agachar diante de seus pés. À noite, ele deitou ao lado de Percival e lá adormeceu.

Ao meio-dia do dia seguinte, Sir Percival viu um navio cortando as águas em meio a um vento muito forte, o qual vinha em sua direção. Ele se levantou e correu para encontrá-lo. Ao chegar à orla, notou que a embarcação estava coberta por um samito branco e, no deque, havia um velho homem vestido com túnicas de padre, o qual lhe disse:

– Que Deus esteja contigo, bom senhor. De onde vens?

– Sou um cavaleiro da corte do rei Arthur – ele disse – e estou em busca do Santo Graal, mas me perdi em meio a este deserto.

– Não temas – disse o velho homem –, pois vim de um país estranho para confortá-lo.

O velho homem contou a Sir Percival que o animal que havia lhe trazido ao mar era um demônio do inferno e que o leão, o qual ele havia salvo da serpente, representava a Igreja católica. Sir Percival ficou feliz com aquela notícia e entrou no navio, que naquele momento saía da orla em direção ao mar.

Por sua vez, quando Sir Bors deixou Camelot em busca do Santo Graal, encontrou um homem sacro sobre um jumento e o cumprimentou gentilmente.

– Quem és tu, filho? – perguntou o bom homem.

– Eu sou um cavaleiro – ele respondeu –, em busca do Santo Graal e adoraria ouvir o teu conselho, pois aquele que lhe der uma utilidade conquistará muita honra mundana.

– É verdade – replicou o bom homem –, pois este terá de ser o melhor cavaleiro do mundo. Mas saibas que ninguém o alcançará, exceto se tiver uma vida livre de pecados.

Eles cavalgaram até o eremitério juntos e lá ele pediu que Sir Bors passasse a noite. Foram à capela e Sir Bors se confessou. Em seguida, comeram pão e beberam água um em companhia do outro.

– Agora, – disse o ermitão – peço a ti que não comas mais até sentares à mesa em que se encontra o Santo Graal. – Sir Bors concordou.

– Além disso – falou o ermitão –, seria sábio usar uma roupa de juta próxima à pele, como penitência – e Sir Bors fez exatamente como fora aconselhado. Depois, vestiu sua armadura e partiu.

Ele cavalgou adiante durante todo aquele dia, e enquanto cavalgava, viu um grande pássaro sentado sobre uma árvore velha e seca, onde já não havia mais folhas. Muitos pássaros pequenos estavam ao lado da ave maior, quase todos mortos de fome. No entanto, o pássaro maior feriu a si mesmo com o próprio bico e sangrou até a morte em meio às outras aves. Depois, eles recuperaram a vida enquanto bebiam seu sangue. Ao ver aquilo, Sir Bors soube que aquele era um sinal e cavalgou imerso em seus pensamentos. Próximo do cair da noite, ele chegou a uma torre, onde implorou que pudesse entrar. Lá, foi recebido com toda a satisfação pela dama do castelo. Mas quando o jantar, repleto de carnes e delicadezas, foi posto diante dele, lembrou-se do seu voto e pediu que um escudeiro lhe trouxesse água, onde mergulhou seu pão e comeu. Então, disse a dama:

– Sir Bors, temo que a carne que lhe ofereço não te apetece.

– Sim, é verdade – ele respondeu. – Que Deus te agradeça, senhora, mas não posso comer outro tipo de carne que não esta.

Após o jantar, um escudeiro se aproximou e falou:

– Senhora, pondera levar um campeão ao torneio de amanhã, caso contrário, a tua irmã ficará com o teu castelo.

Diante daquilo, a dama chorou e foi tomada por um grande pesar. Mas, Sir Bors pediu a ela que se acalmasse e perguntou-lhe onde ocorreria o torneio. Contou que ela e a irmã eram filhas do rei Anianse, o qual havia deixado todas as suas terras para as duas. Ela também disse que a irmã era casada com um cavaleiro forte chamado Sir Pridan, o Moreno, o qual havia tomado todas as suas terras, exceto a torre em que morava.

– Agora – disse ela –, eles também vão tirar esta torre de mim, a menos que eu encontre um cavaleiro que lute por mim e vença o torneio de amanhã.

– Então – disse Sir Bors –, fica tranquila, amanhã lutarei por ti. – Diante daquilo, ela ficou extremamente feliz e enviou uma mensagem a Sir Pridan dizendo que levaria um cavaleiro e ele estaria pronto para lutar. Assim, Sir Bors se deitou no chão, não em uma cama, e estava determinado a fazer isso enquanto não cumprisse a sua missão.

De manhã, ele se levantou e se vestiu e foi à capela onde a dama o encontrou para ouvirem a missa juntos. Logo, ele pediu sua armadura e foi acompanhado de bons cavaleiros para a batalha. A dama implorou que se alimentasse antes de lutar, mas ele recusou quebrar o jejum até o final do torneio. Cavalgaram todos juntos até o campo de batalha e lá viram a irmã mais velha da dama bem como seu marido, Sir Pridan, o Moreno. Sendo assim, um grito foi emitido pelos arautos informando que, quem quer que ganhasse aquela batalha, ficaria com todas as outras terras.

Os dois cavaleiros partiram separadamente para um espaço pequeno e colidiram com tanta força que ambas as lanças se estilhaçaram e seus escudos e armaduras foram perfurados. Além disso, ambos os cavaleiros e seus cavalos caíram ao chão, gravemente feridos. Mas eles se ergueram rapidamente, levantaram suas espadas e atingiram suas cabeças com inúmeros golpes fortes, de modo que o sangue de ambos escorria pelos seus corpos. Sir Pridan era um cavaleiro muito bom e, portanto, Sir Bors teria de se esforçar mais do que imaginava para derrotá-lo.

Mas, por fim, Sir Pridan ficou um pouco atordoado. Sir Bors percebeu no mesmo instante e correu veementemente atrás dele. Ele o atingiu com toda a ferocidade até arrancar o seu elmo e dar-lhe três choques no visor com a espada deitada, depois perguntou se ele se renderia ou se preferia morrer.

Sir Pridan gritou por misericórdia:

– Pelo amor de Deus, não me mates! Nunca mais guerrearei contra a tua dama. – Diante daquelas palavras, Sir Bors permitiu que ele se fosse e a esposa fugiu com os seus cavaleiros.

Todos aqueles que estavam em posse das terras da dama da torre começaram a fazer reverências a ela novamente e mostrar sua lealdade. E quando o país finalmente estava em paz, Sir Bors partiu para uma floresta até que, ao meio-dia, uma aventura maravilhosa lhe ocorreu.

Pois em um local onde havia uma bifurcação, dois cavaleiros o encontraram carregando Sir Lionel e seu irmão, ambos nus, amarrados a um cavalo, e, à medida que cavalgavam, recebiam golpes com espinhos de modo que o sangue escorria em mais de cem lugares em seu corpo. Mas, ele não emitia nenhuma palavra ou gemido, de tão grande que era o seu coração. Quando reconheceu o seu irmão, Sir Bors posicionou sua lança para correr e resgatá-lo, mas no mesmo momento ele ouviu a voz de uma mulher gritar nos arredores da floresta:

– Santa Maria, socorre a tua donzela. – E olhando ao redor, ele viu uma donzela sendo arrastada por um cavaleiro criminoso e levando-a até um matagal. Ao notar a presença dele, ela gritou penosamente por socorro e rogou que ele a libertasse por ser um cavaleiro juramentado. Sir Bors ficou tão confuso sem saber o que fazer, e pensou consigo: "Se eu deixar o meu irmão, ele será assassinado. Mas se eu não ajudar a dama, ela será envergonhada para sempre. No entanto, meu voto me força a libertá-la. Portanto, devo ajudá-la primeiro e confiar meu irmão a Deus".

Cavalgando até o cavaleiro que detinha a donzela, ele gritou:

– Senhor cavaleiro, tira as tuas mãos dessa dama ou serás um homem morto.

Diante daquilo, o cavaleiro soltou a dama e largou o escudo que carregava, empunhou a espada contra Sir Bors, o qual correu em sua direção, e o golpeou através do escudo e do ombro, e o derrubou ao chão. Ao impulsionar a espada para frente, o cavaleiro cambaleou. Então, a donzela agradeceu Sir Bors de todo o coração, apanhou o cavalo do cavaleiro e o levou até os soldados que vinham cavalgando logo atrás. Eles festejaram muito e pediram que Sir Bors fosse falar com o pai da moça, um grande lorde, pois ele seria muito bem recebido.

– Mas, na verdade – ele disse –, não posso, pois tenho uma grande missão a cumprir – e confiando-os a Deus, partiu apressado em busca do irmão.

Durante um bom tempo, ele o procurou por meio das pegadas deixadas pelos cavalos. Logo, encontrou um homem sacro em um cavalo preto e forte, e perguntou-lhe se vira pelos arredores um cavaleiro amarrado e surrado, com uma coroa de espinhos.

– Sim, vi alguém assim – disse o homem –, mas ele está morto! Procura, pois seu corpo deve estar em meio aos arbustos nas proximidades.

Em seguida, ele mostrou um cadáver em meio aos arbustos, que de fato parecia ser o de Sir Lionel. Então, Sir Bors ficou cheio de tristeza e pesar, e caiu atordoado no chão. Ao recobrar a consciência novamente, ele apanhou o corpo nos braços, colocou-o na sela de seu cavalo e o levou a uma capela nos arredores para enterrá-lo. Porém, ao fazer o sinal da cruz, ele ouviu um barulho muito alto e um grito, como se demônios do inferno estivessem ao lado dele. Subitamente, o corpo, a capela e o velho homem desapareceram. Nesse momento, notou que o diabo o havia enganado e que o seu irmão ainda estava vivo.

Ele levantou as mãos para o céu e agradeceu a Deus por ter escapado daquele perigo, e pôs-se a cavalgar adiante. Logo, ao passar por um eremitério na floresta, ele viu o irmão sentado com sua armadura ao lado da porta. Quando o viu, ele se encheu de alegria e apeou de seu cavalo, correu e disse:

– Meu querido irmão, quando vieste para cá?

Mas Sir Lionel respondeu colérico:

– Que palavras vãs são essas quando eu quase fui morto por ti? Não me viste amarrado e levado para a minha própria morte? Tu me relegaste à minha própria sorte para socorrer aquela senhora. Nunca outro irmão fez algo assim! Agora, para tua infelicidade, desafio-te e garanto que darei a ti uma morte rápida.

Sendo assim, Sir Bors suplicou que o irmão se acalmasse e disse:

– Meu querido irmão, lembra-te do amor que há entre nós dois.

Porém, Sir Lionel não conseguia ouvir e, então, se preparou para a batalha, montou em seu cavalo, correu para cima dele e gritou:

– Sir Bors, afasta-te de mim, pois lutarei contigo como um inimigo e um traidor. Apressa o teu cavalo ou eu passarei por cima de ti.

Mas se não fossem por aquelas palavras, Sir Bors não teria se defendido do irmão. E logo, o demônio incitou tamanha raiva em Sir Lionel que ele disparou na direção de Sir Bors e o derrubou junto com o casco de seu cavalo, de modo que ele caiu zonzo no chão. Em seguida, Sir Lionel estava prestes a arrancar-lhe o elmo e matá-lo, mas o ermitão do lugar correu e suplicou que ele se contivesse e protegeu Sir Bors com o próprio corpo. Sir Lionel gritou:

– Agora, Deus me guarde, senhor padre, mas terei de matá-lo se não partires, e ele logo depois de ti.

E quando o bom homem se recusou a deixar Sir Bors, ele o golpeou na cabeça até a morte e apanhou seu irmão pelo elmo, retirou-o e quase o decapitou. E, de fato, o teria matado, mas repentinamente foi empurrado para trás por um cavaleiro da Távola Redonda, o qual, pela vontade de Deus, passava naquele instante pelo local. Seu nome era Sir Colgrevance.

– Sir Lionel – ele gritou –, tu vais matar o teu irmão, um dos melhores cavaleiros de todo o mundo? Nenhum homem merece isso.

– Por quê? – perguntou Sir Lionel. – Vais me impedir e se meter nessa briga? Toma cuidado, ou matarei os dois.

E quando Sir Colgrevance se recusou, Sir Lionel o desafiou e golpeou seu elmo. Diante daquilo, Sir Colgrevance pegou a espada e o atacou com toda a sua virilidade. E enquanto lutaram juntos, Sir Bors acordou e tentou se levantar e apartar a briga, mas teve forças apenas para manter-se em pé.

Logo, Sir Colgrevance o viu e gritou por ajuda, pois Sir Lionel estava prestes a derrotá-lo. Quando Sir Bors ouviu aquilo, ele se ergueu com muito esforço, colocou o elmo e empunhou a espada. Mas antes que pudesse se aproximar dele, Sir Lionel arrancou o elmo de Sir Colgrevance, arremessou-o ao chão e o assassinou. Então, dirigiu-se ao irmão como um homem possuído pelo diabo e o atingiu com uma força dupla.

Porém, Sir Bors implorou pelo amor de Deus para que aquela batalha terminasse, dizendo:

– Pois se acontecer de matarmos um ao outro, morreremos em razão de tamanho pecado.

– Eu nunca te pouparei se eu for o teu mestre – gritou Sir Lionel.

Sir Bors pegou sua espada enquanto se lamentava e disse:

– Que Deus tenha piedade de mim ao defender a minha vida contra o ataque do meu próprio irmão. – Ao dizer aquelas palavras, ele levantou a espada, mas imediatamente ouviu uma voz majestosa:

– Levanta a tua espada, Sir Bors, e foge, ou certamente tu hás de matá-lo. – Uma nuvem flamejante recaiu sobre os dois incendiando e escaldando seus escudos. Diante disso, ambos caíram no chão assombrados.

Em seguida, Sir Bors se levantou e viu que Sir Lionel não estava ferido. A mesma voz ecoou novamente:

– Sir Bors, vai e deixa o teu irmão. Cavalga até o mar e lá encontrarás Sir Percival esperando por ti.

No mesmo instante, ele disse ao irmão:

– Meu irmão, perdoa todos os meus ataques contra ti.

E Sir Lionel respondeu:

– Que Deus te perdoe assim como eu o perdoo.

Assim, ele partiu e cavalgou na direção do mar. Chegando à costa, encontrou um navio todo coberto de samito branco e assim que entrou nele, a embarcação começou a se mover pelo mar. No meio dela havia um cavaleiro de armadura, o qual ele reconheceu como sendo Sir Percival. Ambos se alegraram imensamente e disseram:

– Não nos falta nada agora, exceto o bom cavaleiro Sir Galahad.

Quando Sir Galahad resgatou Sir Percival dos vinte cavaleiros, ele adentrou uma enorme floresta. E depois de muitos dias, chegou a um castelo onde ocorria um torneio. Os cavaleiros do castelo estavam sendo derrotados, mas quando Sir Galahad os viu, inclinou sua lança, correu em auxílio dos cavaleiros e derrubou muitos adversários. Por acaso, Sir Gawain estava entre os cavaleiros estranhos, e quando viu o escudo branco com a cruz vermelha, soube imediatamente que aquele era Sir Galahad e ofereceu lutar contra ele. Ambos colidiram, e após quebrarem suas lanças, recorreram às espadas. Sir Galahad, por sua vez, atingiu Sir Gawain tão gravemente no elmo que o partiu ao meio e começou a golpeá-lo próximo ao chão, partindo o ombro do cavalo em dois e derrubando Sir Gawain no chão. Sir Galahad derrotou todos aqueles que lutavam contra o castelo, mas não esperou agradecimentos e fugiu sem que ninguém soubesse para onde foi.

Naquela noite, ele descansou em um eremitério e enquanto dormia, ouviu uma batida na porta. Ele se levantou e se deparou com uma donzela, a qual lhe disse:

– Sir Galahad, aconselho-te a vestir tua armadura, montar em teu cavalo e me seguir, pois o guiarei pelos próximos três dias à maior aventura de todos os tempos, jamais vivida por outro cavaleiro.

Sir Galahad vestiu sua armadura, pediu proteção a Deus e disse à senhorita que o guiasse para onde ela desejava.

Em seguida, eles cavalgaram na direção do mar o mais rápido que puderam, e à noite, chegaram a um castelo em um vale cercado por um rio corrente bem como muros altos e fortificados. Eles entraram e foram bem recebidos, pois a dama do castelo era a patroa da donzela.

Depois de retirar sua armadura, a moça disse à patroa:

– Senhora, podemos dormir aqui esta noite?

– Não – ela respondeu –, apenas o necessário para que ele descanse um pouco e se alimente.

Desse modo, ele jantou e descansou até que a dama o acordou, trouxe sua armadura em meio à luz de uma tocha e, depois de se despedirem da dama do castelo, a donzela e Sir Galahad partiram.

Em pouco tempo, eles chegaram à orla da praia e lá estava o navio onde Sir Percival e Sir Bors esperavam. Os dois gritaram:

– Bem-vindos, estamos esperando por ti há muito tempo.

Eles se alegraram e contaram sobre suas aventuras e tentações. A donzela entrou no navio com eles e dirigiu-se a Sir Percival:

– Tu não me reconheces?

E ele lhe respondeu:

– Não, certamente não a conheço.

Em seguida, ela disse:

– Sou tua irmã, filha do rei Pellinore e fui enviada para ajudar a ti e a esses cavaleiros, teus companheiros, para que cumpram a missão que vos foi confiada.

Sir Percival se alegrou em ver a irmã e eles deixaram a orla. Após algum tempo, eles chegaram a um redemoinho no mar e notaram que a embarcação não resistiria. Portanto, ao verem uma embarcação ainda maior nas proximidades, foram em direção a ela, mas não viram nenhum homem ou mulher dentro. Na parte traseira, eles leram: "Aqueles que entrarem aqui deverão ter uma crença inabalável, pois eu sou a fé, e, se duvidardes, eu não vos poderei auxiliar". Embora temerosos, todos pediram a proteção de Deus e adentraram a embarcação.

Depois que todos entraram, viram uma cama confortável onde uma coroa de seda repousava, e nos pés dela, uma boa e suntuosa espada, a poucos centímetros de sua bainha. O punhal era cravejado de pedras preciosas de muitas cores; cada cor exibia uma virtude diferente e suas camadas eram feitas de duas costelas de animais selvagens diferentes. A primeira era de osso de serpente da floresta Calidone, chamada de "serpente do diabo", e quando empunhada, tinha a virtude de salvar os homens do cansaço. A segunda camada era proveniente do osso de um peixe que assombrava as correntes do Eufrates, chamado Ertanax. E quem quer que a empunhasse, esqueceria de todas as coisas, fossem memórias alegres ou tristes, exceto o que vissem diante de si.

– Em nome de Deus – disse Sir Percival –, vou examinar esta espada antes de usá-la. – E dessa forma colocou sua mão sobre ela, mas não foi capaz de levantá-la. – Apesar da minha fé – disse ele –, não sou capaz.

Sir Bors foi o próximo a tentar empunhá-la, mas também não conseguiu.

Sir Galahad se aproximou e viu as seguintes palavras escritas em vermelho-sangue: "Ninguém deve me carregar a não ser o homem mais forte de todos. Este homem nunca será humilhado ou ferido até a morte".

– Pela minha fé – disse Sir Galahad –, eu gostaria de puxá-la, mas não ouso tentar.

– Deves tentar com segurança – disse a dama, irmã de Sir Percival –, pois esta espada é proibida a outro homem que não seja tu. Esta foi a espada de Davi, o rei de Israel, e Salomão, seu filho, forjou este punhal e bainha maravilhosos, e a colocou sobre esta cama até que tu viesses e a puxasses. E embora outros tenham tentado erguê-la antes de ti, foram todos mutilados ou feridos por tamanha audácia.

– Onde – disse Sir Galahad – poderemos encontrar uma cinta para carregá-la?

– Bom senhor – disse ela –, não te preocupes – e retirou uma cinta de uma caixa, costurada nobremente com fios de ouro, cravejada de pedras preciosas e com uma suntuosa fivela de ouro.

– Esta cinta, meus lordes – disse ela –, foi feita da maior parte do meu cabelo, o qual eu amava demais enquanto ainda estava no mundo. No entanto, quando eu soube que esta aventura havia sido confiada a mim, eu o cortei e teci esta cinta, como podem ver.

Todos imploraram que Sir Galahad tentasse puxar a espada. Desse modo, ele a segurou entre os dedos. Em seguida, a donzela a amarrou em sua cintura enquanto dizia:

– Se eu morrer, estarei satisfeita por tê-lo tornado o cavaleiro de maior valor do mundo.

– Boa donzela – disse Sir Galahad –, fizeste tanto por mim que eu serei o teu cavaleiro pelo resto da minha vida.

Então, a embarcação navegou por um caminho bastante longo e os levou até os arredores do Castelo de Carteloise. Quando aportaram, um escudeiro se aproximou e disse:

– Vós sois da corte do rei Arthur?

– Sim, somos – eles responderam.

– Chegastes em um momento péssimo – ele disse, e voltou rapidamente para o castelo.

Dentro de instantes, eles ouviram uma grande corneta ressoar, e uma multidão de homens bem paramentados se aproximou, os quais ofereceram que se rendessem ou então morreriam. Ao ouvirem aquilo, eles correram todos ao mesmo tempo. Em seguida, Sir Percival derrubou um dos cavaleiros no chão e montou em seu cavalo. Sir Bors e Sir Galahad fizeram o mesmo e logo derrotaram seus inimigos, apearam, mataram-nos com suas espadas imediatamente e entraram no castelo.

Um padre se aproximou, diante do qual Sir Galahad se ajoelhou e disse:

– A verdade, meu bom padre, é que me arrependo de toda essa matança, mas fomos atacados primeiro e, se não nos defendêssemos, morreríamos.

– Não te arrependas – disse o bom homem –, pois mesmo que fosses tão velho quanto o mundo, não terias feito nada melhor, pois esses eram inimigos de um bom cavaleiro, o conde Hernoz, o qual trancafiaram em uma masmorra e, em seu nome, mataram padres, clérigos e destruíram capelas por todos os lados.

Assim sendo, Sir Galahad suplicou que o padre trouxesse o conde, o qual, ao ver Sir Galahad, exclamou:

– Esperei por tanto tempo pela tua chegada e agora peço a ti que me segure em teus braços para que eu possa morrer em paz.

Ao ouvir aquelas palavras, Sir Galahad o apanhou nos braços e sua alma deixou seu corpo. Imediatamente, todos puderam ouvir uma voz:

– Parte agora mesmo, Sir Galahad, e encontra o rei mutilado, pois há muito tempo ele espera receber a saúde de tuas mãos.

Sendo assim, os três cavaleiros partiram junto da irmã de Sir Percival. Logo, eles chegaram a uma enorme floresta e viram um cervo branco extremamente belo, o qual era guiado por quatro leões. Ao se maravilharem diante daquela visão, resolveram segui-los.

Em seguida, acercaram-se de um eremitério e uma capela, onde o cervo e os leões entraram. Um padre rezou uma missa e o cervo tomou a forma de um homem, o mais doce dos homens e de aparência agradável aos olhos. Os quatro leões também se transformaram. Um deles se tornou um homem, o outro, uma águia; um permaneceu com a figura de leão e o outro adquiriu a forma de um touro. Subitamente, todas aquelas cinco figuras desapareceram sem emitir um ruído sequer. Os cavaleiros ficaram estupefatos e se ajoelharam diante daquele milagre. Ao levantarem-se, suplicaram que o padre lhes contasse o que aquela visão significava.

– O que vistes, senhores? – ele indagou. – Eu não vi nada. – E então lhe contaram sobre a visão.

– Ah, lordes – ele disse –, vocês são muito bem-vindos. Agora sei que são os cavaleiros que vão alcançar o Santo Graal, pois apenas a eles é que esses mistérios são revelados. O cervo que viram está acima de todos os homens, branco e sem manchas, e os quatro leões com Ele são seus quatro evangelistas.

Quando ouviram aquilo, todos ficaram extremamente felizes, agradeceram ao padre e partiram.

Logo, enquanto passavam por um determinado castelo, um cavaleiro de armadura repentinamente os seguiu e gritou para a donzela:

– Pela cruz sagrada, não podes passar por aqui sem render-se às tradições do castelo.

– Deixa a moça – disse Sir Percival –, pois damas são livres, independentemente de onde venham.

– Toda dama que passar por aqui – respondeu o cavaleiro –, deve conceder uma porção de seu sangue do braço direito.

– É uma tradição vil e humilhante – exclamaram Sir Galahad e seus dois companheiros. – Além disso, preferimos morrer a permitir que esta dama se renda a este costume nefasto.

– Preparai-vos para morrer – respondeu o cavaleiro e à medida que falou, mais dez ou doze cavaleiros saíram de um portão e os atacaram a toda velocidade com gritos muito altos. No entanto, os três cavaleiros os contiveram, apanharam suas espadas, os derrubaram e os mataram.

Diante daquilo, sessenta cavaleiros se aproximaram. Todos vestindo suas armaduras.

– Meus bons lordes – disse Sir Galahad –, tenhais misericórdia de vós mesmos e afastai-vos.

– Não, meus bons senhores – eles responderam –, aceitai o nosso conselho e rendei-vos.

– Vosso conselho não vale nada – disse Galahad –, falais em vão.

– Bem – disseram eles –, preferem morrer?

– Não foi para isso que viemos até aqui – respondeu Sir Galahad.

Eles se enfrentaram até que Sir Galahad puxou sua espada e os derrubou da esquerda à direita, lutando tão majestosamente que todos que o observavam pensaram que era um monstro e não um homem. Ambos os seus camaradas o ajudaram e contiveram aquela multidão até o anoitecer. Em certo momento, um bom cavaleiro do lado inimigo se aproximou e disse:

– Bons cavaleiros, passai a noite aqui e sereis bem recebidos. Pela fé em nossos corpos, e na condição de fiéis cavaleiros, amanhã vos levantareis ilesos e, enquanto isso, tereis tempo para ponderar o costume do castelo e aceitá-lo quando achardes melhor.

Assim sendo, eles entraram, apearam e foram bem recebidos. Logo, perguntaram de onde vinha aquele costume.

– A dama deste castelo tem lepra – eles disseram – e só alcançará a cura quando obtiver o sangue de uma dama virgem que seja filha de um rei. Portanto, para salvar sua vida, nós, que somos seus servos, vemo-nos obrigados a impedir a passagem de qualquer dama para coletarmos um pouco de seu sangue que possa ser a cura de nossa senhora.

Dessa maneira, disse a donzela:

– Coletai o quanto quereis do meu sangue se for para restaurar a saúde da vossa senhora.

E embora os cavaleiros tenham urgido que ela não colocasse a vida em um perigo tão grande, ela respondeu:

– Se eu morrer para curar outro corpo, minha alma terá saúde – e ninguém conseguiu persuadi-la a desistir.

Diante daquilo, no dia seguinte, ela foi trazida à dama adoentada. Depois, seu braço foi despido, uma de suas veias foi aberta e um prato foi preenchido com o seu sangue. A dama adoentada foi untada com aquele sangue e rapidamente se curou de sua doença. Com isso, a irmã de Sir Percival levantou sua mão e a abençoou dizendo:

– Senhora, vim em busca da minha morte para dar-te a vida. Pelo amor de Deus, reza por mim – e depois de dizer isso, caiu no chão cambaleante.

Em seguida, Sir Galahad, Sir Percival e Sir Bors começaram a erguê-la e a estancar seu sangue, mas ela já havia perdido demais para conseguir sobreviver. Quando recobrou a consciência, ela disse a Sir Percival:

– Meu bom irmão, se eu tiver de morrer para curar esta mulher, peço que não me enterres aqui, mas me coloques em um bote no próximo abrigo e deixes meu corpo flutuar a esmo pelos mares. Assim que chegar na cidade de Sarras, para alcançar o Santo Graal, estarei esperando ao lado de uma torre. Peço que me enterres lá, pois lá é que tu e Sir Galahad serão enterrados. – Ao dizer isso, ela morreu.

Por conseguinte, Sir Galahad escreveu toda a história de sua vida em um papel, colocou-o em sua mão direita e deitou seu corpo em uma embarcação coberta de seda. O vento levou a embarcação da terra ao mar e todos os cavaleiros puseram-se a observá-la até que sumisse de suas vistas.

Depois, eles retornaram ao castelo, e caiu uma súbita tempestade cheia de raios, chuva e trovões como se a Terra estivesse quebrando ao meio e, portanto, metade do castelo desabou. Imediatamente, uma voz ecoou aos três cavaleiros:

– Deveis partir agora mesmo até que nos encontremos novamente, onde jaz o rei mutilado. – Dessa forma, eles partiram passando por caminhos diferentes.

Depois que Sir Lancelote deixou o eremitério, cavalgou por um trajeto considerável até que não sabia mais onde virar e decidiu dormir um pouco, e quem sabe, sonhar sobre o rumo que deveria tomar.

Durante seu sonho, ele teve uma visão que lhe dizia: "Lancelote, levanta--te, veste a tua armadura e entra no primeiro navio que encontrares".

Quando acordou, ele obedeceu à visão e cavalgou até chegar a uma orla. Lá, ele encontrou um navio sem velas ou remos. Assim que entrou, sentiu o perfume mais doce de sua vida e pareceu satisfeito com tudo o que imaginava ou desejava. Ao olhar ao redor, notou uma boa cama e sobre ela uma donzela morta, a irmã de Sir Percival. E à medida que a observava, notou os escritos em sua mão direita. Ao apanhá-los, ele leu sua história. Então, permaneceu durante mais de um mês dentro do navio e foi alimentado pela graça de Deus, assim como Israel foi alimentado com maná em pleno deserto.

Em certa noite, ele foi à orla para passar o tempo, pois já estava extremamente cansado e ao aguçar os ouvidos, notou o som de um cavalo vindo em sua direção. Dele, um cavaleiro apeou e caminhou até a embarcação. Quando viu Sir Lancelote, ele disse:

– Meu bom senhor, és muito bem-vindo. Sou teu filho Galahad e tenho procurado por ti há muito tempo. – Diante daquilo, ele se ajoelhou, pediu sua bênção, retirou seu elmo e o beijou. A alegria que ambos sentiram jamais poderá ser traduzida em nenhuma língua.

Durante seis meses, eles viveram juntos naquele navio e serviram a Deus, noite e dia, com todos os seus poderes e foram a muitas ilhas desconhecidas onde nada além de bestas selvagens assombravam, e lá se depararam com muitas aventuras estranhas e perigosas.

Em certo momento, eles chegaram à beira de uma floresta, diante de uma cruz de pedra e viram um cavaleiro com uma armadura branca guiando seu cavalo da mesma cor. O cavaleiro os cumprimentou e disse a Galahad:

– Passaste tempo suficiente com o teu pai. Agora, deixa-o e monta neste cavalo até cumprires a tua missão sagrada.

Imediatamente, Sir Galahad se dirigiu ao pai, beijou-o gentilmente e lhe disse:

– Meu bom pai, não sei quando o verei novamente.

E no momento em que montou em seu cavalo, uma voz se fez ouvir: "Vós nunca mais vos encontrareis em vida".

– Agora, meu filho, Sir Galahad – disse Sir Lancelote –, uma vez que temos de nos despedir e nunca mais nos vermos, rezo para que o Nosso Pai do Céu nos proteja.

Eles se despediram e Sir Galahad adentrou a floresta. Sir Lancelote, por sua vez, voltou ao seu navio e o vento o guiou por mais de um mês pelos mares, onde ele dormia pouco e rezava muito para que pudesse ver o Santo Graal.

Em determinada meia-noite em que a lua brilhava límpida, ele se aproximou de um castelo belo e suntuoso, onde o portão de trás estava aberto encarando o mar e não se via porteiro nenhum, exceto dois leões, logo em sua entrada.

Sendo assim, Sir Lancelote ouviu uma voz: "Deixa o teu navio agora mesmo, entra no castelo e verás uma parte do que mais desejas".

Então, ele se armou e seguiu em direção ao portão. Ao chegar perto dos leões, ele puxou a espada, mas, de repente, um anão correu de lá e o apunhalou no braço, de modo que sua espada caiu no chão e ele ouviu a mesma voz ecoar novamente: "Oh, homem de má-fé e pouca crença, por que confias mais em tuas armas do que no teu próprio Criador?". Lancelote levantou a espada, fez o sinal da cruz na própria testa e passou pelos leões sem sofrer qualquer ferimento.

Ao entrar, ele encontrou um quarto com uma porta trancada, a qual tentou abrir em vão. E, ao aguçar a audição novamente, ouviu uma voz lá dentro que cantava uma doce canção, a qual não se assemelhava a nenhuma outra: "Alegria e honra ao Pai dos Céus!". Ele se ajoelhou diante da porta, pois soube que o Santo Graal estava lá dentro.

Logo, a porta se abriu sem a ajuda de mãos mundanas e de lá viu-se um esplendor enorme, como se todas as tochas do mundo tivessem sido acesas ao mesmo tempo. Mas, ao tentar entrar, uma voz o impediu. Ele recuou e observou de onde estava. Lá, ele viu uma mesa de prata, o cálice sagrado coberto com um samito vermelho e muitos anjos ao redor dele, os quais seguravam velas acesas, uma cruz e todos os ornamentos do altar.

Um padre se levantou e rezou uma missa e quando apanhou o cálice, ele pareceu afundar embaixo daquele fardo. Diante daquilo, Sir Lancelote gritou:

– Oh, Pai, não encara como um pecado a ajuda que oferecerei ao padre necessitado. – Ao dizer isso, ele entrou, mas ao caminhar na direção da mesa, sentiu um sopro de fogo que saiu lá de dentro e o arremessou ao chão, de modo que não teve forças para se levantar.

Lodo depois, ele sentiu muitas mãos ao seu redor, as quais o levantaram e o deitaram para fora das portas da capela. Lá, ele permaneceu deitado e zonzo durante toda aquela noite. No dia seguinte, algumas pessoas notaram que ele havia perdido os sentidos e o carregaram até um quarto e o deitaram em uma cama. Lá ele descansou, vivo, mas não mexeu os membros durante vinte e quatro dias e noites.

No vigésimo quinto dia, ele abriu os olhos e vendo aquelas pessoas ao seu redor, disse:

– Por que me acordaram? Vi maravilhas que jamais poderão ser traduzidas em palavras, além do que qualquer coração há de imaginar.

Lancelote perguntou onde estava e lhe responderam:

– No Castelo de Carbonek.

– Diz ao teu lorde, o rei Pelles – disse ele –, que eu sou Sir Lancelote.

Diante daquilo, eles ficaram maravilhados e contaram ao lorde que quem jazia deitado ali há tanto tempo era Sir Lancelote.

O rei Pelles ficou tão satisfeito que foi vê-lo e pediu que ele passasse uma temporada ali. No entanto, Sir Lancelote disse:

– Agora sei que pude ver tudo o que meus olhos foram capazes de observar do Santo Graal. Portanto, já posso retornar ao meu país. – Desse modo, ele se despediu do rei Pelles e partiu na direção de Logris.

Quanto a Sir Galahad, depois que se despediu de Sir Lancelote, cavalgou por muitos dias até chegar a um monastério onde o rei Evelake jazia, o qual Sir Percival tinha visto. No dia seguinte, quando ouviu a missa, Sir Galahad desejou ver o rei, que exclamou:

– Bem-vindo, Sir Galahad, servo do Nosso Senhor! Esperei por ti por muito tempo. Carrega-me em teus braços para eu possa morrer em paz.

Diante daquilo, Sir Galahad o abraçou e, ao fazê-lo, os olhos do rei se abriram e ele disse:

– Meu bom Senhor Jesus Cristo, permita-me ir convosco! – então, sua alma deixou seu corpo.

Em seguida, ele foi enterrado com uma cerimônia digna da realeza e, depois, Sir Galahad seguiu seu caminho.

Em instantes, ele chegou a uma capela em uma floresta, em cuja cripta viu um túmulo que queimava e brilhava. Ao perguntar aos irmãos o que aquilo significava, eles lhe contaram:

– O filho de José de Arimateia encontrou este monastério e quem lhe fez mal jaz aqui há trezentos e cinquenta anos queimando até que o cavaleiro perfeito alcance o Santo Graal e apague o fogo. Ele disse:

– Imploro que me leves ao túmulo.

Ao tocar no local, o fogo imediatamente se apagou e uma voz ecoou da cova: "Obrigado, meu Deus, por ter me expurgado do meu pecado e me levado das dores mundanas às alegrias do Paraíso".

Dessa maneira, Sir Galahad apanhou o corpo em seus braços e o levou à abadia, onde no dia seguinte, o enterrou no solo, diante do grande altar.

Depois, ele partiu de lá e cavalgou por cinco dias em uma grande floresta. Em seguida, encontrou Sir Percival e, mais adiante, Sir Bors. Contando suas aventuras um ao outro, cavalgaram juntos ao Castelo de Carbonek, e lá o rei Pelles os recebeu de todo o coração, pois sabia que eles eram os cavaleiros que cumpririam a missão sagrada.

Quando entraram no castelo, uma voz ecoou no meio do quarto: "Levantem-se e partam aqueles que não hão de sentar-se à mesa do Senhor!". Assim, todos, exceto os três cavaleiros, partiram.

Eles viram outros cavaleiros entrarem apressados pelas portas do saguão e apanharem suas armaduras, os quais disseram a Sir Galahad:

– Senhor, nos esforçamos para estarmos com o senhor nesta mesa.

– Sois bem-vindos – ele respondeu –, mas de onde vindes?

Três deles, portanto, responderam que eram da Gália, três da Irlanda e outros três da Dinamarca.

A figura de um bispo apareceu com uma cruz nas mãos, quatro anjos ao seu redor e uma mesa de prata diante deles, sobre a qual repousava o cálice do Santo Graal. Depois, outros anjos se aproximaram, dois carregavam velas acesas, o terceiro portava uma toalha e o quarto trazia uma lança que sangrava maravilhosamente. As gotas de tal lança pingavam em uma caixa que ele trazia na mão esquerda. Diante daquilo, o bispo apanhou a hóstia para consagrá-la e, ao levantá-la, viram a figura de uma Criança, cuja imagem era mais clara do que qualquer fogo. A figura caiu no meio da hóstia e desapareceu, de modo que todos puderam ver a carne se transformar em pão.

Diante daquilo, o bispo se aproximou de Galahad, beijou-o, pediu que ele beijasse seus companheiros e disse:

– Agora, servos do Senhor, preparai-vos para a comida como jamais fostes alimentados desde a criação do mundo.

Ao dizer aquilo, ele desapareceu e os cavaleiros foram tomados por grande assombro e começaram a rezar fervorosamente.

Então, os cavaleiros viram sair do cálice sagrado a visão de um homem que sangrava desmedidamente, o qual bem conheciam pelos sinais de sua Paixão pelo próprio Senhor. Diante daquilo, desmaiaram e ficaram atordoados. Ele trouxe o Santo Graal e falou palavras de conforto. Ao beberem do cálice, o sabor experimentado era mais doce do que qualquer língua jamais poderá traduzir ou coração sentir. Uma voz disse a Galahad: "Filho, com o sangue que goteja desta lança, unta o rei mutilado e cura-o. Ao fazê-lo, parte daqui com os teus irmãos em um navio que encontrarás no caminho e dirigi-vos à cidade de Sarras. Leva contigo o cálice sagrado, pois ele nunca mais há de ser visto no reino de Logris".

Diante daquilo, Sir Galahad caminhou até a lança sanguinolenta e ao untar seus dedos, caminhou imediatamente até Pelles, o rei mutilado, e tocou sua ferida. Repentinamente, ele se levantou de sua cama, mais saudável do que nunca, e agradeceu a Deus do fundo do seu coração.

Sendo assim, Sir Galahad, Sir Bors e Sir Percival partiram como lhes fora dito. Depois de cavalgarem por três dias, chegaram a uma orla e encontraram um navio esperando por eles. Ao entrarem, viram, no meio da embarcação, uma mesa de prata e o cálice do Santo Graal coberto com um samito vermelho. Ficaram contentes e prestaram suas reverências a ele. Sir Galahad implorou aos Céus que já poderia deixar este mundo e encontrar Deus. Nesse momento, enquanto rezava, uma voz lhe disse: "Galahad, a tua oração foi ouvida e assim que pedires a morte do teu corpo, a terás e encontrarás a vida de tua alma".

Porém, enquanto rezavam e dormiam, a embarcação continuou navegando e quando acordaram, viram a cidade de Sarras diante de seus olhos, assim como o navio onde estava o corpo da irmã de Sir Percival. Os três cavaleiros levantaram a mesa sagrada e o Santo Graal e entraram na cidade. Lá, em uma capela, eles enterraram o corpo da irmã de Sir Percival com todas as solenidades.

Nos portões da cidade, eles viram um velho senhor aleijado, a quem Sir Galahad pediu ajuda para carregarem aquele peso.

– Na verdade – disse o velho homem –, faz dez anos desde que dei meu último passo sem essas muletas.

– Não te preocupes – disse Sir Galahad. – Levanta-te e mostra a tua boa vontade.

Quando ele fez menção de se movimentar, notou que seus membros eram tão fortes quanto os de qualquer outro homem e, ao correr na direção da mesa, ajudou-os a carregá-la.

Desse modo, um rumor correu pela cidade de que um aleijado havia sido curado por cavaleiros estranhos.

Mas o rei, chamado Estouranse, o qual era um tirano bárbaro, ao saber daquilo, apanhou Sir Galahad e seus companheiros e os colocou na prisão, em um buraco bem fundo. Lá eles permaneceram por muito tempo, mas o Santo Graal estava com eles e os alimentou todos os dias, com uma comida maravilhosamente doce de maneira que eles não desmaiaram, mas obtiveram toda a alegria e o conforto que desejavam.

Ao final do ano, o rei ficou adoentado e sentiu que ia morrer. Então, mandou buscar os três cavaleiros e, quando se puseram diante dele, Estouranse implorou por sua misericórdia em razão dos ataques contra eles. Assim, os três o perdoaram e ele morreu.

Mais tarde, os nobres da cidade se aconselharam para saber quem deveria ser rei no lugar dele e, à medida que falavam, uma voz ressoou entre eles: "Escolhei o mais novo dos três cavaleiros que o rei Estouranse aprisionou para o ser o novo rei". Diante daquilo, eles buscaram Sir Galahad e o tornaram rei, com o consentimento de toda a cidade; caso contrário, o teriam matado.

Mas, certo dia, depois de doze meses, enquanto Sir Galahad rezava diante do Santo Graal, um homem vestido de bispo apareceu acompanhado de muitos anjos, o qual rezou uma missa e depois disse a Sir Galahad:

– Aproxima-te, servo do Senhor, pois chegou a hora de obteres o que desejas há tanto tempo. Sir Galahad levantou as mãos e rezou:

– Senhor abençoado, que eu deixe de viver se este for o Teu desejo.

Logo, o bispo deu-lhe o sacramento e quando ele o recebeu, em meio a uma satisfação inenarrável, disse:

– Quem és tu, pai?

— Sou José de Arimateia — ele respondeu —, enviado pelo Senhor para ser teu companheiro.

Quando ouviu aquilo, Sir Galahad se dirigiu a Sir Percival e Sir Bors, beijou-os e os abençoou, dizendo:

— Mandai meus cumprimentos a Sir Lancelote, meu pai, e lembrai-vos deste mundo instável.

Em seguida, ele se ajoelhou, rezou e, de repente, sua alma deixou seu corpo e uma multidão de anjos o carregou aos céus. Uma mão dos céus pôde ser vista, a qual apanhou o cálice e a lança, os quais sumiram imediatamente de vista.

Desde então, nunca houve homem tão corajoso ao ponto de poder dizer que viu o Santo Graal.

E depois de tudo isso, Sir Percival retirou sua armadura, levou-a a um eremitério e depois de algum tempo, deixou este mundo. Sir Bors, ao enterrá-lo ao lado da irmã, retornou à corte do rei Arthur, em Camelot, lamentando-se profundamente pela morte dos dois irmãos.

A morte de Arthur

Sir Lancelote e a bela Elaine

Após o cumprimento da missão do Santo Graal, todos os cavaleiros que permaneceram vivos retornaram à Távola Redonda em meio a muita alegria. O rei Arthur e a rainha Guinevere ficaram muito satisfeitos em ver Sir Lancelote e Sir Bors, pois estavam afastados há muito tempo em razão da missão sagrada.

Quando voltou, a fama de Sir Lancelote era tão grande que se espalhara entre muitas damas e donzelas de modo que o procuravam e recorriam a ele diariamente para lutarem por elas. E ele entrava em combates pelo prazer do nosso Senhor Cristo. E, portanto, afastou-se cada vez mais da rainha.

Diante daquilo, a rainha Guinevere, que o considerava o seu próprio cavaleiro, ficou furiosa e, certo dia, o chamou em sua câmara e disse:

– Sir Lancelote, vejo que tua lealdade a mim se esvai a cada dia, pois estás afastado desta corte e assumes combates em nome de outras damas mais do que nunca. Portanto, penso que és um falso cavaleiro e já não confio mais em ti. Sai daqui agora e nunca mais voltes a esta corte sob pena de perderes a tua cabeça! – Ao dizer aquilo, ela o deixou e não quis ouvir suas desculpas.

Desse modo, Sir Lancelote partiu com o coração despedaçado. Então, chamou Sir Bors, Sir Ector e Sir Lionel e contou-lhes como a rainha havia lhe tratado.

– Meu bom senhor – respondeu Sir Bors –, lembra-te da honra que conquistaste neste país e de como és chamado de "o cavaleiro mais nobre do mundo". Portanto, não vás, pois as mulheres são precipitadas e fazem coisas das quais se arrependem mais tarde. Segue o meu conselho. Monta naquele cavalo e cavalga até o eremitério nas vizinhanças de Windsor. Fica lá até que eu envie melhores notícias a ti.

Sir Lancelote consentiu e se foi, tomado por grande tristeza.

Ao ouvir sobre sua partida, a rainha arrependeu-se internamente, mas não demonstrou pesar. Pelo contrário, demonstrava um orgulho ainda maior. Certo dia, ela realizou um banquete suntuoso para todos os cavaleiros da Távola Redonda para mostrar sua alegria perante eles, tanto quanto mostrava a Sir Lancelote. No banquete compareceram Sir Gawain e seus irmãos Sir Agravaine, Sir Gaheris e Sir Gareth. Além disso, também estavam presentes Sir Modred, Sir Bors, Sir Blamor, Sir Bleoberis, Sir Ector, Sir Lionel, Sir Palomedes, Sir Mador de la Port, seu primo, Sir Patrice, que era um cavaleiro da Irlanda, bem como Sir Pinell, o Selvagem, e muitos outros.

No entanto, Sir Pinell odiava Sir Gawain, pois ele havia matado um de seus parentes por traição. Sir Pinell sabia que Sir Gawain amava todos os tipos de frutas e dessa maneira, ele envenenou algumas maçãs que haviam sido colocadas sobre a mesa com a intenção de matá-lo. Por acaso, enquanto comiam e confraternizavam, Sir Patrice, o qual estava sentado ao lado de Sir Gawain, pegou uma das maçãs e a comeu. Ele imediatamente engasgou e caiu morto.

Diante daquilo, todos os cavaleiros saltaram de suas mesas e se enfureceram, pois não sabiam o que dizer. Mas, por saberem que a rainha é quem estava oferecendo aquele banquete, puseram-se a suspeitar dela.

– Minha dama rainha – disse Sir Gawain –, eu ouso dizer que esta fruta havia sido destinada a mim, pois todos sabem do meu amor por maçãs. Quase fui morto e, portanto, temo que serás punida.

– Isso não ficará assim – gritou Sir Mador de la Port –, pois acabo de perder um nobre cavaleiro do meu sangue e por esse desprezo e essa vergonha, me vingarei terrivelmente.

Ele acusou a rainha Guinevere da morte de seu primo, mas ela permaneceu em silêncio, estupefata, e diante de tamanha tristeza e pesar, desmaiou.

Com o estardalhaço e os gritos repentinos, o rei Arthur chegou e Sir Mador se dirigiu a ele acusando sua esposa.

– Meus bons lordes – disse ele –, estou profundamente confuso com este assunto, pois devo ser um juiz justo, mas não posso incitar uma batalha contra a minha própria esposa, pois creio em sua inocência. Penso, no entanto, que não faltará um cavaleiro que lute por ela. Estou certo de que algum cavaleiro há de arriscar o próprio corpo pela rainha.

Mas todos que haviam estado no banquete diziam que a rainha não poderia ser desculpada e que nenhum deles poderia lutar a seu favor, pois ela estava oferecendo aquela festa e, portanto, a morte do cavaleiro só poderia ser trama da rainha ou de seus servos.

– Por Deus! – disse a rainha. – Dei este banquete com a melhor das intenções e sem qualquer maldade. Que Deus me ajude nesse momento de necessidade.

– Meu senhor rei – disse Sir Mador –, peço encarecidamente a ti, na condição de rei justo, que me dês um dia para fazer justiça.

– Bem – disse o rei –, concedo a ti quinze dias até que te prepares e armes nos prados vizinhos de Westminster e se houver um cavaleiro que lute contigo, Deus proverá. Se não houver, a rainha será condenada à fogueira.

Quando o rei e a rainha se encontraram, ele perguntou-lhe como aquilo havia acontecido.

— Não sei como ou de que maneira — respondeu ela.

— Onde está Sir Lancelote? — disse o rei Arthur — Pois ele não se incomodaria em lutar por ti.

— Senhor — ela disse —, não posso dizer a ti, mas todos os seus parentes dizem que ele não está neste reino.

— Que notícia triste! — disse o rei — Aconselho-te a encontrar Sir Bors e pedir que ele lute por ti em nome de Sir Lancelote.

A rainha partiu e chamou Sir Bors em sua câmara, rogando-lhe socorro.

— Senhora — disse ele —, como posso ajudá-la? Pois não posso, com a minha honra, realizar este ato em teu nome, pois eu também estava presente em seu jantar e todos os outros cavaleiros me colocariam sob suspeita. Tu precisas de Sir Lancelote, pois ele jamais a deixaria, estejas errada ou certa, como tu pudeste comprovar; no entanto, tu o afastaste deste país.

— Por Deus, bom cavaleiro! — disse a rainha. — Coloco-me sob tua misericórdia e farei tudo o que tiver de ser feito conforme me aconselhares.

Com aquilo, ela se ajoelhou diante de Sir Bors e pediu que ele tivesse misericórdia dela.

Em seguida, o rei Arthur chegou e pediu pela gentileza do cavaleiro que auxiliasse sua esposa:

— Eu convoco-te, pelo amor de Sir Lancelote.

— Meu lorde — disse ele —, tu solicitas uma das maiores coisas que um homem pode pedir a outro, pois se eu lutar pela rainha, enfurecerei meus companheiros da Távola Redonda. No entanto, pelo amor que tenho a Sir Lancelote e por ti, serei o cavaleiro campeão de tua rainha, a menos que um cavaleiro melhor se apresente para lutar por ela. — E ele jurou pela própria fé.

Desse modo, o rei e a rainha ficaram contentes, agradeceram-lhe imensamente e partiram.

Mas Sir Bors cavalgou secretamente ao eremitério onde Sir Lancelote se encontrava e lhe contou sobre os últimos acontecimentos.

– Eu assumo a batalha – disse Sir Lancelote. – Prepara-te e espera pela minha chegada.

– Senhor – disse Sir Bors –, não duvides que a tua vontade será feita.

Entretanto, muitos cavaleiros ficaram furiosos com ele quando souberam que lutaria pela rainha, pois havia poucos cavaleiros na corte que não a consideravam culpada. Sir Bors disse:

– Tende bom senso, meus bons lordes, pois seria uma vergonha para todos nós que uma dama tão boa e nobre fosse queimada por falta de alguém que lutasse por ela. Como sabemos, ela sempre mostrou seu amor pelos bons cavaleiros, no entanto, não duvido que ela seja inocente de tal traição.

Diante daquilo, alguns cavaleiros ficaram satisfeitos, mas outros ficaram ainda mais enervados.

E quando chegou o dia, o rei, a rainha e todos os cavaleiros foram aos prados que cerceavam Westminster, onde a batalha ocorreria. A rainha foi colocada em um palanque e uma grande fogueira foi acesa ao redor de estacas de ferro, onde ela seria queimada se Sir Mador vencesse aquela batalha.

Quando os arautos ressoaram suas cornetas, Sir Mador cavalgou adiante e fez votos de que a rainha Guinevere era culpada pela morte de Sir Patrice; além disso, ele disse que provaria com o próprio corpo caso alguém dissesse o contrário. Sir Bors se aproximou e disse:

– A rainha Guinevere é inocente e provarei isso com as minhas mãos.

Após aqueles votos, ambos partiram para suas tendas para se prepararem para a batalha. No entanto, Sir Bors esperou muito por Sir Lancelote até que Sir Mador gritou ao rei Arthur:

– Pede que teu cavaleiro se aproxime, a menos que não ouse lutar! – Sir Bors se sentiu humilhado, montou em seu cavalo e se dirigiu ao campo.

Mas, antes que pudesse encontrar Sir Mador, avistou um cavaleiro sobre um cavalo branco, vestindo uma armadura dos pés à cabeça, e com um escudo estranho. O cavaleiro se aproximou dele e disse:

– Peço a ti que te retires desta batalha, pois ela é minha e vim até aqui para assumi-la.

Diante daquilo, Sir Bors cavalgou até o rei Arthur e contou a ele que outro cavaleiro havia comparecido para lutar em nome da rainha.

– Quem é ele? – perguntou o rei Arthur.

– Não posso dizer – falou Sir Bors –, mas ele havia feito um pacto comigo de que estaria aqui hoje, portanto, estou dispensado.

Em seguida, o rei chamou o cavaleiro e perguntou se ele lutaria pela rainha.

– Foi por essa razão que vim, senhor rei – ele respondeu. – Mas não esperemos mais, pois logo tenho outros assuntos para resolver. Mas saibam todos – ele disse aos cavaleiros da Távola Redonda –, é uma vergonha que uma rainha tão gentil tenha de sofrer tamanha desonra.

Todos os homens se perguntaram quem poderia ser aquele cavaleiro, pois ninguém o conhecia, salvo Sir Bors.

Desse modo, Sir Mador e o cavaleiro cavalgaram para ambas as extremidades do campo e após inclinarem suas lanças, dispararam um contra o outro com toda a força. A lança de Sir Mador se estilhaçou instantaneamente à medida que eles colidiram, e o cavaleiro estranho derrubou homem e animal ao chão. Eles rapidamente saltaram de suas selas, puxaram suas espadas e avidamente puseram-se a lutar e ferir um ao outro grave e profundamente.

Eles lutaram por aproximadamente uma hora, pois Sir Mador era um cavaleiro muito forte e valente. No entanto, por fim, o cavaleiro estranho o derrubou ao chão e golpeou seu elmo com tanta força que quase o matou. Sir Mador se rendeu e suplicou pela própria vida.

– Pouparei a tua vida – disse o cavaleiro estranho – se dispensares a rainha desta acusação para todo o sempre e prometeres que não fará nenhuma menção à traição dela no túmulo de Sir Patrice.

– Assim será – disse Sir Mador.

Os cavaleiros que estavam a favor de Sir Mador o carregaram até a sua tenda e o outro cavaleiro foi diretamente aos pés do trono do rei Arthur. Nesse momento, a rainha se dirigiu ao rei e deu-lhe um beijo amoroso.

Em seguida, tanto o rei quanto a rainha desceram e agradeceram ao cavaleiro e pediram que ele retirasse o elmo, descansasse e tomasse uma taça de vinho. Ao retirar o elmo, todos viram que aquele era Sir Lancelote. Mas, ao notar aquilo, a rainha caiu aos seus pés e pôs-se a chorar de tristeza e alegria, pois ele acabara de mostrar toda a sua bondade, independentemente da rudeza outrora demonstrada por ela.

Dessa maneira, seus cavaleiros de sangue se reuniram ao redor dele, e o recepcionaram com muita alegria e festejo. Não demorou até que Sir Mador e Sir Lancelote se recuperassem de seus ferimentos e, pouco tempo depois, a Dama do Lago compareceu à corte e contou a todos, por meio de seus encantamentos, que Sir Pinell, e não a rainha, era o verdadeiro culpado pela morte de Sir Patrice. Diante daquilo, a rainha foi desculpada por todos os homens, e Sir Pinell fugiu do país.

Depois, Sir Patrice foi enterrado na igreja de Westminster e em seu túmulo escreveram que Sir Pinell o havia matado com uma maçã envenenada quando, na verdade, planejava matar Sir Gawain. Representada por Sir Lancelote, a rainha lutou contra Sir Mador e este foi perdoado.

Quinze dias antes da Festa da Assunção da Nossa Senhora, o rei anunciou um torneio que seria realizado naquele dia de festa em Camelot, onde ele e o rei da Escócia lutariam com todos que quisessem enfrentá-los. Então, lá se foi o rei do Norte de Gales, o rei Anguish da Irlanda e Sir Galahaut, o nobre príncipe, e muitos outros nobres de diversos países.

O rei Arthur se preparou para ir e queria que a rainha fosse com ele, mas ela disse que estava doente. Sir Lancelote também deu algumas desculpas de que estava se recuperando de seus ferimentos.

Diante daquilo, o rei ficou triste e consternado e partiu sozinho para Camelot. Durante o caminho, ele se hospedou em uma cidade chamada Astolat e dormiu no castelo naquela noite.

Assim que partiu, Sir Lancelote disse à rainha:

– Esta noite descansarei e amanhã cedo seguirei meu caminho em direção a Camelot, pois nesse torneio, lutarei contra o rei e seus companheiros.

– Faz o que quiseres – disse a rainha Guinevere –, mas aconselho-te a não lutar contra o rei, pois há muitos cavaleiros fortes em sua companhia, como tu bem sabes.

– Senhora – disse Sir Lancelote –, peço que não te aborreças comigo, pois entrarei nesta aventura que Deus colocou em meu caminho.

E, no dia seguinte, ele foi à igreja, ouviu a missa, despediu-se da rainha e partiu.

Cavalgou até chegar a Astolat e lá se hospedou no castelo de um nobre, um velho barão de nome Bernard de Astolat, que morava próximo ao local onde o rei Arthur estava hospedado. Quando Sir Lancelote entrou, o rei o viu e o reconheceu. Ele disse aos cavaleiros:

– Acabo de ver um cavaleiro que lutará com toda a gana no torneio que arrumamos.

– Quem é ele? – eles perguntaram.

– Ainda não podeis saber – respondeu enquanto sorria.

Quando Sir Lancelote estava em seu quarto, retirando sua armadura, o velho barão se aproximou e o cumprimentou, embora não soubesse quem ele era.

Porém, Sir Bernard tinha uma linda filha chamada Linda Donzela de Astolat, e quando ela viu Sir Lancelote, caiu de amores instantaneamente e não conseguia deixar de olhar para ele.

No dia seguinte, Sir Lancelote perguntou ao velho barão se ele poderia lhe emprestar um escudo diferente.

– Pois assim – disse ele –, não me reconhecerão.

– Senhor – disse seu anfitrião –, teu desejo será concedido. Aqui está o escudo do meu filho mais velho, Sir Torre, o qual foi ferido no dia em que se tornou um cavaleiro e, por essa razão, não pode mais cavalgar. Seu escudo, portanto, não é conhecido por ninguém. Se desejares, meu filho mais novo, Sir Lavaine, o guiará até onde ocorrerão as justas, pois embora seja novo, é forte e corajoso. Tu és um nobre cavaleiro e, portanto, gostaria de saber o teu nome.

– Quanto a isso – disse Sir Lancelote –, terás de me desculpar. Caso eu me saia bem e volte do torneio, contarei a ti. Mas, de qualquer forma, deixa que teu filho, Sir Lavaine, me guie e me empreste o escudo do irmão.

Sendo assim, antes que partissem, Elaine, a filha do barão, se aproximou, e disse a Sir Lancelote:

– Rezo para que tu, bom cavaleiro, use o meu amuleto no torneio de amanhã.

– Se eu fizer isso, linda donzela – disse ele –, poderás dizer que já fiz mais por ti do que por qualquer outra dama ou donzela.

Ele pensou que se concedesse o desejo dela, estaria ainda mais disfarçado, pois nunca havia usado o amuleto de outra dama em uma batalha. Desse modo, disse:

– Linda donzela, quando me deres teu amuleto, o colocarei em meu elmo.

Diante daquilo, ela ficou muito contente e trouxe uma manga de tecido escarlate costurada com pérolas, a qual Sir Lancelote apanhou e colocou em seu elmo. Então, ele pediu que ela guardasse seu escudo verdadeiro até que ele voltasse da batalha. Em seguida, apanhou o escudo de Sir Torre e partiu acompanhado de Sir Lavaine em direção a Camelot.

No dia seguinte, as trombetas ressoaram anunciando o torneio e houve um grande afluxo de duques, condes, barões e muitos cavaleiros nobres. O rei Arthur se sentou em uma galeria para observar quem se sairia melhor. O rei da Escócia e seus cavaleiros, bem como o rei Anguish da Irlanda, tinham cavalgado ao lado do rei Arthur. Contra eles, vieram o rei do Norte de Gales, o rei dos Cem Cavaleiros, o rei da Nortúmbria e o nobre príncipe, Sir Galahaut.

Sir Lancelote e Sir Lavaine adentraram uma pequena floresta e puseram-se atrás do grupo oponente ao rei Arthur para assistir qual lado seria o mais fraco.

Em seguida, iniciou-se um combate bastante ferrenho entre os dois lados. O rei dos Cem Cavaleiros derrotou o rei da Escócia e Sir Palomedes, o qual estava do lado do rei Arthur, derrotou Sir Galahaut. Depois, quinze cavaleiros da Távola Redonda se posicionaram e derrotaram os reis da Nortúmbria e do Norte de Gales, bem como seus cavaleiros.

– Agora – disse Sir Lancelote a Sir Lavaine –, se me ajudares, verás os teus companheiros fugirem tão rápido quanto se dispuseram em campo.

– Senhor – disse Sir Lavaine –, farei o que eu puder.

Cavalgaram juntos com toda a vontade e, lá, com uma lança Sir Lancelote derrotou cinco cavaleiros da Távola Redonda, um após o outro, e Sir Lavaine derrotou outros dois. Depois de apanhar outra lança, pois a sua havia sido estilhaçada, Sir Lancelote começou a golpear com ferocidade pela esquerda e pela direita e derrubou Sir Safire, Sir Epinogris e Sir Lalleron de seus cavalos. Diante daquilo, os cavaleiros da Távola Redonda recuaram o máximo que puderam.

– Misericórdia! – disse Sir Gawain, o qual se sentou ao lado do rei Arthur. – Quem é o cavaleiro que conseguiu feitos tão incríveis? Creio ser Sir Lancelote, mas ele usa o amuleto de uma dama em seu elmo como nunca usou antes.

– Que assim seja! – disse o rei Arthur. – Ele será reconhecido e ainda tem muito a fazer antes de partir.

Desse modo, o grupo oponente ao rei Arthur venceu e os cavaleiros ficaram extremamente envergonhados. Então, Sir Bors, Sir Ector e Sir

Lionel convocaram seus cavaleiros de sangue, os quais somavam nove, e concordaram em se unir em um único grupo contra os dois cavaleiros estranhos. Sendo assim, eles enfrentaram Sir Lancelote de uma única vez, e com muita força, derrubaram seu cavalo no chão. Por azar, Sir Bors atingiu Sir Lancelote na lateral de seu corpo, através de seu escudo, e a lança se quebrou e deixou a ponta cravada no ferimento.

Ao ver aquilo, Sir Lavaine correu até o rei da Escócia, derrubou-o de seu cavalo, o carregou até Sir Lancelote e o ajudou a montar o animal. Em seguida, Sir Lancelote derrubou Sir Bors e seu cavalo, e fez o mesmo com Sir Ector e Sir Lionel. Ao encarar os três outros cavaleiros, ele os derrubou igualmente enquanto Sir Lavaine conseguia feitos grandiosos.

Sentindo-se gravemente ferido, Sir Lancelote puxou a espada e ofereceu lutar com Sir Bors, o qual, a essa altura, já estava montado em um novo cavalo. Assim que colidiram, Sir Ector e Sir Lionel também dispararam, e ele foi alvejado pelas espadas dos três com grande ferocidade. Ao sentir as rajadas e a ferida dolorosa, decidiu dar o melhor de si e, então, atingiu Sir Bors, de modo que sua cabeça ficou rente ao chão, e depois arrancou-lhe o elmo e o derrubou de seu cavalo.

Correndo atrás de Sir Ector e Sir Lionel, ele os derrubou e teria matado os dois, mas quando viu seus rostos, seu coração os perdoou. Ao deixá-los partirem, ele se lançou com toda a força e conseguiu feitos jamais vistos.

Sir Lavaine o acompanhou em toda a empreitada e derrotou dez cavaleiros; no entanto, Sir Lancelote derrubou mais de trinta, a maioria deles, membros da Távola Redonda.

O rei ordenou que as trombetas fossem ressoadas ao final do torneio e o prêmio seria dado pelos arautos ao cavaleiro do escudo branco, o qual carregava uma manga vermelha.

Entretanto, antes que Sir Lancelote fosse encontrado pelos arautos, o rei dos Cem Cavaleiros, bem como o rei do Norte de Gales, o rei da Nortúmbria e Sir Galahaut se aproximaram e disseram a ele:

– Bom cavaleiro, que Deus o abençoe, pois lutaste bravamente por nós no dia de hoje. Portanto, pedimos que venhas conosco e recebas a honra e o prêmio, que são teus por merecimento.

– Meus bons lordes – disse Sir Lancelote –, alegro-me em receber vosso agradecimento, eu o conquistei a duras penas e não hei de escapar dos ferimentos com vida. Portanto, imploro que me deixeis partir, pois estou gravemente ferido e mal posso pensar em honra neste momento. Prefiro descansar a ser lorde de todo o mundo. – Ao dizer aquilo, ele se lamentou penosamente e cavalgou para muito longe.

Sir Lavaine o seguiu, com o coração pesaroso, pois via a lança cravada na lateral do corpo de Sir Lancelote e o sangue que tingia o chão por onde passava. Logo, eles chegaram a um local, a mais de um quilômetro do campo de batalha, onde ele sabia que poderia se abrigar.

Lancelote disse a Sir Lavaine:

– Oh, gentil cavaleiro, preciso da tua ajuda para arrancar a ponta da lança do meu corpo, pois a dor está quase me matando.

– Meu querido senhor – ele disse –, eu gostaria de ajudá-lo, mas tenho receio de retirá-la e causar a tua morte por hemorragia.

– Eu o obrigo pelo teu amor – disse Sir Lancelote. – Retira-a.

Ambos apearam e, com um grande impulso, Sir Lavaine retirou a lança do corpo de Sir Lancelote. Diante do movimento, ele deu um grito alto e um gemido medonho e todo o seu sangue começou a jorrar em um jato. Caiu cambaleante no chão com a feição pálida da morte.

– Por Deus! – gritou Sir Lavaine. – O que eu faço agora?

E virou o rosto do seu mestre em direção ao vento e sentou ao lado dele por meia hora enquanto Sir Lancelote permanecia em silêncio como se estivesse morto. Mas, por fim, ele levantou os olhos e disse:

– Imploro que me coloques sobre meu cavalo novamente e me guies até um eremitério que fica a dois quilômetros daqui, pois o eremita que reside lá era um cavaleiro da Távola Redonda e tem habilidades em medicina e ervas.

Mediante muita dor, Sir Lavaine o colocou sobre o cavalo e o guiou ao eremitério que ficava na floresta, ao lado de um rio. Ele bateu à porta com sua lança e implorou para entrar. Uma criança apareceu e ele disse:

– Boa criança, pede ao teu mestre que venha até aqui e que permita a entrada de um cavaleiro terrivelmente ferido.

Em seguida, o cavaleiro-ermitão, cujo nome era Sir Baldwin, apareceu e lhe perguntou:

– Quem é este cavaleiro ferido?

– Eu não sei – disse Sir Lavaine –, exceto pelo fato de que é o cavaleiro mais nobre que já conheci e que fez coisas maravilhosas em batalha contra o rei Arthur ao ponto de ganhar o prêmio do torneio.

Desse modo, o ermitão observou Sir Lancelote e não conseguiu reconhecê-lo de tão pálido devido à hemorragia, e disse, por fim:

– Quem és tu, lorde?

Sir Lancelote respondeu enfraquecido:

– Sou apenas um cavaleiro estranho e aventureiro que trabalhou em muitos reinos para conquistar alguma glória.

– Por que escondes o teu nome de mim, nobre senhor? – exclamou Sir Baldwin. – Na verdade, sei que é o cavaleiro mais nobre do mundo, o meu lorde Sir Lancelote do Lago, o qual foi por muito tempo um grande companheiro na Távola Redonda.

– Uma vez que me conheces, bom senhor – disse ele –, suplico a ti, pelo amor de Deus, que me ajudes como puderes.

– Não duvides – ele respondeu – de que viverás e partirás daqui em ótimo estado.

Estancou a ferida e deu-lhe medicamentos fortes e prestou-lhe gentilezas até que Sir Lancelote se recuperou de sua fraqueza e recobrou a consciência.

Após as justas, o rei Arthur deu um jantar e quis conhecer o cavaleiro da manga vermelha, pois queria dar-lhe o prêmio. Contaram-lhe que o cavaleiro havia fugido do campo de batalha gravemente ferido.

– Esta é a pior notícia que ouço em muitos anos – exclamou o rei. – Eu não suportaria que ele fosse morto em meu reino.

Todos os homens lhe perguntaram:

– Tu o conheces, lorde?

– Não vos posso contar desta vez – disse ele –, mas, por Deus, eu gostaria muito de ouvir boas notícias sobre o tal cavaleiro.

Sir Gawain pediu para deixá-los e procurar o cavaleiro, missão concedida pelo rei. Assim, ele foi adiante montado em seu cavalo e galopou por muitos quilômetros nos arredores de Camelot, mas não descobriu mais nada.

Dois dias depois daquilo, o rei Arthur e seus cavaleiros retornaram de Camelot e Sir Gawain teve a sorte de se hospedar em Astolat, na casa de Sir Bernard. A linda Elaine se aproximou e quis notícias sobre o torneio bem como quem havia ganhado o prêmio.

– Um cavaleiro que carregava um escudo branco – disse ele –, o qual carregava uma manga vermelha em seu elmo, derrubou todos e ganhou a batalha.

Ao ouvir aquilo, a feição de Elaine mudou repentinamente de branca a vermelha e agradeceu à Nossa Senhora de todo seu coração. Assim sendo, Sir Gawain disse:

– Conheces esse cavaleiro? – e insistiu até que a jovem dissesse que a manga que ele carregava em seu elmo durante a batalha havia sido entregue por ela. Diante daquilo, Sir Gawain soube que havia sido por amor que ela havia lhe dado aquela manga. Além disso, quando a donzela disse que havia guardado o real escudo do cavaleiro consigo, ele implorou para vê-lo.

Assim que o trouxe, ele notou as armas de Sir Lancelote retratadas nele e gritou:

– Por Deus! Agora estou ainda mais consternado do que antes.

– Por qual razão? – indagou a bela Elaine.

– Linda donzela – ele respondeu –, não sabes que o cavaleiro que amas é o mais nobre de todos os cavaleiros do mundo, Sir Lancelote do Lago?

Com todo o meu coração, desejo que vós tenhais a alegria um do outro, mas ouso dizer que é improvável que o veja neste mundo, pois foi gravemente ferido e dificilmente sobreviverá. Ele fugiu de vista e ninguém sabe onde pode estar.

Ao ouvir aquilo, Elaine quase enlouqueceu de tristeza e pesar e, com palavras de penitência, implorou ao pai que pudesse sair em busca de Sir Lancelote, acompanhada do irmão. E, mediante a permissão do pai, ela partiu.

No dia seguinte, Sir Gawain chegou à corte e contou que havia encontrado o escudo de Sir Lancelote sob a guarda de Elaine e que era o amuleto da donzela que ele carregava no elmo durante a batalha. Diante daquilo, todos se surpreenderam, pois o que Sir Lancelote havia feito por ela, não o fizera por nenhuma outra mulher.

No entanto, quando a rainha Guinevere soube daquilo, ficou enlouquecida de raiva e mandou buscar Sir Bors em sigilo, o qual lamentava profundamente por tê-lo machucado tão gravemente.

– Ouviste as notícias? – ela perguntou – Sobre a traição de Sir Lancelote?

– Imploro a ti, senhora – disse ele –, que não fales assim, ou deixarei de ouvi-la.

– Não devo chamá-lo de traidor? – exclamou a rainha. – Ele usou o amuleto de outra mulher no torneio!

– Embora tenha feito isso, ele não teve más intenções – respondeu Sir Bors. – Por essa razão ele escondeu a identidade, pois nunca havia feito isso.

– É uma vergonha! E tu o ajudaste! – exclamou a rainha.

– Senhora, diz o que quiseres – afirmou ele –, mas não devo demorar em encontrá-lo e, em breve, Deus há de me enviar boas notícias sobre Sir Lancelote.

Em seguida, ao dizer isso, partiu em busca dele.

Elaine pegou o caminho de Astolat a toda velocidade, chegou a Camelot e lá buscou, em todo o país, notícias de Lancelote. Por acaso, no entanto, Sir

Lavaine cavalgava pelos arredores do eremitério para exercitar seu cavalo e quando o viu, ela correu e gritou a plenos pulmões:

– Como está o meu lorde Sir Lancelote?

Sir Lavaine disse, imensamente surpreso:

– Como sabes o nome do meu mestre, boa irmã?

Desse modo, ela contou como Sir Gawain havia se hospedado com Sir Bernard e havia reconhecido o escudo de Sir Lancelote.

Ela suplicou para ver o lorde imediatamente e quando chegou ao eremitério e o encontrou deitado, extremamente doente e ainda sangrando, ela desmaiou de tristeza. Logo, à medida que recuperou a consciência, Sir Lancelote a beijou e disse:

– Linda donzela, imploro que sejas consolada pela graça de Deus, pois em breve estarei curado desta ferida e se quiseres cuidar de mim, ficarei extremamente grato com a tua enorme gentileza. – No entanto, ele havia ficado muito envergonhado por ter sido descoberto por Sir Gawain, pois sabia que a rainha Guinevere ficaria furiosa em razão da manga vermelha que ele carregara em batalha.

Elaine descansou no eremitério. Dia e noite ela esperou por Sir Lancelote e não deixava que ninguém mais cuidasse dele. Quanto mais o via, mais seu amor por ele crescia e não conseguia se afastar. Sir Lancelote disse a Sir Lavaine:

– Imploro que envies alguém para vigiar o bom cavaleiro Sir Bors, pois uma vez que me feriu, há certamente de vir atrás de mim.

A essa altura, Sir Bors havia chegado a Camelot e buscava Sir Lancelote por todos os lados, Sir Lavaine o encontrou e o trouxe ao eremitério.

Ao ver Sir Lancelote, ele ficou pálido e fraco e chorou de tristeza e piedade por tê-lo ferido tão gravemente.

– Que Deus envie uma cura rápida e certa a ti, meu querido lorde – disse ele –, pois sou o mais infeliz dos homens por tê-lo ferido, tu que és nosso líder e o cavaleiro mais nobre de todo o mundo.

– Meu bom primo – disse Sir Lancelote –, consola-te, pois obtive o que busquei e foi por orgulho que eu me feri, pois se o tivesse avisado sobre a minha chegada, isso não teria ocorrido. Portanto, falemos sobre outras coisas.

Ambos conversaram por muito tempo e Sir Bors contou a ele sobre a ira da rainha e perguntou a Sir Lancelote:

– Foi em nome desta donzela que cuida de ti que carregaste aquele amuleto?

– Sim – respondeu Sir Lancelote –, e, se pudesse, eu a persuadiria a retirar seu amor por mim.

– E por que farias isso? – perguntou Sir Bors. – Ela é linda e amável. Eu ficaria muito feliz se tu a amasses.

– Não posso – ele respondeu –, mas me arrependo, e na verdade, me entristeço por ela.

Puseram-se a conversar sobre outros assuntos e sobre a grande batalha de Allhallowtide, que se aproximava, e ocorreria entre o rei Arthur e o rei do Norte de Gales.

– Fica aqui até lá – respondeu Sir Lancelote –, pois, até lá, creio que estarei totalmente recuperado e poderemos ir juntos.

Desse modo, Elaine cuidava dele dia e noite, e dentro de um mês ele se sentia forte novamente e acreditava que estava completamente curado. Em certo dia, quando Sir Bors e Sir Lavaine não estavam no eremitério e o cavaleiro-ermitão estava ausente, Sir Lancelote pediu que Elaine lhe trouxesse algumas ervas da floresta.

Quando deixou o local, ele se levantou e se apressou em vestir sua armadura, pois julgava estar suficientemente bem para o torneio. Montou em seu cavalo, bastante descansado e ocioso há muito tempo; no entanto, quando inclinou sua lança e tentou vestir a armadura, o cavalo saltou e pulou em cima dele de modo que Sir Lancelote teve de se esforçar para fazê-lo sossegar. A sua ferida, que não estava devidamente curada, abriu-se novamente e com um gemido muito alto, ele desmaiou, caindo no chão.

A bela Elaine chorou e se lamentou ao vê-lo ali deitado. E quando Sir Bors e Sir Lavaine voltaram, ela os chamou de traidores por permitirem que ele se levantasse ou por contarem a ele sobre os rumores do torneio. Logo, o ermitão retornou e ficou furioso em ver Sir Lancelote em pé. Mas não demorou até que ele se recuperasse do desmaio e que sua ferida fosse estancada. Desse modo, Sir Lancelote contou a ele que havia se levantado por conta própria para testar a própria força para o torneio. No entanto, o ermitão pediu que ele descansasse e deixasse Sir Bors ir sozinho, senão perderia a vida devido à dor lancinante que sentia. Elaine, em meio a muitas lágrimas, rezou para que ele o obedecesse, de modo que Sir Lancelote finalmente concordou em ficar.

Assim sendo, Sir Bors foi ao torneio e lá conseguiu feitos maravilhosos, com o prêmio dado a ele e a Sir Gawain, o qual também havia lutado bravamente.

E quando tudo terminou, ele voltou e contou a Sir Lancelote e o encontrou quase recuperado, já capaz de se levantar e caminhar. Algum tempo depois, ele partiu do eremitério e acompanhou Sir Bors, Sir Lavaine e a bela Elaine até Astolat, onde Sir Bernard os recebeu festivamente.

Mas, depois de hospedarem-se lá por alguns dias, Sir Lancelote e Sir Bors precisaram partir e retornar à corte do rei Arthur.

Desse modo, quando Elaine soube que Sir Lancelote precisava partir, ela o abordou e disse:

– Tem misericórdia de mim, bom cavaleiro, e não me deixes morrer pelo teu amor.

Sir Lancelote disse, com o coração muito triste:

– Bela donzela, o que mais posso fazer por ti?

– Se eu não puder ser a tua esposa, querido senhor – ela respondeu –, prefiro morrer.

– Que lástima! – ele respondeu. – Peço a Deus que a proteja, pois na verdade eu não posso ser o teu marido. Mas gostaria de mostrar toda a minha gratidão por todo o teu amor e a tua gentileza. Eu nunca poderei ser o teu cavaleiro, bela dama, e, se casares com um nobre cavaleiro, darei a ti um dote equivalente à metade das minhas terras.

– Por Deus! De que adianta? – ela respondeu. – Hei de morrer sem o teu amor – e ao dizer isso, desmaiou profundamente.

Sir Lancelote ficou consternado e disse a Sir Bernard e Sir Lavaine:

– O que eu devo fazer com ela?

– Por Deus! – disse Sir Bernard. – Ela morrerá por tua causa.

Sir Lavaine disse:

– Não me surpreende que ela lamente tanto a sua partida, pois eu também lamento e, uma vez que te conheci, não hei de te deixar.

Dessa maneira, com o coração pesaroso, Sir Lancelote partiu e Sir Lavaine o acompanhou até a corte. Lá, o rei Arthur e os cavaleiros da Távola Redonda se alegraram imensamente em vê-lo curado de seus ferimentos. No entanto, a rainha Guinevere estava colérica e não o cumprimentou nem dirigiu a palavra a ele.

Quando Sir Lancelote partiu, a donzela de Astolat não conseguia comer, beber ou dormir de tanta tristeza que sentia, e após dez dias nesse estado, ela percebeu que estava prestes a morrer.

Desse modo, buscou um homem sacro para se confessar e receber a extrema-unção. Mas quando ele disse que deveria deixar os pensamentos mundanos, ela lhe respondeu:

– Eu não sou uma mulher mundana! Qual é o pecado em amar o cavaleiro mais nobre do mundo? E, pela minha verdade, não sou capaz de suportar o amor pelo qual hei de morrer. Rezo para que o nosso Pai do Céu tenha misericórdia da minha alma.

Então, ela pediu que Sir Bernard redigisse uma carta que ela ditaria: "Quando eu morrer, coloca esta carta na minha mão, me veste com as roupas mais bonitas, me deita em uma embarcação toda coberta de samito preto e a impulsiona pelo rio até que chegue à corte. Pai, rogo a ti que assim seja".

Em seguida, cheio de pesar, ele prometeu que o faria. E logo ela morreu e todos os servos da casa lamentaram sua morte amargamente.

Fizeram exatamente o que ela havia pedido, deitando seu corpo, ricamente vestido, sobre uma cama dentro de uma embarcação e um servo confiável a empurrou pelo rio, na direção da corte.

Nesse momento, o rei Arthur e a rainha Guinevere estavam sentados ao lado de uma janela do palácio e viram a embarcação flutuando com a maré e se surpreenderam com o que poderia haver lá dentro. Enviaram um mensageiro, que retornou rapidamente e implorou que eles fossem ver com os próprios olhos.

Ao chegarem à orla, ficaram muito surpresos e o rei perguntou ao servo o que aquilo significava, o qual tomou a direção da embarcação. No entanto, ele só fazia sinais, pois era mudo e começou a apontar para a carta presa às mãos da donzela. O rei Arthur apanhou a carta das mãos do cadáver e viu os seguintes escritos: "Ao nobre cavaleiro, Sir Lancelote do Lago".

Mandaram buscar Sir Lancelote e a carta foi lida em voz alta por um clérigo: "Ao cavaleiro mais nobre, meu lorde Sir Lancelote, agora a morte definitivamente nos separou. Eu, a quem os homens chamavam de donzela de Astolat, devotei meu amor a ti e por ele morri. Este é o meu último pedido, que rezes pela minha alma e que me enterres. Concede a mim este último pedido, Sir Lancelote, uma vez que és um cavaleiro inigualável".

Diante daquelas palavras, a rainha e todos os cavaleiros choraram de pena.

Sir Lancelote disse:

– Meu lorde, estou consternado pela morte desta donzela. Deus sabe que fui o causador, mesmo sem a intenção, pois ela era bela e bondosa e eu a contemplava muito. Mas ela me amava desmedidamente e desejava algo que eu não podia lhe dar.

– Poderias ter demonstrado gentileza suficiente para salvar-lhe a vida – respondeu a rainha.

— Senhora — disse ele —, ela seria recompensada caso se tornasse a minha esposa, mas não pude conceder isso a ela, pois o amor está no coração e não na coação.

— Isto é verdade — respondeu o rei —, pois o amor é livre.

— Suplico a ti — disse Sir Lancelote —, que eu possa conceder-lhe seu último pedido: que seja enterrada por mim.

No dia seguinte, ele enterrou o corpo da donzela em meio a uma cerimônia solene e pomposa, e ordenou que missas fossem rezadas em seu nome, lamentando grandemente a sua perda.

Em seguida, a rainha mandou buscar Sir Lancelote e pediu seu perdão pela ira sem causa contra ele.

— Esta não é a primeira vez que me tratas assim — ele respondeu —, mas sempre estarei contigo e, portanto, eu a perdoo.

Desse modo, a rainha Guinevere e Sir Lancelote fizeram as pazes novamente; porém, o favor demonstrado por ele, por fim, trouxe muitos males para ambos e para todo o reino.

A guerra entre Arthur e Lancelote e a morte de Arthur

Pouco tempo depois, houve um torneio na corte e Sir Lancelote foi o vencedor. Dois dos cavaleiros que ele derrotou foram Sir Agravaine, o irmão de Sir Gawain e Sir Modred, seu falso irmão, filho do rei Arthur e Belisent. E em virtude de sua vitória, eles passaram a odiar Sir Lancelote e buscavam uma maneira de feri-lo.

Certa noite, enquanto o rei Arthur caçava na floresta, a rainha mandou chamar Sir Lancelote em seus aposentos, mas ambos o estavam espiando. Pensando em como poderiam arranjar um escândalo e uma briga entre Lancelote e o rei, encontraram outros doze cavaleiros e disseram que Sir Lancelote estava no quarto da rainha, e que o rei Arthur havia sido desonrado.

Todos armados, foram repentinamente à porta dos aposentos da rainha e gritaram: "Traidor! Agora foste desmascarado!".

– Senhora, fomos traídos! – exclamou Sir Lancelote. – A minha vida vai custar caro nas mãos destes homens.

Dessa maneira, a rainha pôs-se a chorar terrivelmente e exclamou desesperada:

– Por Deus! Não há armadura aqui para que possas enfrentar tantos homens ao mesmo tempo. Tu serás morto e eu serei queimada pelo crime terrível que eles hão de nos acusar.

No entanto, à medida que falava, os gritos dos cavaleiros eram ouvidos sem esforço: "Traidor, vem aqui, pois agora tu foste pego!".

– Vinte mortes de uma única vez seriam melhores do que este escândalo sujo – respondeu Sir Lancelote. Ele a beijou e disse: – Minha nobre senhora, eu peço a ti, pois sempre fui teu fiel cavaleiro, que tenhas coragem. Reza pela minha alma, se eu for morto, e confia em meus amigos, Sir Bors e Sir Lavaine, pois eles hão de salvá-la da fogueira.

Mas, ela começou a chorar e lamentar-se ainda mais e gritou:

– Queria que Deus me matasse e que tu pudesses fugir.

– Jamais – ele respondeu. E depois de enrolar seu manto ao redor do braço, ele abriu a porta levemente e deixou apenas um deles entrar.

Desse modo, o primeiro a entrar foi Sir Chalaunce, um cavaleiro muito forte, o qual levantou a espada para golpear Sir Lancelote. No entanto, ele se esquivou e acertou Sir Chalaunce com a própria mão: um soco tão violento na cabeça que ele caiu morto instantaneamente.

Sir Lancelote fez força, obstruiu a porta novamente e vestiu sua armadura e empunhou sua espada.

Mas os cavaleiros continuavam gritando a plenos pulmões através da porta: "Traidor, vem aqui e luta!".

– Cala-te e sai daqui – respondeu Sir Lancelote. – Saibas que não me pegarás e amanhã hei de encará-lo diante do rei.

– Não terás esta glória – eles gritavam –, pois o mataremos ou o derrotaremos em torneio.

– Então, salve-se quem puder – ele esbravejou e com aquilo subitamente abriu a porta e os atacou. No primeiro golpe, ele matou Sir Agravaine e depois dele, outros doze cavaleiros com mais doze golpes magníficos. E nenhum deles foi capaz de escapar, salvo Sir Modred, o qual ficou terrivelmente ferido e fugiu para salvar-se.

Ele se dirigiu à rainha novamente e disse:

– Agora, eu tenho de partir imediatamente e se tu estiveres em perigo, peço que me procures.

– Eu certamente ficarei aqui, pois sou a rainha – ela respondeu –, mas, se amanhã eu estiver em perigo, confiarei a ti o meu resgate.

– Jamais duvides disso – ele disse. – Enquanto eu viver, serei sempre o teu fiel cavaleiro.

Com aquilo, ele se despediu e contou a Sir Bors e toda a sua família sobre sua aventura.

– Estaremos do teu lado neste combate – todos lhe responderam –, e se a rainha for sentenciada à fogueira, certamente a salvaremos.

Enquanto isso, Sir Modred, sentindo muito medo e dor, fugiu da corte e cavalgou até encontrar o rei Arthur e contou-lhe todo o ocorrido. No entanto, o rei mal pôde acreditar até ver os corpos de Sir Agravaine e de todos os outros cavaleiros.

Desse modo, ele caiu em si de que tudo aquilo era verdade e, diante daquela tristeza, seu coração mal pôde aguentar.

– Por Deus! – ele gritou. – Agora a confraria da Távola Redonda está quebrada para sempre. Que desgosto! Eu não posso poupar a minha rainha com a minha honra.

Ordenou que a rainha Guinevere fosse queimada na fogueira, pois havia desonrado o rei.

Entretanto, quando Sir Gawain ouviu as notícias, ele se pôs diante do rei e disse:

– Meu lorde, aconselho-te a não te precipitares sobre esse assunto, mas julgues o caso da rainha por um tempo, pois é possível que Sir Lancelote estivesse em seu quarto sem más intenções. Ela o admira imensamente por todos os feitos alcançados em seu nome e talvez o tenha recebido em seus aposentos para agradecer-lhe e sigilosamente evitar difamações.

Mas o rei Arthur respondeu cheio de pesar:

– Por Deus! Não posso ajudá-la, ela será julgada como qualquer outra mulher.

Então, pediu que Sir Gawain e seus irmãos, Sir Gaheris e Sir Gareth, preparassem-se para levar a rainha no dia seguinte ao local de execução.

– Não, nobre lorde – respondeu Sir Gawain –, isso eu jamais poderei fazer, pois meu coração não me permitirá ver a rainha morrer; além disso, nenhum homem jamais poderá dizer que tu me aconselhaste quanto a esse assunto.

E seu irmão disse:

– Mesmo que nos comandes a estar lá amanhã, por ser contra a nossa vontade, não carregaremos armas e, portanto, não lutaremos contra ela.

No dia seguinte, a rainha Guinevere foi levada à fogueira e uma enorme multidão estava presente, composta por cavaleiros e nobres, armados e desarmados. E todos os lordes e damas choravam copiosamente diante daquela triste visão. Em seguida, ela recebeu a extrema-unção de um padre e os homens se aproximaram para atá-la à estaca e acender a fogueira.

Os espiões de Sir Lancelote cavalgaram apressadamente e o avisaram, bem como a seus parentes, os quais estavam todos escondidos em uma floresta nos arredores. Subitamente, com vinte cavaleiros, Sir Lancelote cortou a multidão para salvá-la.

Mas, os cavaleiros do rei Arthur se levantaram imediatamente e os enfrentaram, e uma grande batalha e confusão se instalaram. Sir Lancelote os impelia com ferocidade aqui e acolá e, em meio à multidão, desferia golpes por todos os lados. Cada uma de suas estocadas derrubava um cavaleiro, de modo que muitos foram mortos por ele e seus homens.

Assim, a rainha foi libertada, colocada na sela de Sir Lancelote e fugiu com ele e sua confraria para o Castelo de La Joyous Garde.

Mas, ocorreu que, no tumulto da batalha, Sir Lancelote derrubou e assassinou os dois bons cavaleiros Sir Gareth a Sir Gaheris sem notar, pois lutava como um selvagem e não percebeu que ambos estavam desarmados.

Quando soube daquilo e de toda a batalha, bem como sobre a fuga da rainha, o rei Arthur ficou extremamente pesaroso pelos bons cavaleiros mortos e se enfureceu ainda mais com Lancelote e a rainha.

Porém, quando Sir Gawain ouviu sobre a morte de seus irmãos, ele desmaiou de tanta tristeza e ódio e pensou que Sir Lancelote os havia matado por mal. Assim que se recuperou, portanto, ele se dirigiu ao rei e disse:

– Meu lorde, rei e tio, ouve o juramento que faço diante de ti. De hoje em diante, não deixarei Sir Lancelote escapar até que um de nós tenha matado o outro. E a menos que queiras lutar com ele para conseguir a tua vingança, eu irei sozinho atrás dele.

Cheio de ódio e pesar, o rei Arthur consentiu e enviou cartas por todo o reino convocando seus cavaleiros e se dirigiram com um enorme exército para cercar o Castelo de La Joyous Garde. Sir Lancelote, com seus cavaleiros, defendeu-o majestosamente, mas não permitiu que ninguém se aproximasse e atacasse o exército do rei, pois não queria lutar contra ele.

Após quinze semanas, o exército do rei Arthur havia se desgastado em vão diante do castelo, pois era bastante fortificado e, certo dia, ao olhar pelos muros, Sir Lancelote espiou o rei Arthur acompanhado de Sir Gawain.

– Aproxima-te, Sir Lancelote – disse o rei Arthur com toda a raiva –, e nos enfrentemos no meio do campo.

– Que Deus me livre de encontrá-lo, lorde, pois tu me transformaste em cavaleiro – respondeu Sir Lancelote.

Então, gritou Sir Gawain:

– Que vergonha, cavaleiro traidor e falso. Recuperaremos a rainha e mataremos tu e tua confraria. És um cavaleiro duplamente desonroso, pois mataste o meu irmão Gaheris, o qual estava desarmado, e também Sir Gareth, o qual o amava tanto. Por esta traição, serei o teu inimigo até a minha morte.

— Por Deus! — gritou Sir Lancelote. — É uma surpresa ouvir isso, pois eu não sabia que tinha matado aqueles nobres cavaleiros e me arrependo amargamente do fundo do meu coração. Mas, acalma a tua raiva, Sir Gawain, pois sabes bem que se eu o fiz foi por uma infelicidade, uma vez que eu os amava como se fossem meus próprios irmãos.

— Tu mentes, cavaleiro falso — gritou Sir Gawain com toda a voracidade.

Diante disso, Sir Lancelote ficou enfurecido e disse:

— Agora vejo que te transformaste no meu inimigo e que jamais haverá paz entre nós ou entre mim e meu lorde rei; do contrário, devolveria a rainha com todo o prazer.

O rei teria ouvido Sir Lancelote, pois apesar de todos os erros, ele estava triste pelas perdas e danos que afetavam o seu reino, mas Sir Gawain o persuadiu contra Sir Lancelote e pôs-se a gritar enfurecido.

Quando Sir Bors e os outros cavaleiros do lado de Lancelote ouviram as palavras agressivas de Sir Gawain, ficaram raivosos e pediram a ele para cavalgarem adiante e vingarem-no, pois estavam cansados de tanto esperar. E, por fim, Sir Lancelote, com o coração pesado, consentiu.

No dia seguinte, ambos os lados se enfrentaram no campo em uma grande batalha. E Sir Gawain pedia a seus cavaleiros que atacassem principalmente Sir Lancelote. No entanto, Sir Lancelote pedia à sua companhia que poupassem o rei Arthur e Sir Gawain.

Sendo assim, os dois exércitos puseram-se a lutar com voracidade. Sir Gawain ofereceu enfrentar Sir Lionel e o derrotou. Mas, Sir Bors, Sir Blamor e Sir Palomedes, os quais lutavam por Sir Lancelote, conseguiram proezas com as armas e derrotaram muitos cavaleiros do rei Arthur.

Dessa maneira, o rei se aproximou de Sir Lancelote, mas este o poupou e não quis atacá-lo.

Diante daquilo, Sir Bors cavalgou na direção do rei e o derrubou. Mas Sir Lancelote gritou:

— Não toques nele sob pena de perder a tua própria cabeça. — E ao se aproximar do rei Arthur, apeou e deu seu cavalo a ele, dizendo:

– Meu lorde, peço que voltes atrás com este combate, pois ele não trará honra a nenhum de nós.

E quando o rei Arthur olhou para ele, seus olhos se encheram de lágrimas diante de tamanha nobreza, e pensou consigo mesmo: "Por Deus! Por que essa guerra teve de se iniciar?".

No entanto, no dia seguinte, Sir Gawain conduziu as tropas do rei Arthur novamente, enquanto Sir Bors fez o mesmo com as tropas do lado de Sir Lancelote. Ambos os exércitos voltaram a se enfrentar com tanta raiva que se derrubavam ao chão e eram gravemente feridos. Durante noite e dia, eles lutaram e muitos foram mortos de ambos os lados. Mas, ao final, ninguém saiu vitorioso.

A essa altura, entretanto, a fama sobre a guerra sanguinolenta havia se espalhado por toda a cristandade e, quando o Papa soube, enviou um Touro[32] e exigiu que o rei Arthur fizesse as pazes com Lancelote e que recebesse a rainha Guinevere de volta, que foi absolvida daquela punição.

O rei Arthur estava prestes a obedecer às ordens do Papa, no entanto, Sir Gawain urgia por aquela vingança e não foi capaz de abdicar dela.

Ao saber daquilo, Sir Lancelote escreveu para o rei: "Nunca foi da minha vontade tirar a tua rainha de ti, meu senhor. Mas depois que foi condenada à morte por minha causa, julguei apenas justo e digno de um cavaleiro resgatá-la da fogueira. Diante disso, submeto-me à tua graça e dentro de oito dias o encontrarei e levarei a rainha de volta em segurança".

Sendo assim, depois de oito dias, conforme havia dito, Sir Lancelote saiu do castelo com a rainha Guinevere e outros cem cavaleiros, cada qual carregando um ramo de oliveira em sinal de paz. Foram à corte e encontraram o rei Arthur sentado em seu trono com Sir Gawain e muitos outros cavaleiros ao redor dele. Quando Sir Lancelote entrou com a rainha, ambos se ajoelharam diante do rei. Logo, Sir Lancelote se levantou e disse:

---

[32] No catolicismo da Idade Média, o touro representava as virtudes católicas e a renúncia às volúpias mundanas. (N.T.)

— Meu lorde, trago a minha senhora rainha novamente como foi exigido por ti e pelo Papa. Peço que a recebas mais uma vez em teu coração e que esqueças o que passou. Quanto a mim, não posso pedir nada e pelo meu pecado, mereço tristeza e punição, mas gostaria muito de receber a tua misericórdia.

Entretanto, o rei não pôde responder pela pena que sentiu ao ouvir aquelas palavras, diante das quais, Sir Gawain gritou bem alto:

— Que o rei faça o que bem entender, mas tenhas certeza, Sir Lancelote que tu e eu jamais nos entenderemos em vida, pois mataste os meus irmãos desarmados traiçoeiramente.

— Que os céus me ajudem! — respondeu Sir Lancelote. — Eu os matei sem saber, pois os amava muito. E enquanto viver, lamentarei a morte de ambos. Mas enfrentá-lo, Sir Gawain, não adiantaria nada. Podemos lutar, se tanto desejas, mas talvez eu o mate também, e isso não me agradaria.

— Nunca o perdoarei — gritou Sir Gawain — e, se o rei concordar contigo, não mais contará com os meus serviços daqui em diante.

Os cavaleiros que estavam próximos tentaram uma reconciliação entre Sir Gawain e Sir Lancelote, mas Sir Gawain não quis ouvi-los. Então, por fim, Sir Lancelote disse:

— Uma vez que a paz entre nós não existirá, partirei, a menos que faças mal aos meus companheiros.

E à medida que virou de costas, as lágrimas caíram de seu rosto e ele disse:

— Ó Deus, nunca mais verei o reino cristão mais nobre que já existiu, o qual eu tanto amei acima de quaisquer outros! — E disse à rainha:

— Senhora, agora tenho de deixá-la para sempre, bem como esta nobre confraria. Peço a ti que rezes por mim e se fores difamada por alguém, me procures e, como sempre fui teu fiel cavaleiro, no erro ou na retidão, continuarei ao teu lado.

Em seguida, ele se ajoelhou e beijou as mãos do rei Arthur e partiu. E não houve ninguém em toda a corte, exceto Sir Gawain, que não tivesse chorado ao vê-lo partir.

Desse modo, ele retornou para o Castelo de La Joyous Garde e tomado por uma grande tristeza, passou a chamá-lo de Dolorous Garde[33].

Assim, ele deixou o reino e foi acompanhado por muitos de sua confraria através dos mares até a França. Ao chegar lá, dividiu todas as suas terras igualmente e ficou com o que sobrou.

A partir de então, a paz reinou entre ele e o rei Arthur, mas Sir Gawain não deixava o rei em paz, e continuou tentando persuadi-lo a comandar suas tropas majestosas contra Sir Lancelote.

Por fim, sua maldade tomou conta do rei, o qual colocou o governo sob a responsabilidade de Sir Modred, tornou-o o guardião da rainha e se dirigiu com um grande exército para invadir as terras de Sir Lancelote.

Porém, Sir Lancelote não queria guerrear contra o rei e enviou uma mensagem de paz ao rei Arthur. Todavia, Sir Gawain encontrou o arauto antes que ele encontrasse o rei e o enviou de volta com palavras amargas e debochadas. Diante daquilo, Sir Lancelote tristemente reuniu seus cavaleiros, fortificou o castelo de Benwicke e logo foi sitiado pelo exército do rei Arthur.

Todos os dias, Sir Gawain cavalgou até os muros e dirigiu insultos cruéis a Sir Lancelote até que, certo dia, ele respondeu que o encontraria em campo e colocaria seu orgulho à prova. Ambos os lados concordaram que ninguém viria em seu auxílio ou os separaria até que um dos dois morresse ou se rendesse. Em seguida, ambos partiram para a batalha.

Ao chegarem ao campo de batalha, eles afastaram seus cavalos e colidiram como um trovão, de modo que ambos os cavalos caíram e as lanças se estilhaçaram. Diante daquilo, eles puxaram suas espadas e atacaram um ao outro com todo ódio e brutalidade.

Porém, Sir Gawain carregava consigo um maravilhoso presente, fruto de um feitiço. Todos os dias, de manhã até a noite, sua força crescia e

---

[33] O castelo era chamado de Castelo da Guarda Feliz e passou a chamar-se Castelo da Guarda Dolorosa. (N.T.)

equivalia à de sete homens, mas depois, se esvaía e se igualava à sua força natural. Então, até o meio-dia, ele desferia muitos golpes majestosos em Sir Lancelote, os quais o oponente mal podia suportar. Mas ciente do encanto, Sir Lancelote o golpeava ligeiramente ao ponto de surpreender seus próprios cavaleiros. E depois do meio-dia, quando a força de Sir Gawain diminuía rapidamente, Sir Lancelote era capaz de derrubá-lo ao chão com um único golpe. Sir Gawain gritava:

– Não vás, cavaleiro traidor, me mata se quiseres, ou luta comigo em outro momento.

– Senhor cavaleiro – respondeu Sir Lancelote –, eu nunca golpeei um homem caído.

Assim, eles carregaram Sir Gawain, o qual estava gravemente ferido, até sua tenda, e o rei Arthur retirou seus homens, pois estava consternado pelo derramamento de sangue de tantos cavaleiros de sua confraria.

Nesse momento, entretanto, chegaram notícias ao rei Arthur vindas do além-mar que o fizeram voltar atrás rapidamente. A notícia que corria era de que Sir Modred teria assumido seu cargo e espalhado notícias falsas de que o rei havia perdido a batalha contra Sir Lancelote. Diante daquilo, ele se autoproclamara rei, sendo coroado na Cantuária, onde havia realizado uma festa de coroação que perdurara quinze dias. Então, dirigiu-se a Winchester, onde a rainha Guinevere estava, e ordenou que ela se tornasse sua esposa. Diante disso, por medo e perplexidade, ela havia se rendido, mas, com o pretexto de preparar-se para o casamento, fugira o mais rápido que pôde para Londres, abrigando-se na torre. Ela a fortificou, providenciou todo o tipo de mantimento para defender-se de Sir Modred e respondeu às suas ameaças dizendo que preferia morrer a tornar-se sua rainha.

Essas foram as notícias enviadas ao rei Arthur. Com muita raiva e pressa, ele recolheu seu exército da França e com ele navegou rapidamente de volta à Inglaterra. No entanto, quando Sir Modred soube daquilo, ele deixou a torre e marchou com toda a sua tropa para encontrar o rei em Dover.

A rainha Guinevere fugiu para um convento em Amesbury e lá vestiu-se com juta e passou o tempo rezando pelo rei enquanto jejuava e praticava atos de caridade. Naquele convento ela viveu pelo resto de sua vida, amargamente arrependida e pesarosa pelo seu pecado e pela ruína que havia causado a todo o reino, e ali morreu.

Quando Sir Lancelote soube de sua morte, tirou sua armadura, despediu-se de todos os seus parentes, embarcou em uma peregrinação que durou anos e depois viveu em um eremitério até a morte.

Quando Sir Modred chegou a Dover, encontrou o rei Arthur e todo o seu exército em terra. E lá eles travaram uma batalha feroz e sangrenta em que muitos cavaleiros grandiosos e nobres morreram de ambos os lados.

No entanto, o lado do rei foi vitorioso, pois ele se superou em termos de grandeza e paixão, e seus cavaleiros o seguiram avidamente de modo que, embora enfrentassem uma multidão, eles afastaram o exército de Sir Modred por meio de atrocidades e carnificina, e, naquela noite, dormiram no campo de batalha.

Mas Sir Gawain foi atingido por uma flecha no local do ferimento feito por Sir Lancelote e sangrou até morrer. Foi carregado até a tenda do rei e o monarca lamentou a morte daquele que havia sido seu próprio filho.

– Por Deus!, a minha maior felicidade neste mundo foi trazida por ti e Sir Lancelote, mas agora tudo se esvaiu.

Sir Gawain respondeu com uma voz débil:

– Meu lorde e rei, sei que minha morte está próxima e, devido à minha própria teimosia, fui atingido na ferida que Sir Lancelote havia feito em meu corpo. Por Deus! Eu fui a causa desta guerra, pois se não fosse por mim, tu estarias em paz com Lancelote, e Modred nunca teria cometido essa traição. Peço a ti, portanto, meu senhor, que faças as pazes com Lancelote e digas a ele que, embora ele tenha me machucado fatalmente, eu mesmo procurei e encontrei a minha morte. Diante disso, peço que voltes à Inglaterra, que visites o meu túmulo e rezes por mim.

Ao dizer isso, Sir Gawain faleceu e o rei lamentou sua morte terrivelmente.

Dessa maneira, disseram que o inimigo havia acampado em Barham Downs, diante do que, com todas as suas tropas, ele imediatamente partiu e lutou novamente uma batalha sangrenta, derrotando Sir Modred completamente. Todavia, este conseguiu outro exército e, sempre recuando das tropas do rei, aumentava seu contingente até que no extremo oeste de Lyonesse, mais uma vez se posicionou para travar outra batalha.

Desse modo, na noite de Domingo da Trindade[34], véspera da batalha, o rei Arthur viu Sir Gawain em seu sonho, o qual o aconselhava a não lutar com Modred no dia seguinte, pois seria morto. E Sir Gawain pedia a ele que adiasse a batalha até que Lancelote e seus cavaleiros viessem em seu auxílio.

Assim sendo, quando o rei Arthur acordou, ele contou sobre sua visão aos lordes e cavaleiros e todos concordaram com a vinda de Sir Lancelote. Em seguida, um arauto foi enviado com uma mensagem de trégua a Sir Modred e um acordo foi feito de que nenhum exército atacaria o outro.

Mas quando o pacto foi firmado, e os arautos retornaram, o rei Arthur disse aos seus cavaleiros:

– Prestai atenção, pois Sir Modred pode nos enganar. Não confio nele e, se eles levantarem suas espadas, estai prontos para lutar! – enquanto isso, Sir Modred ordenou que se algum cavaleiro do exército do rei levantasse a espada, deveriam igualmente partir para o ataque.

Um cavaleiro do lado do rei Arthur foi mordido no pé por uma víbora e prontamente levantou sua espada para matá-la. Ao ver aquilo, Sir Modred comandou que seu exército todo atacasse os oponentes.

Nesse momento, ambos os lados correram para a batalha e puseram-se a lutar agressivamente. Quando o rei notou que já não havia esperança em contê-los, fez o que um rei nobre e majestoso faria: como um leão,

---

[34] Feriado católico celebrado no domingo seguinte a Pentecostes. "Trindade" refere-se à trindade divina, Pai, Filho e Espírito Santo. (N.T.)

vociferou em meio à multidão, e aniquilou seus oponentes da esquerda à direita até que as patas traseiras de seu cavalo ficaram cobertas de sangue. Durante todo o dia eles lutaram sem descanso até que muitos nobres cavaleiros foram mortos.

Porém, o rei ficou extremamente pesaroso ao ver seus fiéis cavaleiros mortos por todos os lados. E, por fim, apenas dois permaneceram ao seu lado, Sir Lucan e seu irmão Sir Bedivere, ambos gravemente feridos.

– Este é o meu fim – disse o rei Arthur –, mas, olhai, Sir Modred, o Traidor, ainda está vivo e eu não morrerei até que o tenha matado. Agora, Sir Lucan, preciso da minha lança.

– Lorde, deixa-o – respondeu Sir Lucan –, pois se sobreviveres a este infeliz dia, poderás vingá-lo como ele merece. Meu bom lorde, lembra-te de teu sonho e o que o espírito de Sir Gawain fez para alertá-lo.

– Deus defenda a minha morte como defendeu a minha vida – disse o rei. – Agora ele está lá sozinho e não há de escapar das minhas mãos, pois um momento mais oportuno não haverá.

– Que Deus o proteja! – disse Sir Bedivere.

Sendo assim, o rei Arthur pegou a espada nas mãos e correu na direção de Sir Modred enquanto gritava:

– Traidor, agora chegou a hora da tua morte! – E ao ouvir suas palavras e vê-lo correr em sua direção, Sir Modred apanhou sua espada e permaneceu onde estava para enfrentá-lo. O rei Arthur perfurou o corpo de Sir Modred, no comprimento de uma braça. E, ao sentir sua ferida mortal, Sir Modred se lançou com toda a gana diante da ponta da lança do rei Arthur e com a sua espada o golpeou perfurando seu elmo e cérebro.

Sir Modred caiu morto no chão e o rei Arthur desmaiou uma e muitas vezes depois.

Então, Sir Lucan e Sir Bedivere o carregaram a uma pequena capela na orla do mar. Lá, Sir Lucan afundou morto devido ao sangramento de suas feridas.

Em seguida, o rei disse a Bedivere:

– Chorar não vai adiantar, ou eu choraria pelo resto de minha vida. Por Deus! Agora a confraria da Távola Redonda se desfez para todo o sempre, e todo o meu reino, o qual tanto amei, foi assolado pelas guerras. Mas não tenho muito tempo, portanto, pega a Excalibur, a minha boa espada, e lança-a ao mar e volta e me diz o que viste.

Sir Bedivere partiu, mas ao deixar o rei, ele olhou para a espada, cujo punho era todo cravejado de pedras preciosas extremamente deslumbrantes. Nesse momento, ele disse para si mesmo: "Se eu lançar esta espada ao mar, qual será a vantagem?" – Dessa maneira, escondeu a espada entre o bambuzal e voltou para falar com o rei.

– O que viste? – disse ele a Sir Bedivere.

– Lorde – ele disse –, não vi nada além de vento e ondas.

– Tu mentes! – exclamou o rei. – Volta rapidamente e arremessa-a sem poupá-la.

Desse modo, Sir Bedivere voltou novamente, apanhou a espada e quando olhou para ela, pensou que seria um pecado e uma vergonha desperdiçar algo tão nobre. Escondeu-a novamente e voltou para ver o rei.

– O que viste? – disse o rei Arthur.

– Lorde – ele respondeu –, não vi nada além da maré baixa ondulando.

– Oh, traidor infiel! – gritou o rei. – Tu me traíste pela segunda vez! Como pode ser chamado pelos homens de cavaleiro nobre e me trair com uma espada preciosa? Agora vai pela terceira vez, pois a tua demora colocou a minha vida em um perigo ainda maior e temo que minha ferida já esteja fria. Se não fizeres o que ordeno desta vez, pela minha fé, vou levantar e matá-lo com as minhas próprias mãos.

Sir Bedivere correu rapidamente, apanhou a espada, caminhou à beira do mar, segurou a espada pelo punho e pela cinta, e finalmente a arremessou ao mar. E um braço e uma mão se ergueram acima da água. Em seguida, a mão a apanhou, a ostentou três vezes e, depois, sumiu.

Sir Bedivere voltou novamente e disse ao rei o que tinha visto.

– Agora, ajuda-me a sair daqui – disse o rei Arthur –, pois temo que tenhamos demorado demais.

Sir Bedivere pegou o rei nos braços e o carregou até a beira do mar. Na orla, ele viu uma embarcação com três lindas rainhas, todas vestidas de preto, que, quando viram o rei Arthur, puseram-se a chorar e se lamentar.

– Agora, me coloca nessa embarcação – disse ele a Sir Bedivere, o qual procedeu com a ordem e o colocou na embarcação gentilmente.

Assim, as três rainhas o receberam e ele deitou a cabeça no colo de uma delas, a qual exclamou:

– Por Deus, meu irmão! Por que demoraste tanto ao ponto de tua ferida esfriar?

Com aquilo, a embarcação deixou a orla e ao vê-la partir, Sir Bedivere gritou amargamente:

– Por Deus, meu lorde, rei Arthur, o que será de mim agora que partiste?

– Acalma-te – disse o rei Arthur – e sê forte, pois não posso mais ajudá-lo. Vou para o Vale de Avilion em busca da cura para a minha terrível ferida e, se não me vires mais, reza pela minha alma.

Assim, as três rainhas se ajoelharam ao redor do rei e puseram-se a chorar e se lamentar, enquanto a embarcação flutuava adiante e deixava lentamente o campo de visão de Sir Bedivere.

FIM